Que
SOFRAM as
CRIANÇAS

Adam Creed

Que SOFRAM as CRIANÇAS

Tradução de
Paulo Reis e Sérgio Moraes Rego

Editora Record
RIO DE JANEIRO • SÃO PAULO
2014

CIP-BRASIL. CATALOGAÇÃO NA FONTE
SINDICATO NACIONAL DOS EDITORES DE LIVROS, RJ

Creed, Adam
C935s   Que sofram as crianças / Adam Creed; tradução de Paulo Reis e Sérgio Moraes Rego. — Rio de Janeiro: Record, 2014.

Tradução de: Suffer the children
ISBN 978-85-01-09090-4

1. Ficção inglesa. I. Reis, Paulo. II. Rego, Sérgio Moraes. II. Título.

13-0541   CDD: 823
                                                  CDU: 821.111-3

TÍTULO ORIGINAL:
Suffer the children

Copyright © Adam Creed, 2009

Texto revisado segundo o novo Acordo Ortográfico da Língua Portuguesa.

Todos os direitos reservados. Proibida a reprodução, no todo ou em parte, através de quaisquer meios. Os direitos morais do autor foram assegurados.

Editoração eletrônica: Abreu's System

Direitos exclusivos de publicação em língua portuguesa somente para o Brasil adquiridos pela
EDITORA RECORD LTDA.
Rua Argentina, 171 – Rio de Janeiro, RJ – 20921-380 – Tel.: 2585-2000, que se reserva a propriedade literária desta tradução.

Impresso no Brasil

ISBN 978-85-01-09090-4

Seja um leitor preferencial Record.
Cadastre-se e receba informações sobre nossos lançamentos e nossas promoções.

Atendimento e venda direta ao leitor:
mdireto@record.com.br ou (21) 2585-2002.

Para Georgia

Agradecimentos

Eu gostaria de agradecer a Clive, Pat e aos Parva Lads, da prisão; a Susan e a Paul Hamlyn Foundation: a Aileen, Dave e Jenny, de Liverpool; a Dave, Patricia, Pat e Terry, do serviço de liberdade condicional, bem como a todos em Arch, Adelaide House, Southwood e Walton; a Eduardo e ao pessoal do vilarejo de Yegen; a Livewire, em Kenmare; a Tony, da Ponte; a Patrick, Rob e Jake, de Conville e Walsh; e a Walter, Katherine, Angus e Lee, no problema dos sonhos. Sou particularmente agradecido a Edmund Cusick, poeta, por sua gentileza, lealdade e inspiração.

Tarde de segunda

Staffe levanta a cabeça o mais alto que pode e inspira com força o ar do metrô. Ele é empurrado por trás e seu peito roça contra a cabeça de uma mulher com cabelo negro e lustroso, enquanto se arrastam na direção da escada rolante. Ela o xinga numa língua oriental e ele quer pedir desculpas, mas sabe que talvez elas não sejam aceitas e que não vai adiantar de nada.

O julgamento está marcado para as duas da tarde. Staffe tenta se intrometer na fila do lado esquerdo, mas não há espaço. Um grupo de adolescentes mal-intencionados colide com o fluxo de gente, deixando para trás uma nuvem adocicada de solventes. Ele prende a respiração enquanto dá um passo na escada rolante em movimento, espera, depois inspira profundamente e imagina o juiz Burns, os acontecimentos dos dois últimos dias no tribunal. Seus nervos se retesam e Staffe tenta acalmar sua pulsação acelerada. Certifica-se de que os documentos do caso estão bem acomodados embaixo do braço e ajeita o colarinho. O botão superior da camisa comprime seu pomo de adão quando ele engole. Endireita a gravata.

Staffe pronuncia um mantra silencioso, reafirmando que é isso que escolheu para si mesmo. "É a minha vida. Faça o melhor que puder. É a minha vida. Faça o melhor que puder." Ele repassa mentalmente suas respostas ao interrogatório realizado pela manhã e procura descobrir no sumário do caso lido pelo juiz Burns pistas de que as provas apresentadas prevalecerão. Coloca a mão no coração, apalpando o original do depoimento de uma testemunha secreta localizado no bolso superior do paletó.

O mundo vem ao seu encontro, e surgem as barreiras eletrônicas, enfileiradas entre ele e a luz branca do dia adiante. Vendedores de jornais se postam como suportes para livros na saída para Chancery Lane.

A fila de pessoas se agita com estardalhaço, como se elas fossem peças de dominó. Ele tem que progredir a passos curtos, e a mulher de cabelo negro xinga de novo. Seu celular vibra no bolso da calça e ele procura alcançá-lo, tentando não deixar cair a pilha de preciosos documentos. Quando consegue levar o telefone ao ouvido, ele para de tocar. Na tela aparece *Marie*, o nome de sua irmã. Ele sabe que aquilo significa algum problema, mas também sabe que precisa se concentrar na tarefa que tem em suas mãos.

A tela também lhe mostra que são uma e cinquenta e seis. Ele põe o bilhete na máquina e passa, seguindo uma linha reta. Os cheiros de ralos, corpos e tinta de imprensa fresca se desvanecem rapidamente. O som de conversas, imprecações e bagagem sendo arrastada se atenua quando ele sai para a calçada. O dia brilhante fere seus olhos, e quando ele pisca, a silhueta em arco da entrada do metrô queima em roxo e amarelo em suas pálpebras.

Staffe se mete no tráfego, que está parado, e tece seu caminho até o outro lado da rua, onde há mais espaço. Sente uma brisa no rosto e olha para a frente, na direção do prédio do tribunal, o rio Tâmisa além. Os carros partem e, bem a seu lado, uma buzina soa, e enquanto ele se esquiva rapidamente para o meio-fio, o sino da igreja de St. Bride toca as horas. Ele sabe que, se correr, suará durante toda a tarde.

Staffe enxuga a palma da mão na coxa de seu terno grafite e olha fixamente para o juiz Burns. Este remexe os papéis e semicerra os olhos como estudando seriamente a sentença, mas está claro para Staffe que a decisão já foi tomada.

O ar na sala de julgamento está pesado, e o calor abafado do verão é sufocante; há apenas uma fileira de janelas pequenas, retangulares e reforçadas, abertas cerca de um metro abaixo do teto alto. Os jurados e a imprensa prendem a respiração. O réu, Jadus Golding, de 19 anos, é líder da Dalston e.Gang. Ele mantém um sorriso afetado, recostado nas grades que o separam o público com uma postura de cafetão.

Ontem, três integrantes dessa gangue foram expulsos do tribunal enquanto Sohan Kelly prestava depoimento. "Blá-blá-blá!", gritavam eles. "Seu filho da puta, você vai morrer." Faziam gestos obscenos para ele, apontando pistolas Glock imaginárias. "Seu dedo-duro safado, seu merda de informante, lambendo o saco dos brancos." Kelly lançara um olhar para Staffe e depois baixara a cabeça. A e.Gang voltara sua atenção de Sohan Kelly para Staffe, de sorrisos abertos, como se nenhuma lei pudesse alcançá-los.

Staffe respira fundo e apalpa o depoimento original de Sohan Kelly em seu bolso. Filetes de suor escorrem de trás de cada orelha, entrando pelo colarinho. Ele engole em seco, e o botão superior da camisa comprime sua garganta. O juiz Burns evita os olhos do réu e de sua família enquanto fala.

— ...Jadus Golding — diz ele, baixando o olhar —, eu o sentencio a sete anos de prisão.

A família se levanta, furiosa. O pai de Golding cospe na direção do juiz e depois cospe de novo na direção de Staffe, atingindo-o no ombro.

Hoje, Sohan Kelly está em casa, preparando-se para voar para algum lugar seguro. Staffe lhe dissera que era melhor que ele não fosse ao tribunal, que se mantivesse distante, que talvez devesse ir para Bombaim para ficar com amigos, ao lado da mãe. Ele disse que não conseguiria o visto. O chefe de Staffe, Pennington, disse que trataria disso.

— Vou matar você, Wagstaffe — grita Jadus Golding.

— Não vai precisar fazer isso — grita o pai.

Staffe lança um olhar para eles. Ele é um agente da lei. O que deveria temer de gente como essa? Ele reza para que Sohan Kelly já tenha viajado há muito tempo, levando sua duvidosa verdade consigo.

Conforme a tarde se encaminha para o fim, Staffe se levanta da cadeira de couro, já bem gasta, de espaldar reto e apoios para os braços, e passa a mão pelo cabelo desgrenhado. Ele deveria mantê-lo curto, mas hoje em dia compensa não parecer um policial. Inclina-se na direção do ventilador e pega o ar diretamente no rosto, agradecendo a quem quer que esteja nos céus por outra pequena vitória do bem sobre o mal: uma pena de sete anos para um gangsterzinho que achava que apontar uma arma para um gerente dos correios poderia levar sua vida a um patamar superior. O agente dos correios agora enfrenta problemas psicológicos incuráveis e precisa aprender a lidar com os pesadelos.

Staffe faz uma pilha dos depoimentos das testemunhas, laudos periciais e acusações. Pega o depoimento original de Sohan Kelly, dobrado inúmeras vezes, de dentro do bolso de seu paletó. Pensou muitas vezes em rasgá-lo, mas coloca-o com o restante dos documentos e ergue toda a pilha, deixando-a cair em cima de um arquivo. Enxuga as palmas sujas das mãos nos quadris e olha para a pilha de papéis, pegando-os de novo. Retira o depoimento original de Sohan Kelly e o põe de volta no bolso do paletó.

Aperta o intercomunicador.

— Você tem um minuto, Pulford?

— Claro, chefe — vem a resposta lacônica.

Staffe abre a gaveta e pega a passagem de avião. Demorou muito tempo, mas finalmente ele vai encontrar Muñoz. Amanhã de manhã, estará no voo 729 para Bilbao. Faz mais de três anos que ele não tira férias de verdade e quase três anos desde a separação de Sylvie. Eles deveriam ter ido para a Córsega por duas semanas. Staffe cancelara a viagem, como já havia feito antes. Mas não perderia a oportunidade de novo.

Alguém bate à porta.

— Entre — diz Staffe. Ele fecha os olhos, imaginando a brisa marinha soprando num calçadão basco; uma semana sem telefones.

— O senhor viaja amanhã, chefe — diz Pulford.

Staffe abre os olhos e vê seu investigador fechando a porta atrás de si. O terno de Pulford é elegante, e seu cabelo, bem-aparado, reluzindo de gel. Quando entra na sala, traz consigo um aroma de frescor. Não tem qualquer gordura corporal, e seu rosto é liso, um pouco rosado nas bochechas. Dos dois homens, Pulford parece mais o chefe do que seu inspetor. A hora dele vai chegar, pensa Staffe.

— Receio que haja um monte de papéis para organizar, Pulford.

— É para isso que estou aqui, chefe. É sobre o caso Golding? Sete anos, hein? Bom resultado.

Staffe pensa nas ameaças de Golding e de seu pai. Sente-se constrangido por estar feliz em partir para outro país.

— Ele estará solto em três anos e meio e sua gangue continuará ativa enquanto estiver preso. Vão guardar a porcentagem dele nos lucros para quando for libertado. A vida continua.

— O senhor me disse para aproveitar os sucessos quando eles vierem.

— Você não tem que aceitar conselho — diz Staffe, irrompendo em uma risada.

— Isso é um conselho? — diz Pulford, tentando manter a seriedade.

Eles riem juntos, e Staffe se recosta na cadeira, balançando. Ele aponta para uma pilha de documentos.

— Digamos que eu deixe você aproveitar seu sucesso. Pode pensar nisso enquanto vai despachando essa pilha. — Staffe coloca a passagem de avião no bolso vazio de dentro do paletó.

— O senhor fez um bom trabalho conseguindo arrancar um depoimento daquele cara, o Kelly, e fazendo com que ele testemunhasse.

— Aquele advogado metido a espertinho do Golding pode simplesmente recorrer, então faça um inventário e mantenha tudo bem arquivado. Deixe a porta aberta. — Ele observa Pulford saindo apressadamente da sala e sente que algo dele vai com o subordinado.

O calor é sufocante, e o ventilador em cima da mesa simplesmente desloca o ar quente de uma parte da sala para outra. Na cidade, parece que não há lugar algum para se esconder do sol inclemente e do clima abafado. O calor vem do metrô, vem do céu sem nuvens.

Uma figura aparece no vão da porta. A policial Josie Chancellor está com as roupas desajeitadas. Sua saia está toda amarrotada na frente, e os últimos três botões da blusa estão desabotoados.

— Ouvi dizer que vai realmente tirar umas férias, senhor.

— Não sei por que todo mundo está tão interessado. É apenas uma semana.

— Parabéns pelo caso Golding.

— Foi um trabalho em equipe. Deveria estar dando os parabéns a si mesma, Chancellor.

Josie fecha a porta e avança pela sala. Ela apoia os glúteos na beirada da mesa do chefe e cruza as pernas na altura do tornozelo.

— O senhor já estava atrás deles bastante tempo antes de eu chegar. Ouvi falar das ameaças no tribunal.

— Não é nada. — Staffe sente o coração acelerar. Ele já fora ameaçado antes e não sabe por que está tão preocupado dessa vez. Talvez esteja ficando velho demais para esse tipo de coisa.

— O que fez Golding ser condenado, no fim das contas?

— Formação de quadrilha.

— Graças a Sohan Kelly. O senhor parece estar precisando de um drinque.

— Eu adoraria tomar algo.

— Mas não vai.

— Nós poderíamos pedir alguma coisa para comer.

— Eu preciso me trocar.

— Para mim, você está ótima.

— Você não tem que fazer a mala para a viagem?

— Eu viajo com pouca bagagem. — Ele se levanta, pega o paletó das costas da cadeira e joga-o sobre o ombro.

— Você deveria usar terno com mais frequência, Staffe. Fica bonito.

— E você... — Ele olha na direção da porta fechada, esfrega os dedos na nuca, suada depois de um longo dia de calor.

— Sim?

— ... você está simplesmente ótima.

— Como sabe o que uma mulher quer ouvir?

— Eu não sei. Apenas digo a verdade. Você sabe disso.

Josie lança para ele um olhar astuto.

— Isso é o que o senhor tem de melhor e de pior, chefe.

* * *

Karl Colquhoun pisa sobre as aparas de madeira e sobre a serragem. Se fechar os olhos, pode se imaginar andando na vegetação rasteira de uma floresta. Aperta os botões do código de segurança para o banheiro dos empregados e abre a porta. Sente o cheiro que era de esperar no banheiro masculino de uma obra.

Ele aperta a torneira de água fria com a palma da mão. Espera que a água saia e molha o rosto e a nuca. Pode ouvir o som fraco de uma voz no alto-falante de um rádio. É de algum show itinerante em algum ponto ao longo da costa e o faz lembrar-se da última vez que ele e Leanne foram a Margate. Ele não deveria ter ido. De acordo com a lei.

Ainda faltam vinte minutos para o intervalo da tarde e ele adoraria tomar seu chá lá atrás com os outros rapazes, aproveitando a brisa que vem da rua de mão dupla, proibida para veículos motorizados, mas não fará isso. Precisa manter-se reservado. Trabalha ali há quase um ano, mas agora a notícia já se espalhou. Ele se inclina sobre a pia, olha para o espelho manchado. Aperta os olhos e vê um Karl jovem e puro olhando de volta para ele. Fecha-os e se imagina com Leanne num canto silencioso da praia: as ondas quebrando, depois o ruído das pedrinhas chacoalhando, úmidas. Gaivotas livres, soltando seus guinchos agudos no vasto céu azul.

Abre os olhos e vê o que ele realmente é. Empertiga o corpo. Hoje à noite ele levará Leanne para o Tâmisa, onde, na maré baixa, há uma espécie de praia.

Depois ele se lembra que os dois não estão se falando, não se falam direito desde que voltaram de Margate. Ela o ama, com certeza. Diz isso a ele todos os dias, mas não está agindo normalmente agora.

Uma forte batida na porta o sobressalta, e ele diz:

— Um minuto. — Depois, ouve um som mais grave, de punho fechado, batendo.

— A merda do veado está aqui. — É a voz de Denness. — Batendo uma. — Ross Denness é novo na empreiteira Marvitz Builders Merchants, e havia espalhado a história completa de Karl, por ser primo de Leanne. Precisou de menos de um dia para Denness começar a contar a todo mundo que Karl é a razão pela qual Leanne entregou os filhos ao conselho tutelar.

O Karl do espelho é um homem assustado, que parece mais velho do que realmente é. Logo procurará outro trabalho, agora que Denness deixou vazar seu segredo. Colocará um anúncio nos jornais, lá para o norte. Eles não o reconhecerão, em absoluto, em Golders Green e Muswell Hill. O plano é voltar a fazer o que ele faz melhor: marcenaria, polimento francês. Paga-se bem, desde que ele consiga se manter até sair o primeiro pagamento.

Durante o resto da tarde, ele ensaca serragem, e então vai embora sem se despedir. Ninguém jamais provou que Karl Colquhoun abusou de seus filhos do primeiro casamento, ou na dos filhos de Leanne. Mesmo assim, ele tomou providências para não ter mais sustos, fazendo uma vasectomia, enquanto Leanne, aos 24 anos, ligou as trompas.

Karl pega o 73 de volta para casa e vai para o segundo andar do veículo; senta-se bem no fundo, do lado esquerdo, e fica observando East London passar por ele em seu percurso de volta para a City. Um funcionário de algum escritório se senta à sua frente, com cheiro de bebida e usando um terno feito sob medida. Karl se sente nauseado ao observá-lo. Deveria se levantar, mudar para outro assento, mas não consegue se mover. Seus músculos estão preguiçosos. Ele avalia exatamente quem está naquele andar do ônibus, pessoa por pessoa. Sua respiração está entrecortada, a cabeça, tonta. Ele se inclina para a frente e olha diretamente para o chão, mas o cheiro adocicado de bebida se torna mais forte. Respira pela boca e começa uma contagem regressiva a partir de quinhentos e, logo que sente novamente as pernas, reúne toda a sua força e fica de pé. Olhando fixo para o chão, ele desce a escada e salta do veículo, uma parada antes da habitual.

Andando de volta para o conjunto Limekiln, ele vai até a loja de produtos islâmicos para comprar leite e desodorante. Enquanto espera na fila, um tênue cheiro de bebida o atinge de novo, mas quando ele paga e se volta para ver quem está ali, não há ninguém. O coração de Karl para, depois bate duplamente acelerado, não consegue se acalmar. Seus dedos tremem, e ele sente o estômago vazio.

Ele caminha rapidamente de volta para o Limekiln, a cabeça baixa, até a base de concreto, manchada de urina, da torre Limekiln, acompanhado pelos latidos dos cães. Por que razão as pessoas mantêm animais ferozes em um prédio residencial, ele fica pensando, e pega uma seringa usada e a guarda consigo antes que seja encontrada por uma criança. Ele só quer entrar, trancar a porta e esperar que Leanne volte para casa. Eles não sairão à noite. O rio pode esperar.

Ele tira a chave do bolso e seu relógio faz um barulho que o assusta. São exatamente quatro horas. Ele enfia a chave na fechadura, mas, antes de girá-la, Karl se sobressalta com o forte cheiro de bebida. Percebe uma sombra perto de si, e sua pele se arrepia. Os músculos perdem a força e, de novo, ele não consegue se mover. A sombra fica mais escura, mais fria, e, quando ele se volta, ele vê uma figura se aproximando, mascarada. Olhos arregalados, penetrantes, lábios vermelho-sangue. Karl fecha os olhos e levanta as mãos para se proteger, mas é tarde demais e ele ouve um ruído seco, de algo quebrando. Uma dor lancinante percorre seu crânio, descendo até o pescoço. As pernas cedem e ele cai pesadamente no concreto do prédio, ralando a pele no chão. Alguém ri. Um riso insolente.

Karl quer se encolher e deixar que a escuridão o envolva, que tudo acabe, mas ele se força a olhar para cima. Vê uma mão na chave da porta. Mete a mão no bolso procurando a seringa, mas uma dor pungente percorre seu braço. Olha para a perna da pessoa que o golpeou e morde o próprio lábio, forçando a mão no bolso. Consegue apalpar a seringa e a agarra, tirando a mão da calça. Inspira a maior quantidade de ar que pode e avalia aquela perna. É possível matar alguém injetando ar em sua corrente sanguínea. Mas no momento exato em que recua o braço para golpeá-la, esta muda de posição e ele sente um forte pontapé nos testículos. O golpe força todo o ar para fora de seus pulmões e agora a escuridão o envolve.

Quando volta a si, Karl está olhando para o teto de seu quarto. Não consegue se mexer e há alguma coisa metálica na sua boca. Não consegue mover o maxilar e a língua, e suas entranhas ardem. Sente gosto de sangue. Alguém com uma máscara branca, olhos pretos e lábios vermelho-sangue segura no alto uma garrafa de uísque.

Conforme se aproximam, os lábios vermelho-sangue tomam a forma de um sorriso. Karl se esforça para fechar a boca, mas só o que consegue fazer, enquanto o uísque é derramado ali sem cessar, é fechar os olhos com força, sentindo o líquido queimar por todo o caminho até seu estômago.

A cada gole ele solta um soluço silencioso, afogado pelo álcool. Subitamente, sente mãos fortes em seu diafragma e abaixo do cós de sua calça jeans. Esta é arriada e sua camisa, aberta com força.

A pessoa da máscara mostra-lhe a garrafa com uma mão. Na outra, segura uma lâmina comprida, fina, brilhante e afiada. As entranhas de Karl se encolhem quando ele sente o aço frio encostando, e ouve alguém dizer:

— Isso é pelas crianças.

Karl teme que não morrerá naquele momento. Teme que seus últimos suspiros sejam longos e fracos. Enquanto a linha incandescente é traçada em torno de seus testículos, ele vê uma última coisa, um clarão prateado cada vez maior à sua frente. Tenta fechar os olhos, mas dedos forçam um olho a se abrir, e a lâmina fica incrivelmente grande até obscurecer toda a luz e tocar nele. Enquanto espera pela dor, sabe que seu coração não bate como deveria. Só perceberá o que está acontecendo quando parar. O sangue dentro dele corre contra o tempo e um coro se expande. Ele reza para que cesse.

* * *

Staffe lança um olhar para Josie e sorri. Eles estão na cozinha da casa dele em Kilburn, que acabou de ser reformada.

— Você não está comendo — diz ela, pousando a faca e o garfo juntos no prato vazio.

— Eu prefiro cozinhar a comer.

— Você gosta de agradar as pessoas — diz ela, rindo. — Quem poderia imaginar?

— Tente dizer isso para Jadus Golding.

— Não ter agradado a Jadus não faz de você uma pessoa má.

Staffe espeta um escalope com o garfo e passa a carne sobre o molho *beurre blanc*.

Ela toma um bom gole do vinho, observando-o.

— Você tem mãos grandes — diz ela. — Dedos grandes.

— Meus dedos são grandes demais e eu estou velho demais — responde ele.

— Eu gosto dos seus dedos, Staffe.

— Você quer mais vinho? — pergunta ele, pegando a garrafa e oferecendo-se para servir.

— Acho que já tomei o bastante. — Ela se inclina, pega as chaves do carro no meio da mesa e gira o chaveiro no dedo indicador como um pistoleiro faz com um revólver.

— Você pode ficar — diz ele. — Ainda é cedo.

— Você não está falando sério — diz ela —, e, de qualquer maneira...

— O quê?

— Aproveite bem as férias. — Ela dá um sorriso ligeiro, disfarçado. — Chefe.

Staffe joga na lata de lixo os restos de comida dos pratos, lava-os e, quando ouve a porta da frente bater, vai até a sala de estar. Fica observando Josie descer os degraus e se dirigir ao caminho entre as faias. De alguma forma, ela deve saber que ele a observa ir embora, porque acena, sem olhar, ajeitando a meia-calça com a outra mão, e depois fecha o portão com força, gritando para os meninos pararem de jogar bola na rua.

* * *

Tanya Ford está ansiosa para sair de casa. Ela fez a lição sobre cidadania assim que chegou, e desde então ficou trocando de roupa sem parar. O *look* é meio princesa de contos de fadas, meio prostituta que roda bolsinha na esquina. Logo que ouve a campainha da porta, ela se lança pela escada e porta afora, dando o braço a sua melhor amiga e gritando "Não se preocupe" para a mãe, que diz para ela não voltar tarde e ter cuidado.

— Te amo, Tan — grita a mãe, e Tanya quer gritar de volta que também a ama. Mas não faz isso, apenas dá um aceno rápido e sopra um beijo. A amiga dá uma risada.

Quando chegam à esquina, Tanya dobra uma, duas vezes o cós da saia, meticulosamente. Passa batom nos lábios e começa a enviar mensagens de texto, sentindo a lenta torrente de amor que está no ar.

Guy Montefiore dá uma gorjeta de cinco por cento. Sempre dá uma gorjeta de cinco por cento. Isso leva a tarifa do táxi a 12,85 libras, e ele espera pelo troco, pede um recibo. O motorista resmunga e bufa, dizendo que não consegue encontrar uma caneta.

Enquanto espera, Guy pensa em sua filha. Thomasina tem 14 anos, mas parece ter 19, e ele se preocupa com o fato de ela estar ficando parecida com a mãe, adquirindo seus maus hábitos. Ele faz uma careta e deixa escapar o ar dos pulmões, soprando o pensamento para longe.

O telefone celular avisa que recebeu uma mensagem de texto, e seu coração começa a palpitar.

— Esquece o recibo — diz ele, abrindo a porta e saindo do veículo. — Você devia ter sempre uma caneta. É uma ferramenta de trabalho. — Bate a porta com mais força do que o necessário. Mas as palavras dela aparecem na tela, e sua fúria se desvanece. Começa a digitar uma resposta. Um sorriso aparece em seu rosto.

Ele se pergunta quando o verão vai acabar. Prefere os dias mais curtos do outono e do inverno. As noites mais longas lhe servem melhor; não tem que esperar duas, três horas depois do trabalho antes que a escuridão o proteja. Mas o problema com as noites longas é que seus amores estão metidos nas camas, não zanzando por aí.

Não como qualquer amor antigo. Tem que ser perfeito. Do modo como nunca é para a maioria das pessoas.

Guy sabe o nome dela e conhece seus movimentos, sabe qual é seu cantor pop preferido e quem são suas melhores amigas. Ele vem observando-a há tanto tempo que pode até mesmo adivinhar que roupa ela está usando. Noite de segunda-feira, dia de matinê, vestida como um mulher leviana, porque é assim que suas amigas se vestem. Não porque ela queira ficar com um rapaz. Não é desse tipo. Não, Tanya simplesmente quer se sentir parte do grupo, e logo conseguirá. Logo ela será amada e poderá retribuir o amor. Pela primeira vez.

Guy se esgueira pela porta dos fundos do salão da igreja, virando para os lados e passando pelo lixo que aguarda para ser recolhido. Vem uma luz opaca da vidraça reforçada acima da porta de incêndio, mas ele pode fazer o que tem a fazer no escuro.

Passa pela pequena cozinha e inspira fundo, sentindo suas entranhas se dilatarem. Empurra a porta que dá para a escada de acesso ao andar de baixo e ouve o volume da música aumentando. A guitarra vibra, e o som passa por suas pernas enquanto ele mergulha no escuro, correndo a mão ao longo dos tijolos ásperos, sem pintura, procurando o macacão. Tira-o do gancho para pendurar roupas no fim da escada e se despe. Dobra a roupa o melhor que pode. Afinal de contas, ela foi feita para realçar seu corpo, e custou caro.

Guy lamenta que Tanya nunca o tenha visto, conscientemente, bem-vestido, mas se sente animado ao pensar que, daqui a pouco, muito, muito em breve, isso mudará.

Ele segue na direção das réstias de luz que vêm de brechas no palco. Enquanto avança, a música vai ficando mais alta. Ele destila os sons: uma centena de adolescentes dançando, dando risadinhas, correndo de cá para lá, a voz mais grave do jovem macho alfa quando a música vai chegando ao final, exigindo qual deve ser a próxima. Por um momento há apenas a maciez das vozes. Guy para e contém a respiração até que a próxima canção comece. Agacha-se no local costumeiro, à esquerda do palco. É ali que a falha nas tábuas que formam o palco é maior. É ali também que ela fica. Graças a Deus ela é uma criatura de hábitos.

Guy comprime o rosto na madeira pintada e pela primeira vez em 23 horas, olhando para a pista de dança, ele a vê. Ela está usando a saia favorita dele e um corpete de seda, que é novo. Guy deveria ficar aborrecido com ela. A roupa é reveladora demais.

As pernas de Tanya são incrivelmente suaves e estão bronzeadas, da cor de café com leite. Sua barriguinha tem um mínimo de gordura, os quadris ainda não se alargaram. Ela gira, a mão apontando para alguém que ele não consegue ver, em um gesto dramático e irônico. Alguém a cutuca e a saia balança quando ela se vira para ver quem é. Ele consegue ver a mais fina das penugens na curvatura de suas costas.

A respiração de Guy é mais profunda, mais curta, ele sente apertar o nó na boca do estômago. Com uma fraqueza nas pernas, deixa o corpo ruir sobre os calcanhares, deita por um momento e deixa a música o inundar. Pode sentir o cheiro das tábuas de madeira nua. No escuro, ele a imagina dançando, as amigas se afastando, uma por uma, até ela ficar completamente sozinha.

* * *

Staffe leva quinze minutos para fazer as malas: duas camisetas e duas camisas de manga comprida; dois shorts e uma calça cáqui. Ele vai viajar de calça jeans e uma velha jaqueta de linho. Oito cuecas e meias, além do livro *History of ETA*, de Douglass. E pronto. Checa o telefone, vê que não atendeu um telefonema da irmã, Marie, e tenta retornar agora, mas ninguém atende. Deixa uma mensagem dizendo que está de partida e que espera que Harry esteja bem. Pensa, e acrescenta: "Você também."

Staffe fora a Bilbao pela primeira vez vinte anos antes, para identificar o que ainda restava de seus pais. Sua irmã estava se comportando de maneira antissocial em algum lugar no Oriente Médio, de modo que ele teve que lidar sozinho com a situação. Tomou as providências para levar os restos mortais dos pais para a Inglaterra. Desistiu da universidade e, logo que tomou posse de sua parte da herança, comprou um apartamento em South Ken, para manter como fonte de renda. Um ano mais tarde, ele fez um financiamento imobiliário para comprar outro imóvel. Depois, veio a compensação. É engraçado como se pode medir o valor de duas pessoas; ponha um preço equivalente ao tempo que não será passado com os pais.

Nos meses e anos que se seguiram, o jovem Staffe bebeu demais e fez amigos depressa demais, entregou-se demais a drogas leves. Acordava cada vez mais tarde, e às vezes nem acordava. E manteve seu charme, um dom que o abandonara apenas por um período muito breve, durante seu luto. As amantes passaram a fazer parte do luto, como certa vez lhe dissera um analista. Gradualmente, depois que entrou para a polícia, ele foi largando seus vícios, um por um.

Três anos antes, quando perdeu Jessop, seu parceiro na polícia, Staffe voltou ao País Basco para retomar o processo de encontrar quem deixara a bomba no restaurante da orla marítima. Sylvie também o havia abandonado, e ele sentia que não havia nada senão um vazio em torno de si.

Jurou coletar as provas uma por uma. Conseguiria que o assassino fosse condenado e faria justiça em vez de dar-lhe o troco. Em sonhos, ele diz ao assassino para lhe pedir perdão e, pelos pais, ele o perdoa. Em seus momentos mais sombrios, ele não vê como isso pode acontecer.

A casa reformada cheira a argamassa fresca e a madeira envernizada, e também a carpetes novos. O imóvel é grande demais para ele, espaçoso demais. Ele telefona para Rosa, mas não obtém resposta. Decide ir embora de qualquer maneira e sobe a escada para o que já se tornara um ritual. No banheiro, ele tira a roupa de corrida da bolsa Adidas e abre o chuveiro. A água bate forte no couro cabeludo e nos ombros; ele aumenta a temperatura um pouco, de modo a quase escaldá-lo, e se esfrega repetidamente com sabonete. O cheiro de alcatrão fica cada vez mais forte, o vapor cada vez mais denso. À noite, ele vai correr até Kentish Town e entrar na City atravessando Islington. Rosa mora no Barbican. Há uma chance, pensa ele de maneira mais otimista, de que ela o entenda.

Olhando para cima, para a casa de Rosa, vê que ela está acompanhada. Os pulmões de Staffe estão explodindo e o suor pinga do corpo; está feliz pelo repouso. Vai até a *piazza* e se encosta em um canteiro de flores alto. Inspira profundamente e o peito queima. Corre a mão em torno do pescoço e sente a sujeira saindo. Conforme a noite chega vagarosamente, ele pensa em Rosa, pela primeira vez.

Sylvie havia partido meses antes, e seu parceiro, Jessop, fora transferido para a Polícia Metropolitana, a Met. Staffe recebera uma chamada de agressão; não era exatamente o seu campo de atuação, mas ele estava nas redondezas.

Rosa estava em seu apartamento, para onde ele olha agora. Foi um vizinho que telefonou, mas Rosa, chorando, não fez questão de apresentar queixa. Staffe a abraçou e disse que ela não era obrigada a fazer isso, e, quando ela afastou a cabeça para lhe dar um beijo de agradecimento, ele viu de perto seu olho machucado. Naquele dia, sem saber o motivo, ele a segurou junto a si, as mãos em seu quadril. O corpo dela era muito macio, mesmo através de sua roupa.

— Deixe-me levar você daqui — disse ele. — Ajudar você a esquecer isso.

— Acho que você não sabe o que eu faço — disse ela.

— Acho que sei. E não me importo — respondeu ele.

Ele a levou para jantar e depois eles foram até um apartamento dele em Belsize Park. Ele lhe disse que ela parecia uma das mulheres de Goya. Mais tarde, teve que explicar que se referia ao jovem Goya. Mostrou a ela, e riram juntos. Naquela primeira noite, eles escutaram Miles Davis e Bessie Smith, e ele preparou um chocolate quente de verdade e a abraçou, e nada aconteceu. Quando ela foi para o banheiro, ele folheou o diário dela e viu o nome do cara com quem ela estivera naquela noite. Quis sair e surrá-lo até não poder mais. Mas não fez isso.

— Você está bem? Não parece muito bem — perguntou ela quando voltou. — Parece triste.

— Não pareço sempre assim? — respondeu ele.

— Não para mim.

Ela o puxou para si e começou a beijá-lo. Ele deixou que ela continuasse por algum tempo, e depois disse:

— Eu amo uma pessoa.

— Você merece — retrucou ela.

Três dias mais tarde, ele descobriu onde o cliente de Rosa trabalhava e examinou sua ficha policial. O homem era corretor de câmbio, e Staffe imaginou que seus patrões não soubessem o que o jovem havia feito. Então contou a eles. Sentiu-se mal por isso, mas apenas até se lembrar dos machucados no rosto de Rosa.

Um homem de meia-idade aparece na calçada em frente ao apartamento de Rosa. Ele deve ter vindo direto do trabalho, para um *happy hour*. Staffe vai na direção dele e o ultrapassa na escada. O homem cheira a perfume caro, tem um sorriso amável e uma aliança. Staffe bate na porta de Rosa, e o rosto dela se ilumina quando o vê. Ela o beija e faz com que ele entre, e eles conversam, não muito mais — do modo como sempre fora —, e quando volta para a sua casa reformada em Kilburn, ele fecha as cortinas para o sol do meio da tarde, ainda forte, e fica deitado no sofá, ouvindo as crianças brincarem na rua. Fecha os olhos e entoa um mantra que o faz adormecer.

Ele tira uma ligeira soneca, agitada, perturbada por visões de Sohan Kelly e Jadus Golding, sua própria família e a gangue com as ameaças presunçosas. "Eu vou matar você, Kelly. Nós vamos matar você, Wagstaffe!"

E Staffe acorda com o telefone tocando e esfrega os olhos. Ainda está claro, e ele se inclina, pega o velho aparelho feito de baquelita — uma quinquilharia que nunca fora citada como prova. Poderia tê-lo devolvido ao dono, mas este nunca saiu do CTI. Não tinha parentes próximos.

— Sim! — exclama ele, rápido.

— Chefe? — diz Pulford.

Staffe percebe algo novo em seu investigador: sua voz parece mais velha, mais grave do que o normal.

— É ruim, chefe. Muito ruim. — Sua respiração está entrecortada.

— Ruim? — indaga Staffe.

— Nunca vi nada igual.

Pulford é um *trainee* graduado; praticamente a maioria de seus colegas não o vê com bons olhos e, apesar de até mesmo Staffe não ter certeza de que conseguirá fazer isso por muito tempo, ele resiste à tentação de avaliar a inteligência de uma pessoa com base na opinião dos outros.

— O que houve?

— Eu não sabia se devia telefonar para o senhor.

— Mas telefonou.

— Eu posso passar o caso para Pennington.

— Eu perguntei o que houve!

— Um assassinato, chefe. — Staffe imagina Pulford andando de um lado para o outro, suas bochechas coradas ficando pálidas, cinzentas.

— Não. Foi algo mais próximo de uma execução.

— Onde?

— No conjunto Limekiln.

— Deixe-me falar com Janine.

— O senhor devia estar...

— Faça o que eu estou dizendo!

Staffe imagina a caminhada até a cena do crime, passando por uma guarda de honra de adolescentes de 10 a 14 anos matando o tempo cheirando pedras de anfetamina e crack. É o degrau mais baixo na mais traiçoeira das escadas. Um ou dois terão um carrão Subaru Impreza e beberão água Cristal, além de ter alguém para carregar as malas para eles. A maioria terminará como usuário, no fim da linha, caindo na marginalidade para sempre. É tão fácil quanto o lento e suave apertar do gatilho de uma arma que é posta na sua mão por um homem com um sorriso no rosto.

Enquanto espera a transferência da ligação para Janine, ele se levanta e chuta a cama, esquecendo-se de que está descalço.

— Merda!

— O quê?

— Janine? Você está no Limekiln? — Ele acha que a ouviu engolir em seco antes de falar.

— Estou aqui há mais ou menos uma hora. Você devia estar de férias. — Há um tremor na voz dela.

— Chego aí em 15 minutos.

Staffe passa água no rosto e nas axilas, depois veste uma camisa de mangas compridas e gola, com botões. Pega sua bolsa já arrumada e se sente ligado enquanto o sol poente de Kilburn penetra no corredor através do vitral da porta da frente. É uma casa em estilo vitoriano, e a porta combina muito bem com o conjunto. Ele a comprou anos atrás em um pátio de demolição em Southgate. Estava com Sylvie quando fez a compra.

Ele sente uma onda de tristeza e diz "Não", alto, para si mesmo. Não consegue estancar toda aquela tristeza. Gostaria de ter sido um homem melhor. Staffe dá de ombros, mesmo estando sozinho. Está sozinho há tempo demais para não dar valor a si próprio como audiência.

Puxa a pesada porta da frente, fechando-a atrás de si, e torce para que as crianças não estejam ainda jogando bola na rua. Pensa em dizer a elas para tomarem cuidado, mas não diz nada. Algumas vezes, falta paciência para aceitar xingamentos dos entes queridos de 9 anos de seus vizinhos.

Ele vai para os fundos, seguindo a viela estreita para a parte de trás da casa, e enfia a chave grande no cadeado também grande que serve para tentar afastar os maus espíritos de sua morada. Dá dois passos para trás, puxando as portas consigo, olhando para seus dois carros. É noite do calhambeque. Quase sempre é noite do calhambeque.

Há um cheiro entranhado, muito antigo, de cigarros no velho Peugeot, e quando gira a chave da ignição, Staffe sente uma vontade enorme de dar uma tragada demorada, lenta, em um Rothman. O motor a diesel tosse como um fumante inveterado. O rádio acende por conta própria, e ele aumenta o volume um pouco. Stravinsky, ele supõe, e o som do violino é mais alto que o lento e comprido som da lataria e do vento. Ele acha que é *O pássaro de fogo*. Não acha Stravinsky muito ruim, mas preferiria que fosse Grieg. Alguma coisa mais suave para uma noite como aquela. Ele se imagina na costa basca completamente sozinho, admirando as ondas do Atlântico.

Janine está do lado de fora do apartamento da vítima quando Staffe chega ao Limekiln. A vítima é Karl Colquhoun: 36 anos, duas sentenças de liberdade condicional. Ali no local, esse passado faz dele um verdadeiro anjo.

Conforme Staffe se aproxima de Janine, caminhando sobre o piso de concreto, ele tem a impressão de que ela poderia estar apreciando o pôr do sol, reclinada na cerca enferrujada e olhando para longe por cima do Limekiln. A faixa indicando "cena do crime" está à vista: mais uma cortina desvelando um novo drama do que uma barreira para manter as pessoas afastadas. Estas chegaram, permanecendo ali em grupos. É como a caverna de um urso, e Staffe acha muito irônico que seja preciso algo assim para fazer uma comunidade se unir.

Ele se inclina e pede aos policiais uniformizados que dispersem a multidão, que só aumenta. Os policiais dão de ombros. Eles se movimentam na direção de um aglomerado de pequenos grupos, e Staffe aguarda uma reação, meio que esperando alguma coisa sair do controle. Mas isso não acontece. Uma ou duas mulheres avançam, saindo da pequena multidão e se dirigindo aos policiais. Começam a falar, gesticulando para o quinto andar, falando com rispidez.

— Que diabo está acontecendo, Janine?

Ela balança a cabeça, não diz nada e faz um gesto em direção a uma porta. Dois policiais uniformizados estão de pé naquele local. Seus rostos estão pálidos. E esses são homens que já viram quase tudo o que Londres pode apresentar de pior.

— Vou dar uma olhada. Você pode me contar os detalhes lá dentro em um minuto, ok? — diz ele, pondo uma das mãos no ombro dela. Ele deixa a mão ali, confortável. Dá um passo na direção da moça, murmurando junto a seu cabelo: — Não se apresse.

— Obrigada, Staffe. Em um minuto eu estarei bem.

Ele corre a mão para baixo, nas costas dela, sente a curvatura da lombar com o polegar. Sorri. Os olhos dela ficam suaves, úmidos, e os dois se lembram de um tempo feliz que deveria ter durado mais. Staffe se lembra dos olhos da moça, rebeldes e grandes, e das palavras improváveis que saíram dos lábios finos dela.

— Staffe — diz ela.

— Sim.

Ela segura a mão dele, olhando em torno para ver se não estão sendo observados.

— Nada. — Ela dá um aperto na mão de Staffe.

Ele respira fundo e prossegue:

— Onde está Pulford?

— Ele voltou para a delegacia. A coisa o abalou mesmo, pobrezinho — diz ela, sem ironia.

— Não é a primeira vez que isso acontece a ele.

— Você vai entender quando entrar.

Por toda parte há sinais de que os responsáveis de sempre tomaram as habituais providências necessárias. As provas estão envelopadas e colocadas sobre uma mesa de jantar oval, que parece feita de plástico. Mas não há ninguém lá dentro. Ninguém permaneceu mais do que o necessário.

Uma espécie de estante de fórmica marrom combina com a mesa de jantar. Suas prateleiras de compensado envernizado sustentam fotos de escola de duas crianças diferentes. Elas não estão sorrindo. A maioria dos fotógrafos de escola consegue extrair um sorriso da mais tímida e infeliz das crianças. E agora Staffe sente o choque. Um tremor frio percorre sua coluna. Sente pontadas no couro cabeludo. Não é um lar feliz, esse aqui. De nenhum ponto de vista.

O corredor que leva aos quartos tem as paredes forradas com papel estampado com grandes flores escuras, e quando ele abre a primeira porta, o cheiro o atinge em cheio. Um odor profundo, doce, que incomoda a garganta. Ele dá um grande passo para dentro, observando os pés afastados na parte inferior da cama, os tênis ainda calçados, um pedaço de goma de mascar cor-de-rosa entre o calcanhar e a sola, no espaço do sapato que nunca se limpa sozinho pelo atrito. As calças de Karl Colquhoun estão arriadas até os tornozelos e uma crosta marrom se formou em torno de toda a perna, espalhando-se pela cama desarrumada. Sangue, ainda vermelho, se estende pelas coxas de Karl, mais espesso em torno da virilha.

E então Staffe vê o que aconteceu. Instintivamente, leva a mão à boca e ao nariz. Sente um engasgo, mas ouve Janine entrando apressada atrás dele.

— O globo ocular humano é esférico — diz ela. — O testículo mede dois e meio por cinco centímetros, mas é oval. É por isso que está saliente — diz Janine. — Eles teriam que ter seccionado o nervo ótico, que tem meio centímetro de espessura. Isso exigiria algum tipo de lâmina, ou uma tesoura. O mesmo com o duto deferente.

— Os colhões?

Ela assente com a cabeça.

— Isso exigiria certo grau de força. Uma boa lâmina.

— E alguém que soubesse o que estava fazendo? — Staffe finge estar observando o corpo, mas seu olhar está desfocado.

— Ou isso ou alguém que aprendesse rápido. Uma pessoa de estômago forte, com certeza.

— Será que não eram duas pessoas, uma para segurar a vítima?

— Teremos que esperar pela necropsia, mas meu palpite é de que ele estava paralisado. Há um litro de uísque perto da cama — diz Janine. Sua voz mostra cansaço. — Ele está com um inchaço na mandíbula, acho que o osso está fraturado.

Staffe se força a olhar de novo para o corpo; ele precisa vê-lo *in loco*. Focaliza o olhar no rosto do homem, sentindo ânsia de vômito, mas engole em seco e semicerra os olhos. Subitamente, sente como se estivesse, de certa forma, ligado àquela terrível situação. Ele conhece aquele homem. Tem certeza de que o conhece.

Pega um par de luvas e as coloca, entra na sala de estar e remexe as gavetas do aparador, encontrando finalmente uma fotografia de Karl Colquhoun. Ele tem razão. Esse homem já esteve na casa de Staffe. Na maior parte do ano anterior, ele fora a seu apartamento em Queens Terrace, South Ken. E não apenas isso: Staffe preparara xícaras de chá para ele, enquanto o homem consertava a marchetaria que adornava uma escrivaninha Cobb. Karl Colquhoun fizera um esplêndido trabalho. Era meticuloso e inflexível. Um artesão de primeira. Qualquer um pensaria que ele tinha algo a oferecer a uma sociedade civilizada.

Staffe volta para o quarto e olha de novo para Karl Colquhoun. O homem a quem aquilo acontecera, o modo como os assassinos agiram... aquela não era uma vítima comum. Talvez nem fosse uma vítima, em absoluto, de acordo com algumas pessoas. Ele se vira e caminha pelo apartamento, acenando para o policial uniformizado na porta, que diz:

— Chefe, devo trancar o lugar agora?

Staffe assente e pensa no clima mais ameno que o aguarda junto ao crime político e muito mais antigo que matou seus pais, supostamente um delito com motivos racionais. E fica pensando se isso o torna melhor ou pior do que o brutal assassinato de Karl Colquhoun, que talvez não fosse nenhum anjo. De qualquer modo, ele encontrará seus assassinos. É o seu trabalho.

Ao descer a escada, os sons de seus próprios passos fazem eco contra outros que sobem na contramão. Quando passa por eles, eles olham para baixo, e no segundo andar o cheiro de tinta aerossol é forte e fresco. Mesmo com a polícia presente, os caras estão usando drogas. A substância química irrita sua garganta, e Staffe desce dois a dois os últimos degraus, correndo para fora, em direção ao pátio, e inspirando fundo.

— Parece que alguém está com pressa.

Pennington está encostado no velho Peugeot. Ele se afasta do carro enferrujado e tira a poeira da roupa, enquanto arruma o nó da gravata. Parece mais um contador do que o inspetor-chefe. É vigoroso, e seu cabelo escuro e brilhante está com um pequeno excesso de perfume Just for Men. Como sempre, usa um jaquetão transpassado na frente. Puxa os punhos da camisa.

— Não esperava ver você aqui, Staffe.

— Estou partindo de manhã, chefe. Logo cedo.

— Não pode resistir a dar uma olhada, hein, inspetor? — Pennington põe uma das mãos sobre o relógio Seamaster, observando demoradamente a hora. — Nós *conseguimos* nos virar sem você. — Ele encara Staffe com um sorriso torto.

— Eu só pensei em vir por conta da ausência de Rimmer, já que está doente.

— Estresse. Ah! — Pennington olha para além de Staffe e para cima, na direção da torre Limekiln. Ele fala como se estivesse sendo gravado. — Você não acha que essa doença nunca teria aparecido se a palavra não existisse? — Ele simula uma queixa. — Estou tão estressado. — Olha direto para Staffe, os olhos semicerrados. — Bem, todo mundo está estressado, a menos que realmente mande tudo se foder. É o que nos faz seguir em frente. É bom para todos nós!

— Alguns mais do que outros, talvez, chefe.

— Mas você não fica estressado, não é, Staffe? Não há chance para isso! Você conseguiu umas férias. Quanto tempo faz que não para? Dois anos? Mais tempo?

Ele assente com a cabeça.

— Não quer que eu fique, senhor?

— Eu pensei que, com o episódio Golding, você enxergaria a vantagem de se manter discreto. Um pouco de sol nas costas.

— E quanto a Sohan Kelly? Será que está sentindo o sol nas costas? Ouvi dizer que ele está querendo se escafeder para a Índia, mas que há um problema com o visto de saída.

— Estamos cuidando de Kelly. Você não precisa se preocupar com ele.

— Mas eu me preocupo, chefe.

— Ele conseguiu o que queríamos: a condenação.

Staffe apalpa o depoimento original de Kelly, seguro em seu bolso. Ele quer saber exatamente que tipo de controle Pennington tem sobre Sohan para fazê-lo mudar o depoimento da maneira como fez.

— E o que ele ganhou com isso?

Pennington lança um olhar fulminante para Staffe. Ele se aproxima um passo e baixa a voz.

— Você sabe que o canalha do Golding e todos os canalhas com quem ele anda estavam aprontando. E sabe que o pobre-diabo do chefe do correio está em frangalhos, tremendo pelo resto da vida. Kelly é nossa testemunha, Staffe. Sua testemunha. Vou levá-lo embora daqui, não se preocupe. Essas merdas de vistos!

Staffe não consegue dizer nada; não consegue lembrar o chefe de que foi ideia dele, Pennington, convocar Sohan Kelly. Ele o encara diretamente.

— Eu nunca acreditei que os fins justificam os meios, senhor.

— Mas que merda, Staffe — diz Pennington, falando entre os dentes agora. — Eu não vou ter mais um debate ético. Estou dizendo a você: o que está feito está feito. E, por Cristo, justiça foi feita.

— Não o meu tipo de justiça, senhor.

— No mundo de Jadus Golding não há lugar para filósofos. Lembre-se, foi Golding quem fez aquilo! E, além disso, Wagstaffe, você é o principal responsável pelo caso. — Pennington aponta o dedo para Staffe, quase encostando em seu peito.

— E eu não sei disso, chefe? Eu sei disso perfeitamente.

Pennington remexe de novo nos punhos da camisa, recuperando a calma.

— Então caia fora, Staffe. Deixe a gente tomar conta desse caso. — Ele faz um meneio de cabeça indicando a torre Limekiln. — Ao que parece, já está resolvido. A esposa desapareceu. Há toda probabilidade de que seja ela. Caso aberto, caso fechado.

— E se não for ela?

— Aí vamos reunir as provas. Do modo que sempre fazemos.

— Nós estamos com falta de efetivo.

— Sempre podemos usar a Met, se tivermos dificuldades.

— A Met!

Pennington se vira para o lado, afasta-se com um passo.

— Cai fora, Staffe. Confie em mim, nós podemos sobreviver sem você.

Staffe se distancia, na noite. Conforme ele se dirige para seu carro, o Jaguar de Pennington passa roncando, as lanternas vermelhas desaparecendo aos poucos, e no momento exato em que fica sozinho, com a torre Limekiln assomando como um monstro no céu escuro, ele ouve um pequeno estouro. Pedaços de vidro caem no chão vindo da lâmpada do poste acima. A rua fica escura, totalmente escura. Staffe para, temendo o pior. Cerra os punhos, se preparando. Para o quê?

Olha para trás de si e para cima, para a torre escura, e depois ouve algo. Aguça o olhar no escuro, vê uma forma se movendo perto de seu carro. Ele sabe que não pode recuar, então caminha vagarosamente na direção do veículo, tomando cuidado onde pisa. Ouve assobios vindos de dentro do Limekiln. Latidos de cachorros. Mais perto, Staffe tem certeza de que consegue ouvir a respiração de alguém, pesada. Quando chega junto ao carro, ouve alguma coisa atrás de si e se vira:

— Quem está aí?! — Procura sua lanterna de bolso Maglite e lança um pequeno facho de luz na escuridão. Nada. Olha para cima e para baixo da rua. Quando se volta para o carro, o facho de luz ilumina um arranhado fresco. A letra J está gravada na porta do carro. — J — diz ele em voz alta. — O merda do Jadus Golding — sussurra para si mesmo.

Do lado oposto da rua, duas figuras com bonés de beisebol e capuzes abaixados sobre o rosto olham para ele da porta de uma loja bloqueada por tábuas. Podem ser pessoas comuns. Passa um carro em velocidade. Qualquer um pode estar no veículo, levando qualquer coisa. Na City, há muita gente, muitos carros. O facho do farol parece mostrar que os dois jovens encapuzados estão sorrindo.

* * *

Novamente vestido em seu terno, Guy Montefiore não é notado. Nessa parte de Fulham, os mundos da City e da Media ficam lado a lado com a escória branca.

Ele se movimenta para a frente e para trás, evita uma ou duas ruas que levam às grandes propriedades. Faz um pequeno desvio para comprar água tônica na Oddbins e, quando volta para a rua, um homem com jaqueta de aviador do lado oposto da rua vira-se rapidamente. Guy observa ao redor. Não tem a impressão de estar sendo vigiado e sabe, como alguém que tem o hábito de espreitar, o que procurar.

Não precisa esperar muito para chegar à rua de Tanya. Tanya Ford tira o braço que enlaçava o da amiga e elas trocam dois beijos no rosto. Tanya sobe rápido os degraus para sua pequena casa e a porta se abre antes que ela possa bater. Ela é amada, mas não viu Guy. Nunca vê.

Depois de dez minutos, Guy está metendo a mão no bolso de sua calça Gieves & Hawkes e pegando a chave de sua casa com varanda, estilo vitoriano tardio, que vale 1 milhão de libras. Chuta os sapatos para longe dos pés e vai para o estúdio que costumava ser a sala de estar da família. Disca o número de Thomasina. Enquanto o telefone chama, e geralmente ele toca várias vezes até ela atender, ele o encaixa entre a cabeça e o ombro e faz um gim-tônica relativamente forte. Dá um gole e enxota o gato de sua poltrona com a ponta do dedo do pé.

— Quero falar com Thomasina — diz ele ao homem que atende. Algum cara safado que a mãe dela arrastou para casa.

— Você é o pai dela? Me disseram para avisar que você não pode falar com ela.

— Quem é você? — O coração de Guy dobra o ritmo da pulsação.

— Vá se foder. Eu sou o namorado dela.

— O namorado dela? Namorado de quem? Não de Thomasina.

Mas já desligaram.

Manhã de terça

Staffe trancou seu apartamento em Kilburn e deu uma chave a Josie, de modo que ela possa pegar a correspondência e regar as plantas.

As portas do metrô se fecham, e ele sente um pequeno vazio; uma simples bolha de ar pode interromper todo um sistema de aquecimento. Na noite anterior, quando ele voltou do conjunto Limekiln, visões de Jadus Golding perturbaram seu sono novamente, e ele se sente cansado; abre o *Guardian*, tentando manter a mente limpa, trabalhar de novo com linhas de raciocínio claras, mas vê a primeira página do *News* com um outro passageiro. A manchete é:

ASSASSINATO COM AUTOAJUDA

Ele aperta os olhos para ler os dizeres que vêm depois de uma velha fotografia de Karl Colquhoun.

Um crime que não é um crime?
Mais nas páginas 4 e 5.

Ele segura o jornal e o abaixa, e vê um jovem asiático de olhos arregalados olhando para ele, com medo.

— Está tudo bem. Sou policial. Posso pegar seu jornal emprestado?

O jovem assente com a cabeça, dobra o jornal cuidadosamente e o entrega a Staffe. Ele o aceita, e diz:

— Desculpe. Fique com este — e entrega ao rapaz o *Guardian*.

De acordo com o *News*, o assassinato de Colquhoun foi um crime passional. Aparentemente, a esposa dele teve que entregar os filhos do casal à custódia do Estado por causa do que Karl fez aos filhos que ela teve em um casamento anterior; e se a esposa cometeu o crime, isso poderia torná-la mais santa do que pecadora? Ela estaria fazendo um favor à sociedade.

Staffe relê a reportagem, mas sua mente está voltada para o tipo de assassinato que é exatamente o oposto daquele: a sangue-frio e indiscriminado. Fecha os olhos e tenta imaginar seu encontro com Santi Extbatteria, na Espanha. O trem ganha velocidade em seu caminho para Heathrow, e a distância entre as estações aumenta. O vagão balança de um lado para o outro, e quanto mais Staffe pensa no que aconteceu com seus pais, mais seus olhos se fecham, bem apertados. Seu estômago se revolve e a boca vai ficando vagarosamente cheia de saliva. Ele engole em seco. Sente ânsia de vômito. Quer cair fora, mas sabe que não pode.

* * *

O inspetor-chefe Pennington examina a sala para verificar de que membros de sua equipe pode dispor. A sala temporariamente reservada para aquele caso, na delegacia de Leadengate, é pequena demais e está apinhada de gente.

— Eu quero que você, Johnson, fique à frente disso. Reporte-se diretamente a mim e mantenha todos engajados. Com um pouco de sorte, o caso deve ser resolvido e arquivado em uma semana. — Pennington corre os olhos pela sala. — Onde está o investigador Pulford?

— Jogando videogame — brada um dos policiais. A risada é geral.

— Muito engraçado. Falando sério, onde ele está?

A sala fica em silêncio.

— É melhor descobrir. Quero todo mundo focado nisso. Resolvido e arquivado, estou dizendo. Resolvido e arquivado.

Johnson havia tirado licença de saúde por uma semana, mas logo melhorou quando ouviu que Staffe estava a caminho da Espanha, e que Pennington precisava de alguém para comandar o show. No momento, ele está ali, de pé, alto, recostado na porta aberta, o cabelo ruivo já escasseando, as mangas da camisa enroladas, mostrando antebraços grossos, pálidos, cheios de sardas como um salmão. Está lutando para conter o riso quando sente alguém puxando a ponta do paletó.

— Você está melhor, Johnson.

Ele se vira, soltando um sibilo.

— Diabos! O que você está fazendo aqui?

— Achei que era melhor dar uma olhada.

— Você ouviu o chefe. O caso está praticamente resolvido e arquivado.

— E nesse caso, eu posso tirar minhas férias na semana que vem. Bem, onde *está* Pulford? — pergunta Staffe, recostando na parede mais afastada, de modo a não ser visto por Pennington.

— Você ouviu. Jogando videogame.

— Eu sei que você sabe, Johnson, então por que simplesmente não me conta?

— Ele foi atrás da esposa, Leanne Colquhoun.

— E levou com ele uma assistente social, ou pelo menos uma policial? — indaga Staffe.

Johnson apenas dá de ombros.

— Seus idiotas.

— Ela tem uma irmã, lá em Southend.

— E Pulford tem um mandado de busca e apreensão?

Johnson balança a cabeça, sentindo-se como se estivesse de novo na escola. Mas no exato momento em que Staffe se prepara para dar a última investida, Johnson vê sua atenção se desviar. É a vez de o detetive-inspetor Wagstaffe bancar o estudante quando Pennington o avista.

— Staffe! — berra ele. — Que diabo você...

Na sala de Staffe, Pennington está imóvel, de pé diante da janela. Estufa seu estreito peito de pombo e fecha o semblante.

— Eu achei que nós tínhamos combinado que você se afastaria por algum tempo. Especialmente depois do caso Golding.

— As férias podem esperar, chefe.

— Eu tenho tudo sob controle, você sabe. Eu falei para você que nós podíamos sobreviver sem sua ajuda.

Staffe quer dizer: *Eu conheço o seu jogo. Você ambiciona ser comissário-chefe e se pudesse faturar uma manchete de um crime solucionado sem o seu detetive-inspetor sênior então a coisa seria melhor ainda. Seu canalha ambicioso!* Mas tudo que ele diz é:

— Eu sei, chefe.

Ele se lembra de quando conheceu Pennington. Staffe era um simples policial e tinha acabado de ser posto sob a orientação do rígido investigador Jessop. Ele e Pennington eram ambos candidatos a inspetor-chefe, e Pennington ganhara o cargo. A faca dele era mais afiada. Jessop e Staffe trabalhavam juntos havia 15 anos e, mesmo depois de Jessop chegar a detetive-inspetor, Pennington estaria sempre um degrau acima.

Pennington vira as costas, indicando que a reunião terminou, e Staff sente um aperto no coração quando se lembra que Pulford saiu à caça do único suspeito sem qualquer apoio. Só espera que ele não consiga nada.

* * *

Conforme segue pela A127, o investigador Pulford vai dirigindo o Vectra sem identificação da polícia com o giro do motor bastante alto, algo ninguém faria com o próprio carro, seguindo o estuário ao longo de um trecho lodoso que fora aterrado por conta da especulação imobiliária.

Ele tenta não pensar na encrenca em que pode se meter por não ter esperado um mandado de busca e apreensão. Deixou uma mensagem para Carly Kellerman, a assistente social designada para o caso, e depois partiu de Londres de carro como se fosse ele que estivesse fugindo da cena do crime, não Leanne Colquhoun. Ninguém vira Leanne voltar para casa vinda de seu trabalho no hipódromo Surrey Racing, mas por volta das seis e meia ela fugira do conjunto gritando como uma *banshee*.

De acordo com o que Pulford conseguira apurar até o momento sobre Karl Colquhoun, ele levava o tipo de vida que exclui a palavra "vítima" da expressão "vítima de assassinato". "Dê à esposa uma medalha, não a prisão. O que uma mãe deve fazer para proteger seus filhos?" É assim que a maioria pensa.

Pulford sabe que o caso poderia ser uma oportunidade para ele, mas rapidamente se recrimina por querer se aproveitar da situação, ainda que ele mesmo seja uma vítima, de certa forma. Tem noção exata do que pensam dele na delegacia de Leadengate: um sujeito com graduação que rapidamente ascendeu ao posto de investigador, embora (dizem alguns) ele não saiba porra nenhuma e tenha tido apenas quatro anos para aprender. Passara três anos bebendo e fodendo, jogando videogames e assistindo ao seriado *Countdown*, enquanto gente melhor, homens como Johnson, metiam a mão na massa com vontade, empurrando o crime na cidade de volta a seus cantos sórdidos.

O GPS o orienta para um conjunto de prédios residenciais, de construção recente, perto do largo rio marrom. Fora projetado para deslumbrados, para gente na casa dos 30 anos que se mata para ascender socialmente. Não é um lugar onde você esperaria que a irmã de Leanne Colquhoun morasse. Em outras palavras, não é Holloway.

Pulford bate duas vezes à porta, com força, e dá um passo para trás. Ele olha para um rosto bonito que aparece na ombreira da porta e depois para a foto em suas mãos. Pode ser uma Leanne toda maquiada, ele não tem certeza.

— Eu estou aqui para...

— É — diz ela —, nós estávamos esperando por vocês. Leanne está lá em cima. É melhor entrar. Tire os sapatos, por favor.

O coração de Pulford dá uma, duas pequenas paradas. Agora que ele sabe que ela está aqui, pode estar se metendo em uma enrascada ou conseguindo um grande furo.

— Ela pede apenas um pouco de tempo, sabe. — Ela acena com a cabeça para a sala de estar e ele a acompanha, arrependendo-se por não ter levado uma policial com ele.

— Sou o investigador Pulford.

— Karen Donnelly. Sou a irmã de Leanne, mas você sabe disso, não é? — Ela se senta, olha pelas portas corrediças defronte ao pátio, de armação de metal, que dão para uma passagem recentemente pavimentada, de três por três metros, para um pequeno gramado além, e depois para uma cerca de cor amarronzada. — Ela o amava, sabe. Sempre amou.

— Colquhoun? — indaga Pulford, tirando seu bloco de anotações e escrevendo.

— Ela fez algo péssimo, mas fez por ele. É uma coisa terrível, o amor.

— Ela o matou para o bem dele?

— Ela deixou que tomassem seus filhos — diz Karen Donnely, olhando para o infinito. — Amor.

— Ela disse a você que matou Karl?

Ela encara Pulford, mantendo seu olhar inflamado. Ele pisca e desvia o olhar enquanto ela diz, vagarosamente:

— Vá se foder.

— Leanne contou a você como ele morreu?

Karen Donnely dá de ombros.

— Ele não deve ter tratado ela bem.

Karen olha para ele como se fosse fazer uma confidência, mas muda de ideia. Ela balança a cabeça.

— Você vai ter que vir comigo à delegacia. É em Leadengate, na City.

— Ah! Crimes elegantes.

— Não há nada de elegante nesse — diz Pulford, refreando a vontade de dar detalhes da causa da morte.

— Eu tenho que pegar meus filhos na escola às quatro horas. Depois, preciso preparar o jantar. E depois tenho que ir para o trabalho. — Ela olha em torno, para a casa. Pulford acha que ela parece se ressentir disso, das coisas pelas quais ela precisa pagar.

— E os filhotes de Leanne? Ela não quer vê-los?

— Filhos. Ela tem filhos — diz Karen Lonnely. — Quem tem filhotes são cabras.

— Não pergunte porra nenhuma a ela — diz Leanne Colquhoun, descendo a escada. Ela parece mais nova do que na fotografia; para Pulford, parece que se livrou de um fardo. — Nós podemos pegar meus filhos no caminho. Se a maldita assistente social deixar. Eu gostaria de vê-los.

Pulford olha para Karen, que olha para o chão. Ela parece envergonhada.

* * *

Staffe estaciona o cansado e velho Peugeot junto a sua casa de Kilburn ao lado de outro veículo que está coberto por uma grossa camada de poeira. Fecha as pesadas portas de aço da garagem, prende o cadeado e olha para os fundos de sua casa. Construída para durar, na era vitoriana. Foi uma boa compra, mas não é um lar, e ele acha que pode alugá-la, mudar-se para uma de suas casas melhores, em uma vizinhança melhor — embora não faça muito tempo que os andaimes tenham sido desmontados, e as caçambas de entulho, rebocadas para o aterro. Mas ele bloqueia esse pensamento, imaginando se está pensando nisso por causa das ameaças de Golding. Será que ele, de repente, permitiu que esse gângster de 19 anos o transformasse num covarde? Mas é covardia abaixar-se para evitar um golpe, desviar-se de alguém que o agride?

Há uma luz no andar de cima, embora seja dia e ele tenha desligado tudo. Vai até a cerca, comprime o rosto contra ela, olhando por um buraco na madeira. Percebe uma sombra se movendo na janela da sala de jantar.

Corre para a frente do prédio e pega o celular para pedir reforço. Uma inspeção mais detalhada da porta da frente não mostra sinais de arrombamento. Ele põe o telefone de volta no bolso e está prestes a colocar a chave na porta quando ouve um grito vindo de dentro da casa.

Aquilo parece um grito de mulher, mas Staffe não tem certeza, então fica de pé, parado. Ouve outro grito, e um murmúrio baixo, de alguém chorando. Uma voz se eleva através da janela aberta no andar de cima. Ele tem certeza de que trancou o andar de baixo da casa.

Staffe desce os degraus para o subsolo e volta, segurando uma pá que ele mantém em um depósito úmido. Olha através da caixa de correio, não vê nada, mas consegue sentir o cheiro de fumaça de cigarro. Ele não dá uma tragada em um Rothman faz três anos.

Põe de novo a chave na fechadura, a mão trêmula, respira fundo e entra. O ruído vem do andar de cima e é, definitivamente, uma voz de mulher

— Ah, meu Deus! Meu Deus! — diz ela, como implorando por misericórdia ou por ajuda.

Conforme vai subindo, com a pá na mão, Staffe ouve alguém chorando e percebe que os sons vêm do quarto dos fundos, onde ele vê a luz. Ele se detém, segura a pá na frente do corpo e nota manchas de sangue no carpete. Há um rastro do líquido vermelho vindo do banheiro. Ele chuta a porta que dá para o quarto, abrindo-a, entra correndo no aposento, e os uivos da mulher dobram de intensidade.

— Que diabos! O que é...?

— Marie? — diz ele.

As mãos dela estão cobertas de sangue; há uma expressão de horror impressa no rosto.

Staffe olha para uma criança, curvada no chão e segurando a cabeça manchada de sangue, soluçando.

— O que aconteceu? Quem fez isso?

— É culpa sua — diz Marie. — É culpa sua, Will, seu idiota.

— Aonde eles foram? Onde eles estão?! — Staffe está ajoelhado junto à criança, tomando-a nos braços. — Harry, você está bem? Ah, Harry.

— É claro que ele está bem — diz ela. — Fui eu que me cortei. — Ela estende o braço para mostrar a Staffe. — Eu me cortei naquela porcaria de boxe do seu banheiro.

— O que você está fazendo aqui, Marie?

— Você disse que eu podia vir a qualquer momento. Me deu uma chave.

— Você podia ter me avisado.

— Você devia estar de férias. Se é que pode chamar isso de férias! — Ela lança um olhar furioso para ele e se senta na beirada da cama, segurando o braço que sangra. — Ah, cala a boca, Harry. Por favor!

Staffe levanta o sobrinho do chão e o segura junto ao peito, depois senta na cama perto da irmã, enlaçando-a com um braço. Embora ela esteja cheia de sangue e o sobrinho esteja chorando, ele saboreia o momento, sentindo um alívio correr pelas veias.

— Que bom ver você, Marie.

— Ah, é mesmo. Ótimo — diz ela.

* * *

O jovem Harry está na sala de estar de Staffe lamentando o fato de não haver o canal Nickelodeon na TV de tela pequena. O máximo que Staffe consegue é encontrar um velho baralho e ensinar rapidamente ao garoto como jogar vinte e um. E, então, volta para a cozinha para fazer um curativo em Marie.

— Você devia ir ao hospital.

— Vou ficar bem — diz Marie.

Staffe enrola a manga da blusa dela e examina o ferimento. O boxe de vidro do chuveiro fez um corte na parte interna do antebraço e não alcançou uma veia por um centímetro, mais ou menos. Ele limpa o corte e aplica iodo, o que a faz se encolher, e, enquanto ela esfrega os olhos, ele lança um olhar mais atento para um hematoma recente, em uma parte superior do braço. Quando abre os olhos, ela percebe o olhar dele e abaixa a manga.

— Aposto que há um machucado também no outro braço. Estou certo?

— Apenas se concentre no corte, Will.

— Eu sempre disse que ele era um canalha.

— E a sua vida é totalmente perfeita.

— Você devia denunciá-lo. Ele vai fazer isso em outra pessoa.

— Por que você sempre tem que tomar as dores dos outros?

— Você é minha irmã, pelo amor de Deus.

— E que tal você, Will? Quem você está namorando?

— No momento, minha vida está muito complicada.

— Você mora sozinho. É a situação mais descomplicada que um homem pode ter. Ou ainda está naquela busca estúpida?

— Eles eram seus pais também, Marie.

— Isso foi há vinte anos, pelo amor de Deus. Você não acha que eles desejariam que você continuasse sua vida?

Staffe quer dizer a ela que ele não tem escolha, que deseja seguir em frente, mas pode prever que rumo aquela conversa tomaria.

— Estou tentando fazer a coisa certa.

— Faça a coisa certa para você. Como a Sylvie.

— Não! Não vamos falar sobre a Sylvie. E, de qualquer forma, pelo menos eu não fugi quando aconteceu.

— Eu não fugi, eu viajei.

— Você jogou fora a sua herança.

— Eu gastei a herança. Investi em experiências. Sabe, Will, às vezes eu realmente não compreendo de onde você tira seus valores.

Ele fica pensando no que ela disse, o que o faz se lembrar de seu pai, sempre trabalhando e falando sobre o que ele faria com "seu tempo" quando se aposentasse. Será que seu pai ficaria orgulhoso do que ele faz? Ele nunca iria saber. Staffe se sente perdido, olha para a irmã.

— O que ele pensaria de nós? Do que nos tornamos?

— Ah, Will. Nós temos que viver nossas vidas.

— E não os fantasmas — diz ele.

Ela dá de ombros, parece envergonhada.

— Eu nunca pedi nada a você, Will. Harry vai para a escola no fim do verão. Você sabe que se...

Staffe a abraça, puxa-a para a curva de seu pescoço e fala suavemente:

— Eu adoraria se você ficasse aqui. Eu queria que você tivesse vindo há anos.

— Não é para ficar de vez. Nós brigamos como cão e gato, Will. Sempre brigamos.

Staffe levanta a manga dela e olha para o outro machucado.

— Eu sei. — Ele balança o corpo suavemente, abraçando cada vez mais forte sua irmã mais nova, tentando não imaginar em que enrascada ela deve estar para aceitar sua ajuda depois de todos aqueles anos.

— Por que você não viajou? — pergunta ela.

Staffe chega a pensar que, depois daqueles anos todos, ele poderia estar com medo de encontrar Santi Extbatteria.

— Vamos ver como Harry está. Talvez eu o ensine a jogar pôquer.

— Eu posso ver que ótimo exemplo você vai ser para ele.

Enquanto caminham, eles riem. Ela melhora a expressão, e Staffe pensa que talvez realmente devesse se mudar para o outro lado da cidade.

* * *

Ele não se lembra de ter visto a delegacia de Leadengate tão calma. Todos os policiais disponíveis ou saíram em missão de busca e apreensão ou estão telefonando para todo mundo que por acaso tenha conhecido Karl Colquhoun. Pennington recebeu um telefonema do comissário-chefe e teve que fazer um pronunciamento para a imprensa.

Staffe caminha na direção da sala de entrevistas e ouve as vozes exaltadas de seus investigadores Johnson e Pulford no corredor.

— Você devia saber quando pedir reforço — diz Johnson.

— Eu não queria que ela fugisse.

— Sua falta de experiência não é minha culpa. — Johnson vê Staffe e olha para os próprios sapatos.

— Sobre que diabos vocês estão discutindo? — Staffe desliza para o lado a cobertura da vigia da sala de interrogatório principal e vê Leanne Colquhoun. Ele franze o cenho. — E se ela ouve isso, seus idiotas? — diz, num sussurro de crítica. Ele se volta para Johnson. — O que você sabe sobre a primeira mulher de Colquhoun?

— Debra Bowker? Ela se mudou para outro país, para Tenerife.

— Me dê o número do telefone dela. E descubra há quanto tempo ela está lá. Preciso das datas de todas as visitas dela à Inglaterra desde que partiu, e confirme essas datas com as empresas aéreas.

Johnson lança um olhar pungente para Pulford, e Staffe vê que ele está irritado por ter perdido o comando do caso. Põe uma das mãos no ombro de Johnson e o conduz pelo corredor, dizendo, enquanto caminha:

— Eu sei que você está chateado, Rick. Mas estamos com efetivo reduzido no momento, com Rimmer de licença. Esse poderá ser o maior caso que pegamos em anos, e a imprensa já está em cima de nós. Temos que trabalhar em equipe.

— Foi para isso que o senhor voltou? — Apesar do veneno na voz de Johnson, ele está com olheiras. Staffe acha que seu investigador deveria estar descansando em casa.

Staffe volta a olhar para o jovem Pulford, aproveitando as folgas de serviço que Johnson acha que ele próprio merece.

— Se continuar agindo assim, você ainda será um investigador quando se aposentar. Se não consegue se entrosar como parte de uma equipe...

— O chefe sabe muito bem que eu consigo.

— Não é o que estou vendo ultimamente.

— Eu achei que essa era a minha oportunidade, chefe. Deixa pra lá. — Johnson lança a Staffe um olhar resignado e expressa um cansado "que diabos", levantando as sobrancelhas. — Mas seria bacana se o senhor me deixasse agir livremente às vezes. Basta me deixar dizer ao babaca que papel de idiota ele faz de vez em quando.

Staffe ri, dá um tapinha no ombro de Johnson e fica observando seu subordinado caminhar com passos pesados pelo corredor. Johnson se vira e diz:

— Eu vou conseguir as coordenadas de Bowker para o senhor, chefe.

— Bom homem — responde Staffe, vendo o desgrenhado Johnson se afastar. Ele e Becky têm três filhos pequenos, e o policial é completamente dedicado à família. Staffe olha de novo para Pulford, encostado à parede, jovem e novato; alto e magro, com o cabelo cortado em um topete arrepiado, de acordo com a moda. Seu terno é bem-talhado, sem dúvida pago pela mãe. Staffe respira fundo e caminha na direção dele.

Ele não o recrimina por ter saído à caça de Leanne Colquhoun. Está satisfeito com o fato de o novato ter voltado com algo para mostrar aos céticos, a despeito de ter violado os procedimentos da corporação.

Staffe volta à sala de entrevistas, curva-se para olhar para Leanne Colquhoun pela vigia. Ela está sentada calmamente na extremidade mais afastada da mesa; o corpo é de uma mulher atraente, com menos de 25 anos, mas já com uma aparência deteriorada. Tem o cabelo preso num rabo de cavalo apertado, no alto da cabeça; maquiagem de menos nos olhos e demais nos lábios. Os olhos são estreitos e duros, e as maçãs do rosto, salientes e fortes. A pele do pescoço é esticada, e há três linhas na testa que não desaparecem quando sua expressão se ameniza.

Staffe não sente atração por ela, não por esta mulher, não por uma assassina. Mas quase todo mundo na delegacia sente.

Ele percebe que ela não esteve chorando, apesar de terem decorrido apenas 24 horas desde que ela, aparentemente, voltou de seu turno vespertino de trabalho no hipódromo Surrey Racing para encontrar o marido na cama, o sangue encharcando os lençóis, o corpo minuciosamente retalhado. Só de pensar na imagem, Staffe se sente enjoado.

O coração de Karl Colquhoun provavelmente parou de bater devido a ondas consecutivas de dor — não pela perda de sangue dos estreitos cortes aplicados em seu escroto, mas, sim, dos olhos. Os assassinos sabiam o que estavam fazendo. Sabiam que não seriam incomodados. Não havia sinais aparentes de arrombamento, o que não contribuía para a defesa de Leanne.

Um litro de uísque de marca barata fora ingerido por Colquhoun, forçado garganta abaixo, e ele talvez tivesse alternado momentos de consciência e inconsciência antes de ser atado aos pés da cama. Além de sêmen, sangue e excremento, os lençóis mostravam resíduos de vômito. Por toda parte, naturalmente, havia as impressões digitais de Karl e Leanne Colquhoun. E de ninguém mais.

Staffe chama Pulford para junto de si e diz:

— Me diga de novo o que exatamente ela disse sobre Karl.

— Que ela o ama. Desculpe, *amava*.

— Falou isso com sinceridade?

— Ela disse que não acreditava que aquilo tinha acontecido.

Staffe olha de novo para Leanne, que dá uma tragada tão profunda em um cigarro que as maçãs do rosto afundam ainda mais — esquelética como uma vítima da guerra nos Bálcãs —, observando ao redor com seus olhos cinza-claros. Não havia como adivinhar o que ela vira ou fizera em sua própria casa recentemente. E, embora o dono da casa de apostas jure de pés juntos que ela não saiu do recinto durante toda a tarde, Staffe descobriu que isso é mentira. Leanne Colquhoun fugira da cena do crime em Limekiln sem sua bolsa. Tamanha a sua pressa. Na bolsa, havia um recibo de compra de ibuprofeno na Londis, entre Limekiln e o hipódromo Surrey Racing. A nota marcava 15h46, e a estimativa de Janine para a hora da morte era entre 15h e 17h.

— Por que não a pressionamos, chefe? — pergunta Pulford.

Staffe se afasta da vigia.

— Você devia saber por quê. Ela tem direito a um advogado.

— Ela ficou bem à vontade em falar, no carro.

— O carro em que você a trouxe à delegacia sem o apoio de uma policial ou de uma assistente social. Ela é uma viúva enlutada. Traumatizada.

— Traumatizada é uma ova!

— Você merecia ter levado uma porrada.

Pulford encosta na parede e levanta o olhar para a luz fluorescente que pisca.

— Por que o dono da casa de apostas mentiu? O senhor acha que eles estão transando? Ela alega ter amado Karl Colquhoun. Amava tanto que não podia ver seus próprios filhos? Conta outra.

Staffe dá uma pequena batida na vigia da porta de metal.

— Me diga o que você está vendo. — Ele fica observando Pulford olhar para dentro da sala de interrogatório e ouve o jovem recém-saído da faculdade começar o resumo do seu veredicto.

— Eu vejo uma mulher que não sente culpa por ter posto fim a anos de abuso sexual sofrido por ela própria e pelos filhos, e, se o senhor me perguntar, eu direi que ela fez o serviço para nós.

— Então agora o nosso trabalho é castrar os suspeitos?

— O senhor sabe a que me refiro.

— E onde estão as provas?

— Ela mentiu sobre o fato de estar na casa de apostas. Ela fugiu da cena do crime...

— ...As provas de que Karl Colquhoun molestou seus próprios filhos.

— O senhor conversou com a assistente social do caso, Carly Kellerman.

— Não há provas — diz Staffe. — Os promotores não têm uma história.

— As crianças foram tiradas da guarda dela. Esse é um bom motivo.

— Ela amava a vítima mais do que os próprios filhos. Ela escolheu ele. Como poderia uma mulher cometer aquela barbaridade com um homem que amava?

— Ela se odiaria, não é? Ela iria querer consertar as coisas.

Staffe suspira, tenta ordenar suas ideias sobre Leanne Colquhoun: esposa, mãe.

— E, mesmo que ele tenha abusado das crianças, neste país nós não castramos as pessoas.

— Nós deixamos esse trabalho para outra pessoa fazer, e aí nós punimos a pessoa errada.

— Nós coletamos provas e montamos o melhor indiciamento possível para a Justiça. Este é um país civilizado. Nem sempre pegamos o culpado, mas não enchemos nossas prisões com gente inocente.

— Se ele não tivesse abusado dos filhos dela, por que razão ela o teria matado?

— Quem disse que ela matou?

— Se não foi ela, quem foi?

— É isso que vamos descobrir.

A porta da recepção se abre ruidosamente, e Staffe reconhece quem surge, ligeiramente mais gordo do que da última vez em que se encontraram, e com a papada um pouco maior.

Stanley Buchanan e Staffe começaram suas carreiras na mesma época, mas em lados opostos da mesma moeda. Buchanan parece exausto e faz um meneio de cabeça impaciente. Talvez seja o fato de ter lidado mais com os culpados do que com os inocentes durante toda a vida, tentado tratar os dois da mesma forma, que levou o pobre Stanley à bebida. Houve um tempo em que Staffe e Stanley tinham esse hábito em comum também.

— Já dei entrada nas queixas, detetive-inspetor Wagstaffe, mas posso muito bem contar a você o que eu já disse ao inspetor-chefe Pennington. — Ele se senta perto de Leanne Colquhoun e dá dois tapinhas no ombro dela. — Nós vamos tirar você daqui num piscar de olhos. Não se preocupe, Leanne. — Staffe acha que aquele deve ser um bom dia para Stanley, talvez ele só tenha tomado duas biritas grandes lá pelos lados do pub Old Doctor's Butler Head. — Esta é uma mulher consternada, uma mulher de conduta impecável, sem qualquer passagem que a desabone. O que deu em vocês para permitir que um jovem investigador pressionasse essa pobre mulher sem a presença de uma policial ou uma assistente social?

— Muito bem, Stanley — diz Staffe.

— Pode me chamar de Dr. Buchanan.
— Eu não a forcei a fazer nada — diz Pulford.
— Basta — retruca Staffe.
— Ela fugiu da cena do crime. Poderia estar tentando...
— Eu disse basta!

Staffe se volta para Leanne:
— Por que você não chamou a polícia?

Ela olha para um ponto além dele e diz:
— Eu não tenho nada a declarar a você.
— Você devia nos dizer por que mentiu, alegando que estava na casa de apostas toda a tarde — diz Pulford.

Ela levanta o olhar para o investigador, dando a ele um sorriso complacente.
— Eu quero ver meus filhos.

Buchanan diz:
— Há três testemunhas que dizem que minha cliente esteve fora do local de trabalho por apenas dez minutos.
— Você vai poder ver seus filhos em breve, Leanne — diz Staffe. — Eles estão no Phoenix Suite com a assistente social que acompanha o caso.

Staffe puxa uma cadeira de modo a ficar sentado a apenas meio metro dela. Espera que Leanne o encare e lança um olhar para que Pulford fique quieto.

Por fim, ela fita Staffe, e ele sorri com os olhos. Ele acha que consegue ver um abrandamento nas duras marcas do rosto da mulher, sintoniza sua voz no tom mais suave que pode, põe o antebraço na mesa e se inclina ligeiramente para a frente. Ela desvia o olhar, depois o encara quando ele diz:
— Eu gostaria que você falasse sobre a ocasião em que tiraram seus filhos de sua guarda. Será que aconteceu como está registrado? Eu só quero saber como é que você vê essa situação. Só isso. Depois, você poderá ir.
— Para casa?
— Veremos. — Ele lança de novo um olhar para Pulford. O caso é dele, e ele não vai aceitar o óbvio.

— Você não precisa responder isso, Leanne. É irrelevante — diz Buchanan.

Ela olha de novo para Staffe e dá um breve sorriso, como pequenos parênteses nos cantos da boca.

— Ele tem uma história, o Karl. Pelo menos é o que dizem. — Leanne fala sobre Karl Colquhoun como se ele ainda estivesse vivo, e não deitado, o corpo cinza-azulado numa pedra fria ali perto, com a barriga e o peito abertos para a necropsia.

Staffe presta atenção tanto ao seu modo de falar quanto ao que ela diz.

— E dizem que ele...?

Leanne Colquhoun acena afirmativamente com a cabeça. Staffe pode ver que ela luta para conter as lágrimas. Será orgulho? Será que é porque, se chorar, é uma aceitação de que ele está morto?

— Você acredita? Acha que ele fez aquilo com os outros filhos dele?

— Eu juro pela minha vida que ele nunca tocou um fio de cabelo dos *meus* filhos.

— E você juraria pela vida dele também?

Ela olha para Staffe e diz:

— Eu o amo. Eu o amo demais. — E o rosto adquire suavidade. — Onde é que uma mulher como eu encontraria amor no mundo? — As rugas da testa ficam mais tênues e ela sorri. Seus olhos estão vítreos e surgem as lágrimas. Ela chora e chora.

O Phoenix Suite, uma unidade especializada recentemente construída para abrigar vítimas de abuso sexual, fica a apenas cinco minutos da delegacia de Leadengate, e enquanto Staffe se aproxima do local, o Barbican ferve no calor do verão.

Ele é logo admitido em uma sala brilhantemente decorada, com janelas que dão para um jardim selvagem. Pinturas de crianças adornam as paredes, e há música clássica no ar. De uma casinha de boneca em um canto, uma jovem com pouco mais de 20 anos aparece, apoiada nos joelhos e nas mãos.

— Oi, Will — diz ela, ficando de pé e batendo a poeira da saia.

— Oi, Carly.

Nas janelas da casinha de boneca surgem os rostos de duas crianças, cujas expressões se tornam imediatamente tristes.

Carly Kellerman acena com a cabeça para elas e diz:

— Estes aqui são Calvin e Lee-Angelique. — Carly dá um largo sorriso. Seu cabelo é uma profusão de cachos dourados.

— Olá — diz Staffe, agachando-se e demonstrando bastante alegria.

As crianças olham para Staffe, e isso é o bastante para mostrar a elas que acabou a brincadeira.

Carly se senta a uma mesa baixa e convida o policial a se sentar em uma cadeirinha de criança. Ela chama as crianças, seu sorriso desaparece, e ela acena com firmeza quando Staffe começa a fazer perguntas, encorajando as crianças a responder.

Calvin é o mais novo, com 6 anos, mas é ele que fala tudo. Lee-Angelique tem 8 anos e apenas observa Staffe, triste.

— Quando foi a última vez que você viu sua mãe?

— Domingo. Nós vemos ela todo domingo e ela nos levou ao Margate. É o melhor lugar.

— E Karl? Vocês veem ele?

Ao ouvir isso, Lee-Angelique se levanta da mesa e volta para a casinha.

— Nós nunca vemos ele. A mamãe fala dele.

Staffe olha para as mãos de Calvin, os punhos gordinhos cerrados e levantados.

— Ele não pode chegar perto de nós — diz Lee-Angelique de dentro da casinha de boneca. — Foi isso que a mamãe disse.

— Psiu, Lee-Ange — diz Calvin.

— Mas ele veio até o litoral.

Calvin se levanta e Carly tenta confortá-lo, dizendo:

— Ele não veio. Você está enganada, Lee, meu amor.

— E ele me tocou. Tocou sim.

Calvin se livra de Carly, vai se juntar à irmã na casinha. Ele fecha a porta ao entrar.

— Karl não pode ter vindo — sussurra Carly. — Eles checaram. Eles têm certeza, sabe... — Ela olha para seu próprio colo, balançando a cabeça vagarosamente.

Calvin fala de dentro da casa de boneca.

— Karl foi embora?

— Ele foi embora — diz Staffe. — Não vai voltar.

Calvin deixa um sorriso aflorar, mostrando as falhas entre os dentes. Lee-Angelique está de pé atrás dele, com a expressão de que será preciso muito, muito mais para fazer com que ela sorria.

— Leve isto para a secretaria e diga a eles que é importante — diz Staffe, entregando a Pulford uma fita com o interrogatório de Leanne Colquhoun e suas anotações relativas ao encontro com Carly Kellerman e os filhos de Leanne. — Vou conversar mais uma vez com ela. — Ele pega seu paletó do espaldar da cadeira. É de camurça, um estilo muito jovem para seu gosto, pensa ele. Foi uma escolha de Sylvie, e, na verdade, provavelmente não apenas o paletó era muito "jovem" para ele.

No corredor, Staffe avista Josie, que se afasta. Ele apressa o passo para alcançá-la, mas não há necessidade. Ela está junto à máquina de café. Quando se aproxima, aperta um botão, mas nada acontece.

— Está enguiçada.

— O que, exatamente, está enguiçado, chefe?

— Eu estive pensando se, talvez... — Ele estende a mão e apoia-se na parede na qual ela está encostada.

— O quê? — Ela sorri. — Sabe, eu ouvi dizer que você costumava ser mulherengo.

— E eu ouvi dizer que você não deve acreditar em metade do que vê...

— ... E em nada do que você ouve — diz ela, rindo. — Meu pai costumava dizer isso. Talvez ele tenha razão.

Staffe apruma o corpo, afastando-se da parede, corre uma mão pelo cabelo e dá um passo atrás, alisando o paletó. Ele vê Pennington descendo o corredor e dá mais um passo atrás.

— Wagstaffe, Chancellor — diz Pennington, diminuindo a marcha o mínimo possível.

— Bom dia, chefe — diz Josie.

— Na sua sala, Wagstaffe. Sobre o fracasso do caso Colquhoun, uma palavrinha rápida, por favor.

— Fracasso, chefe? — indaga Staffe, seguindo o inspetor-chefe para dentro da sala.

— Chancellor! — berra Pennington, da soleira da porta da sala de Wagstaffe — Procure Pulford e diga àquele espertinho para vir aqui imediatamente.

Pennington senta-se à mesa de Staffe. Virar a mesa é seu estilo. Antes de ser promovido, ele era um dos policiais mais espertos que Staffe já conhecera. Deve ter sido mesmo, para estar um escalão acima de Jessop. Pennington pega uma caneta e dá uma batidinha em uma foto 20x25 que havia colocado em cima da mesa, diante de si, e a gira de modo que Staffe possa vê-la.

Em preto e branco, a carnificina operada no corpo retalhado de Karl Colquhoun parece ainda mais grotesca. Staffe se inclina para a frente e depois recua, ficando de pé. Semicerra os olhos para observar os detalhes sem ter que chegar perto demais, como se aquilo pudesse ser contagioso. Quando foi tirada, apenas um dos testículos fora introduzido na órbita de um dos olhos. Ao lado da cama, alguém está inclinado sobre o corpo, girando a cabeça para olhar para a câmera. Está usando um capuz pontudo com olhos e boca recortados, uma imitação apressada da Ku Klux Klan ou de um fanático religioso. Os olhos estão fortemente maquiados, e a boca, sorrindo diabolicamente, está pintada de batom escuro. Cabelo louro comprido escapa por debaixo do capuz. A figura usa luvas brancas, manchadas de sangue.

— Essa é Leanne Colquhoun? — pergunta Staffe.

— Estou com um mau pressentimento sobre isso — diz Pennington. — A última coisa que queremos é publicidade. Você sabe como é o comissário-chefe. Resolva isso rápido, Staffe. — Ele se inclina para a frente e entrega a Staffe um pedaço de papel. É a fotocópia de um bilhete feito a partir de um jornal, o *News*, a julgar pelo tipo de letra.

VEJA A JUSTIÇA FEITA.

— O que eu não entendo — diz Pennington — é por que razão Karl Colquhoun nunca cumpriu pena. Houve uma acusação há três anos, mas não resultou em nada. Não existe um registro público, somente um arquivo morto na Promotoria. Então, se Leanne não queria o cara morto, quem iria querer? E morto daquele jeito. Estamos lidando com canalhas sadistas. A questão é, Staffe...?

Aquilo era uma manobra de Pennington.

— A questão é, chefe... — Staffe está tentando não apenas deduzir o perfil do provável assassino, mas fazer isso dentro dos padrões de raciocínio de Pennington. — A questão é... Quem sofreu o bastante nas mãos de Karl Colquhoun para sentir a necessidade... Sentir-se forçado a retribuir o sofrimento. Como um espelho, levantado para ele ver.

— Eu soube que você não está convencido de que a culpada é a esposa. E ela é a única resposta à sua pergunta, até agora.

— Há Debra Bowker, a ex-mulher de Karl Colquhoun. Ela está em Tenerife e, de acordo com o serviço social, levou os filhos com ela, para longe dele.

— Que idade eles têm?

— Agora devem ter 10 e 12 anos. E também estou tentando contato com o ex-marido de Leanne Colquhoun, para ver se ele poderia ter um motivo.

— O tempo está passando, Staffe. O tempo está passando.

Alguém bate à porta, e antes que Staffe ou seu chefe possam abri-la, Pulford entra. Ele fica ali de pé, altivo, as pernas separadas, braços cruzados. Qualquer um poderia pensar que ele estava ali para receber um elogio. Sua expressão muda no momento em que Pennington começa a falar, a voz calma, amedrontadora.

— O que torna você tão especial, investigador Pulford, para passar direto por cima das regras simples que o restante de nós, mortais, temos que seguir...

— Eu apoio integralmente o que o investigador Pulford fez — diz Staffe. Com o canto do olho ele vê a cabeça de Pulford pender, como um estudante sendo repreendido. — Devido à urgência do caso, chefe...

— Não banque o espertinho comigo, Staffe. Quero provas concretas, que possamos apresentar num tribunal. Provas concretas e declarações admissíveis. — Pennington se levanta, põe a caneta de Staffe no bolso interno e endireita a gravata.

Ele fecha a porta suavemente ao sair, e Pulford diz:
— Obrigado, chefe.
— Cale a boca, Pulford. Apenas cale a boca, diabos.

Stanley Buchanan cheira a pastilhas de hortelã, que não conseguem disfarçar todo o odor de álcool. Os olhos de Leanne Colquhoun estão vermelhos, e está claro que a verdade começa a aparecer.

— Eu sei que você levou Calvin e Lee-Angelique a Margate no último fim de semana — diz Staffe.
— O tempo estava bom. E daí?
— Você foi lá com os dois e seu ex-marido, não foi? O pai das crianças?
— Você deve estar brincando. Ele é um inútil.
— Ele nunca foi? Deve ter sido difícil para você, se virar sozinha.
— Não tanto; pior seria se ele se metesse numa briga, se tivesse bebido ou tentasse transar com alguma vagabunda.
— Ele é temperamental, não é? Guarda rancor?
— Eu fico melhor sem ele, só isso.
— Como ele se chama?
— Rob. Rob Boxall.
— Mas Karl ajudava mais, não é?
— O que você quer dizer com isso?
— Ninguém iria saber, não é? É bem fácil escapulir para o litoral.
— Você está desviando do assunto, detetive-inspetor Wagstaffe — diz Buchanan.
— Por que Lee-Angelique mentiria? Ela disse que Karl foi com você.
— Você disse que eu poderia vê-los.
— Eu só preciso que você responda mais umas poucas perguntas.
— Detetive-inspetor — diz Buchanan. — Você parece estar querendo induzir Leanne.

Mas Staffe está observando a mulher. Sua resistência está se quebrando e ela murmura, olhando para o próprio colo.

— Ele não é o que diziam dele. Não é.
— Onde podemos encontrar o seu ex, Rob?
— No Dalston, se não estiver bêbado. Tente no Rag.

— O pub Ragamuffin?

Ela acena afirmativamente com a cabeça, fungando para deter as lágrimas. Staffe se inclina sobre a mesa, põe o dedo sobre o botão "stop" do gravador.

— Última pergunta, Leanne. Onde você ficou em Margate?

— No Old Dickens.

— Parece bom.

— É uma porcaria. — Ela olha para Staffe, implorando. — Ele não fez nada, o meu Karl. Ele nunca fez nada de mal para meus filhos. É tudo mentira. — Leanne torce as mãos no colo.

Staffe aperta o botão "stop" e se sente um completo canalha. Até mesmo Stanley Buchanan lhe lança um olhar, como dizendo "Como você consegue ser tão baixo?"

A sala reservada para o caso Colquhoun, na delegacia de Leadengate, está praticamente vazia, com apenas alguns poucos policiais uniformizados trocando piadas perto do bebedouro e o investigador Rick Johnson, cercado de papéis, a cabeça apoiada nas mãos. Todos os outros policiais uniformizados ou estão em outra missão no conjunto Limekiln, ou escarafunchando latas de lixo em um raio de quatrocentos metros do prédio.

Leadengate foi construída há 120 anos e não é adequada para os rigores das tecnologias policiais do século XXI. Aquela sala é uma mistura de exposição histórica da sociedade local e sala de leilão de computadores. Mas Staffe sabe da importância de ter uma central, um lugar para onde convergem todas as informações.

Para resolver um caso rapidamente, a conexão-chave geralmente tem que ser estabelecida dentro de quatro ou cinco dias a partir da data do crime. O segredo é ser capaz de descobrir o verdadeiro valor dessa conexão entre as montanhas de declarações e dados.

Mas até agora as provas são reduzidas. Ninguém foi visto tentando entrar no apartamento de Karl e Leanne Colquhoun. Ninguém viu Leanne até ela sair correndo e gritando pelo passadiço que dá acesso ao prédio Limekiln. Não há sinal da arma do crime, que possivelmente é uma faca Stanley de lâmina estreita. Nenhum sinal da gaze e dos outros materiais que foram usados para imobilizar e amordaçar Karl Colquhoun. E os olhos dele sumiram.

Staffe já leu e releu o laudo dos peritos criminais elaborado na cena do crime. Aquilo não faz sentido para ele. A cena estava inteiramente limpa, a não ser pelas substâncias que vazaram do corpo de Karl. Resíduos de detergentes foram encontrados em todas as maçanetas, nos espaldares de cadeiras, nas portas e na armação da cama. Além de tudo isso, o assassino ainda encontrara tempo para posar e possivelmente tirar uma foto no meio da execução.

Se lhe pedissem para acreditar que Leanne Colquhoun fizera tudo aquilo, Staffe diria não saber, então, por que ela havia fugido da cena do crime, gritando, deixando para trás sua bolsa, que continha uma nota fiscal que a colocava fora de seu local de trabalho na hora aproximada em que o crime foi cometido.

Staffe senta-se junto a Johnson e espera que ele levante o olhar.

— Alguma boa notícia de Tenerife?

— Debra Bowker alega que não vem à Inglaterra há mais de um ano. Estou checando com todas as empresas aéreas, mas meu palpite é de que ela está dizendo a verdade.

— E o que ela disse quando você contou que Karl Colquhoun estava morto?

— Tudo que ela disse foi que o canalha nunca mandou presentes de Natal, de qualquer forma.

— Ela ficou abalada?

— Não sei dizer. Talvez. Não sei.

— Se ela não ficou abalada...

— Eu sei, chefe. Sinto muito, mas eu simplesmente não consegui perceber.

Staffe percebeu que Johnson não tem dormido.

— Como vai o novo bebê, Rick?

— Está ótimo, mas agora há três crianças na porcaria daquele apartamento, e Becky perdeu o interesse até mesmo em sair. Mas eu não posso pagar por um lugar maior, de jeito nenhum.

Staffe pensa em que tipo de enrascada Johnson se meteu. Becky Johnson era advogada, ganhava o dobro do salário do marido. Ela voltou a trabalhar depois que nasceram os dois primeiros filhos, Sian e Ricky. Mas depois do terceiro, o pequeno Charlie, ela desistiu. Certa vez, Johnson brincou dizendo que eles estariam melhor se fosse ele que ficasse em casa. Mas não disse isso rindo. Staffe havia perguntado por que ela não voltara a trabalhar depois do nascimento de Charlie, mas Johnson lhe lançara um olhar furioso, dizendo: "É da sua conta? Não devo explicações a você."

— Vá para casa — diz Staffe agora. — Me dê o telefone de Debra Bowker e eu falo com ela.

— Há muito trabalho a fazer.

— Leve Becky e as crianças até o parque. E há algo que você pode fazer para mim. Eu telefono para você mais tarde. — Staffe amassa uma nota e a coloca na mão de Johnson, olhando em torno furtivamente enquanto ele se afasta.

Quando chega à porta, Johnson grita:

— Chefe! — Ele está olhando para a nota de vinte libras que Staffe colocou em sua mão.

— Compre comida pronta. E ponha as crianças na cama cedo.

De volta a sua sala, Staffe pega uma cópia da fotografia, e lê os dizeres:

VEJA A JUSTIÇA FEITA.

Veja a justiça feita podia significar "mate os culpados".
Veja a justiça feita podia significar "proteja os inocentes".
Veja a justiça feita. Tire uma foto.

* * *

A casa em Kilburn está com um cheiro diferente. É óbvio que Marie queimou o almoço e está fumando seus baseados. Harry deixou seus videogames espalhados pelo chão da sala de jantar, mas Staffe não consegue ficar irritado, possivelmente devido ao que tem em mente.

Em pouco tempo, ele arruma a bagunça e abre as janelas da frente e as portas que dão para o jardim dos fundos para permitir a ventilação do local e depois se atira ao trabalho. Marie deixou um bilhete dizendo que voltaria às seis e prepararia o jantar, então Staffe envia uma mensagem de texto para ela dizendo que vai sair. Agora são cinco da tarde e ele vai direto para o andar de cima, para o quarto de hóspedes. Senta-se no chão e observa com atenção como a maleta da irmã está arrumada, antes de começar sistematicamente a remexer no conteúdo.

Ele tenta não se sentir culpado pelo que está fazendo. Marie nunca lhe pediu ajuda. Eles lidaram com o assassinato dos pais de maneiras diferentes. Staffe ficou atordoado, mas investiu o dinheiro em imóveis e depois se tornou policial. Em poucos anos, Marie já dissipara sua herança em viagens, drogas e relacionamentos ruins, até ficar grávida de Harry. O pai, um músico desempregado, praticamente amador, durou menos de um ano.

Staffe examina o conteúdo da maleta de maneira meticulosa, pondo as roupas em uma pilha, os livros e as quinquilharias em outra; apenas quando chega bem ao fundo encontra o que procura. Um extrato bancário mostra que ela tem menos de 200 libras. Sua conta excedeu o limite. Há também um monte de contas não pagas, e ele decora o endereço para onde elas foram enviadas — St. John's Road, 26d, Peckham. Mas não há nada que tenha o nome do namorado dela. Não há outros nomes em nenhuma de suas contas domésticas.

Ele suspira e vai até a janela; olha para um lado e para o outro da Shooters Hill para checar se ela está voltando. Faz um inventário da vida de cigana que sua irmã leva e se ajoelha junto à pequena pilha de livros: Virginia Woolf, Angela Carter e Toni Morrison. Ele folheia as páginas, e na capa interna de *Beloved* acha o que quer. Escrito propositadamente em uma caligrafia rebuscada está o nome. Paolo Di Venuto, verão de 2007. A despeito de seu gosto por livros, Di Venuto costuma maltratar suas mulheres.

No andar de baixo, uma porta se bate e Staffe fica de pé.

— Will! — chama Marie, lá de baixo.

— Merda — diz ele para si mesmo, rapidamente recolocando tudo na maleta, o melhor possível na ordem que se lembra. Primeiro os documentos, depois os livros e as roupas. Ele deixa cair o sutiã e o tênis, e os ganchinhos e saliências se enroscam uns nos outros, prendendo na correia de seu relógio de pulso. Suas mãos tremem e ele faz uma bagunça na penúltima camada, terminando com camisetas sem mangas e uma saia jeans.

Ela está subindo a escada, e Harry faz barulho no andar de baixo.

— Will!

Ele fecha a maleta, brigando com o fecho quando a ouve andando no corredor. Faz a maleta escorregar de volta para o lado da cama e corre para a janela, começando a abri-la quando a porta é escancarada.

Marie franze as sobrancelhas, pondo as mãos no quadril.

— Que diabos!

Staffe sabe que sua única opção é combater o fogo com fogo.

— Pelo amor de Deus, Marie. Esses seus baseados deixam a casa fedendo. Você não pode fumar lá fora?

— Esse é nosso quarto. Eu ficaria feliz se você...

— Eu ficaria feliz se você fumasse lá fora. Está bem?!

— Se você não quer que fiquemos, há outros lugares aos quais eu posso ir.

Staffe sabe que aquilo é mentira. Se houvesse outro lugar qualquer, ela teria ido para lá.

— Olhe. Você pode ficar quanto tempo quiser. Sabe disso. — Ela está usando uma camiseta de manga curta da Anistia Internacional, e ele pode ver onde a maquiagem esmaeceu, deixando à vista os machucados. Atravessa o quarto na direção dela, tentando manter a calma. Coloca as mãos nos ombros da irmã. Sente que ela está fragilizada. Beija Marie na testa e diz, com suavidade, contra seus cabelos: — Desculpe por eu ter invadido o seu quarto. Não vou fazer isso de novo.

Ela põe os braços em torno da cintura dele e ele dá uns tapinhas nas costas dela, do modo que se lembra que a mãe deles fazia quando eles não conseguiam adormecer.

* * *

A empresa Marvitz Builders Merchants, onde Karl Colquhoun trabalhava, está encerrando o expediente quando Staffe chega. Johnson deveria ter feito essa visita, mas o inspetor precisa de um favor pessoal de seu investigador, e essa é sua ideia de como pode recompensá-lo.

Ele leva uma foto de Karl Colquhoun, mas não há necessidade. O encarregado do setor de madeira sabe o motivo da visita assim que Staffe mostra seu distintivo.

— Eu estava esperando que vocês viessem — diz ele.

— Vocês geralmente fecham a essa hora?

— Com esse tempo, só há um lugar onde os empreiteiros vão estar. A chuva os espanta no inverno, e o sol, em dias como este. Meus rapazes vão com eles, não há dúvida.

Staffe olha para os compartimentos desertos, pilhas de serragem e pedaços de madeira espalhados por todo o chão, o cheiro doce de resina no ar pesado.

— Ele trabalhava bem, Colquhoun. Não teria deixado o lugar assim bagunçado. — O encarregado pega uma vassoura.

— Como ele se comportava com seus rapazes? — pergunta Staffe.

— Se comportava bem, até Ross Denness chegar.

— Quem é esse?

— Um empregado novo. Conhecia Karl lá do prédio onde moravam.

— E onde é que posso encontrar nosso amigo Denness?

O encarregado começa a varrer e diz:

— Aposto e ganho que ele está no Rag.

— O Ragamuffin!

— Você conhece o lugar?

— Não. Mas eu sei de alguém que conhece.

O dono do Ragamuffin aponta um dedo torto, malconsertado, na direção de um homem de quase 30 anos, alto e desengonçado, com cabelo liso e um sorriso debochado.

Ross Denness está na extremidade mais afastada do bar, encostado a uma mesa de bilhar, com uma jovem colada nele.

Até certa época, o Ragamuffin fora um bom lugar para beber, antes que fossem derrubadas as divisórias, transformando tudo em um só ambiente, com as paredes pintadas de azul, e a última torneira de chope fosse substituída por uma outra marca de cerveja premium lager. Há mais mulheres que homens, tomando bebidas aromáticas de baixo teor alcoólico e mostrando seus traseiros com calças de cinturas incrivelmente baixas ou minissaias incrivelmente curtas. Os homens circulam com seus peitorais bombados e cabeças raspadas, e há definitivamente algo no ar.

Staffe toma lentamente sua Diet Coke e observa Denness. A garota mostra o rosto e parece que mal fez 16 anos. É uma linha fina, pensa Staffe, a que separa Denness de seu colega de trabalho, Karl Colquhoun.

Ele atrai novamente a atenção do proprietário e faz um gesto com a cabeça na direção da mesa de bilhar.

— Segunda-feira à tarde. Denness esteve aqui?

— Ele vem aqui quase toda tarde.

— E segunda-feira?

— Ele esteve aqui. Chegou por volta das quatro e meia, cinco horas, eu diria.

— Ficou quanto tempo?

O proprietário ri.

— Até fecharmos. O mesmo de sempre, a menos que dê sorte com uma mulher. — Ele lança um olhar para Denness. — Acho que ele vai sair cedo hoje. Agora é homem!

— E que tal Rob? Rob Boxall.

— Rob não vem aqui há séculos.

— Ele conhece Denness? — pergunta Staffe.

— É melhor você perguntar isso a ele.

— Estou perguntando a você.

O proprietário dá de ombros, pega um copo da bandeja que saiu da lavadora e começa a enxugá-lo.

Do outro do salão, Denness deve ter dito alguma coisa indecente quando a garota pôs na boca a garrafa de um azul fosforescente. Ela finge estar ofendida e lhe dá um soquinho no peito. Ele cai para trás sobre a mesa e ela se aproxima dele, de modo que o joelho dele fique entre as coxas dela. Quando volta a ficar de pé, ele introduz uma das mãos por dentro da quase inexistente saia de algodão branco dela, e ela o beija.

Staffe decide que já basta, e quando chega junto à mesa, os dois estão se beijando sem parar. Ela percebe Staffe enquanto beija Denness de olhos abertos, empurrando, então, a mão dele para longe de suas partes.

— Ross — diz Staffe, batendo de leve no ombro do homem.

— Que merda...? — Denness levanta o olhar, um borrão de batom em torno de sua boca e nos resquícios de barba.

— Sou o detetive-inspetor Wagstaffe; quero ter uma conversinha com você.

— Se é sobre aquele pedófilo do Colquhoun, que bom que ele morreu, aquele bosta.

Staffe olha para a garota e diz:

— Você não devia estar fazendo sua lição de casa?

— Sou maior de idade, posso provar — diz ela, brincando com os apliques de cabelo com mechas descoloridas.

— Tenho certeza de que há uma história por trás disso também. Posso dar uma olhada na sua identidade, se quiser.

Denness é mais alto do que Staffe, e alguns de seus parceiros se aproximam, meio rindo, meio debochando, segurando garrafas. O coração de Staffe bate acelerado, e as palmas das mãos começam a suar. Mesmo depois de vinte anos na profissão, há lugares em que a lei não vale, gente com quem ele não sabe como lidar.

— Dê o fora — diz ele para a garota.

Ela olha para Denness, que dá de ombros. Quando ela pega a bolsa e os cigarros, ele dá um tapinha na bunda dela. Ela ri e passa a língua pelos lábios.

— Que merda você quer comigo? — pergunta Denness. — Em primeiro lugar, se você tivesse feito seu trabalho, ninguém teria precisado apagar aquele bosta.

— Como é que você sabe que Colquhoun fez o que acham que ele fez? — indaga Staffe

— Todo mundo sabia.

— Sabia o quê?

— A primeira mulher dele precisou se mandar do país para manter o cara afastado dos próprios filhos, e agora dizem que a mais recente não pode ver os filhos, senão ele começa a aprontar. Merda de veado.

— Você parece saber bastante sobre a vítima.

— Vítima? — diz Denness. — Dê a eles uma medalha, eu digo. E, em todo caso, eu trabalhei com ele, não é?

— E você morava bem perto dele.

— E daí, porra?

— Você conhece Leanne Colquhoun?

Ele dá um gole na garrafa de cerveja Beck's e diz:

— Eu conheço um monte de mulheres. Como espera que eu me lembre de todas?

Agora Denness está sendo arrogante e seus parceiros riem, aproximando-se, formando um círculo.

— E quanto ao ex de Leanne, Rob Boxall? Você conhece ele?

Com o canto dos olhos, Staffe pode ver os parceiros de Denness desviando o olhar, bebendo das garrafas.

— Esse nome não me é familiar.

— Então saiba que está sendo vigiado. Ponha suas mãos sujas naquela garota de novo e eu prendo *você* por se meter com menores.

— Ela é uma mulher, seu babaca — diz Denness.

— Cabe a você provar — responde Staffe.

— Que porra é essa que você está dizendo? — diz Denness, como se estivesse resolvendo um problema de álgebra.

Staffe já está de saco cheio. Ele se vira e abre caminho para sair do bar. Quando chega ao carro, encosta na lateral e vê a garota sob uma forte luz branca de um quiosque de frango frito do outro lado da rua. Ross Denness sai do Rag. A garota acena para ele, mas Denness a ignora. Ele tem a expressão carrancuda e, abaixando a cabeça, sai andando pela rua.

Sem saber se deve segui-lo, Staffe se sente nervoso de repente, como se estivesse sendo pego desprevenido. Mas, então, um carro vem na sua direção. O veículo buzina alto e desvia na direção do carro de Staffe, que tem que se jogar sobre o capô. Ele rola para a calçada enquanto o carro para com violência a apenas uns poucos metros dele e um jovem sai do veículo gritando:

— Porra!

Staffe se levanta da calçada, limpa a poeira da roupa.

O jovem do carro vai na direção dele, balançando o corpo, com o quadril projetado para a frente, calça jeans frouxa e um boné virado de lado. Enquanto anda, acena com dois dedos na direção de Staffe, como segurando uma arma.

— Você está na merda da rua, cara. O que está fazendo? Nós vimos você, cara. Conhecemos seu joguinho.

Staffe respira fundo e procura sua identidade no bolso de dentro do paletó. O jovem se encolhe, mete a mão no próprio bolso de trás e, com um ruído sibilante, solta o fecho de uma faca dobrável. Staffe segura sua identidade e diz:

— Sou policial, seu imbecil; agora larga essa faca e põe o nariz na parede.

Ele não sabe como aquilo vai acabar, não tem certeza se conseguirá sair dessa. Nunca se sabe. E, é bem verdade, o chefe da gangue olha para trás, na direção de seus parceiros no carro. Staffe sabe que só tem uma chance. Quatro deles saem do carro, e o inspetor dá um passo na direção do jovem e se lança contra ele, procurando imobilizar a mão que segura a faca. Ele agarra a arma e sente uma dor intensa correr ao longo do braço. Torce o pulso do garoto e vê o rosto dele vir em sua direção, rosnando. Staffe o atira contra a parede e o derruba no chão.

O jovem solta um guincho e a lâmina cai na calçada, com um ruído metálico, manchada com o sangue de Staffe. O policial põe a bota em cima da lâmina, e fica de pé de novo, enquanto o agressor se encolhe, dizendo:

— Seu merda, eu vou acabar com sua raça. Pare de me bater, seu merda.

O chefe da gangue olha furioso para seus quatro parceiros, que pararam de avançar. Depois, ele diz para os transeuntes que vão chegando, sem olhar para ninguém em particular:

— Vocês viram isso? Vocês viram esse merda desse policial sacando uma faca para mim?

Staffe se inclina, pega a faca e vê sangue escorrendo pelos dedos. Seu paletó de camurça está rasgado, e a dor começa a aumentar e se espalhar. Ele faz uma careta, a lâmina na mão, e os espectadores dão um passo para trás quando ele põe um pé no peitoral do jovem.

A adolescente sai do quiosque de frango frito, gritando:

— Ele estava procurando briga, esse policial. Esteve no Rag tentando aprontar pra cima do meu namorado, foi ele. — A pouca distância, ouve-se o ruído agudo da sirene da polícia, e Staffe respira fundo, pressionando o braço o máximo possível. Já imagina as declarações, a entrevista com Pennington e toda a papelada. Ele se arrepende de não ter ido para Bilbao e pode praticamente sentir o cheiro do ar marinho enquanto observa a poça de sangue em torno de seus pés. Sente-se cada vez mais fraco quando a adrenalina no organismo vai diminuindo.

Anoitecer de terça

— Você devia ir ao hospital tratar desse ferimento, chefe — diz Josie, amarrando uma atadura em torno do pulso de Staffe.

— Como você está se saindo, seguindo a pista do ex-marido de Leanne?

— Rob Boxall? Ele está cumprindo uma pena de dois anos em Bellmarsh por traficar ecstasy e anfetaminas. Está lá desde maio, por isso não é um dos suspeitos.

— É melhor você arranjar alguém para ir interrogá-lo, descobrir se conhece Ross Denness.

— Certo, chefe. — Josie está examinando o braço de Staffe. Ainda segurando a mão dele, ela diz: — Aquele rapaz fora do Rag...

— O que há com ele?

— Ele está dizendo que o senhor avançou contra ele com a faca. Seus parceiros confirmam o que ele diz. E a garota também.

— Vocês têm informações sobre ele?

— Temos algumas. — Josie se senta do lado oposto da mesa e inclina-se para a frente, os cotovelos apoiados no tampo, o rosto descansando nas costas das mãos. Levanta as sobrancelhas e diz: — Ele disse "Jadus sabe".

— O que isso quer dizer?

Josie se recosta na cadeira. Lança para Staffe um olhar longo, frio, inquisitivo.

— O que há de errado? — perguntou ele.

— Você devia estar numa praia ou numa montanha, e não com o braço todo enfaixado e uma sentença de morte expedida por alguma gangue. Deixe que eu pague um drinque.

— Não posso aceitar.

— É o caso de "não querer", e não de "não poder", chefe.

— Obrigado pelo sermão.

— Não há de quê — diz ela, levantando-se e saindo da sala. Quando passa pela porta, ela inclina a cabeça para dentro da sala e diz: — Se alguém alguma vez *precisou* de um drinque... — E ri.

Staffe faz um gesto para que Josie feche a porta ao sair; em seguida, ele digita o número de telefone de Johnson.

— Rick? — diz ele.

— Estava indo neste minuto pegar comida no restaurante, senhor.

— Você pode me fazer um favor? — pergunta Staffe.

— É só dizer.

— Quero que você vá até Peckham e dê um bom susto num marginal chamado Paolo Di Venuto.

— Por ter feito o quê?

— Por ser um canalha.

— O inspetor pode ser mais preciso?

— Ele está saindo com minha irmã. Meta medo nele com qualquer coisa que você puder imaginar: fraude com seguro social, imigração, tráfico ou posse de drogas. Você vai sacar quando encontrar o cara. E veja como ele reage à alegação de agressão física. Diga apenas que recebeu uma denúncia anônima.

— Acho que nem adianta eu perguntar por que estou fazendo isso.

— St. John's Road, 26d — diz Staffe. Ele desliga e digita o número de Debra Bowker, em Tenerife. Enquanto o telefone toca, ele pensa que deve mandar ampliar a foto de "VEJA A JUSTIÇA FEITA", para investigar cada detalhe, mandar o Departamento Técnico verificar o material do capuz, qualquer etiqueta nas roupas, e comparar o cabelo na fotografia com quaisquer amostras colhidas na cena do crime e com as de Leanne Colquhoun.

Uma mulher atende o telefone.

— Sra. Bowker? Debra Bowker? — diz Staffe.

— Senhorita.

— Sou o detetive-inspetor Wagstaffe, do Departamento de Investigações Criminais da delegacia de Leadengate.

— Eu já falei com um de seus colegas.

Staffe se recosta na cadeira, põe os pés na gaveta mais baixa da mesa. Do outro lado da linha, ouve crianças brincando.

— Eu só queria me certificar de seus deslocamentos nas últimas semanas.

— Eu disse para seu colega. — Ela suspira. — Olhe. Se eu fosse você, colocaria meu nome como primeiro da lista de suspeitos, mas posso garantir que não tenho nada a ver com isso. Por mais que me deixasse feliz ver o canalha sofrer.

— O que sabe sobre Rob Boxall?

— Nada.

— E sobre Ross Denness, Sra. Bowker?

— Senhorita!

Staffe endireita o corpo rapidamente. Ele rabisca uma anotação: "debra colquhoun, checar passaportes e empresas aéreas."

— Desculpe. Por curiosidade, quando deixou de ser Debra Colquhoun?

— No minuto em que bati com a porta na cara dele.

— Mas quando seu divórcio foi oficializado?

— Há dez meses. Já terminou, inspetor?

— Se você se lembrar de qualquer coisa sobre Ross Denness, me avise. — Ao fundo, uma criança grita, e Staffe diz: — Terminamos. Por enquanto.

— Como é que a mãe dele recebeu a notícia? Maureen? — pergunta Debra. Outra criança grita ao fundo. — Tenho que desligar. Dê meus pêsames, se falar com ela. E também que Danielle e Kimberley estão mandando um "oi".

Staffe interfona para a sala reservada para o caso e pede a Josie que cheque de novo as empresas aéreas e verifique se consta o nome de Debra Colquhoun. Em seguida, manda-a fazer uma visita à mãe de Karl.

— Não pressione, apenas faça com que ela fale sobre Karl e sobre a primeira mulher dele também, se você puder. Com jeito, muito jeito. E diga a ela que Danielle e Kimberley estão mandando um "oi". Diga que gostam muito dela.

* * *

Josie sabe que Maureen Colquhoun tem 61 anos e está viúva há três. O marido morreu de cirrose, mas eles já estavam separados havia algum tempo. Karl Colquhoun era o único filho.

Maureen recebe Josie na sala de estar. É uma sala de estilo antigo, um exemplo extraordinário de como alguém com orçamento reduzido pode criar um modelo de conforto eduardiano, com sua mobília estofada, aparência de requinte e um conjunto de três peças de tapeçaria florida, além de um tapete gasto, estampado de roxos e verdes, e um ligeiro cheiro de odorizante. Ela se agita com a presença de Josie, correndo para preparar chá e voltando com biscoitos em uma bandeja forrada com uma pequena toalha; senta-se na beirada da cadeira, os joelhos juntos e os dedos das mãos cruzados.

— É sobre Karl, Sra. Colquhoun.

— Pode me chamar de Maureen.

— Sinto muito pelo que aconteceu com ele. — A Sra. Colquhoun acena afirmativamente com a cabeça, com intensidade, acompanhando cada palavra de Josie. — Nós estamos obviamente tentando fazer o possível para descobrir o que aconteceu. E uma das coisas é... Bem, eu gostaria de saber que tipo de homem ele era, Maureen. Que tipo de filho ele era. — Josie pega seu gravador digital e diz: — Você se importa se eu gravar a nossa conversa?

Maureen balança a cabeça vagarosamente. Parece perplexa.

— É importante o que eu disser?

Josie se inclina para a frente, pega a mão de Maureen e diz:

— Vamos, me diga qualquer coisa que quiser. Sobre Karl, sobre Debra ou Leanne. Qualquer coisa, Maureen.

— Eles dizem que Karl andava bebendo. Quando os policiais vieram aqui, disseram que ele tinha sido morto, assassinado, e quando eu perguntei quem eles achavam que era o culpado, não quiseram dizer, mas afirmaram que meu filho estava embriagado. Bem, eu sei que isso é impossível. Ele nunca tomou uma gota de bebida, nem uma gota. Ele agiu errado, eu sei que sim, e há coisas para as quais não posso fechar os olhos, por mais que eu tente, mas não acredito que ele esteve bebendo, não acredito.

Josie acha curioso que uma mãe possa ficar tão agitada com a possibilidade de o filho beber quando ele provavelmente também era um pai que abusava dos próprios filhos.

— Sente falta das crianças, Maureen? De seus netos?

— Como você sabe que eu não vejo eles?

— Eles estão em Tenerife. — O rosto de Maureen fica tenso, e ela comprime os lábios. Uma expressão fria passa rapidamente por seus olhos e ela pisca, como quem afasta um pensamento. — Ele não contou para a senhora, não é?

— Ela levou as crianças para tão longe? Maria, mãe de Deus. Tão longe.

— Elas mandaram um "alô" e disseram que "amam a vovó" — diz Josie, observando se a mensagem de Staffe exerce seu poder sobre o rosto sorridente de Maureen Colquhoun.

— Pobre Debra. Que Deus a abençoe. Ah, aquelas crianças. Aquelas lindas crianças!

— Você disse que Karl nunca bebeu.

— Nunca tomou uma gota, e você também não tomaria se tivesse um pai como o dele. — O sorriso desapareceu de novo. — A coisa saiu do controle, completamente. — Ela se afasta de Josie e põe as mãos entre os joelhos, em uma atitude de prece, inclinada para a frente. — Ele sempre disse que quem bebia em casa era um homem deplorável, mas, quando eu tive Karl, ele trouxe uísque. Vinha do bar para casa e bebia a garrafa inteira. E depois ia para o andar de cima. Karl começava a chorar logo que sentia o cheiro de bebida se aproximando.

— Quando disse que ele subia para o andar de cima, Maureen...

— Não havia nada que eu pudesse fazer.

— Se alguém realmente quisesse machucar Karl, fazer com que se sentisse mal, essa pessoa faria com que ele se embebedasse. Estou certa, Maureen?

— Ah, sim. Seria isso mesmo.

— E se alguém conseguisse embebedar Karl contra sua própria vontade, teria que conhecer ele muito bem. Poucas pessoas sabiam do passado dele, Maureen? Ele não falava muito sobre isso?

— Por que ele falaria sobre isso?

Josie quer ficar mais tempo, quer falar sobre coisas normais com Maureen, mas decide que mandará uma assistente social. É algo que ela concorda com Staffe; não adianta querer bancar a psicóloga amadora.

* * *

O dia está terminando, e o calor do asfalto de Londres começa a se desvanecer. Staffe desliga o celular, registrando o que Josie lhe dissera sobre Maureen Colquhoun e o filho dela, a vítima.

Ele passa de um lado a outro, de faixa a faixa, para o sul e oeste, na direção de Queens Terrace. Ele se lembra do local, da primeira vez. Quando comprou o apartamento, seus pais haviam morrido havia pouco tempo, e os finais de semana eram longos, tristes e solitários.

Staffe estaciona em fila dupla e usa um gorro em cima do painel para prender, contra o para-brisa, uma permissão para estacionar. Abre o porta-malas e tira de lá sua bolsa de viagem branca, de plástico, da Adidas, que tem há trinta anos. Sente a pontada de uma lembrança ao mesmo tempo triste e feliz e fecha os olhos, respirando fundo cinco vezes. Às vezes ele acha que essa prática é uma besteira, mas, outras, ela funciona, e agora, girando a chave na porta, ele sente uma onda de nostalgia.

O apartamento de Queens Terrace tem cheiro de casa ocupada e, embora o inquilino tenha deixado para trás algumas coisas, não tenha limpado o local e nem mesmo guardado a louça da última refeição, Staffe passa uma mensagem de texto para o administrador autorizando a devolução do dinheiro deixado como depósito de garantia. Ele se senta na velha poltrona de couro gasta junto à janela com sacada e se recosta. Olha para as sancas e a roseta no meio do teto e pensa que talvez já seja hora de se mudar para lá. Isso certamente evitaria que ele e Marie vivessem se engalfinhando. Pensa no jovem Harry, forçado a se mudar toda hora de um lugar para outro.

Staffe passa pelo banheiro, tira a roupa de corrida da bolsa Adidas e abre o chuveiro. É o que ele faz desde que entrou para a polícia: primeiro uma chuveirada quente para fazê-lo suar. Depois, uma corrida e uma chuveirada fria na volta. Ele se lembra da primeira vez que Jessop foi visitá-lo e viu o que ele estava fazendo. "É como um exorcismo", dissera ele, rindo.

A água bate forte no couro cabeludo e nos ombros de Staffe; ele aumenta um pouco o calor, de modo a quase se escaldar. Esfrega-se continuamente com sabão, o cheiro de alcatrão ficando cada vez mais intenso, o vapor cada vez mais denso. Enquanto se esfrega, rememora repetidamente, cada vez em uma ordem diferente, os acontecimentos dos últimos dias.

* * *

Josie se serve de uma pequena dose de Semillon Chardonnay de uma caixa na geladeira e dá uma espiada na miscelânea de pimentões, abobrinhas e cenourinhas assando, regada com azeite e umedecida em uma essência de dois dentes de alho. Fica com água na boca e pega duas costeletas de porco, tempera-as e checa o relógio. Atravessa a sala e se ajoelha junto do diminuto espaço onde está o CD player no chão, debaixo de uma pequena janela que se projeta em um ângulo do telhado.

Ela acreditou em si mesma e economizou todo centavo que pôde, mas, há três anos, com alguma ajuda dos pais, em Hastings, Josie Chancellor comprara esse apartamento-estúdio no sótão de uma casa velha e não reformada perto da estação Victoria. Ela ainda mal consegue pagar os juros da hipoteca e uma vez por trimestre sente sua pulsação acelerar quando percebe o tipo de dívida que tem com a Alliance & Leicester.

Esse é o primeiro encontro com um homem desde que fora transferida para a delegacia de Leadengate, há seis meses, e, embora seja David

Pulford que vem visitá-la, não é nele que ela está pensando. "Não acredite em nada do que ouve e apenas em metade do que vê", costumava dizer seu pai. O que ele acharia do detetive-inspetor Will Wagstaffe?

Ela se senta no chão com os pés encaixados debaixo do corpo e bebe o vinho em pequenos goles, tentando entender os motivos que a levaram a dizer "sim" a Pulford tão depressa. Ela se xinga por ter sido idiota a ponto de convidá-lo para uma refeição.

O interfone toca e Josie acaba a bebida do copo, curvando o corpo quando se põe de pé, de modo a não bater a cabeça no teto inclinado. Ela para junto do interfone que chia e deixa o aparelho tocar de novo. Suspira, desliga o forno e põe os salgadinhos na cumbuca de cereal; cobre a carne com uma travessa e a coloca na geladeira. O interfone toca uma terceira vez, uma chamada longa e forte, e ela aperta o botão para atender.

— Oi, Josie, sou eu — diz Pulford.

— Espere aí.

— O quê?

— Eu não tive tempo de preparar nada. Vamos sair. — Ela checa a bolsa. Três libras e meia, nada no banco, e dois dias até o pagamento.

* * *

Correndo da rua para a praça e continuando pela Brompton Road, Staffe sente o suor escorrer cada vez mais rápido. Fecha os ouvidos para todo o resto, menos para o impacto de seus pés sobre o pavimento, subindo por suas coxas e pelo tórax, o coração acelerado. Ele está velho demais para aquilo, mas avista o parque do outro lado da Knightsbridge e vai driblando o tráfego até as trilhas não pavimentadas. Seus músculos queimam, os pulmões calcinam. O som fica mais lento, mais profundo.

Ele percebe que há uma verdade que governa tudo o que acontece debaixo do céu vermelho-sangue da cidade. Ele sabe que essa verdade é costurada pelas ações de pessoas vivendo umas junto às outras. Tudo é conectado e tudo pode ser compreendido.

Mesmo o mais desajeitado e fortuito criminoso terá uma base lógica. Seu comportamento seguirá um padrão. O problema é: quanto mais provas você reúne, mais obscuras as razões dele se tornam. Denness ou Rob Boxall; Leanne ou Debra Bowker. Ou alguém ainda não descoberto. Quem quer que tenha cometido o crime conhecia o mais recôndito segredo de Karl Colquhoun.

Staffe levanta o olhar para a extensão do parque, mergulhado no lusco-fusco. Retorna, dando uma longa e acentuada volta pelo lago Serpentine, e vai na direção das luzes da Knightsbridge. Logo vê as ruas de novo, enquanto corre na direção de Victoria. Depois de seis, sete minutos, ele acelera o passo, a toda velocidade, e para de repente, com as mãos nos quadris.

Suas canelas estão ardendo, e o suor corre espesso e rápido, pinicando seu couro cabeludo, derramando-se pela curva da espinha dorsal. Faz três anos que fumou um cigarro pela última vez, mas Staffe sente a ânsia pela nicotina nos pulmões, queimando fundo; então ele se levanta da posição agachada e parte em marcha acelerada, dolorosa. Ele diz "persevere, persevere" repetidas vezes, sentindo-se velho demais para aquele tipo de exercício.

* * *

No suntuoso interior, em tom pastel, de um clássico prédio estilo georgiano em Mayfair, Guy Montefiore recusa uma segunda taça de champanhe e tenta sair rapidamente dos escritórios da Synge and Co.

Enquanto se dirige para fora do prédio, Guy vê o velho Synge vindo da rua e olha ao redor no saguão à procura de um canto onde se esconder, um refúgio para evitar uma conversa constrangedora, mas o velho o avista. Ele acena por educação e abre um sorriso pouco convincente quando Synge se aproxima.

— Olá, Guy. Que bom ver você.

— Igualmente, Patrick. Igualmente. — Guy estende a mão, sente a força do poderoso aperto do velho.

— Está tudo bem? — diz Patrick Synge, com a cabeça levemente inclinada, como alguém que espera uma confidência.

— *Tudo* — responde Guy, abrindo um sorriso estoico. A despeito das amabilidades, o relacionamento dos dois é marcado por contratos tão volumosos quanto a Bíblia e honorários enormes.

— Tudo bem. Tudo muito bem. Mais nenhuma bobagem, hein?

— Nenhuma. Desculpe, Patrick... — Na verdade Guy não parou de andar... — Já estou atrasado.

— Não deixe que sobrecarreguem você de trabalho — avisa o velho enquanto Guy passa pela porta giratória.

Guy Montefiore atravessa o arco perto de Grapes e entra no Shepherd's Market. Dobra à direita, afastando-se da corte de bêbados estridentes metidos em ternos que se espalha pela pequena praça.

Ele não percebe, em absoluto, um homem que o segue a vinte passos.

Quando viu Montefiore pela primeira vez, o homem esperava um sujeito magro, calvo, sujo, com uma tez macilenta e ternos manchados. Mas, agora, vê um homem mais jovem, mais elegante, mais alto, mais encorpado, alguém que se espera ver saindo de um Mercury em um estacionamento de clube de tênis, dando um forte aperto de mão.

Ele observa Montefiore chamar um táxi, entrar no veículo, e o deixa ir. Sabe para onde ele vai e não se apressa em pegar outro táxi. Não está ali para seguir o cara, pois acha que já o conhece bastante bem, mas para testar quão próximo pode chegar dele.

— Para onde? — pergunta o motorista.

— South Ken, para começar. Atravesse o parque.

Eles pegam o tráfego cansativo da hora do rush e o homem se reclina, observando passar o Hyde Park Corner e a Park Lane. Essa é a cidade que ama, contudo, ela permite que homens como Montefiore façam as coisas que fazem e mantenham um excelente emprego.

* * *

Staffe não consegue recuperar o fôlego, sente como se a vida lhe estivesse sendo arrancada. Faz força para inalar o ar e se prepara para outra arremetida, fazendo uma lenta contagem regressiva a partir de dez, e então fecha a torneira. A água para, e ele se recosta nos blocos de vidro.

Eles foram ideia de Sylvie, mas agora necessitam de manutenção. O **apartamento de Queens Terrace precisa passar por uma reforma.** Quando a água para inteiramente e sua cabeça ainda está latejando, ele acha que ouviu alguém chamar. Sai nu do chuveiro e abre a porta do banheiro, pingando água pelo quarto enquanto grita:

— Quem está aí? Quem está aí? — Sua pele fica arrepiada, e ele escuta novamente. Não pode ser. Não pode ser, depois de três anos. — Sylvie?

Corre para o corredor, sem ter certeza de onde a voz está vindo. Diminui a marcha, respira fundo e entra na cozinha. Não há ninguém ali, mas ele ainda pode ouvir alguma coisa. Há água em seus ouvidos.

Entrando na sala de estar, ele percebe o quanto foi idiota. A voz está vindo do alarme de um rádio. Não do seu, mas, sim, do antigo inquilino. Por que será que ele desejaria ser acordado no início da noite? Como está ficando mais escuro lá fora, Staffe consegue se ver, nu, refletido nas altas janelas em estilo georgiano, de doze painéis de vidro. Ele se ajoelha de modo a ver apenas sua cabeça e seu peito. Sente-se um idiota, mas não quer se mover. Uma lembrança o sufoca. Está feliz e triste.

— É como morar numa porra de um aquário! — gritara Sylvie.

— Não tenho nada a temer do mundo — respondera Staffe.

Ela odiava quando ele se negava a fechar as cortinas.

— É aí que está o problema, Will. — Ela cruzara os braços debaixo dos seios. — É aí que está a porra do problema.

Eles haviam passado o fim de semana todo discutindo, e ele está cansado de tudo aquilo. Está desidratado, mas quer beber mais. Acha que ela talvez tenha subido para cheirar uma carreira, mas não dirá nada, porque sabe que, não obstante, ele está errado.

— Você não teme nada do mundo. O mundo não pode tocar em você. — Ela se aproxima e respira fundo. — Esteve com *ele*. Consigo sentir o cheiro em você.

— Pelo amor de Deus, é o meu trabalho.

— Feche a porra da cortina, Will.

Ele olha para o chão, segue o desenho dos tacos.

— E amanhã você vai sair por aí numa caçada inútil, suponho. É hora de ficarmos juntos. Você prometeu.

— São meus pais. Meu Deus! Se eu não puder...

— Eles morreram há 15 anos.

— Dezenove.

— Eu tenho só 26 anos, Will. E tinha 7 quando eles morreram. Sou jovem demais para ficar em segundo plano em relação a velhos e fantasmas.

— Eu sou muito velho para você.

— Ah, não. Não me venha com essa. Você é apenas um grande... — Ela está pegando o casaco na poltrona. Olha para fora, pela janela. — As pessoas podem nos ver, Will. Tudo o que eu quero de você é que feche as cortinas e me leve para passear amanhã, o dia inteiro. Você sabe que dia é hoje?

Ele sabe. Eles estão juntos há três anos.

O telefone toca, e ela para de andar.

— Não atenda, Will.

— É Jessop — diz ele.

— Não diga, é mesmo?

— Ele precisa de mim.

— Ele vai compreender.

— Eles estão tentando se livrar dele.

— Eu quero que a gente fique juntos, Will. Quero muito, mesmo.

O telefone para de tocar.

— Estou tentando ser leal. Amigo. Como pode a lealdade ser uma coisa ruim?

Ela anda até a porta.

— Você não está sendo leal, você está escolhendo, Will. Escolhendo ficar com eles, em vez de ficar comigo.

Staffe a observa sair; quer segui-la, mas o telefone toca. Ela fecha a porta, e ele atende.

— Os canalhas fizeram isso comigo, Staffe. Estão me mandando para a Met. — A voz de Jessop denuncia que ele esteve chorando. O homem mais durão que ele conhece.

— Posso telefonar para você depois? — A porta da frente é fechada com um estrondo.

— Eu não posso ir para a Met. Leadengate é minha vida. É a porra da minha vida! E eles sabem disso, Staffe. Eles querem se livrar de mim.

Staffe vê Sylvie sair para a calçada. Ela dá um passo na frente de um táxi e põe as mãos nos quadris para fazê-lo parar. Qualquer um pararia.

— Vamos sair e tomar um drinque, Staffe. Preciso conversar com alguém.

— E Delores?

— Ela não está aqui.

Sylvie entra no táxi. Não olha para trás.

— Você sabe que isso será bom para você, não é, Staffe? Vai ser promovido a detetive-inspetor. É melhor ver se você se encaixa no cargo.

— Nos encontramos no Scotsman's Pack.

Sobre os telhados, o céu está rajado de um tom de salmão. Do lado oposto, um táxi estaciona. Sua luz de "livre" é desligada. Alguém deve ter chamado por telefone.

O celular de Staffe toca e ele se levanta, procura o aparelho. Pode se ver, nu, refletido na janela. Caminha vagarosamente pelo aposento, segue o ruído e atende.

— Você não está aqui — diz Marie. — Eu disse que cozinharia.

— Talvez eu precise ficar algumas noites fora.

— Você já está cheio de mim?

Staffe pode ouvir um tom seco na voz da irmã e suspeita de que ela provavelmente esteve bebendo.

— Preciso tomar conta de um lugar.

— Parte do seu pequeno império.

— Eu telefono para você de manhã. Será bom para você e Harry terem um pouco de paz e sossego.

— Você disse "tomar conta", Will. A gente toma conta de pessoas, não de construções.

A luz do telefone esmaece e Staffe telefona para Johnson, para que ele não se preocupe em ir até Peckham, mas é a esposa que atende.

— Oi, Becky. O Rick está aí?

— Ele saiu — diz ela, parecendo aborrecida.

Staffe quer dizer a ela para cuidar do marido, que ele está sob pressão, e que não fique achando que ele não a ama, mas apenas dá uma desculpa e desliga antes de meter o bedelho na vida alheia.

Volta para a sala de estar, observa o táxi estacionado do lado oposto da rua. O veículo está esperando há muito tempo. Ele olha para a foto de Karl Colquhoun sobre a escrivaninha Cobb, que o homem assassinado tinha consertado por alguma ironia do destino. O corpo monocromático está todo manchado de sangue cinza-escuro. À direita, os loucos olhos de seu assassino. Quando encara aqueles olhos, Staffe se sente observado. Sua pele nua se arrepia e calafrios percorrem seus braços e seu peito. Ele pega a foto e apaga a luz, olhando para fora no escuro. Do lado oposto da rua, as luzes do táxi se acendem e o veículo vai embora. Staffe não consegue ver se ele leva algum passageiro.

* * *

O Crown and Mitre serve perfeitamente aos propósitos do homem. É um bar novo: metade Anzac, metade Jack the Lad and the Gents. O banheiro masculino fica localizado entre os dois bares, de modo que ele pode entrar em um deles, tomar um drinque, depois ir ao banheiro e sair pelo outro bar com aparência diferente. Agora, ele usa uma jaqueta leve e um boné de beisebol que tirou de uma pequena bolsa. Tem um pressentimento sobre aquela noite.

Montefiore está sentado junto a uma janela no Chat Noir, um café estilo francês maltrapilho, administrado por um velho casal de Lisboa. A garota, Tanya, está bem ali perto, do lado de fora, de pé com um grupo de adolescentes, todas usando o mesmo tipo de saia curta rodada. Algumas delas têm pernas gordinhas, outras têm cambitos esguios como potras. As garotas estão observando os meninos de skate, vestidos da cabeça aos pés com camisetas largas, capuzes e jeans também largos, de cintura baixa, com tênis grandes, que deslizam na pista perto do Sainbury's. É onde a calçada é mais ampla, mas ainda assim os pedestres têm que pisar na sarjeta para evitar colisões. Se eles se queixam, recebem de volta um "foda-se". Os mais velhos acham que, se não se esquivarem, levarão um tapa.

Tanya encolhe-se quando um dos garotos passa zunindo no skate, equilibrando-se em uma perna só em cima da tábua, agachando-se quando passa ao lado de uma senhora que saiu da calçada para a rua a fim de evitá-los. O garoto está na beira da calçada, de modo que a senhora não consegue sair da rua. Um ônibus passa perto, buzinando alto e fazendo a mulher se sobressaltar. O garoto ri.

A pulsação do homem acelera um pouquinho; ele sente suas mãos começarem a tremer e engole duas drágeas de 50 miligramas de propranolol cada uma, para fazer seu organismo voltar ao normal.

Aquilo tem que ser preciso, controlado e sem emoção. Ele enche as bochechas de ar, tenta afastar as imagens de Montefiore pegando a garota sozinha; as coisas que ele faria com ela; os sons que ela faria. A vida dela ficaria em frangalhos, como também as de seu irmão e irmã, da mãe e do pai, os quais, na ausência de um molestador exemplarmente punido, seriam abandonados pelo Estado sem tomar qualquer atitude, a não ser culparem-se. Pelo resto de suas vidas.

O bando de garotas e garotos termina suas exibições mútuas de atração sexual. Eles se despedem gritando palavrões, dando risadinhas e mostrando o dedo médio, expressões inarticuladas de desejo pubescente.

Ele passa pelo Chat Noir observando a sombra escura, inquieta, de Montefiore na janela e segue o grupo de garotas. Elas começam a se separar. Tanya e outra adolescente atravessam a rua e ficam grudadas, compartilhando um telefone celular. Elas se dão o braço e diminuem o passo. Quando passa por elas, o homem pode ver que Tanya está digitando uma mensagem de texto. Elas dão risadinhas.

Sua cabeça está zonza, e ele vai em frente, as mãos inquietas. Até aqui, ele esperou. Não têm fim as noites frustradas à espera desse monstro, Montefiore. E todo o tempo, o homem deseja que seu ódio, essa necessidade, vá embora. E pode ser essa a noite.

Montefiore deve estar passando por elas agora, e o homem atravessa a rua, sem ousar olhar para trás, a fim de não se denunciar. Quando acaba de costurar seu caminho pelo tráfego, parando na porta de uma imobiliária e ousando dar uma olhada, ele vê que as garotas voltaram na direção do Chat Noir e estão virando na High Street.

Elas estão indo na direção errada.

Não há sinal de Montefiore. Em lugar algum.

* * *

Staffe está sentado no chão, as pernas cruzadas, com o notebook equilibrado nos joelhos, lendo seus e-mails. Como de costume, ele abre todos a não ser os que obviamente são lixo eletrônico, porque algum pode ser de Sylvie. Ela não tem seu próprio e-mail, mas usa os das amigas. A última vez que chegou um e-mail dela foi há seis meses, perguntando como ele estava indo. Ele não respondeu.

Por fim, ele fica com apenas dois e-mails abertos: um de Janine e um de Pepe Muñoz.

oi, staffe, achei que você gostaria de saber que o cabelo na foto é uma peruca e que não é de boa qualidade. provavelmente uma peruca de fantasia, alugada. estamos checando todas as lojas dentro de um raio de nove quilômetros do crime. o capuz é feito em casa e deve ser de uma velha toalha de mesa. a fotografia é digital e, tudo indica, tirada por uma câmera de alcance médio, de 5-6 mill. pixels. a ampliação dos olhos não revela qualquer reflexo de um cúmplice. o papel da foto é fuji, profissional, alta gramatura. desculpe não ter nada mais. Jan x.

Staffe manda uma resposta dizendo a ela que ache alguém para checar os estoquistas de papel fotográfico e fazer uma referência cruzada com o PC World no mesmo prédio da Marvitz Builders Merchants, onde trabalhava Karl Colquhoun; onde ainda trabalha Denness.

Quanto a Pepe Muñoz, Babelfish mostra que as novidades são melhores.

Señor Wagstaffe, sinto muito que o senhor esteja doente e não possa fazer a viagem. Nós concluímos outra reunião sobre o ETA Bilbao e temos dois homens com o nome Extbatteria. Eles têm 23 e 27 anos e são irmãos. Tenho mais detalhes e posso providenciar uma conversa com eles. Me diga quando poderá vir da próxima vez. Pepe M.

Staffe responde com um e-mail dizendo "sim", ele quer mesmo encontrar os irmãos Extbatteria, mas será que o assunto pode esperar?

Ele aperta a tecla "Enviar" e põe o notebook no chão; deita de costas nas tábuas de madeira do soalho restaurado e se concentra na entrada e saída de ar dos pulmões, alimentando o coração. Ele se sente leve, observando as cores e formas no fundo de suas pálpebras, e imagina o momento aguardado de se encontrar com Santi Extbatteria, o homem de 52 anos que achava que o mundo seria um lugar melhor se ele explodisse as 23 pessoas que jantavam em um restaurante à beira-mar.

Staffe sabe que o ETA está reduzindo suas operações, procurando avançar a causa basca por meio de negociações e não de explosivos. Uma parte dele se ressente muito disso. Significa que as mortes de seus pais foram em vão. Ele tenta não maldizer Extbatteria e seus dois filhos, tenta não ficar agitado com a perspectiva de desenterrar o exílio do terrorista veterano.

* * *

Cresce o desejo em Montefiore. A ânsia pesa sobre ele, torna fracas as suas pernas. Como pode haver uma coisa assim, como um amor proibido? O amor sempre deve prevalecer, não se pode resistir.

Certa vez, um cliente lhe disse, quando decidiam sobre a construção de lojas de coisas usadas nos fundos da estação Waterloo: "Você tem uma chance, Guy. Nós todos temos uma chance e só precisamos reconhecê-la e aproveitá-la. Não é sorte, é o que deve ser, mesmo."

Ele concentra a atenção em Tanya e em sua amiga, emboladas sobre o telefone celular, entre os balanços e os troncos de árvores, bem no coração do parque. Aperta a tecla "enviar", observa suas palavras chegando às garotas, percebe o efeito que causam. A garota faz seu estômago dar saltos-mortais lentos. Tão perto; ele podia alcançá-la, quase tocá-la.

Está triste porque sabe que o começo é também o fim. Ele construiu uma carreira por sua capacidade de descobrir o valor e avaliar o risco, então caminha até debaixo dos galhos das sorveiras-bravas, pequenas bagas espocando dos botões. Espera que a amiga dela faça como ele mandou. Se Tanya vai encontrar Alex, o garoto que ela acha que ama, a amiga tem que ir embora. Alex é tímido. Alex quer Tanya toda para ele. Alex está a quilômetros de distância, jogando futebol embaixo do viaduto de Westway. Alex não tem um celular novo, nunca passou mensagens de texto para Tanya. Nunca passará.

Guy põe uma mão no bolso, apalpa seu gorro. Sua respiração é curta, e ele sente uma quentura em torno do pescoço e dos ombros. É como se alguém estivesse a ponto de pôr uma mão sobre ele, como se não pudesse mais suportar o suspense, mas não quisesse que a sensação se fosse.

A amiga lhe dá um tímido aceno de adeus. Entre as árvores, ele consegue ver Tanya dar um sorriso nervoso, mordendo o lábio inferior com os dentes. Ela faz um movimento de indiferença com os ombros estreitos, se vira e caminha na direção de Montefiore com a cabeça baixa, os ombros curvados, como envergonhada de seu corpo jovem, lindo. Guy se afasta para as árvores, analisa apressadamente o perímetro, procurando alguém que esteja passeando com um cachorro ou namorados se divertindo.

Não há ninguém dentro de um raio de cem metros.

Ele ouve Tanya caminhar no bosque, mas ela para. Chama o nome dele.

— Alex? — Sua voz é quase um sussurro.

Guy se agacha. Ele consegue ver as pernas nuas dela debaixo da copa baixa das árvores. Põe o dedo na tecla, pressiona "enviar" e ouve Tanya arquejar quando o telefone toca.

— Alex — diz ela, de novo. — Você está aqui?

— Estou aqui — diz Guy, usando o gorro de lã. Depois de dizer isso, ele se move rapidamente para a esquerda, e ela segue o som de sua voz olhando para o lugar vazio. Enquanto espreita, ele tira um pedaço de pano embebido em entorpecente de um envelope plástico hermeticamente fechado.

Ela se movimenta desajeitadamente por entre os ramos. Agora, Guy está atrás dela.

— Eu não consigo ver você, Alex.

Montefiore prende a respiração e dá um passo silencioso, final, quase sem se mover. Suas pernas parecem moles, e o coração bate o dobro da pulsação normal. Ele está em êxtase. Está triste. Estende a mão, bate de leve no ombro dela, observa quando ela se vira lentamente. Os olhos de Tanya se arregalam e um grito fica preso na garganta.

Ele se sente mais feliz do que nunca em toda sua vida. Avança rapidamente e coloca uma mão na nuca de Tanya como se fosse lenta e suavemente puxá-la em sua direção para um primeiro beijo. A boca da garota realmente se abre, e, em vez de encostar seus lábios nos dela, ele estende a outra mão, enluvada, e a silencia com o pano embebido de entorpecente. Sente o cheiro de clorofórmio enquanto observa os olhos arregalados dela se fecharem em pequenos espasmos, como asas de borboleta.

O cabelo de Tanya é mais macio do que ele jamais sonhou, e ela pesa pouco em seu abraço. Guy retira rapidamente o pano, esperando que ela volte a si antes que ele termine. Ele precisa de uma reação. Repousa o corpo da garota no chão, com facilidade; depois, fica deitado a seu lado, olhando em torno, debaixo da copa das árvores. Sorri para si próprio, feliz de estar sozinho com seu amor.

Tira o gorro, coloca o rosto no espaço entre o queixo e o pescoço dela. Inala seu cheiro, corre a mão pela pele fina, suave. Movimenta a própria cabeça, beija o maxilar dela, seus olhos fechados, sua boca fechada, faz com que ela abra os lábios beijando com mais força. Ele sente os pelos macios entre as pernas dela e as afasta. Abre a própria braguilha e a agarra pelas nádegas. Sente uma sombra atrás do pescoço. Fica paralisado.

Guy se vira para olhar, mas não acredita no que vê. A princípio, ele acha que é um espelho retorcido, mas depois, a boca e os olhos dentro do gorro forçam um sorriso, e a figura fala.

— Você já era, Guy.

— Não é o que...

O homem chuta sua braguilha aberta, e Montefiore solta um guincho de dor.

— Não me machuque — diz Montefiore, olhando para a arma na mão do homem. A lâmina brilha.

— Você não está no comando agora, Guy. Faça um movimento errado e será a vez de Thomasina.

— Não!

E como se fosse um ponto final, o homem chuta Montefiore de novo. Enquanto ele se retorce no chão em agonia, o homem diz:

— Você acha que eu vou matar você? — E antes que o outro possa responder, ele põe a sola do sapato sobre os colhões de Guy. Inclina-se para a frente. — Mas está enganado. Se quer saber, vou fazer o oposto. Mas, primeiro, eu vou visitar você. Logo. E se disser uma única palavra a alguém, uma só merda de pessoa, você vai encarar sua filha lá do banco dos réus e vai morrer na prisão. Mas não antes dela. E você quer saber como ela vai morrer?

— Não! — diz Guy, soluçando. — Eu vou fazer. O que você mandar, eu vou fazer.

O homem tira o pé de cima de Guy, dá um passo para trás, e Guy fecha a braguilha, levantando-se. Ele olha para baixo, para Tanya. Ele a ama, ainda. Ela é a única. Todas as outras acabam perdidas. Sujas. Putas.

* * *

Staffe se encolhe quando aplica iodo no ferimento. Ele comprime uma atadura nova sobre o corte e se mete entre os lençóis da primeira cama que comprou na vida. Olha fixo para o teto, e uma imagem de sua mãe e de seu pai surge em sua mente, acenando para ele do cais no porto de Portsmouth, quando partiam para a Espanha. Seu pai se aposentara cedo, depois de toda uma vida dedicada inteiramente ao trabalho, e eles iam fazer uma caminhada nos Picos de Europa, depois de visitarem primeiro Bilbao e Guernica. O jovem Will não voltaria a vê-los.

Na viagem de carro de volta para a casa deles, em Thames Ditton, ele fumara um cigarro de maconha, e ao chegar, fora direto para o Angel e comprara dois gramas de cocaína. No final da noite, voltou até a casa dos pais com os amigos e festejara por uma semana, até que a polícia apareceu na porta, não para acusá-lo de estar usando drogas, mas para lhe dizer que, aos 18 anos de idade, ele estava órfão.

A dor é fraca. Ele está cansado, muito cansado, mas o sono diminuiu. Será que o assassinato de Colquhoun havia sido cometido por um mercenário? Contratado por Debra Bowker? Mas por que agora? Por que, depois de todos esses anos? Duas esposas. Dois suspeitos. E Ross Denness?

E o que Golding queria dizer com ele "sabe"? Onde está Sohan Kelly? E se a e.Gang pegasse Kelly? Staffe deveria ir vê-lo ou seria melhor deixá-lo sozinho?

Talvez o assassinato de Colquhoun não fosse coisa de profissional. Mas entraram e saíram sem deixar nenhuma vidraça quebrada nem qualquer vestígio de DNA.

Uma sirene soa, longe do ruído surdo dos caminhões que driblam o congestionamento transitando durante a madrugada. A sirene se afasta, gemendo na noite. Agora Staffe começa a adormecer, pensando nas crianças que sofreram. Um silêncio a ser quebrado.

* * *

Johnson mostra sua identidade ao motorista do táxi e diz:

— Espere aqui, porra, a menos que você queira que alguém venha fazer uma perícia nesta geringonça.

Ninguém atende no apartamento 26d, então ele interfona para o apartamento no andar térreo e é comunicado que Paolo Di Venuto provavelmente está no Golden Fleece.

— Qual é a aparência dele? — pergunta Johnson.

— Quem é você?

— Polícia. Aposto que você está escondendo alguma coisa na sua casa. Talvez cultive um pouco de maconha. Trafique anfetaminas? — Ele dá um passo para trás, olha para o rosto que o espreita entre as cortinas, apresenta seu distintivo e sorri.

O interfone dá estalidos sucessivos.

— É um cara magro com cabelo comprido. Deve estar usando uma jaqueta jeans e um colete branco. Short de militar. Nunca muda a porra da roupa.

Johnson checa o relógio, não pode perder tempo zanzando por ali; assim, diz ao motorista do táxi para esperar fora do bar. Enquanto caminha pela High Street, ele começa a suar e imagina o que vai acontecer. Sente-se fraco e sabe que deveria ter planejado melhor antes de ir até ali. Para com as mãos nos joelhos e inala bastante ar, dando uma sacudida no corpo.

— O que vocês estão olhando, porra? — grita ele para dois jovens. Um negro, o outro branco, ambos procurando encrenca. Mas os dois ficam paralisados quando veem o rosto de Johnson, olhando para seus dois fortes punhos fechados. Atravessam a rua, resmungando, e ele vai embora, o sangue correndo livremente agora enquanto imagina como é Di Venuto; imagina o cara batendo na irmã de Staffe, imagina-o fazendo Marie se virar, tirando as calças dela, comprimindo as nádegas, apertando-as.

O Golden Fleece fica a cinquenta metros. Ele devia esperar do lado de fora até a casa fechar, mas parece que o lugar nunca fecha. Ele imagina o rosto de Marie quando o cara termina de foder; ouve o tapa quando ela se queixa, um filete de sangue escorrendo do canto da boca, um olho inchando, as mentiras que ela inventa para acobertá-lo. Johnson empurra a porta para entrar, e esta bate na parede. Meia dúzia de caras no balcão se vira, nenhum sorriso. Johnson aponta para um sujeito moreno com uma jaqueta jeans e short, o segundo da esquerda, e diz:

— Di Venuto! — Caminha na direção dele enquanto observa os outros se afastando. Um deles pega uma garrafa de refrigerante pelo gargalo e Johnson diz: — Abaixa a porra da garrafa ou meto ela no seu cu.

O sujeito abaixa a garrafa.

Di Venuto abre a boca para dizer alguma coisa, mas não consegue. Johnson dá-lhe um chute nos colhões, e, enquanto ele se dobra, leva um golpe na nuca; o policial segura-o pelo cabelo e arrasta-o para fora. Patsy Cline canta enquanto eles vão para o lado de fora, para a rua. Johnson pisa no rosto dele e o coloca de pé.

— Você sabe o que fez? Você sabe o que fez, porra?

Di Venuto acena afirmativamente com a cabeça, sangue escorrendo de um corte no nariz. Johnson consegue ver o osso. Os olhos deles estão inchando mesmo.

— Eu vou pagar — implora Di Venuto. — Eu juro por Deus que vou pagar!

E Johnson ri. Implorando a Deus. Ele não sabe que Staffe o mandou. Ele pensa que isso tem a ver com drogas que ele não pagou ou um agiota enganado.

De repente, Johnson se sente fraco de novo. O sangue se esvaiu e ele não está mais ligado como antes. Precisa ir embora, e rapidamente, então levanta a mão e chama o táxi. Não tem nem mesmo energia para dar um último tapa em Di Venuto.

Enquanto se afastam, ele fica pensando no que Staffe queria. Ou será que Di Venuto simplesmente aprontou para cima de alguma outra pessoa? Se for isso, ele vai voltar. Da próxima vez, estará mais forte.

* * *

Guy toma um gole de vinho. Seu coração bate acelerado, e os dedos tremem. Essa é a parte mais escura da noite. Quando ela fica mais silenciosa. Logo os pássaros cantarão e os garotos entregadores de jornal vão provocar agitação.

Ele ouve o ruído suave do trinco de metal do portão e logo engole o restante da bebida. Fica de pé, olha para o relógio. São quatro para as três. Prende a respiração, reza muito para que o silêncio continue, para que alguma coisa lhe venha à mente.

Duas fortes batidas na porta.

Durante toda a noite, Montefiore havia tentado, sem sucesso, encontrar uma opção que não terminasse com ele atendendo às batidas na porta. Se o homem fosse matá-lo, teria feito isso no parque.

A silhueta do homem aparece no vidro da porta, e Montefiore se lembra da ameaça a Thomasina. A cartilagem dos joelhos cede, e a respiração é curta; a cabeça está zonza. Ele estende a mão, puxa o ferrolho, destranca a porta e a abre.

De alguma forma, naquele átimo, quando vê o homem na porta aberta, Montefiore sabe que acabou para ele. Tenta fechar a porta de novo, mas o homem coloca o pé no vão.

Ele tenta gritar por socorro, mas antes que pudesse emitir um som, sua respiração é interrompida por um rápido e eficiente golpe no pomo de adão. Montefiore cai de joelhos, encolhe-se e sente o pano no rosto. Reconhece o cheiro enquanto vai desmaiando, lentamente.

Montefiore está totalmente imóvel. Está nu da cintura para baixo, até os sapatos, e amordaçado com gaze, e filetes de sangue escorrem de seus olhos por suas bochechas.

São aplicados os toques finais. A pequena câmera de vídeo está posicionada de modo a enquadrar todo o corpo de Guy Montefiore: sua triste figura na tela, presa a uma cruz de metal, feita de tubos de alumínio de alta resistência interligados. A cruz, por sua vez, está pendurada no teto por três pedaços de corda. Havia quatro, originalmente. Essa foi a parte mais difícil: encontrar as vigas principais do teto, algo bastante forte para receber parafusos, a fim de sustentar seu peso.

As coxas de Montefiore estão unidas a seu peito com correias de amarração de cargas, e ele parece estar suspenso no ar, como se saltasse em uma piscina. Cada uma das três tiras restantes varia de comprimento. Cada corda tem um número preso a ela: 1, 2, 3, 4.

Dentro de Montefiore, entrando em seu corpo através do ânus, há um pedaço de madeira de um metro e meio e cinco centímetros de diâmetro. A outra extremidade está firmemente fixada no chão por quatro mãos francesas de metal aparafusadas.

Em meio à dor latejante, Montefiore ouve um carro do lado de fora. O veículo muda a marcha, dá uma acelerada, mas o motor é logo desligado. Uma porta se abre e depois se fecha. Depois outra. Ele tenta fazer diminuir a dor, respira fundo. Empurra a gaze com a língua, tentando criar uma bolsa de ar para que possa esvaziar os pulmões de algum modo, fazer algum ruído. Ouve os vizinhos subindo a rua e respira o máximo que pode. A dor percorre seu corpo, e ele chacoalha a cabeça ao gritar, tentando fazer o som sair. Parece alto em seus ouvidos, mas ele observa a figura de capuz sorrir com os lábios vermelho-sangue e aumentar o volume do rádio.

Os dois esperam que os vizinhos abram e fechem as portas de suas casas. Um dedo aperta a tecla "gravar" na câmera de vídeo, e Montefiore vê a figura avançar em sua direção, vestida de branco, um capuz de penitente mostrando apenas olhos selvagens, negros, e lábios vermelho-sangue que sorriem quando uma mão agarra a corda. Montefiore se sente mudando de posição, e a madeira o arranha por dentro. Ele sabe que não vai aguentar muito mais. Sente os olhos ficarem úmidos, pegajosos. Não consegue ver, apenas sente o líquido espesso tocando suas bochechas. Tenta inspirar fundo, preparar-se de alguma forma, mas a dor é demasiada. Ouve um rosnado, depois um sibilo, e ele desce. Ouve alguma coisa se romper dentro dele. Por um segundo, seus braços afrouxam e depois, quando ouve novamente o som de ruptura, alguma coisa se apaga em sua cabeça.

* * *

O telefone toca no meio da noite com um som agudo.

— Quem é? — pergunta Staffe, tonto de sono.

— Não é hora de dormir, Staffe. Não se você quiser ir fundo nisso. — É uma voz de mulher.

— Quem é?

— Billingham Street número 48, W8. Temos algo fresquinho para você.

— O quê?

Desligam.

Staffe disca o número do serviço de consulta à última chamada, pega o número do celular que ligou para ele e depois telefona para a delegacia de Leadengate. Pergunta pelo investigador encarregado das denúncias referentes ao caso e fica feliz ao ouvir que é Jombaugh.

— Preciso de reforço na Billingham Street, 48, Jom.

— Nunca ouvi falar nesse lugar.

— É em W8.

— O que você está fazendo, Staffe? Ali é área sob responsabilidade da Met. — Ele conhece Jombaugh desde quando era um simples policial sob o comando de Jessop. Jombaugh também fazia parte da equipe, mas ficou tão de saco cheio que não quis mais trabalhar nas ruas. Queria mais era cuidar da família. Ficou arrasado quando Jessop foi transferido para a Met.

— Eu recebi um telefonema pessoal, em casa, pelo amor de Deus.

— Você não está em casa — diz Jombaugh. — Esse número de onde está telefonando. Não é sua casa.

— O quê? — Cai a ficha. Quem quer que tenha telefonado para ele, conhece-o muito bem. Quem saberia que ele estava dormindo ali naquela noite?

— O que eles disseram quando telefonaram?
— "Temos algo fresquinho para você."
— Isso pode não significar nada.
— Era uma mulher, Jom. E eu não acho que "não significa nada". Acredito que esteja ligado ao caso do Limekiln.
— Tenho que ligar para a Met, chefe.
— A Met! Basta me dar dois homens.
— É o que temos que fazer. Não estou feliz em ter que fazer isso, assim como o senhor.
— Bem, pelo menos me dê um mandado de busca e apreensão. Mande o papel pelo Johnson.
— Will, você não devia...

Mas Staffe desliga, calcula que pode chegar lá antes da Met. *Precisa chegar lá primeiro.*

Não há tempo de se barbear ou de escovar os dentes, e ele simplesmente veste a mesma roupa da véspera. Está saindo quando um calafrio percorre todo seu corpo. Respira fundo e vai até a cozinha buscar sua afiada faca Sabatier, lâmina de dez centímetros, cabo de aço.

* * *

Staffe dirige costurando o trânsito pela Cromwell Street. Mantém o Peugeot em segunda marcha durante todo o percurso, e quando sai da North End Road percebe que tem quinze, vinte minutos até Johnson chegar lá, e também a Met. Entoa um mantra a fim de acalmar o coração acelerado, desanuviar sua cabeça atordoada. Pisa fundo no acelerador, ouvindo o motor roncar e gemer durante todo o caminho até Billingham. Quando chega, diminui a marcha bruscamente, estaciona com discrição e fecha a porta com cuidado, correndo em silêncio para a casa.

As cortinas do aposento da frente estão cerradas. Aparentemente, não há luzes acesas no interior. É uma casa geminada do início do período vitoriano, com dois andares e um sótão tipo mansarda. Ao lado, há um alto portão que leva ao jardim, e Staffe apoia-se na parte superior, joga o corpo para cima, dobra uma perna e põe a sola do sapato no alto.

Iça o corpo e se lança para o outro lado. Dando a volta pelos fundos e vendo que o local está bem trancado, Staffe calcula qual seria o melhor método de forçar sua entrada. Janelas francesas, de alto a baixo, com pequenas vidraças, mostram uma sala de jantar escurecida, e na janela de caixilhos que dá para a cozinha, uma pequena luz verde pisca no forno.

Ele tem que ser rápido.

Seus olhos percorrem o local, e ele vê uma chave na parte de dentro das janelas francesas. Remexe a lata de lixo e encontra uma folha de jornal e um velho pote de mel. Besunta o que restou do mel em um pequeno pedaço de papel e o comprime contra a vidraça perto da chave. Acha uma pedra, respira fundo e bate no vidro com ela. A maior parte dos estilhaços gruda no papel besuntado de mel. Procura escutar alguma reação vinda de dentro, se alguém chegou pela frente. Nada. Arranca os pedaços de vidro da moldura, introduz a mão cautelosamente na abertura e gira a chave.

Quando abre a porta, a casa parece arquejar. Movimentando-se sobre o piso vitoriano decorado do corredor, ele sente a pele arrepiada. Quatro portas levam para o corredor, e todas estão abertas, exceto uma. Ele verifica que todos os aposentos estão vazios antes de parar diante da porta fechada. Põe uma mão na maçaneta e encosta o ouvido na madeira envernizada com cera de abelha.

Gira vagarosamente a maçaneta e abre a porta centímetro por centímetro. Ouve um ruído de arranhar vindo de dentro, põe a cabeça na abertura e olha para o aposento escurecido. Sente cheiro de fezes humanas e vê uma estrutura esquisita. Uma estrutura esquisita com... um corpo? Um corpo em uma cruz!

— Meu Deus — diz para si mesmo. — Meu Deus. — E se sente fraco.

Tira a mão da maçaneta, e a porta se abre à sua frente. Há outro ruído mais alto, de algo arranhando; uma corda se solta e o corpo pende. Um gemido abafado se junta a um som que parece vir dos fundos de um açougue.

Staffe olha para o corpo, vê os olhos esbugalhados acima de longos filetes de sangue seco que correm pelo rosto, tão finos quanto a lâmina de uma faca. Ele dá um passo na direção do corpo suspenso, vê o que acontece. A calça do homem está enrolada nos pés. Ele desvia o olhar assim que vê a madeira, onde ela penetrou, e corre para a porta da frente. Não está trancada pelo lado de dentro. Na rua, chega uma viatura, luzes azuis piscando, mas nada de sirene. Dois policiais armados saem da traseira do veículo.

Staffe levanta os braços, segura alto sua insígnia.

— Sou policial. Sou policial! Chamem uma ambulância. Rápido, digam a eles para virem rápido, pelo amor de Deus.

Manhã de quarta

Staffe está sentado no estúdio de Montefiore, esperando autorização para ligar o computador da vítima.

De acordo com extratos bancários, Guy Montefiore ganha 12 mil libras por mês na Sanders and Fitch, uma corretora do tipo tradicional. Os extratos revelam que ele envia 3.800 libras todo mês para Helena Montefiore e, três vezes por ano, paga 11 mil libras à Benenden School. Sua família tem sangue azul, mas algo muito mais obscuro corre em suas veias. Profundo e sombrio.

Jombaugh telefona, dizendo que Johnson está a caminho para entregar os mandados de busca e apreensão, que darão a Staffe liberdade total para acessar o computador de Montefiore. Ele fica observando os programas antivírus se inicializarem, depois entra nos programas mais recentes de Montefiore, os últimos websites visitados. Bastam dois. Já é pesado demais para Staffe. Ele tenta apagar da memória o que acabou de ver, fotos de garotas de pouca idade e homens adultos e coisas muito, muito piores do que ele testemunhara naquela semana. Ele procura se tornar mais forte para tentar levar aos tribunais a pessoa que violou e torturou Guy Montefiore. As imagens das meninas surgem na mente de Staffe. Algumas nem haviam chegado à puberdade.

Josie Chancellor está de pé na porta do estúdio de Montefiore.

— Esses caras da Met não estão muito contentes em nos ver por aqui. Penei um bocado para entrar.

Ele gira na cadeira com apoio para os braços para cá e para lá, virando as costas para as janelas de caixilho: a rua densamente arborizada lá fora, uma luminosidade cor de limão penetrando através das árvores.

— O que você conseguiu?

— Pennington quer ver você agora. "O mais rápido possível", ele disse. — Ela se senta do lado oposto, em uma cadeira Chesterfield de couro, baixa, cruza as pernas e começa a fazer seu relato. — Os dados iniciais sobre a mordaça chegaram. É de um tecido diferente daquele usado no assassinato de Colquhoun.

— Mas foi aplicado o mesmo método.

— Não. Eu comparei este aqui com as fotos de Limekiln, e os nós são diferentes. Eles estão dizendo que é outro modus operandi. Uma pessoa diferente.

— Ou uma mesma pessoa inteligente. — Seu celular começa a vibrar e *Casa* aparece na tela.

— Ele acabou de me ligar, Will. Acabou de me ligar e se meteu numa encrenca. — Marie começa a chorar.

— Quem?

— Paolo. Eu acho que ainda o amo, Will.

— Que tipo de encrenca?

— Alguém espancou ele.

— Merda!

— O quê?

De repente, Staffe começa a duvidar de seu bom senso.

— Eu disse a ele para vir até aqui. Posso fazer isso, não é, Will?

— Preciso desligar, Marie. Nos falamos mais tarde.

— Ele está vindo para cá. Eu sabia que você não se importaria.

Staffe gira a cadeira para trás e solta um suspiro profundo.

— Alguma coisa errada? — pergunta Josie.

— Nada. Está tudo uma maravilha — diz ele, clicando no mouse do computador de Montefiore, restaurando ao tamanho normal a janela do navegador com as meninas, que estava minimizada. Elas parecem perdidas, olhando direto para a câmera. Os homens nem mesmo parecem estar gostando daquilo. Subitamente, os problemas de Staffe se desvanecem, e ele começa a pensar em quais métodos podem ter sido empregados para atrair as meninas. Ele se lembra de que esse computador pertence a uma vítima. "Tecido diferente, nó diferente. Um, eles mataram, outro, deixaram viver." Ele gira a cadeira para ficar de frente para Josie e Johnson, que finalmente chegou e está de pé ao lado dela.

— O método de entrar na casa foi o mesmo.

— Não sabemos nada sobre o método usado para entrar — diz Johnson.

— Exatamente. As vítimas permitiram que os torturadores entrassem. Será que os conheciam?

— Vítimas?! — exclama Johnson. — Você ouviu falar o que Montefiore fez no passado?

— E eles telefonaram para minha casa. Tem que ser a mesma pessoa. Fui chamado para dar a última martelada no prego, para cortar a última corda, para enfiar ainda mais aquela coisa nele.

— Ele vai sobreviver. O hospital telefonou para a delegacia — diz Johnson. — Eles não queriam que ele morresse.

— Quando poderemos falar com ele?

— Não por enquanto.

— Eu não acredito que a Met está dizendo que não é a mesma pessoa — diz Staffe. — É só para que eles peguem o caso.

— E nós estamos dizendo que é um caso de serial killer, então podemos pegar o caso?

Staffe lança para Johnson um olhar raivoso e o sustenta até o investigador não aguentar mais. Precisa falar com ele sobre Paolo Di Venuto, mas isso vai ter que esperar. Johnson desvia o olhar, e Staffe se levanta, o peito estufado.

— Eu estou dizendo que é um serial killer porque acredito nisso. Há provas suficientes, e minha experiência me leva a crer nisso. Se você ou qualquer outro elemento da Met tem um problema com essa teoria, então pode levar a ocorrência ao nosso chefe, Pennington. De outra forma, agradeço se você se esforçar ao máximo para reunir provas. Está me entendendo, Johnson?

Ele acena afirmativamente.

— Vamos ver Pennington. Você pode me contar o que sabe sobre Montefiore.

* * *

Johnson leva Staffe de carro até a delegaci de Leadengate, as mangas da camisa enroladas e os tendões dos fortes braços brancos tensos.

— Ah, nós rastreamos o telefone de onde partiu a chamada para você. Foi do celular de Montefiore.

— Merda. — Há respingos de sangue na camisa de Johnson e um brilho de suor o cobre por completo: rosto, pescoço, braços. Staffe se culpa pelo estado de seu investigador e se vira no assento para encará-lo. — Ontem à noite você não foi exatamente sutil, não é?

— Com aquele carcamano em Peckham? Meu Deus, cara, ele veio para cima de mim.

Staffe poderia dizer a Johnson que, graças a seus esforços, o carcamano está agora morando em sua casa. Mas ele não é de lavar roupa suja em público.

— Você foi um pouco além do que eu queria.

— Ele que começou, chefe.

— Você não deixou ele saber quem você era?

— O veado pensou que um traficante ou um agiota haviam me mandado.

Quando chegam à extremidade norte do Hyde Park e seguem ao longo da via de mão única, contornando os fundos da Oxford Street, Staffe fica pensando no que sua equipe descobrira sobre Guy Montefiore: uma denúncia para a Promotoria, como ele rapidamente suspeitara, três anos atrás, de abuso sexual contra uma menina chamada Sally Watkins.

Na escala social, Montefiore está tão longe de Karl Colquhoun quanto se pode imaginar. Tão longe que eles quase tiveram o mesmo destino, coisa que aconteceu, em termos de crimes a eles atribuídos e acusações que a Justiça nunca levou adiante. Parece que os dois compartilham terreno comum em relação à vingança praticada contra eles.

As acusações nunca foram adiante, pensa Staffe. Dois homens, nunca levados aos tribunais. Nenhum dos dois com ficha policial de molestadores sexuais.

— Conte o que você sabe sobre a esposa.

Uma veia no pescoço de Johnson fica saliente.

— De acordo com as declarações que ela deu à nossa policial, ela o abandonou há três anos. Eles têm uma filha, Thomasina. Na época da separação, ela tinha 11 anos. Só Deus sabe se eles disseram a ela o que ele fez à menina Watkins.

— Que idade tinha Sally Watkins quando ele cometeu o crime?

— Doze anos. Exceto que não podemos dizer que foi ele, não é? — Johnson está praticamente cuspindo as palavras. — Porque a porra da Promotoria não indiciou o cara.

— Como o caso foi relatado?

— Isso é que é estranho — diz Johnson. — A esposa de Montefiore o denunciou. A mãe e o pai da menina Watkins foram fazer uma visita, e ela chamou a Met.

— Meu Deus, nós precisamos ver essa mulher.

— Em um mês, o advogado dele conseguiu que a Promotoria arquivasse as acusações.

Quando chegam à delegacia, Staffe vê uma grande van estacionada na frente do prédio, um policial uniformizado pronto para aplicar uma multa.

— Pelo amor de Deus, Johnson, diga àquele merda daquele escoteiro para não multar a van.

— De quem é?

— Minha, pelo menos hoje. O que me lembra que há uma coisa que você pode fazer para terminar o trabalho de ontem à noite.

— Você devia ter esperado — diz Pennington. Ele está sentado, o corpo ereto, atrás da própria mesa. Nada, a não ser um notebook, um bloco de notas e um telefone para tumultuar seu mundo. — Sabia que Montefiore está dentro da jurisdição da Met.

— Eu estava respondendo a uma emergência.

— A porta tinha uma armadilha e você entrou arrebentando tudo. O que acha disso?

Staffe sabe que com Pennington não pode ceder um milímetro.

— Eles telefonaram para a minha casa.

— Você podia ter caído numa armadilha.

— Eu telefonei para Jombaugh e pedi reforço. Eu tinha razão para acreditar que era uma emergência, especialmente depois de Colquhoun.

Pennington faz uma pausa, recosta-se na cadeira e gira o lápis.

— A Met não acredita que haja uma ligação.

— Pelo amor de Deus, chefe, as mesmas pessoas têm que estar envolvidas nos dois casos.

— Você conhece as nossas limitações de recursos. Nós não somos a Met.

— O senhor está preocupado com dinheiro, chefe? É tudo uma questão de orçamento? — Ele olha para Pennington, vê um detetive durão obrigado a bancar o contador, remanejando recursos. A cada ano, os objetivos aumentam, o orçamento para eles diminui. A menos que se consiga que a polícia trabalhe mais por menos, o crime vai prevalecer.

— Will — diz Pennington, inclinando-se para a frente, e, assim que ouve seu primeiro nome, Staffe sabe que o inspetor-chefe está prestes a testá-lo. — Não há nada nesse caso que impeça você de manter contato com a Met, se eles levarem isso adiante.

— Eu preciso falar com Montefiore. Tenho de ser o primeiro a falar com ele e preciso ter acesso à esposa e à filha dele. E preciso falar com Sally Watkins. — Staffe sente calor debaixo da gola de seu paletó de camurça. — Pelo amor de Deus, todo mundo pode ver que esses casos são praticamente idênticos. Nesse meio-tempo, vamos manter Leanne Colquhoun presa.

— Ela ainda é uma suspeita. Eu vi os depoimentos, e, se Karl Colquhoun foi mesmo a Margate e molestou aquelas pobres crianças, esse é uma merda de um bom motivo, não importa se ela amava o sujeito ou não.

— Como é que ela podia alcançar Montefiore se estava sob nossa custódia?

— Conforme estamos dizendo, são dois casos distintos. Eu estou pedindo a você que entre em ligação com a Met, Will.

— Me dê duas semanas. Duas semanas com total apoio.

— Eu não posso fazer isso.

— Eles telefonaram para a minha casa. Há alguma coisa de pessoal nisso tudo.

Pennington acena afirmativamente com a cabeça.

— E... — Staffe pensa nas cordas, numeradas 1, 2, 3 e 4. A última a ser cortada era a três. Será que Montefiore era o terceiro? Isso significaria que Colquhoun era o segundo.

— Staffe? — diz Pennington.

E se Colquhoun era o segundo... talvez eles devessem olhar para trás, à procura de um padrão de comportamento.

— Staffe! Se eles estão jogando com você, e, para falar francamente, eu acho isso um pouco fantasioso, por que você lhes daria o que eles querem?

— Eu não posso encontrar o assassino de Karl Colquhoun a menos que eu siga a pista de Montefiore, tenho certeza disso.

— Eu estou preocupado com você, Will. — Ele olha para além de Staffe, na direção da porta. Abaixa a voz. — O carro de Sohan Kelly foi incendiado ontem à noite.

— O senhor disse que a polícia ia proteger ele.

Pennington olha para a atadura no pulso machucado de Staffe, suja do esforço matinal, com gotículas de sangue se infiltrando pela gaze.

— Você não devia se envolver mais nisso.

Staffe ouve a van do lado de fora, buzinando. Faz uma careta.

— O senhor enquadrou Sohan Kelly. Pediu que eu tomasse o depoimento dele. Ele já havia modificado o depoimento na ocasião em que fiz o interrogatório. — Instintivamente, Staffe põe a mão no coração; através do tecido, apalpa o primeiro depoimento, dobrado. Quando faz isso, ele vê o rasgo na sua manga, onde a faca penetrou na noite anterior.

Pennington dá um sorriso forçado para Staffe e pega o telefone. Disca.

— Geoff, estou com meu detetive-inspetor aqui e nós gostaríamos de continuar tratando da agressão a Montefiore por alguns dias, apenas para eliminar uma possível ligação do caso com o assassinato de Colquhoun. — Ele acena afirmativamente com a cabeça e diz: — Hum... hum... mas esse é um tempo crítico para nós também. Passaremos para vocês todas as provas colhidas, mandamos transcrição de tudo. Posso assegurar a você, Geoff, vamos nos desdobrar para ajudar. Sim... sim, muito engraçado. — Ele dá uma risada falsa, que deve funcionar. —

Obrigado, Geoff. — Ele coloca o telefone no gancho e transcreve a conversa em seu caderno de anotações; reclina-se na cadeira e diz para Staffe: — Você tem uma semana, e a sua ligação com a Met é Smerthurst. Você conhece Smerthurst, não é?

— Conheço sim, chefe.

— Apenas dê um jeito de conseguir algo. Isso pode sobrar para mim. E, se isso acontecer, vai sobrar para você também.

— Obrigado, chefe.

— Eu não quero seus agradecimentos, Staffe. — Pennington pega uma pasta, entrega-a a Staffe, ajeita os óculos na ponta do nariz e volta sua atenção para o seu notebook.

No andar de baixo, Staffe abre a pasta e tira uma fotografia estilo Ku Klux Klan e lê as legendas das imagens, semicerrando os olhos ao ver a ampliação do rosto do suposto assassino. De acordo com a Divisão de Imagens, eles tentaram simular a largura dos ombros e dos quadris, as mãos, as sombras sobre os lábios, mas não conseguiram determinar se era um homem ou uma mulher.

Staffe vê Stanley Buchanan um lance de escadas abaixo. Ele apressa o passo para alcançar o advogado e dá um tapinha em seu ombro.

— E então, Stanley — diz ele. — Diga para mim por que devíamos libertar sua cliente, em definitivo. Acho que ficamos com ela sob custódia por tempo bastante.

— Que diabos você quer, Staffe?

— Justiça, Stanley. A mesma velha e boa justiça. — Ele está a ponto de entregar a Buchanan os documentos da libertação de Leanne quando Pulford passa pela recepção.

— Posso dar um palavrinha com o senhor?

— Desculpe, Stan. Espere aqui, sim?

Quando eles saem do prédio, enfrentam o choque do calor. Pulford diz:

— É Debra Bowker, chefe. Ela voltou realmente para a Inglaterra, de acordo com a Budjet Air. Mas viajou com o nome de Debra Colquhoun. Então eu cheguei com o secretário de Estado e o antigo passaporte dela foi dado como perdido, sob juramento. Isso parece esquisito, o senhor não acha?

— Veja os procedimentos de extradição. Não faça nada por enquanto, apenas esteja pronto se tivermos que ir atrás dela. E cheque os horários de voo da British Airways de Tenerife para Heathrow.

Pulford assente, claramente satisfeito consigo mesmo.

— Coisa estranha, chefe, ela viajar sozinha. Deixou os filhos em Tenerife. Estive olhando as anotações do caso referentes às crianças, Danielle e Kimberley.

— Já li.

— As duas meninas disseram que Karl Colquhoun mexia "demais" nos órgãos genitais delas durante o banho. Ele deu banho nelas até que tivessem 7 e 9 anos de idade. Danielle contou à mãe o que estava acontecendo quando Colquhoun começou a dar banho na irmã mais nova sozinha. Isso parece familiar?

— Exatamente como Calvin e Lee-Angelique Colquhoun — diz Staffe.

— A diferença é que Debra Bowker foi à polícia.

— Quanto tempo ela ficou aqui, quando fez sua última visita?

— Isso aconteceu há seis semanas, e ela ficou durante uma semana. Até agora não há provas de que ela se encontrou com Karl Colquhoun. Leanne chamou Bowker de "uma merda de uma puta", chefe. Não há amor perdido ali.

Staffe sorri e diz:

— Isso é mais uma razão para elas se libertarem de suas prisões, não é? — Ele bate as mãos e volta para encontrar Stanley Buchanan.

* * *

— Obrigado pelo serviço, rapazes — diz Staffe, tirando de Pulford seu assento favorito, e o subordinado fica de pé na traseira da van. É uma poltrona Chippendale do século XIX e o último item a ser descarregado do veículo.

— O senhor tem uns gostos esquisitos, chefe, desculpe dizer isso. — Johnson está sentado no degrau na frente da casa, em Queens Terrace. Parece cansado, e Staffe adoraria poder dizer-lhe para ir para casa, mas ele sabe ler nas entrelinhas. Johnson morreria de raiva se Staffe deixasse Pulford tomar a frente, sob qualquer aspecto.

Staffe entrega a cadeira a Johnson e fica de pé de novo, passa o antebraço pela testa suja e olha para as janelas de seu apartamento. Ele pensa em Sylvie e imediatamente bate as mãos, espantando o pensamento, gritando para Pulford:

— Venha. Vamos até o conjunto Villiers.

— Sally Watkins? — pergunta Pulford.

Staffe passa por Johnson, baixando o tom de voz.

— Eu preciso de você na delegacia. Tem uma coisa que eu gostaria que você fizesse por mim. — Ele empurra Johnson na direção da casa. — Vá checar se algum crime semelhante aconteceu nos últimos dois ou três anos.

— Crimes semelhantes? Nós nos lembraríamos.

— Vá mais adiante. Cheque com a Met, até mesmo com a polícia de Thames Valley.

— O que o senhor está dizendo, chefe?

— Vamos apenas ver se há alguma coisa no passado que possa ter ligação com o caso, só isso.

— O senhor não está levando isso um pouco para o lado pessoal, chefe?

— Vamos só fingir que estou no comando, está bem, Johnson? Vamos fingir que você está aqui para fazer o que eu mando.

— É que...

— É, eu sei! Você estaria encarregado deste caso se eu tivesse tirado minhas férias. E provavelmente ele já estaria nas mãos da Met. Mas não é isso que está acontecendo, Johnson. O caso é meu. Agora — Staffe joga as chaves dentro do carro — pegue a van e volte. E, Johnson...?

— Sim, chefe.

— Quero que saiba que dou valor a tudo que você faz.

Johnson força um sorriso, longe de ser sincero.

— Quantas casas o senhor tem? — pergunta Pulford quando eles estacionam diante da casa em Kilburn.

— Que tipo de pergunta é essa para se fazer a seu chefe? — Staffe abre a porta da garagem e tira a poeira de seu outro carro.

— Meu Deus, chefe! — exclama Pulford.

— Você fica aqui e fecha tudo assim que eu sair com o carro — diz Staffe, jogando para Pulford as chaves da casa. Staffe dá a partida em sua alegria e orgulho, seu Jaguar Série 3 Tipo E. Ele sabe exatamente que espécie de cartaz aquilo significa, sabe que a maior parte das pessoas pensará que ele usa o carro, como faria a maioria dos homens por volta dos 40 anos, para atrair mulheres, para, de alguma forma, voltar no passado ou conter uma calvície incipiente. Mas não Staffe. Ele ama aquele carro porque seu pai o amava.

Seguir para o conjunto Villiers ao longo da A24 com a capota arriada é uma delícia. Passando por Clapham South, Balham e Tooting, Staffe vai dirigindo. Quando ele vê os letreiros indicando a A3 e Guilford, sente tristeza.

A maior parte do tempo, o Jaguar ficava parado na garagem do pai, mas, ocasionalmente, aos domingos, o velho levava o jovem Will para dar uma volta, seguindo pela A3 até Kingston Hill. Ele sempre achava estranho que seu pai não levasse a mãe. Ela ficava bonita com seu lenço na cabeça e óculos escuros. Como se vê em filmes. Na volta, eles seguiam bem devagar, atravessando o parque Richmond Deer. Quanto mais se aproximavam de casa, com o rio Tâmisa como uma faixa de prata correndo para Hampton Court, menos eles falavam, como se soubessem que a vida estava esperando por eles.

Quando chegam à Villiers Avenue, Pulford diz:

— Você não acha que o Peugeot teria sido, não sei...

— Mais discreto? Não quero ser discreto, Pulford. Quero que todo mundo neste conjunto saiba que estamos aqui. Quero que todos eles venham babar de inveja do meu bebê. E quando eu terminar de falar com Sally Watkins, quero que você descubra quem sabe algo sobre o pai e a mãe dela. Seus nomes são Tyrone e Linda, e, até onde sabemos, a mãe fugiu de casa há algum tempo.

Staffe estaciona embaixo da torre Bevin, evitando os pedaços de vidro quebrado. Pulford bufa e diz:

— O senhor não vai baixar a capota?

Staffe ri, jogando as chaves. Ele confere o endereço em seu bloco de anotações, põe o paletó de camurça sobre o ombro e olha para a imponente muralha de concreto e vidro, as camadas sociais mais baixas nos andares mais altos, perto do céu.

Sally Watkins mora no sexto andar, mas Staffe não toma o elevador. Do modo como as coisas estão indo, ele não vai poder correr hoje, então sobe a escada de dois em dois degraus, para no quarto andar a fim de recuperar o fôlego e olha para baixo; vê uma pequena multidão já se reunindo em volta do Jaguar. Sorri para si mesmo. Exatamente como pensei, são os pais que estão indo ver o carro, não os filhos.

Tyrone Watkins deixa-o entrar, e de pronto Staffe não consegue imaginá-lo fazendo o que foi feito a Montefiore. Ele não leva em consideração o fato de Tyrone Watkins ter o corpo torto e desnutrido; o homem não faz a barba e parece que não vê a luz do dia há meses.

Tyrone comanda uma casa muito arrumada. Não há nada nas prateleiras. Não há livros, CDs ou DVDs. Uma revista de TV a cabo está jogada no chão. Parece muito manuseada. Tyrone se senta empertigado e lança um olhar vazio para uma gigantesca TV de plasma, observa alguém preparando uma refeição na praia. Staffe ouve o som de uma TV vindo de algum outro lugar na casa; era isso ou um som estéreo.

— Linda TV, Sr. Watkins.

— Agora já existem maiores. Quando eu comprei essa, era a maior. Quase.

— Quando foi isso?

Watkins não responde, só parece um pouco mais triste, e Staffe calcula que ele tem essa TV há três anos. Uma tentativa de fazer sua filha Sally esquecer o que Montefiore fez com ela. Ao que se supõe.

— Sally está aqui? — pergunta Staffe.

— Ela está dormindo. Não está recebendo ninguém hoje. Ninguém, o senhor ouviu? — Ele aperta os olhos na direção de Staffe. — Quem o senhor disse que era?

— Polícia, Sr. Watkins.

— Ah. Está bem.

— Eu venho da City, em Londres. Delegacia de Leadengate. — Staffe fica imaginando que caminho seguir, então; pensa em contar a Watkins o que aconteceu a Montefiore, mas decide não fazer isso.

— Onde está sua esposa, Sr. Watkins? — Staffe se senta diante de Watkins, afundando o corpo em uma poltrona forrada de couro. Dali, ele pode ver a área da cozinha, separada da sala de estar por um balcão provavelmente usado para tomar o café da manhã. Staffe olha em torno e não vê uma mesa de jantar; imagina que aquele é um local onde eles tanto fazem as refeições quanto assistem à televisão. — Ela foi embora, não é?

— Disse que ia comprar cigarros. Ela amava fumar. Eu me lembro da primeira vez que nos encontramos, minha mãe disse quando eu voltei para casa: "Você andou fumando, Tyrone? Você não fuma, Tyrone", foi o que ela disse. E eu não tinha fumado. Nunca fumei. Ela podia sentir o cheiro de fumaça de Linda em mim. Minha Sally fuma, mas eu não me importo. Isso me faz lembrar dela. — Ele parece perdido, exausto com o simples ato de falar. — Lembro de que há muitas outras coisas de que ela pode morrer, hoje em dia e nessa idade.

Ele levanta os olhos enevoados para Staffe.

— Você é da polícia, foi o que disse? — Ele aponta o controle remoto para a TV e observa a gigantesca imagem mudar para uma de uma casa com vista para um mar estrangeiro.

— Eu gostaria de falar com sua esposa, Sr. Watkins.

— Eu já disse que ela foi comprar cigarros. — Uma casa no litoral da Croácia está sendo mostrada a um casal de meia-idade.

Staffe espera que as pálpebras de Tyrone abaixem. Logo que sua cabeça se inclina para trás, para o espaldar alto da cadeira, com apoios laterais, Staffe segue silenciosamente pelo corredor, acompanhando o som da música estilo *rhythm and blues*.

Ele bate de leve na porta. Há um letreiro: "Quarto da Sally. Entre a seu próprio risco". Ele bate de novo, empurra a porta o mais suavemente possível, encaixa a cabeça na fresta.

É um quarto pequeno. As cortinas cor-de-rosa translúcidas estão fechadas, e a luz no aposento é suave. Um brilho laranja se filtra por uma echarpe que está estendida por cima da cúpula de um abajur de cabeceira.

Sally Watkins está sentada na cama, vestida com um saia jeans curta, as costas apoiadas na parede e as pernas longas e esguias oscilando próximas ao chão. Está maquiada, e sua blusa de botões, curta e apertada, mostra a barriga plana, de adolescente, os seios aparecendo no decote. O cabelo parece bem penteado. Quando vê Staffe com seus olhos grandes, turvos, ela muda de posição, dá um sorriso e diz:

— Oi... Eu não conheço você.

— Eu trabalho com a polícia, Sally.

— Eu não fiz nada de errado.

— Estou procurando sua mãe.

— Chegou um pouco tarde, não é? Ela foi embora há três anos. — Sally Watkins ri, debochada. Isso faz seu rosto bonito parecer feio por um momento.

Staffe quer que ela cubra as pernas e pare de se sentar recostada na cama daquela maneira, como se um homem adulto no quarto dela não constituísse ameaça. Ele olha ao redor uma segunda vez: não há pôsteres, bonecas nem ursinhos de pelúcia.

— Onde você acha que ela está, Sally? Ela tem família?

— Eu sou a família dela, e ela não está aqui.

— Ela tem algum irmão ou irmã?

— Meu tio Barry mora lá para o norte, em algum lugar. Não sei.

— E qual é o sobrenome dele?

— Wilkins. Parecido com Watkins. Meu pai brincava que era parecido demais, o nome dela. Eu não entendia. Mas agora entendo. Ele sempre brincava, meu pai. Sempre brincava. — Ela olha para longe, pela janela, na direção do prédio contíguo. Staffe segue o olhar dela e quando volta a fitá-la, vê que ela colocou um travesseiro sobre as pernas.

— Eu sei o que aconteceu, Sally. Eu poderia ajudar, se você quiser.

— Deixaram ele solto, apesar da acusação. Disseram que era melhor para mim se não fizéssemos nada. Bem, muita coisa aconteceu, não foi?

— Você frequenta a escola, Sally?

— Você está me sacaneando?

— Você trabalha?

— Eu vou levando — diz ela. Tenta rir de modo debochado de novo, mas não tem coragem.

— O seu pai... ele está doente?

— Ele não serve para nada sem ela. Ele não sabe nada a não ser como usar a porra do controle remoto.

— Ele sai de casa, alguma vez?

— Nunca. Eu faço todas as compras, pego sua aposentadoria. Essas coisas.

— Ele estava em casa anteontem no fim da tarde, durante a noite?

— Ele tem umas feridas. Cobrem todo o corpo dele. Um nojo. Dá uma olhada se você não acredita em mim. Ele tem só 35 anos. É repugnante.

— Eu estou morrendo de vontade de tomar chá — diz Staffe. Ele se senta em um banquinho de frente da penteadeira coberta de maquiagem e escovas, alisadores, modeladores de cachos e um secador de cabelo.

A buzina de um carro soa lá fora e Sally salta da cama, dando uma olhada pela janela. Ela comprime o rosto contra a vidraça e diz:

— Carro bacana. É seu?

— O Jaguar? É.

— Vou fazer uma xícara de chá para você. Como é que você gosta? Você não parece policial.

— Sou detetive-inspetor.

— Detetive-inspetor? Porra, legal.

Logo que ela sai, Staffe remexe nas gavetas. A primeira só tem sutiãs e shorts, muito mais sensuais do que uma garota de 15 anos deveria estar usando. Na segunda gaveta há camisetas, imaculadamente passadas. A terceira gaveta guarda lenços de papel e camisinhas. Um monte de camisinhas e lubrificante vaginal.

A gaveta de baixo é uma completa infância em miniatura: uma boneca e um ursinho de pelúcia; sachês de açúcar e cartelas de fósforos e alguns lápis como lembrança do Chessington World of Adventure, Thorpe Park e Brighton Pier. Há uma pilha de fotografias presas com elástico e uma pequena quantidade de cartas ainda em seus envelopes, todos abertos com uma faca. A de cima tem um carimbo do correio de seis meses atrás. Middlesbrough.

Staffe está ajoelhado quando a porta faz barulho, abrindo. Ele vê as pernas brancas como leite da jovem e se assusta.

— Se você tivesse pedido, eu diria a você. Não precisava ficar bisbilhotando — diz Sally Watkins, de pé na porta. — A água da chaleira está fervendo.

— Desculpe — diz Staffe. Ele levanta o olhar, quer que ela o perdoe. Ela dá um sorriso sem deboche e diz:

— Vou comer um sanduíche. Quer um?

— Eu adoraria, Sally. Vou ajudar você.

Ela segue na frente, dizendo:

— Procurando minha mãe, não é?

Na cozinha há só dois exemplares de cada utensílio: facas, garfos, colheres de sobremesas, colheres de chá. Ele abre um armário na parede e vê pares de travessas, pratos, tigelas de cereal e canecas de qualidade ruim. Tudo muito bem-arrumado. O interior do armário é imaculadamente limpo. Sente um cheiro de detergente ao fechar a porta.

Enquanto Sally faz os sanduíches de atum com maionese, ele procura uma toalha. Na gaveta há uma pilha de toalhinhas de chá passadas a ferro, e, ao lado destas, uma fotocópia no tamanho A5 com os dizeres:

VIQNASEV
BATE DE FRENTE COM A VIDA
Vítimas Que
Não
São
Enterradas
Vivas

VIQNASEV. Staffe sabe o que eles querem; a necessidade de seguir em frente, de recuperar suas vidas depois de terem sofrido terrivelmente. Mas ele não vê o trabalho de nenhum grupo de apoio às vítimas refletido em Tyrone Watkins ou Sally.

— Aqui está. Sanduíche de atum Marie Rose. — Ela entrega o sanduíche para ele. — Acrescentei um pouquinho de massa de tomate na maionese. Isso faz com que ele fique cor-de-rosa. É melhor com frutos do mar, sabe? Foi minha mãe que me ensinou a fazer.

— Sally...?

— Você que ver as cartas, não é?

— Você se importa?

— Para que você quer minha mãe? Ele aprontou de novo? Aquele filho da mãe aprontou de novo?

— É possível que sim.

— Vou pegar o endereço. Você não precisa ler as cartas, não é?

Staffe quer ler as cartas, percebe que elas podem conter pistas sobre o que Linda Watkins vem fazendo.

— Não, se você não quiser — diz ele —, mas acho que talvez ajudasse. Somente eu as leria. Prometo.

Ela olha para ele, sorri e diz:

— Vou pegar. — Ela tira um cigarro do maço, uma marca sofisticada, e o acende com destreza usando um isqueiro Zippo que tira do bolso de trás da minissaia jeans.

Staffe dá uma mordida no sanduíche de atum Marie Rose e mastiga, engolindo contra a vontade. Doce demais. É lanchinho de criança. Ele arranca um pedaço de papel-toalha, embrulha o restante do sanduíche, coloca-o no bolso do paletó e espera que ela volte.

Termina o chá e vai até a porta do banheiro, chamando:

— Sally, você está bem?

Não há qualquer som, apenas o ruído de algo queimando, ficando cada vez mais forte. Uma tênue nuvem de fumaça escapa por debaixo da porta, e ouve-se a descarga da privada. Sally Watkins aparece, isqueiro Zippo na mão e uma expressão triste no rosto. Ela lhe entrega um pedaço de papel e diz:

— Aí está o endereço. Pelo menos é o último que tenho.

— Você não devia ter queimado as cartas, Sally.

— Não posso confiar em você. Desculpe, mas não posso.

— Isso constitui obstrução aos procedimentos da justiça.

— O que você vai fazer? Me enforcar? E, de qualquer forma, você não pode provar que naquelas cartas havia qualquer coisa que serviria aos tribunais.

Staffe pega o pedaço de papel com o endereço de Linda Watkins e diz:

— Você pode confiar em mim, Sally. Eu quero que você acredite nisso.

— Que tal o sanduíche?

— O melhor que já comi nos últimos tempos — diz Staffe.

Ele sai do apartamento, desce a escada e, quando chega ao lado de Pulford, há um grupo de cerca de trinta pessoas circulando em torno do Jaguar. Algumas bebem cerveja direto das latas; a maioria tem 30, 40 anos; e você acharia que, em um mundo decente, homens como aqueles deveriam estar trabalhando, esquecendo o mau humor com suor e trabalho.

— Como você se saiu? — pergunta Staffe a Pulford.

— Ninguém viu a mãe depois que ela partiu. Disseram que ela era um pouco metida a besta. Acreditava ser um pouco sofisticada demais para este lugar. Eu acho que Tyrone a engravidou e ela teve que aceitar isso. — Ele olha para o edifício e de novo para os desocupados, arrastando-se de volta para os lugares de onde vieram.

— Não vamos tirar conclusões precipitadas.

— Mas eles acham que a filha não é nada parecida com os pais. — Pulford entra no carro e Staffe dá a partida. Ele continua em voz baixa, inclinando-se para o lado: — Ela está na lista de suspeitos, pelo que parece. Acho que o velho nunca sai do apartamento. Nunca mesmo.

— Então, nesse caso, nós podemos tirar o nome dele dessa lista.

— E quanto a Sally? — pergunta Pulford.

— Ela vai precisar de um álibi, creio eu.

— Você acha que foi ela a autora do crime?

— Não. O que eu acho mesmo é que seu álibi é provavelmente alguém daqui do conjunto, e eles não vão querer se comprometer. — Staffe mete a mão no bolso, tira o sanduíche. — Tome, coma um sanduíche de atum Marie Rose à la Sally Watkins.

— Aonde vamos agora? — pergunta Pulford.

A Harrow on the Hill. Vamos ver como vive a outra metade dessa história.

O outro lado da lei.

Enquanto eles seguem para entrevistar Helena Montefiore, Pulford come o sanduíche. Quando termina, ele diz:

— Excelente. Foi você que fez? É melhor do que essas porcarias que normalmente comemos por aí.

Staffe passa por debaixo da Westway e olha para Wormwood Scrubs.

— Não é esse o caminho — comenta Pulford.

— Tenho que me encontrar com Smethurst — diz Staffe.

— Da Met?

Ele segue por Scrubs Lane e estaciona o carro em uma transversal de pequenas casas vitorianas que têm jardins frontais repletos de colchões e peças de linho branco descartadas.

— Telefone para o escritório e faça um relatório verbal sobre nossa visita aos Watkins. Peça que mandem por e-mail para Smethurst. Tudo de que eles precisam saber é que estamos checando o álibi de Sally Watkins e seguindo a pista até a mãe dela. Providencie também um médico para ir ver o pai e examinar suas feridas; e veja se uma policial pode aconselhar Sally sobre sexo seguro. E consiga com a Met as informações que eles têm sobre os Watkins.

— Será que não deveríamos pôr Sally sob custódia, se ela for menor de idade?

Staffe ignora o subordinado, sem saber se a situação de Sally melhoraria se eles realmente instaurassem um processo. No momento, ele não tem provas, e a coisa ficaria feia se eles começassem a futricar a vida da moça. Avaliando as probabilidades, sua intuição manda não processá-la.

Ele olha para o Fusilier. É uma piada de mau gosto de Smethurst o fato de eles estarem se encontrando ali. Conhece o detetive-inspetor há muito tempo, quando a polícia tinha que compartilhar um impetuoso Staffe, jovem, com uma garrafa de uísque. Staffe prontamente concordou com o local de encontro; Smethurst não é o tipo de cara para quem se deve mostrar suas fraquezas.

O local não mudara muito durante aqueles anos todos: um bar de segunda categoria com janelas altas, em uma esquina, que se curva com a bifurcação da rua, as janelas estremecendo a cada minuto que passam os ônibus e caminhões. Todos os fregueses habituais sentam-se sozinhos ou dois a dois no balcão. Estão ali para beber, não para confraternizar.

Smethurst levanta sua caneca de cerveja quando Staffe se aproxima, como dizendo "O mesmo para você?". O nariz está vermelho por ele estar bebendo e, um brilho de suor cobre seu rosto redondo, inchado, manchado de vermelho e branco.

— Eu quero um uísque com água — diz Staffe.

Smethurst ergue as sobrancelhas como quem diz "Caiu no vício de novo, não é?".

— Eu quero um Laphroaig, e deixe que eu mesmo ponho a água — diz ele à atendente do bar. — Me dê um copo cheio.

Eles levam as bebidas para uma mesa perto da janela, onde a conversa será abafada pelo ruído do tráfego.

Staffe apoia os copos separados de uísque maltado e de água na mesa.

— Estou vindo de uma visita a Tyrone Watkins e à filha. Vocês vão receber um relatório do meu investigador.

— Johnson? Como ele está? Um baita policial, na minha opinião. Ele trabalhou comigo há alguns anos.

— Não. Pulford.

— O filhotinho?

— Não há nada de errado com Pulford — diz Staffe, dando um gole na água e levando o uísque aos lábios. Ele deixa a bebida tocar sua boca, e, em meio a tudo que está acontecendo com Colquhoun e Montefiore, com Marie e sua mudança para Queens Terrace, ele pode se imaginar na margem de um riacho escocês, com uma linda mulher, bebendo uma garrafa inteira e observando as nuvens passarem.

— Você é leal demais, Staffe. Isso é típico dos idiotas.

— Então você não é nada idiota, não é?

— Muito engraçado. Você ainda bebe muito?

Smethurst seria o filhote mais frágil de qualquer ninhada: nariz de pug em um rosto cor-de-rosa inchado e um corpo atarracado sobre pernas curtas e finas. Está sempre usando roupas folgadas demais, e as mangas do paletó chegam a cobrir as mãos.

— Não a ponto de ser uma ameaça ao seu drinque. De qualquer maneira, vamos deixar gracinhas e ataques pessoais para mais tarde, está bem? Acho que devo agradecer por estar cooperando com a gente nesse caso.

— Nós logo vamos assumir tudo. A menos que você já tenha desvendado o mistério.

— Eu já avancei bastante, não se preocupe.

— Por que você quer tanto o caso Montefiore, Staffe?

— Ele está ligado ao assassinato de Colquhoun, que aconteceu semana passada. Ambas as vítimas são estupradores de crianças; o primeiro, molestador de sua família, e o segundo, pego numa agressão com penetração. Nenhum dos dois foi processado.

— Você tem uma foto do caso Montefiore também?

— Foto! — Staffe sente seu sangue acelerar nas veias. — Como você sabe sobre a fotografia?

— Nós sabemos tudo. Suspeitos?

E, nesse ponto, Smethurst o pegou. Ele não pode dizer que Leanne Colquhoun é suspeita porque ela estava sob custódia na noite da agressão a Montefiore. E Debra Bowker está em Tenerife.

— Estamos checando os álibis.

— Não o da garota Watkins?

— Procedimento de rotina. Vocês estariam fazendo o mesmo. Nós conseguimos uma pista do paradeiro da mãe, mas o pai está clinicamente preso ao sofá de sua casa.

— E qual seria a ligação da mãe com Karl Colquhoun? — indaga Smethurst.

— Tentar nos despistar, talvez. — Staffe não acredita no que diz. Ele quer desvendar o caso, não se explicar para Smethurst.

— Montefiore foi coisa de profissional, assim como Colquhoun, pelo que eu soube. Mas, se você está certo e ocorreram dois casos tão próximos, pode apostar sua bunda magra que haverá outro.

Staffe dá outro gole na água e encosta o uísque de novo nos lábios.

— E se não foram só "dois casos tão próximos"? E se houver outros casos? Eu sei que não consta nada nos nossos arquivos. — Staffe olha para Smethurst direto nos olhos, vê um relampejar de vida, como se fosse uma luz distante brilhando em um espesso mar revolto. — Vocês têm registro de assassinatos ou agressões por motivo de vingança? Digamos, pelo menos de dois ou três anos para cá?

Smethurst olha pela janela. Faz anos desde o último caso em que trabalharam juntos. Ele levanta o copo, toma um bom gole, coloca-o de novo na mesa, coça a cabeça.

— Houve um, mas foi há muito tempo. E é bastante engraçado: se não me engano, seu antigo parceiro Jessop trabalhou nele, pouco antes de se aposentar. Não foi um caso meu e foi resolvido bem rápido, mas eles realmente foderam essa mulher.

— Mulher?

— Sim. Uma estrangeira. — Smethurst coça a cabeça de novo, servindo o que sobrou da bebida. — Stensson. Lotte Stensson era o nome dela. Mas, como eu disse, eles pegaram o cara que fez aquilo com ela. Foi o pai. Ela vinha transando com garotos e garotas havia anos, calculo eu. Ela era professora-assistente em uma escola de ensino médio. Isso nos faz questionar quem está fazendo o melhor trabalho, nós ou aqueles que colocamos na prisão.

— Nós acertamos mais do que erramos.

— Às vezes erramos quando acertamos.

— Essa Lotte Stensson, nós sabíamos que ela era um risco, mas a Promotoria nunca levou o caso adiante, não foi? — diz Staffe.

— Ela perdeu o emprego, mas, sim, a Promotoria não conseguiu levar o caso adiante. Como é que você sabe disso? — Staffe se levanta.

— Ei, você está trazendo o caso à baila? Você ainda não bebeu seu uísque. Ei, Staffe! — Mas Staffe já está a meio caminho da porta.

Ele olha para Smethurst e diz, alto:

— Meu filhotinho entrará em contato para pegar essas observações sobre Stensson. Da próxima vez, vamos discutir isso, Smet.

— Smet? Ninguém me chama mais assim. — E ele sorri, como se lembrasse de tempos melhores.

— De acordo com o depoimento de Helena Montefiore — diz Pulford —, os Watkins se reuniram, na esperança de que Sally havia mentido. Todos esperaram que Montefiore chegasse do trabalho. Aparentemente, no instante em que o viram, perceberam que ela não estava mentindo. — Pulford consulta suas anotações e lê palavra por palavra. — Linda Watkins deu a Helena uma foto de Sally e... — Pulford desvia o olhar de Staffe — ...E ela viu uma foto da filha de Montefiore sobre a lareira da casa dele. A criança estava com um pônei, e Linda tirou a foto da moldura, foi até Helena e meteu o dedo mindinho no papel. Ela fez um furo no alto das pernas da menina e empurrou o dedo pelo orifício. Depois desmaiou.

— O que foi que a esposa de Montefiore fez?

— Ela é durona, chefe. Chamou a polícia.

Staffe entra dirigindo em Harrow. Com a grandiosa e antiga escola no topo da colina, o acentuado aclive, a rua sinuosa, o banco com metade da construção revestida de tapumes e as casas de chá, seria possível pensar, durante uns cento e cinquenta metros, que aquela era a região turística de Cotswolds. Ele mete o Jaguar em uma entrada de garagem de cascalho.

A casa tem uma grande janela de cada lado da porta de entrada, pintadas de um branco brilhante, estilo georgiano. Nada mal para uma divorciada insatisfeita, pensa ele, quando Helena Montefiore abre a porta. Ela fica de pé na varanda coberta, encostada no portal de pedra, com os óculos escuros acomodados no penteado perfeito. Tem sobrancelhas finamente delineadas e lábios carnudos, maçãs do rosto bem desenhadas e seios grandes sob um suéter de caxemira branca, apertado; usa uma saia curta de camurça marrom e sandálias com tiras atrás do calcanhar. Metido em sua indumentária clássica, horrivelmente quente, ele sorri para ela. Ela sorri de volta, e Staffe poderia jurar que ela lambe os cantos dos lábios com a pontinha da língua. Ele afasta o pensamento.

— Você conduz o interrogatório, Pulford.

— Tem certeza, chefe?

Staffe para a três metros de Helena Montefiore, vira-se para Pulford e diz:

— Nós somos um time, ok?

— Obrigado, chefe.

A sala de visitas é lindamente decorada no estilo aristocrático rural francês, e, enquanto Pulford discorre sobre as circunstâncias da separação de Helena Montefiore do marido, Staffe percebe sua ansiedade em falar e observa os móveis antigos. Vê uma cômoda alta, de nogueira, com espelho, e um pequeno aparador, do final do século XVIII, que ele adoraria ter.

— Nunca foi provado nada, a Justiça nunca levou adiante as acusações, Sra. Montefiore — diz Pulford. — Mas a senhora deixou seu marido.

— Ele aprontou de novo, não foi? — Ela demonstra repugnância em um discreto curvar dos lábios. — Alguém deu o que ele merecia, não é?

Pulford faz uma pausa, e Staffe acha que seu investigador se perdeu. Ele se prepara para assumir, prepara uma pergunta, mas Pulford recosta o corpo no assento e cruza as mãos sobre o peito, dizendo:

— Se isso tivesse acontecido, que sentimentos a senhora teria em relação à pessoa que cometeu o crime?

Helena Montefiore olha pela janela, para o lado de fora, em direção ao verde banhado de sol dos salgueiros-chorões que ladeiam o caminho de entrada.

— Eu soube o que aconteceu com a família Watkins depois. Eu me dispus a descobrir como eles tinham lidado com aquilo. Acho que é uma verdadeira lástima. — Ela olha para Pulford, depois para Staffe. — Eu poderia compreender e perdoar o que quer que tenha acontecido com Guy. — Ela se retrai quando diz o nome.

— Vocês têm sido bem-assistidas.

— Ele amava muito Thomasina. Mais do que a mim, e, se quer saber, ele era melhor pai do que marido. — Ela olha para Staffe.

— E ele ainda vê a filha?

— Ele não pode chegar a menos de dois quilômetros dela. Assinou um compromisso por escrito. Isso deixou Thomasina arrasada. Ela amava o pai mais do que qualquer coisa. — Ela se senta na beirada da *chaise longue*, inclinando-se para a frente com os cotovelos apoiados nos joelhos, a cabeça abaixada.

Staffe diz, com a voz mais suave possível.

— Receio que vamos ter que falar com Thomasina. E eu preferia que fosse aqui.

Helena Montefiore se levanta, alisa o tecido de sua saia curta, põe as mãos atrás do corpo. Junto à porta, ela para e volta.

— Vocês acham que talvez eu tenha feito isso a Guy, não é? Vocês acham que ele talvez tenha... sabe, com Thomasina?

— A senhora não faria tal coisa. Com certeza.

— Vocês ficariam espantados. — Ela sorri. — Não fui eu, é claro. Mas vocês ficariam espantados.

— E Thomasina...?

Ela desvia o olhar de novo, observa os salgueiros-chorões.

— Eu posso jurar que não. Ela ama o pai, sabe. Não consigo tirar esse sentimento dela. Não se pode tirar amor da vida de uma garota. Nunca se sabe quão pouco mais ela vai encontrar por aí.

Helena fica parada na porta e a mantém aberta, como indicando que é hora de Pulford e Staffe irem embora.

— Vocês não vão falar com ela. Eu não vou deixar que ele toque nela, de qualquer maneira, entendem? Conversei com um grande advogado; ele é amigo da família.

No corredor, Staffe vê uma adolescente no alto da escada, prestes a descer, mas ela parecia ter congelado, como presa em um feitiço. Ele diz para Helena, baixinho:

— Precisamos saber onde você esteve da meia-noite até as seis da manhã.

— Eu fiquei aqui a noite toda — diz Helena, com a voz afetada, olhando para a escada. — Não foi, querida? Desça aqui, Thommi.

Thomasina Montefiore não tem nada da deslumbrante beleza da mãe. Ainda tem traços infantis, o corpo rechonchudo. O cabelo é curto e tingido de preto, e ela usa uma camiseta do The Clash com os dizeres "London's Burning". Staffe se lembra de ter visto esses dizeres no Roundhouse quando tinha só 13 anos. Seu pai fora lá buscá-lo depois de um show; um acontecimento raro.

— Mamãe disse que vocês eram da polícia — diz Thomasina. — Não parecem policiais. — Ela olha para Staffe, dá um sorriso contido.

— Eu estava aqui, não é, querida? — diz Helena. — Os policiais querem ir, Thommi.

— Estava — diz Thommi.

— Nós dormimos juntas.

Thommi ergue as sobrancelhas e lança um olhar de soslaio para a mãe, como dizendo "É ideia dela. Ela não percebe que já sou uma mulher, pelo amor de Deus", e Staffe agradece aos céus no mesmo instante por Guy Montefiore nunca ter encostado um dedo na filha.

Anoitecer de quarta

Todo o percurso de volta para a City é um grande engarrafamento. O sol e a fumaça dos escapamentos castigam os dois policiais. Pulford desliga o celular e bufa. Ele olha para suas anotações sem acreditar.

— O que foi? — pergunta Staffe.

— É Josie. Ela checou a situação do caso Lotte Stensson.

Staffe verifica o termômetro do carro se direcionando para o vermelho.

— Um sujeito chamado Kashell aprontou com ela. Nico Kashell. Cumpre prisão perpétua em Wakefield.

— E qual foi seu modus operandi?

A voz de Pulford fica mais baixa. Ele lê as anotações.

— Ele quebrou os dedos dela.

— Os dedos dela? E isso a matou?

— Ele quebrou os dedos um por um. Foram fraturadas vinte e duas das vinte e oito falanges. Depois, ele quebrou as duas ulnas da mulher, e também as tíbias. — Pulford engole em seco, como se fosse engasgar — E depois os fêmures.

Staffe para o Jaguar próximo à calçada, acende o pisca-alerta e desliga o motor.

— Continue.

— Eles calculam que foi a dor que a matou. Rompeu uma coronária. Os ossos das canelas ficaram em pedaços.

— E ela estava amordaçada?

— Estava.
— Amarrada?
— É.
— Na própria casa?
— Sim.
— Meu Deus — diz Staffe.
— E tem mais — continua Pulford. — Foi o seu parceiro, chefe, que tomou o depoimento de Kashell. Jessop. Mas ele foi afastado do caso. Houve conflito de interesses porque ele estava envolvido na investigação da Promotoria, sabe, sobre as declarações da filha de Kashell.

O sol inclemente castiga os dois, e Staffe sente o passado assomando.

— Eles são pessoas boas, Helena Montefiore e os Watkins — diz Pulford. — E aquele pobre do Nico Kashell, desperdiçando sua vida lá na penitenciária de Wakefield.

— E...?

— E tudo porque não podemos fazer o nosso trabalho adequadamente. A porra da Promotoria não nos permite. Eles tinham o caso da mulher, Lotte Stensson, e aí a Promotoria não quis indiciar Montefiore. Eles nem mesmo chegaram a esse ponto com Karl Colquhoun porque os assistentes sociais nunca indiciam ninguém por crime. E quantos, porra, quantos há por aí no país, gente de quem ninguém ouviu falar? Eles pensariam duas vezes, talvez, se alguns deles fossem capados.

— Você está sugerindo que a gente pegue essas pessoas e as empale em pedaços de madeira? Ou quebremos todos os ossos de seu corpo? Talvez isso pudesse ser televisionado.

— Ou uma transmissão para a internet? Sabia que todos os dia há mais de um milhão de acessos aos sites de pedofilia?

Staffe não pode evitar que lhe venham à lembrança as terríveis imagens que viu no computador de Guy Montefiore.

— O que você acha de fazermos uma pequena viagem de carro? — pergunta Staffe. — Para visitar Nico Kashell. E, depois, irmos a Middlesbrough. Precisamos ter uma conversinha com Linda Watkins.

Pulford olha para o capô do Jaguar, começando a soltar vapor.

— Nós não vamos até lá nessa merda, não é, chefe?

— É um carro clássico — diz Staffe. A distância, no meio do tráfego, ele vê o horizonte se distorcer sobre o asfalto escaldante.

— É merda clássica — diz Pulford, e eles riem.

Mas Staffe sente que o tempo está correndo. Em menos de uma semana, ele será afastado do caso Montefiore. Telefona para o seguro, se recriminando por não ter usado o Peugeot, enquanto Pulford liga para a delegacia de Leadengate. O seguro diz que chegará em uma hora e vinte minutos, e Staffe morde o lábio; vê que Pulford parece agitado, raivoso e animado ao mesmo tempo.

— A Met está no caso. Uma garota, Tanya Ford, acabou de ir à delegacia de Fulham e preencheu um formulário dizendo que foi agredida sexualmente por um homem de meia-idade. Um homem articulado, de meia-idade. Isso aconteceu na noite passada a menos de dois quilômetros da casa de Montefiore.

— Alguém está interrogando a garota?

— Josie diz que vai telefonar quando a poeira tiver baixado. Os pais não vão apresentar queixa.

Eles esperam em silêncio e Staffe pensa em Jessop, quase levado à loucura por causa do trabalho. É hora de visitar o passado.

Uma viatura vai buscá-los, e durante todo o percurso eles passam por homens sem camisa e mulheres seminuas sentados do lado de fora dos bares, suportando o longo verão quente com o auxílio da bebida. Logo chegará o fim de semana, e Staffe se permitirá um drinque. Tem sido assim por três anos.

Três anos vêm se acumulando: três anos desde que Linda e Tyrone Watkins ainda levavam sua vida juntos, quando a jovem Sally não usava drogas e ainda não se prostituía. Nico Kashell estava livre como um passarinho. Três anos desde que Sylvie se fora.

A viatura deixa Staffe nos portões do parque onde Tanya Ford alegou ter sido agredida, e ele se recosta no tronco de um teixo, agradecido pela sombra. Não demora muito e chega Josie, usando uma blusa polo de mangas curtas e um short curto.

— Não é um verão maravilhoso, esse nosso? — diz ela. Eles caminham na direção das árvores e ela puxa o paletó de camurça dele. — Você nunca tira isso?

— Eu me mudei para um lugar perto daqui. Você podia vir comigo para comer alguma coisa.

— Acho que foi aqui. — Ela aponta para um grupo de sorveiras-bravas.

— Como está a garota?

— Tanya Ford? Arrasada, é claro.

— Você acha que ela está dizendo a verdade, então?

Josie acena afirmativamente com a cabeça, põe no chão uma bolsa, e cada um deles coloca protetores plásticos para os pés e luvas. Ela se curva e entrega a Staffe um punhado de envelopes de plástico, etiquetas e pinças.

— Janine não está satisfeita, sabe, por você ter vindo primeiro. Ela diz que nós temos vinte minutos.

— Tudo aconteceu bem debaixo das árvores?

— Veja isso... — Ela se embrenha entre as copas baixas das árvores, abre caminho até o centro escuro, mais fresco, do pequeno bosque, onde se pode sentir o cheiro da terra. — Tanya Ford diz que havia dois homens. Ela acha que ambos usavam gorros. Depois, eles a fizeram desmaiar com clorofórmio.

Eles examinam a relva, o solo amassado e os gravetos quebrados.

— Você vai naquela direção — diz Josie.

A distância, Staffe pode ouvir crianças brincando, jovens adultos jogando uma partida de *softball*. Debaixo da copa das árvores, ele vê as pernas bronzeadas de Josie. Olhando de volta para seus próprios pés e avançando bem devagar, ele vê um pedaço de pano ao pé de uma árvore. Inclina-se e pega o pano com a pinça. Chama Josie e levanta suavemente a prova. Cheirando o pano, mostra-o para ela.

— É clorofórmio.

Josie abre um envelope plástico de recolher provas para que ele coloque o pano ali. Staffe pigarreia, olha em volta das árvores.

— Montefiore vê a garota aqui, completamente sozinha. Ou ele vinha seguindo Tanya ou então foi um acaso. De qualquer maneira, ele está preparado, então agarra a garota e encosta o pano com clorofórmio nela. E então é interrompido?

— O que faz você pensar assim?

— O que os médicos descobriram em Tanya?

— Não houve penetração, de acordo com a garota. Ela é virgem.

— Mas o que diz o laudo médico?

— Não houve laudo médico. A mãe veio com ela. Não deixou que fizessem um exame. Como eu disse, eles não querem apresentar queixa. O pai entrou no meio da conversa, diz que eles querem pôr uma pedra nesse assunto.

— Merda.

— Ele vai se safar dessa de novo, Staffe.

— Nós temos o pano. As digitais dele devem estar ali. Podemos indiciá-lo por agressão, mesmo que não seja por agressão sexual.

— Ele já recobrou a consciência?

— Vai e volta — responde Staffe. — Vão passar mais 24 horas antes que a gente possa interrogar o cara.

— É uma situação engraçada, não é? Esperar que um molestador de crianças se recupere para que a gente possa interrogar o cara, a fim de descobrir a pessoa que atacou ele.

— Como foi a conversa com Sally Watkins? — pergunta Staffe.

— Ela não pôde confirmar onde estava naquela noite. Eu pedi a Johnson que interrogasse ela de novo, que pressionasse. — Josie parece desconsolada. — Montefiore também usou clorofórmio nela. Ele primeiro fez com que ela desmaiasse... esperou que ela voltasse a si antes de fazer o que fez. — Ela olha para o lado, coça a perna e diz: — Merda de moscas.

* * *

O homem observa Staffe e Josie indo embora do parque. Percebe que eles encontraram o pedaço de pano com clorofórmio, mas sabe que não tocou nele. Gostaria de ser uma mosquinha na parede quando Montefiore contar a eles o que houve. Gostaria de ver a cara de Montefiore quando perceber, olhando para os olhos deles, que talvez não consigam protegê-lo da próxima represália. Exceto que dessa vez haverá corda suficiente.

Ele vê os dois policiais irem embora, sabe que pode alcançá-los mais tarde, e fica imaginando quanto tempo Staffe levará para olhar para o passado. Quando eles saem completamente de vista, ele se senta em um banco do parque, observa as crianças brincarem. Pega a fotografia de Guy Montefiore nas cordas no momento em que elas cederam pela segunda vez e começa a redigir a legenda que vai acompanhar a foto. Observa uma jovem mãe com três filhas, tentando atravessar a rua.

Sob a orientação da mãe, as crianças primeiro olham para um lado e depois para o outro, e ela as deixa atravessar sozinhas, seguindo-as a uma distância segura.

Tem uma ideia e redige uma linha. Olha para o que escreveu duas vezes, pensa nas permutações, nos duplos sentidos, e sorri para si mesmo, pensando "isso vai servir muito bem".

* * *

Staffe está chorando.

— Staffe, quantas casas você tem, afinal de contas? — pergunta Josie.

É uma coisa que sempre acontece quando ele descasca cebolas.

— Isto aqui não é uma casa. É só este andar.

— A minha casa toda caberia na sua sala de estar.

— Eu preferia não ter isto aqui; o preço que me custou...

— O que você quer dizer?

— Foi herança.

— De algum parente próximo?

— Você não quer abrir o vinho? — pergunta Staffe.

— Não chegou o fim de semana ainda.

— É para o molho. E uma taça para você, é claro.

Josie tira a rolha fazendo ruído.

— Você não me respondeu.

— A maior parte delas pertence a uma financiadora. Não são minhas.

— Aposto que nesse tempo todo que você possui esses imóveis já deu para juntar um bom dinheiro. — Ela se aproxima de Staffe com a cabeça inclinada para um lado. Apoia o corpo no balcão próximo a ele. — Aposto que você é cheio da grana, hein, Staffe?

— Eu não me preocupo com dinheiro.

— Mas você se preocupa com coisas demais.

— Não devia ser bom me preocupar? — Ele sorri para ela, joga um limão em sua direção e diz: — Esprema isso aí e pare de meter o bedelho nas coisas dos outros.

— É melhor você se cuidar, Staffe. Você pode atrair o tipo errado de mulher. Sabe, uma mulher interesseira. — Ela estende a mão na frente dele para pegar o vinho, serve uma taça para si mesma e diz: — Quem morreu?

— Como é que você se saiu com Maureen Colquhoun? Pode contar de novo o que ela disse sobre o pobre filho?

— Se quer saber, ele foi molestado sexualmente quando criança. E o maior problema é que o pai era alcoólatra. Colquhoun odiava bebida.

— Eles o forçaram a beber até ele ficar paralisado.

— E você sabe o que isso significa? — pergunta Josie. Ela toma um gole de vinho.

— Quem quer que o tenha matado, conhecia seus fantasmas.

— E quanto aos seus próprios fantasmas, Staffe?

Staffe se vira para encará-la, apontando a faca de chef para ela. Ele diz, imitando sotaque alemão:

— O que você quer saber, exatamente, Chancellor?

— Quem era Sylvie?

— Preciso de suco de limão. Você pode espremer?

— Vou tentar. É mais fácil do que tirar leite de pedra, com certeza.

A sala de estar está atulhada de caixas antigas de madeira, e Josie e Staffe estão sentados no chão, de pernas cruzadas, comendo cheesecake e tomando café.

— Qual é sua opinião sobre Sally Watkins? — pergunta Staffe.

— Ela é uma garota bastante forte; acredito que temos que considerar que é uma mulher depois do que passou.

— E o que ela faz para se sustentar... Você acha que devemos tomar alguma providência a respeito?

— Processar a garota, depois do que ela passou? Eu não vejo qual seria a vantagem de ela ter ficha na polícia.

— Talvez fosse um empecilho — diz Staffe.

— Compare o que aconteceu a ela com o destino do canalha do Montefiore. E pensar que ele foi o responsável...

— Eu não queria ter a vida dele. Você sim? — Staffe se levanta, vai até a janela e olha para fora. Há um carro estacionado do outro lado da rua, com um homem no assento do motorista. Staffe acha que já o viu antes e fica pensando se a mulher que mora do outro lado da rua está tendo um caso. — Dá para imaginar, ter tudo aquilo e ainda se sentir vazio? Tão incapaz de controlar seus desejos a ponto de perder a filha, a pessoa que você mais ama na vida?

— Ter tudo e isso não ser o bastante — diz Josie.

— Você acha que Sally poderia ter feito aquilo?

— Faz sentido, deixar o cara meio morto, tendo que sobreviver — diz Josie. — Foi o que ela teve que fazer.

— E a mesma lógica se aplica à mãe.

— E a Debra Bowker ou à família Kashell.

Staffe lança um olhar para Josie, sentada entre seus pertences, uma parte deles ainda embalada, com o cabelo solto e as pernas dobradas sob as nádegas.

— Não fale de Lotte Stensson ou de Nico Kashell para Pennington. — O carro lá fora dá a partida.

Ela meneia a cabeça, devagar. A garrafa de vinho está quase vazia, e há um sorriso permanente em seu rosto. Os olhos têm uma expressão suave.

— Como eles telefonaram para você? — indaga Josie. — Como sabiam que você estava aqui?

O assunto está se tornando mais complexo, e ele sabe que não vai ficar mais simples até que chegue a Wakefield e Middlesbrough. Josie diz:

— Você sabe que eu examinei o arquivo de Sally Watkins. É todo cheio de furos. Interrogatórios aos quais faltou, provas que não foram registradas.

— Aqueles babacas da Met — diz Staffe. — Eles não têm o direito de obstruir nossa investigação.

— Eu não estou dizendo que fizeram isso, chefe.

— Esse caso está me deixando maluco.

— Por que estou aqui, se não vamos falar sobre o caso?

— Podemos jantar, pelo amor de Deus.

— Sem que role nada.

— Está rolando alguma coisa? — Ele arrisca um sorriso.

— Não seria uma boa ideia?

— Boas ideias nem sempre são uma boa ideia.

Josie se levanta, cruza a sala até a lareira e pega uma fotografia de Sylvie.

— Acho que você não está pronto. — Ela põe a fotografia de volta no lugar, se ajoelha junto dele. Ele sente o cheiro de vinho nela e fica imaginando se deve fechar as cortinas, o que o faz pensar em Sylvie.

As cortinas. O aquário.

O carro do outro lado da rua. Ele salta de pé e corre para fora da sala, destranca a porta da frente e sai para a rua, os pés metidos nas meias. Dá passadas duplas e salta sobre o portão, mas é tarde demais. O carro se afasta rangendo pneus, e seus olhos não conseguem se ajustar ao lusco-fusco do anoitecer. Ele drapeja, e em toda a extensão da rua as luzes vão se acendendo, aqui e ali. Os vizinhos puxam as cortinas.

Josie desce os degraus.

— Aonde você vai? — pergunta ele.

— Obrigada pelo jantar. — Ela se ergue na ponta dos pés e, com a mão no peito dele, beija o canto da boca de Staffe. — Às vezes, você é um pouco estranho demais para mim. — Ela fecha o portão ao sair e retorce os dedos sem se virar. Ele fica observando enquanto ela dobra a esquina.

Às vezes?, pensa ele.

Ele entra em sua nova casa, voltando para seu passado. Está com raiva de si mesmo por ter deixado o carro escapar, mas feliz por eles terem chegado tão perto. Depois, ele estremece, mas não está frio. Pode sentir o restinho da adrenalina se esvair, e tudo que lhe resta é a certeza de que avançam em sua direção tão rapidamente quanto ele se aproxima deles. Exceto pelo fato de que eles sabem o que procuram.

Manhã de quinta

A penitenciária exala maus feromônios quando eles entram pelo enorme portão.

Staffe e Pulford passam pelo centro de visitantes da prisão Wakefield e sua fila malfeita de jovens bem-arrumadas, com calças de moletom largas e de cintura baixa, que mostram suas calcinhas. Algumas levam bebês junto à cintura, como mulheres africanas. As mais velhas estão ali pela vida que os maridos e amantes escolheram. Estranho estarem em uma penitenciária masculina cercados por mulheres.

Um agente penitenciário tradicional lhes mostra a sala para visitas particulares. Ele não diz nada, e Staffe se lembra de que seu serviço é somente metade do caminho. Quando a polícia prende um criminoso, o trabalho passa a ser de encarceramento e reabilitação. Todo homem naquela cadeia será posto em liberdade um dia, para talvez ser nosso vizinho, ou vizinho de nossas mães ou irmãs. Staffe pondera que tipo de fera nós queremos que seja moldada por esses agentes penitenciários de rosto pálido e gordo, esses psicólogos de teoria.

A sala fede a cigarro e suor entranhado. Há uma única janela, bem acima da altura da cabeça e ligeiramente aberta. Moscas se debatem contra o vidro reforçado. Uma lâmpada fluorescente emite um zumbido.

Um homem de meia-idade, com um agasalho de malha cinza, é levado para dentro da sala. Ele é Nico Kashell, e não está algemado. Baixa o olhar para a mesa, do modo como as pessoas fazem na igreja. O guarda senta-se perto da porta, acende um cigarro mesmo havendo um cartaz que diz "Proibido fumar" e começa a ler o *Daily Mirror*.

Kashell tem 1,70m de altura e é de uma palidez fantasmagórica, mesmo com todo o seu sangue mediterrâneo. Ele parece magérrimo metido na larga roupa da prisão e não responde quando Staffe diz "olá".

— O homem disse "olá", seu merda — diz o guarda. Sem levantar o olhar.

— Olá — diz Kashell, sem levantar o olhar.

É um dado oficial: a maioria dos assassinos só comete esse tipo de crime apenas uma vez, reagindo a circunstâncias extraordinárias. Eles não roubam para alimentar seu hábito de consumir drogas, ou regularmente molestam outras pessoas para alimentar hábitos sexuais, ou espancam alguém somente pelo prazer da coisa.

— Me diga o que aconteceu, Nico. Me fale sobre aquela noite.

— Há um monte de jornais dizendo o que houve.

— Como você entrou no apartamento dela?

Ele dá de ombros.

— Como você a manteve calada, ou sabia que ossos quebrar primeiro? Você sabia qual osso a mataria?

Ele ergue o olhar rapidamente, e seus grandes olhos castanhos, tristes, não possuem malícia. Ele diz:

— Para que você está aqui? Eu tenho que cumprir a pena.

— Houve outro assassinato, Nico. Quando você fez o que fez com Lette Stensson, havia alguém mais lá para ajudar? Se havia... — Staffe olha para o guarda, imerso nas manchetes de um tabloide. Ele se inclina para Kashell. — ... isso poderia ajudar você. Entende o que eu estou dizendo?

— Eu não vejo ninguém mais cumprindo minha pena aqui.

— Você confessou. Essa foi a única prova contra você, Nico. — Staffe deseja engajar Nico de alguma maneira, mas nada acontece, de modo que ele faz um aceno de cabeça para Pulford e se reclina na cadeira.

— O acordo servia bem a você, suponho? — diz Pulford. Ele se levanta, vai para trás de Kashell, deixa o silêncio perdurar.

— Como assim?

— Você está cumprindo pena aqui sozinho, sendo castigado para proteger seu cúmplice. E ele continua no ofício.

Kashell avalia Staffe com um olhar. Ele dá um sorriso rápido, mas seus olhos parecem mortos.

— Vocês estão batendo na porta errada. Estão muito longe de entender.

— Entender o quê? — pergunta Pulford.

Kashell diz, para Staffe:

— O que um pai tinha que fazer.

— Mas matar daquele modo?

— É isso que mantém você vivo, cara. Não percebe isso? — Kashell olha para Staffe, através dele. É como se não conseguisse focalizar a vista, como se não houvesse nada em seus olhos. Para todos os efeitos, é como se Nico houvesse perdido a própria alma.

Staffe acena com a cabeça afirmativamente para Pulford, que se reclina na cadeira.

— Eu não vejo como isso melhorou muito sua vida. E sua filha perdeu você quando ela mais precisava.

— Eu estou sendo castigado — diz Kashell. Seus olhos estão turvos e ele funga forte, erguendo o olhar de novo. Staffe vê o pomo de adão se movimentar para cima e para baixo. — E sabe de uma coisa? Aquela mulher, mesmo do modo como morreu, nem de perto sofreu o bastante.

— Você não está vingado, não é, Nico?

O lábio de Kashell treme, mas ele não chora. Sentir pena de si mesmo não é um modo de cumprir uma pena de prisão, de forma alguma. Ele balança a cabeça.

— Nem um pouco, cara. Nem um pouco.

— Nós vamos voltar, Nico. Da próxima vez, você vai nos contar exatamente o que fez naquela noite, não é? Nesse meio-tempo, há alguma coisa que possamos fazer por você?

— Ressuscitar Lotte Stensson?

— Para que você possa fazer aquilo de novo?

Ele nega com a cabeça.

— Não, cara. Você simplesmente não entendeu, não é?

— Você pode nos deixar sozinhos, Pulford — diz Staffe.

Pulford se levanta, espantado, e Staffe espera pacientemente até ficar sozinho com Kashell, com exceção do guarda que está fumando. Ele fala em um murmúrio.

— Eu sei como você se sente, Nico. De verdade.

— Como sabe?

— Confie em mim. Será que um lado seu não queria desfazer o que fez? Será que às vezes você não deseja ter seguido outro caminho, ter tentado perdoar Stensson?

Nico brinca com os dedos, como se segurasse contas invisíveis.

— É um defeito de fabricação — diz Staffe — que a raiva venha primeiro e a misericórdia depois. Para alguns é tarde demais, não é, Nico?

— Como você sabe disso?

— Alguém assassinou meus pais.

— Você pegou os caras?

— Ainda não.

— O que você vai fazer?

— Rezo para poder perdoá-los.

— Espero que suas preces sejam atendidas, inspetor.

No percurso na A1 para Middlesbrough, Staffe diz:

— Não estou convencido de que Kashell tenha feito aquilo a Stensson.

— Você acha que estão copiando ele? Talvez seja alguém que cumpriu pena com Kashell e foi libertado.

Staffe lança um olhar para Pulford e sorri.

— Telefone para a delegacia. Faça com que eles entrem em contato com a seção de liberdade condicional da prisão e chequem todo mundo que foi libertado de Wakefield nos últimos três meses e que esteja morando em Londres. Acrescente um filtro: qualquer homem que tenha compartilhado a mesma ala que Kashell. E eles também devem verificar se esses caras não estavam presos de novo na época em que Karl Colquhoun foi morto.

— Mas há um problema, chefe. Como investigariam Colquhoun ou Montefiore? Eles nunca foram processados.

— Temos que saber, exatamente, por que a Promotoria não deu seguimento ao processo de Lotte Stensson — diz Staffe.

— Ela era professora-assistente. Isso pegava mal para o governo.

— Não acredito nisso. Mas, se for o caso, precisamos ir fundo nesse assunto. — Staffe passa o Peugeot para a pista de alta velocidade, voltando seus pensamentos para Linda Watkins e para o tipo de vespeiro que eles estão prestes a descobrir em Middlesbrough.

Ele fica imaginando se, no caso de Linda Watkins ter apanhado Montefiore e planejado a mais terrível das torturas, ela teria ficado satisfeita com essa vingança. Ou se estaria esperando por alguma outra resolução, assim como Nico Kashell.

O telefone de Staffe toca, o visor mostra *Pennington*.

— Você está sentado, Staffe?

— Pode-se dizer que sim.

— Recebemos outra fotografia — diz Pennington. — Montefiore. Logo agora que ele está se recuperando.

— Meu Deus! E a mensagem? Há uma mensagem?

— Está escrito: "Segurança nas estradas: é só nisso que vocês são bons? Olhe para a esquerda, olhe para a direita. Olhe para a frente, olhe para trás." Quero você aqui o mais depressa possível, Staffe. O mais depressa possível!

— Chefe, chefe? Eu acho que minha bateria... Pode me ouvir...? — Staffe desliga. Sempre desligue no momento em que você mesmo fala, alguém lhe dissera certa vez. Mesmo que possa ser Pennington. Ele desliga o celular e repassa as palavras da mensagem. A referência a uma força policial impotente, reduzida a motoristas que sabem tirar vantagem de tudo. Gostaria de ser melhor em charadas, do modo como era seu pai.

Se pelo menos ele pudesse voltar no tempo.

Volte, pensa ele. *Olhe para a esquerda, olhe para a direita. Olhe para a frente, olhe para trás.* Estão lhe dizendo para olhar para trás, para Kashell? Estão lhe dizendo para olhar em torno, em todas as direções? Ele checa os espelhos e vê o pardal de controle de velocidade fotografando seu carro.

* * *

Linda Watkins tem pele clara, impecável, e bastante cabelo, de um preto brilhante, cortado em um salão de beleza caro. Ela é alta e esbelta, elegante em um terninho de lã cinza-escuro, com um paletó curto, bem-cortado, e calças justas de cintura baixa. Ninguém nunca diria que ela tem uma filha largada na vida ou que havia arranjado um homem que assiste à TV a cabo o dia inteiro em sua casa em Villiers.

Ela fala em um tom de voz calmo, comedido.

— Na verdade, estou surpresa por vocês terem demorado tanto tempo para chegar até mim, não que eu tenha feito nada ilegal, é claro. Mesmo hoje em dia, e com a minha idade, estou certa de que uma mulher ainda tem o direito de largar seu marido.

Staffe aproveita suas últimas frases, cuidadosamente elaboradas.

— E sua filha — diz ele.

— Vocês provavelmente já tiraram suas próprias conclusões quanto ao tipo de pessoa que eu sou. Vou pôr a chaleira no fogo, está bem?

Ela fica de pé e conduz Staffe e Pulford para a sala de estar de sua casa geminada estilo eduardiano. O aposento tem soalho de tábuas e portas enceradas, com maçanetas de porcelana e espelhos de metal. As paredes são de cor creme, e há um quadro de flores secas em cima da lareira. Staffe não vê nenhum aparelho de som, mas ouve uma balada estilo jazz sendo cantada em algum lugar. Peggy Lee, ele acha. "Black Coffee."

Pulford levanta as sobrancelhas para Staffe quando Linda sai da sala. O inspetor fica andando pelo aposento. Há aquarelas nas paredes: baías do Mediterrâneo, aldeias suíças e vales ingleses, mas nenhuma fotografia. Nenhum sinal de Sally Watkins.

Linda entra de novo, dizendo:

— Eu sou o que vocês esperavam? — Ela pousa uma bandeja, serve café.

— É difícil resistir a ideias preconcebidas — diz Staffe. — É bom para nós ver reafirmado, de vez em quando, o ditado de que nem tudo é o que parece.

Ela afrouxa a calça no joelho, do modo que um homem faria, senta-se na borda da cadeira com asas laterais no espaldar e inclina-se para a frente com os antebraços apoiados nos joelhos, um pouco separados.

— O que vocês esperavam? Uma loura oxigenada? Pele ruim? Cabelo com pontas duplas e calças bem justas?

— Não estou falando de aparências, Sra. Watkins. — Quando ele diz o nome, Linda se encolhe. — Desculpe. Eu presumi que a senhora tivesse mantido o sobrenome de sua filha.

— O sobrenome é do meu marido.

— E é o de Sally também, é claro.

— Ela não está encrencada, está?

— A senhora sabe o que ela está fazendo, não sabe?

Ela olha para fora, pela janela, mantém a cabeça erguida.

— Isso não é da minha conta, é claro — diz Staffe.

— Claro que é, inspetor Wagstaffe. — Ela olha para ele. — É ilegal. Ou vocês estão ocupados demais em instalar pardais de velocidade?

Os pelos da mão de Staffe se arrepiam. Ele pensa na última fotografia e nos dizeres.

— Eu fiz com que uma policial fosse conversar com ela sobre segurança. Precauções.

— Então ela tem se metido em encrencas? Vocês demoraram tempo demais para vir aqui, inspetor.

Staffe tenta perceber o que há nas entrelinhas. Tenta imaginar uma Linda mais jovem, sendo espancada por um jovem Tyrone. Depois fazendo todas as coisas certas e vendo-as serem rejeitadas.

Ela olha para fora, pela janela, como se tentasse reunir forças, e diz:

— Sally só tem uma vida e tem que aproveitar ao máximo. Eu não pude ensinar isso a ela. Vocês sabem que só podemos ser realmente responsáveis pela vida que nós mesmos levamos. Temos que agir direito. Aprendi isso tarde demais.

Recuperar pelo menos uma vida dessa desordem é quase o bastante para fazer com que Staffe se envergonhe de ser humano.

— Você vai chegar a perdoar Guy Montefiore, Linda?

— Ele meteu seus dedos sujos de classe média nas calças de outra pobre menina, dessas que andam zanzando pelos shoppings? Está na hora de o canalha finalmente receber o que está guardado para ele.

— Eu vou ter que perguntar onde você estava na terça-feira entre as dez da noite e as seis da manhã de quarta.

Ela se levanta e pega um diário de uma escrivaninha perto da janela. Abre o caderno e o entrega a Staffe.

— Aí está. Eu jantei no Leoni's na noite de terça-feira, em Newcastle, e peguei o trem das sete e quarenta na manhã de quarta-feira até Leeds, para uma reunião às dez. O número do telefone está aí. Se isso faz com que vocês sintam que estão realizando seu trabalho.

— Faz sim — diz Staffe, tomando nota dos números.

Quando Staffe e Pulford vão saindo, Linda diz:

— Vocês provavelmente pensam que eu sou uma pessoa má, mas saibam que, se eu tivesse ficado, teria sido enterrada viva. Eles só me encontrariam daqui a uns cinquenta anos, mais ou menos, me colocariam em um caixão, e ninguém nunca teria sabido que eu existi.

* * *

Josie arqueja quando pega a fotografia das mãos de Janine: a expressão congelada de horror no rosto de Montefiore. Sua boca está coberta por panos e os olhos estão arregalados e alucinados, dois filetes de maquiagem escorrendo do canto dos olhos. Mas ela sabe que não é maquiagem. Seus gritos silenciosos são tão altos que a dor se transformou em vasos de sangue arrebentados. Dizem que a dor é simplesmente medo deixando o corpo. No caso de Montefiore, ele está saindo pelo mais improvável dos caminhos.

A legenda embaixo da fotografia de cima diz *Segurança nas estradas: é só nisso que vocês são bons? Olhe para a esquerda, olhe para a direita. Olhe para a frente, olhe para trás.* As anotações de Janine estão anexadas à foto, assim como seções ampliadas de partes da imagem.

— A imagem é digital, provavelmente tirada de um vídeo. — Janine se senta em cima da mesa de Josie, brinca com o cabelo. Olha de cima a baixo para a colega de trabalho e diz:

— O número de pixels é menor do que numa foto comum, e teria sido impossível capturar o momento...

— O momento em que a coisa entrou nele, você quer dizer — diz Josie. Ela estuda a expressão de Janine, estreita os olhos e abre um sorriso breve.

— A madeira não foi chanfrada. Entrou entre 55 e 60 milímetros. Presumi isso de uma simulação do aposento em CAD e das medidas da madeira com relação às paredes e ao teto, e levei em consideração o fato de que ele estar cedendo ao próprio peso. A foto não está tremida.

— É um ângulo engraçado — diz Josie.

— A câmera estava apontando para cima, provavelmente numa cadeira ou numa mesinha de centro.

— Então isso pode ser obra de uma pessoa só.

— Não havia nenhum DNA ou digitais de estranhos na cena do crime.

— Exatamente como no caso de Colquhoun.

— Você está com Staffe, então? — pergunta Janine.

A boca de Josie se abre.

— O que...?

— Estou me referindo à teoria dele. A qualidade da imagem é idêntica à da foto que recebemos de Karl Colquhoun. Está impressa no mesmo tipo de papel.

— Então parece que ele tem razão.

— Nem sempre ele acerta — diz Janine.

— Eu ouvi dizer que vocês dois estavam saindo.

— Eu não chamaria aquilo de "sair", e o clube não é tão seleto assim.

— Ele esconde o jogo, não é?

Janine se levanta, espana um fiapo de algodão de sua calça, na altura da coxa.

— Você não quer entrar para esse clube, não é, Chancellor?

— Quem é Sylvie?

— É melhor perguntar isso a ele. — Janine abre a porta, vira-se. — Ele não vai contar a você, é claro.

— O que aconteceu aos pais dele?

Janine se encosta no batente da porta, põe a cabeça nas costas da mão e fala olhando para o chão.

— Eu estudei Jung na faculdade de medicina, e, segundo ele, para compreender um homem, você tem que saber o que faltava a seu avô. Os pais de Staffe morreram antes de ele ficar adulto. Ele realmente não sabe o que o fez assim. — Ela levanta o olhar. — Mas o que eu sei?

— Ele magoou você?

— Ele só magoa a si próprio. Pelo menos essa é a intenção. — O telefone toca. — É melhor você atender, antes que eu diga alguma coisa da qual possa me arrepender — diz Janine, fechando a porta.

— Chancellor, você sabe onde diabos se meteu o detetive-inspetor Wagstaffe? — pergunta Pennington.

— Não, senhor. Posso ajudar?

— Você pode dizer a ele que já estourou a cota. E que eu espero que ele não tenha se dado corda o bastante para se enforcar. Leanne Colquhoun será solta esta noite.

Josie reúne suas coisas, inclusive uma mensagem rabiscada com a letra de Staffe: *Por que a Promotoria não indiciou LS? Telefonar para WW, nada escrito.* "LS", Lotte Stensson. "WW". Detetive-inspetor Will Wagstaffe.

Ela puxa o arquivo sobre Stensson que Smethurst mandou para ela da Met e percorre "todos os contatos conhecidos", vê que Ruth Merritt foi a advogada que representou a Promotoria no caso. Josie observa que outro promotor público assumiu os casos arquivados de Colquhoun e Montefiore. Portanto, não há nenhuma teoria da conspiração a ser desenvolvida.

A caminho do estacionamento pela escada dos fundos, Josie fica pensando por que o caso Stensson não está no quadro da sala reservada ao caso, por que Staffe está mantendo essa informação em segredo, e, em seguida, vê Stanley Buchanan um lance de escadas abaixo, subindo. Ele está sem fôlego e seu rosto brilha, coberto de suor; há um cheiro de bebida em torno dele. Quando ele fala, ela percebe um odor de hortelã recente.

— Staffe está aí? — pergunta ele.

— Está fora, acho. — Os olhos deles estão fixos nela, como se fossem mãos. Ele lhe lança um sorriso lascivo. Ela se recosta no corrimão de metal e o vê desviar o olhar, passando os papéis de uma mão para outra.

— Bem, se ele não está aqui, eu bem que podia sair com você. — Quando eles chegam à porta nos fundos do estacionamento, Josie lhe dá seu cartão, e Buchanan mantém a porta aberta para ela passar, dizendo: — Está a fim de beber alguma coisa?

Ela o encara firmemente, pensando "de jeito nenhum".

— Eu adoraria — murmura, pensando em se livrar de uma tarde lendo a política do governo sobre abuso sexual de crianças, enormes volumes repletos de jargão policial.

Fora do Griffin, Josie abre a porta e o deixa entrar primeiro. Amanhã é dia de pagamento, e ela só tem uma moeda de uma libra e uns trocados.

— Vou arranjar uma mesa — diz ela, sorrindo. — Vamos dividir uma garrafa de vinho branco, está bem? Estou de folga hoje.

Quando volta com o vinho, Buchanan se senta pesadamente e lança um olhar ao redor. A música da casa ressoa no teto de madeira, ricocheteando nas paredes de tijolo aparente.

— Lugar legal.

— Acho que você se lembra dele como um daqueles bares tradicionais.

— Sou completamente a favor do progresso.

— Progresso é uma coisa que nós não estamos vendo muito no momento — diz Josie. — Há muitos interesses conduzindo-o a direções diferentes.

— Ei, eu só estou fazendo meu trabalho, como você. — Buchanan dá um enorme gole no vinho, tenta dar um sorriso estoico, do tipo "O que posso fazer?". — É um sistema competitivo. É assim que a verdade acaba aparecendo.

— Eu não estou criticando você, Stan. É a Promotoria que eu não consigo entender.

— Então nós temos um inimigo em comum — diz ele.

— Parece que eles arquivam os casos mais improváveis.

Stan Buchanan se recosta, apoiando o copo na barriga.

— Eles são apenas pessoas de carne e osso. Iguaizinhos aos policiais.

— O percentual de sucessos nos casos é importante, suponho.

— Ahá. Você acertou na mosca, garota. Acertou na mosca. — Ele toma um bom gole e enche os dois copos. — Você poderia chamar isso de economia de esforços.

— E poderia depender de que pessoa ocupa a Promotoria?

— No fim das contas, são apenas seres humanos.

Josie suaviza o sorriso, dá um pequeno gole no vinho sem tirar os olhos dele.

— Eu esbarrei no nome de uma mulher, Ruth Merritt. Como ela é?

— Ruth? Correta como só ela. — Ele ri para si mesmo. — Correta demais para seu próprio bem. Eu sempre imaginei ter chance com Ruthie, mas não a vejo há séculos. Acho que ela foi para algum lugar mais calmo. Talvez tenha tido filhos.

Josie queria que Ruth Merritt fosse uma mulher de carreira, coração empedernido, jogando com probabilidades e construindo uma brilhante carreira, mas a informação recebida não bate com isso. Certamente, ela teria pressionado no caso de Kashell.

— O que mais poderia ter feito com que Merritt parasse de pressionar pelo indiciamento?

— O policial que desvenda o caso é a chave das provas. Se o policial não calcula que haja chances de um indiciamento bem-sucedido, eles podem entravar tudo. Cargas de trabalho e objetivos, minha cara.

Ela pega a bolsa, acaba de beber o vinho.

— Você vai agora?

— Vou jantar fora — mente Josie. — Vamos dividir a conta?

Stan balança a cabeça e levanta uma das mãos quando Josie finge remexer a bolsa.

— Algum cara de sorte?

— Não. Na verdade, é uma garota. — Josie pisca para Buchanan ao levantar-se, percebe que ele se retorce, a cara gorda fica vermelha. Na rua, ela olha através da grande janela de vidro e vê Buchanan bufar. Ele gesticula para que a garçonete traga outra garrafa.

Anoitecer de quinta

Staffe acelera o Peugeot, seguindo pela A1. Há um lusco-fusco pálido, e quando ele vê placas indicando Cambridge, fica tentado a parar e passar a noite. Um aperitivo em um hotelzinho calmo, uma caminhada pelos fundos da faculdade. Torres pontiagudas, namoradinhos e um jantar calmo. Pulford está dormindo, e Staffe continua a dirigir, agora já mais do que cansado. Ele tem quadros para pendurar em sua casa em Queens Terrace e discos para desempacotar. Deve telefonar para Pepe Muñoz, se chegar em casa antes das dez. Telefonará para o Thai Garden para pedir comida e talvez também dê outro telefonema. Sylvie.

Pulford resmunga quando Staffe aumenta um pouco o som do aparelho de CD. O crescendo de Charles Mingus lembra Duke Ellington, e Staffe se revigora, acelera o Peugeot bem acima do limite de velocidade do trecho final da A1, passando pela North Circular, e entra em Londres desafiando a lei.

Deliberadamente, ele freia de súbito, fazendo o carro parar debaixo de um letreiro de neon na frente da estação do metrô de Golders Green.

— Obrigado pela conversa, investigador, você é uma esplêndida companhia, sabe?

Pulford pisca, olhos injetados, enquanto Staffe se inclina para o lado dele, abre a porta do carona e aponta para as luzes da estação.

— O quê? Onde...?

— Você dormiu que foi uma beleza. Quero aquela lista de todo mundo que foi libertado de Wakefield e está morando em Londres. Não vá sair anunciando isso para Pennington, ainda. E quero uma relação de todos os molestadores sexuais dos últimos três anos não levados a julgamento. Qualquer coisa que a Promotoria tenha arquivado.

— Por que isso? — pergunta Pulford, esfregando os olhos, se espreguiçando.

— Porque, se houver uma próxima vítima, há muita chance de que um indiciamento não concluído da Promotoria coincida com a descrição do criminoso.

Pulford levanta um polegar com preguiça e abre um sorriso forçado, batendo a porta com força, e Staffe volta para o tráfego. Um Mercury vermelho para de repente bem diante dele, e Staffe muda de faixa, ultrapassa e vê o motorista segurando um celular, muito feliz. Mas deixa aquilo passar. Vê a rua 3 logo adiante e dali a 15 minutos está estacionando na porta do apartamento. Na rua, ele olha para o céu noturno: sem estrelas e de um azul-alaranjado.

— Haverá outro. *Haverá* outro, mas por que me incluíram no esquema? — diz ele em voz alta. — Por que telefonar para mim? Por que ficar me vigiando?

Ele precisa relaxar. Respira o ar longa e profundamente, recostado no carro, braços cruzados no peito. Fecha os olhos, dizendo baixinho "acalme-se, acalme-se".

Cruzando a rua, ele para de repente. O Jaguar está estacionado poucas casas adiante. Tem uma multa e, quando entra em casa, ele abre um envelope com a conta do reboque.

Prepara um chá vermelho africano, bate alguns ovos para uma omelete e coloca cogumelos *porcini* na mistura, arrematando com o restante do vinho branco que Josie deixara na véspera. Dá play nas mensagens da secretária eletrônica e ouve um eco de seu nome sendo pronunciado pelos lábios de Josie, que diz que Leanne Colquhoun está prestes a deixar a cadeia sob fiança.

Ele telefona imediatamente para ela.

— Ela já foi embora?

— Daqui a pouco — respondeu Josie. — Quer mandar que a sigam?

— Diga a Pulford para esperar fora do Limekiln. Diga para manter estrita vigilância sobre ela. Ele já dormiu bastante.

— Eu cheguei com a Promotoria, e foi Ruth Merritt que tratou do caso Stensson.

— Merritt? Eu conheço esse nome. Tenho certeza de que conheço. — Passa a mão pelo cabelo, fecha os olhos.

— Chefe?

— Boa noite, Josie. — Ele desliga, tentando se lembrar de uma história ligada àquele nome. Ruth Merritt. Aperta a tecla "mensagens" de novo, querendo que haja mais coisa, mas só há silêncio depois do longo sinal. Sem pensar, ele tecla o número de Sylvie. Ela atende, e o coração dele quase para.

— Alô? Alô? Quem é? — diz ela.

Ele desliga o telefone, volta para a cozinha e cobre os cogumelos com uma fina película. Seu apetite desapareceu, e ele vira os ovos na pia, deixando correr um pouco de água quente. Na sala de estar, folheia o dossiê de Muñoz e começa a ler sobre os irmãos Extbatteria, retornando aos recortes de jornais sobre a *pièce de résistance* de seu pai: a explosão da bomba em Bilbao, em 1986.

O velho Extbatteria pertencia à linha dura do ETA e fora criado por avós muito pobres na Espanha de Franco. Quando o velho general morreu, ele logo passou a fazer parte do núcleo central dos bascos rebeldes, decididos a conquistar a independência a qualquer custo.

Staffe compreende que, dentro dessa situação, uma pequena infelicidade infligida a umas poucas pessoas poderia ser justificada por um bem maior. Libertação de um cruel ditador. Mas o que dizer das vidas perdidas e solitárias daqueles que ficaram para trás, na carnificina das bombas que visavam deliberadamente os inocentes, não o inimigo?

Ele se recosta na cadeira Sheraton de seu pai, de espaldar reto, e ouve um antigo rangido que o faz lembrar muitas, muitas noites. Ele não disse a seus pais que os amava daquela última vez, no ferryboat. Só queria mandar brasa no Jaguar pela A3 para uma festa de arromba. Telefona para Muñoz, mas tudo que ouve é uma voz mecânica, estrangeira, presumivelmente lhe informando que ele estará fora de casa naquela noite.

A luzinha vermelha pisca, anunciando um telefonema não atendido. É de Sylvie. Ela não deixou nenhuma mensagem. Subitamente, o sangue ferve em suas veias. Não há mais possibilidade de dormir, então ele põe o paletó de camurça, pega as chaves do Jaguar e sai para um passeio de carro à noite.

Ele se lembra do dia em que o pai chegou com o Jaguar e a mãe ficou furiosa. Mas o jovem Will também viu a verdade por trás das palavras da mãe, viu o sorriso escondido: o quanto ela amava o marido. Mesmo então, quando ele tinha 15 anos e não queria ter nada em comum com os pais, ele viu o tipo de homem que seu pai era e teve medo de que nunca ficasse à altura dele. Mas conseguiu esse feito, e certa vez perguntou a Jessop o que pensava dele. "Você seria aprovado sem restrições", dissera Jessop. Aquilo o deixou emocionado.

Staffe gira a chave de ignição, desligando o motor, e levanta o olhar para o Barbican. As cortinas de Rosa estão fechadas apenas pela metade, e ele sabe que ela está sozinha. Ao apertar a campainha e esperar, fica sem saber direito como chegou até ali. Quando diz quem é, ela meio que arqueja seu nome.

— Will? — exclama ela — Você devia ter me avisado. Devia ter telefonado.

— Deixa eu entrar.

O trinco da porta faz um clique, se abrindo. Ele sobe a escada devagar, e quando chega lá em cima a porta está aberta. Ela está ouvindo Bessie Smith, e quando ele a vê, de robe aberto e com uma calcinha de renda branca através da qual ele pode vislumbrar os pelos pubianos raspados, percebe que ela esteve bebendo.

— Vou pôr outra música.

— Não faça isso.

— Você veio para conversar, não é?

— Não sei, Rosa.

— Deixe eu preparar um drinque para você. — Ela põe uma mão no peito dele, levanta nas pontas dos pés e o beija bem na boca. O hálito dela cheira a limão e álcool.

Ele tira o paletó, vai até o quarto, senta na ponta da cama e tira os sapatos e meias.

— Você tem uísque? — pergunta ele, deitando de costas. Pode sentir o batimento do próprio coração. A luz acima se apaga, e ele ouve Rosa subir a seu lado.

— O que você estava dizendo, Will?

Ele levanta os olhos para ela, ajoelhada na cama, sorrindo para ele.

— Você decide. — Ele estende o braço e coloca a mão no rosto dela. Ela vira a cabeça e enfia o dedo indicador dele na boca. Chupa seu dedo e o encara diretamente. Ele a apalpa pela calcinha. Ela tira o dedo da boca, toma um bom gole de uísque e o beija, deixando o líquido escorrer aos poucos para a boca dele. Põe a língua fundo. Ele sente que ela está molhada, sente que está pronta para fazer o que as prostitutas devem fazer.

— Não deixe passar tanto tempo, da próxima vez — diz Rosa. Ela coloca uma calça jeans e resfolega quando a abotoa. — Estarei mais gorda e mais velha, e aí você só vai querer conversar.

— Sobre o que nós conversamos, Rosa?

— Você não se lembra?

— Eu já falei a você sobre meu pai?

— Nem uma palavra.

— Talvez da próxima vez.

— Ou sobre a sua namorada.

Ele calça os sapatos.

— Você está esperando alguém para mais tarde?

— Por que você está tão zangado, Will?

— Agora?

— Na maior parte do tempo.

— Nós não sabemos nada um do outro, não é?

— Talvez esteja aí a beleza da coisa. — Ela se aproxima de Staffe e lhe dá um beijo de língua. Põe a mão dentro da calça dele.

— Tenha cuidado, Rosa — diz ele, sem saber o que fazer, se deve lhe oferecer dinheiro. Certamente não.

— Vá, Will. E não desapareça.

Ele atravessa a sala de estar, fechando a porta sem olhar para trás. Desce a escada de dois em dois degraus e sai para a rua, sentindo-se ágil.

E então ele vê.

— Canalhas! — diz, andando na direção do Jaguar. Examina meticulosamente a mensagem, feita com tinta spray.

TENHA CUIDADO

"Tenha cuidado", repete Staffe, inclinando-se sobre o teto do Jaguar. Fecha os olhos, sente a pulsação acelerar quando se lembra de que telefonaram para sua casa e espreitaram por suas janelas; e, agora, rabiscaram uma mensagem no orgulho e alegria de seu pai.

* * *

Staffe examina o dispositivo antifurto e sente que o vandalismo em seu Jaguar é um tipo de bofetada de alguma autoridade maior. Ele não devia ter ido visitar Rosa. Não deveria ter feito o que fez lá. Gosta dela, mas nunca poderia amá-la, se soubesse o que isso de fato significa. Nunca fora cruel com ela, diz a si próprio.

Ele se afasta do apartamento e contorna a frente da casa em Kilburn. Tem certeza de que pode ouvir alguém o seguindo, mas quando se vira, as ruas estão vazias, em toda extensão até Shoot Up Hill. As luzes das residências estão acesas, e a casa emite um brilho quente, como se fosse um verdadeiro lar. Staffe resolve ser agradável com Paolo, e, quando bate à porta, espera que Johnson não tenha deixado uma marca muito forte no homem que sua irmã ama.

Quando abre a porta, Marie dá um largo sorriso. Seus olhos brilham, nada nela coincide com o que Staffe sabe dos recentes acontecimentos de sua vida.

— Está tudo bem? — pergunta ele.

— Tudo está ótimo, Will. Estou tão contente de ter vindo ficar com você. Tão contente. — Ela se posta ao lado e lhe dá as boas-vindas com um gesto imponente do braço. — Estamos jantando. Paolo fez escalopes de porco, envolvidos com sálvia e presunto. Estão de comer rezando.

Paolo aparece na porta da sala de estar, segurando um prato grande e um pequeno maço de guardanapos, como se estivesse servindo canapés. Ele dá dois passos grandes na direção de Staffe, estende o prato e oferece um guardanapo. Ambos os olhos estão arroxeados, e as pupilas brilham dentro de frestas da carne inchada. Abre um sorriso de dentes de ouro.

— Meu Deus! O que aconteceu com você? — pergunta Staffe, pegando um pedaço de porco. Tem uma folha de sálvia e um pedacinho de presunto.

— Cruzei com as pessoas erradas — diz ele de modo informal, ainda sorrindo.

— É um aviso, Will. Tudo isso é um aviso. Agora ele está afastado dessas pessoas. — Ela dá o braço a Paolo e descansa a cabeça em seu ombro, levantando o olhar para o irmão. — Nós estamos juntos.

— Aqui eu evito problemas. — Paolo tem mais de 1,82m e é magro. Os braços são musculosos dentro de um colete sem mangas, e a calça jeans é gasta, mas na moda. O cabelo é preto, brilhante e comprido. Apesar de o homem apresentar muitos sinais de ter sido surrado, Staffe percebe o que sua irmã talvez tenha visto nele. Paolo coloca uma mão de leve no antebraço de Staffe. — Como está meu escalope?

O porco, o presunto e a sálvia estão derretendo na boca de Staffe.

— Espetacular — diz ele.

— Você sabe das coisas — diz Paolo, enlaçando Staffe com o braço e levando-o para sua própria sala de estar. Os preconceitos de Staffe retornam: aquele homem é ruim; ruim para sua irmã e ruim para ele.

— Onde está Harry? — pergunta Staffe.

— Está lá fora, ouvindo música. Ele nunca larga aquele iPod que você deu para ele — diz Marie. — Vá falar com ele mais tarde, depois de comer. Pode levá-lo para a cama, mas não deixe que acorde.

Eles sentam e conversam, e Staffe deixa sua mente divagar para o vandalismo feito no carro. Ele olha para Paolo e tenta imaginar se o homem sabe quem o maltratou assim. Ele o imagina sendo bom para Marie e ela o levando à loucura, não lhe deixando outra escolha senão agarrá-la, tirá-la daquele estado. Ele sente o sangue ferver e se levanta, balançando os braços para baixo. Quando faz isso, acha que ouve alguma coisa do lado de fora, mas as cortinas estão cerradas.

— Fique, Will. Você e Paolo precisam se conhecer.

— Não vou demorar.

— Ela me contou sobre você, Will — diz Paolo. — O cara. O irmão mais velho.

— Não sou o cara. Longe disso.

— Sinto muito pelo que aconteceu — diz Paolo.

— Sente muito?

— Vá ver Harry. Vá ver seu sobrinho.

Quando chega ao andar de cima, Staffe olha pela janela do patamar da escada. Duas luzes de postes da rua estão apagadas, e o vidro duplo é bom demais para deixar entrar qualquer som. Ele tem certeza de que há alguém lá fora, mas não há sinal disso.

Harry já adormeceu no espaço que ia ser a sala de música de Staffe. Em ambos os lados da lareira Arts and Crafts há prateleiras afastadas 30 centímetros umas das outras para acomodar seus discos de vinil. Sylvie escolheu a lareira há alguns anos, em um fim de semana que os reaproximou como amigos. A coisa logo degringolou. Mas o aposento ficou ótimo, e, como para provar seu propósito, o jovem Harry tem música saindo pelos fones do Apple, enquanto dorme.

Staffe fica imaginando o que o neto de sua mãe está escutando, mas não se atreve a interrompê-lo. Ele se arrepia quando pensa no que seus pais mortos teriam dado para abraçar o neto.

Harry é mais leve do que Staffe espera, como marshmallow. Staffe cheira a dobra pegajosa do pescoço do garoto. Espera que ele seja grande quando se tornar um adulto, que não tome nenhuma droga. Mas repensa. Diz uma rápida prece, pedindo que Harry seja, na vida, tudo aquilo que a mãe da mãe dele esperava que ele fosse. À meia escuridão, lágrimas escorrem pela barba rala de Staffe e caem no cabelo do sobrinho. Ele não faz ideia do que sua própria mãe desejaria para o neto. Não tem coragem de pensar no abismo que há entre aquele desejo e sua própria vida.

Ele carrega Harry para fora do aposento e se senta na escada. Fica embalando suavemente o garoto e sussurra uma história. Vai inventando o enredo conforme fala, e, no final, o jovem Harry salva a princesa que nunca soube quem ele era. Ela viveu feliz para sempre.

— Que porra é essa?

Staffe sai, sobressaltado, de seu devaneio.

É uma voz de mulher.

— Eu mato o filho da puta. Eu mato o filho da puta! — grita Paolo, correndo para a porta da frente. Ele carrega um taco de beisebol, manejando-o habilmente.

As pálpebras de Harry estremecem, e Staffe o abraça mais fortemente, ouve o som da melodia saindo dos fones. Olha para o andar de baixo enquanto Marie fala raivosamente com alguém através da caixinha do correio na porta. Paolo está atrás dela, se preparando.

— Abra a porta, Marie. Abra!

— Não!

— Eu não aguento mais. Eles vão me matar. Vão me matar.

Marie se volta, olha para Paolo, e Staffe vê o horror pálido no rosto da irmã. Ele põe as mãos sobre os ouvidos de Harry e grita para baixo:

— Não! Espere. — Corre para a sala de música, coloca suavemente Harry no chão e se lança escada abaixo, tocando os degraus apenas três vezes durante toda a descida. Avança para junto da porta. — Me dê o taco! Me dê a porra do taco, Paolo!

Staffe pega o taco com firmeza, respira fundo e grita:

— Vou te pegar! — Ele abriu, então, a porta. Staff balança o taco enquanto se lança porta afora e tropeça, rolando pelos degraus da varanda e caindo no jardim. Espera por um golpe ou pior, mas nada acontece. Quando olha de novo na direção da casa, ele não acredita no que vê.

Ali, sentado de pernas cruzadas e chorando, está o único indiano de cabelo amarelo-avermelhado que ele conhece.

— Sohan? — exclama Staffe. — Sohan Kelly? Que diabos você está fazendo aqui?

— Eles vão me matar, Sr. Staffe. E suas promessas não estão adiantando. Não há como cumprir a promessa que o senhor fez.

— O que fez você vir até aqui?

— Eles vão me matar. Disseram isso.

— Onde eles estão?

— O senhor sabe que eu não posso mudar o que eu disse. O senhor tem que dizer isso a Pennington.

— Diga você a ele.

Sohan Kelly levanta o olhar para Staffe, balançando o corpo para a frente e para trás e sacudindo a cabeça.

— Eu não posso voltar a ele. Não a ele. Não posso.

E fica claro para Staffe que Kelly tem mais medo de Pennington do que da e.Gang. E também fica claro que Kelly não lhe contará o motivo disso, ou qual é a bronca de Pennington com ele. É o bastante, na cálida atmosfera de uma noite quente de verão, para fazer o sangue de Staffe esfriar.

Ele olha novamente para a casa e para além do infeliz Sohan Kelly. Paolo enlaça Marie com os braços. Ela chora lágrimas de alegria. Atrás deles, o jovem Harry, fones nos ouvidos, desce a escada devagar, cantando um sincopado "My Heart Belongs to Daddy", o que leva Staffe a pensar que a mãe do garoto talvez esteja fazendo alguma coisa certa.

Manhã de sexta

Pulford está sentado em seu carro sem identificação da polícia na entrada do conjunto Limekiln desde as seis da manhã. Dali, ele pode ver até o quinto andar, onde Leanne Colquhoun logo se juntará a seus dois filhos. Ele observa todo mundo que entra no prédio, vê se algumas dessas pessoas aparecem no passadiço do quinto andar.

Um Mondeo em mau estado estaciona do lado oposto da rua e um rosto horrivelmente familiar aparece. Nick Absolom é um dos piores jornalistas da Fleet Street, passando por cima de cadáveres para chegar ao topo do *News*. Leanne Colquhoun está livre há 12 horas e os urubus já estão prestes a atacá-lo.

Pulford está dividido. Se sair e disser a Absolom para usar sua caneta venenosa com alguma outra pobre alma, será descoberto. Se não fizer nada, Absolom cravará seus dentes em Leanne e espalhará a história na primeira página de todos os jornais. Ele espera até que Absolom apareça no passadiço do quinto andar e telefona para Staffe.

— Aquele canalha nojento — diz Staffe quando atende o telefonema de Pulford. — Meu Deus, era só o que faltava.

— O que vamos fazer?

— Pennington vai ficar furioso. Temos que pedir a ele para dar uma palavrinha com o editor do *News*. Para começo de conversa, ele nem queria Leanne em liberdade. — Staffe pensa naquela outra conversa que precisa ter com Pennington sobre Sohan Kelly.

— O que Leanne pode contar a Absolom que já não seja público?

— Nós a interrogamos sobre Montefiore. A imprensa faria uma festa juntando os dois casos.

— Espere um momento — diz Pulford. Um brilhante Clio roxo estaciona, e Carly Kellerman salta. Ela tem um documento debaixo do braço.

— O que é? — pergunta Staffe.

Carly Kellerman ajuda duas crianças a saírem do banco de trás do veículo. O garoto tem o cabelo cortado em zigue-zague, e a garota usa um rabo de cavalo alto.

— São os filhos de Leanne Colquhoun. — As crianças olham em torno, nervosas, sem saber se sorriem ou fazem cara feia. Olham para cima, para os andares da torre. — É o dia de sorte de Absolom.

— Não foi sorte, Pulford. Isso foi arranjado — diz Staffe. — Fique aí e não deixe Absolom ver você. Eu vou mandar uma policial uniformizada com um assistente social. Eles vão pôr Absolom para correr, e temos a esperança de que Leanne não perceba que estamos vigiando. — Ele bate o telefone, xinga Pennington, Nick Absolom e o dia em que deixara de viajar para pegar o caso.

* * *

— Eu sabia que não devíamos ter soltado ela até que tivéssemos outro suspeito em vista — soa o vozeirão de Pennington, sem sequer se dignar a olhar para Staffe. — Meu Deus! Isso vai se espalhar para toda a imprensa, agora. É o terceiro dia dos sete que dei a você e não conseguiu nada. Onde vai parar com isso? — Os olhos dele o fuzilam.

Staffe pensa em contar a ele sobre Kashell.

— Estamos indo atrás da primeira mulher de Colquhoun e das vítimas anteriores de Montefiore.

O olhar fuzilante de Pennington adquire uma expressão incrédula quando ele examina seu detetive-inspetor de alto a baixo, vendo o estado em que ele se encontra.

— Você está bem, Staffe? Está com uma cara horrível.

— Eu recebi uma visita de Sohan Kelly ontem à noite.

— Estamos cuidando dele.

Staffe se lembra do olhar horrorizado no rosto de Kelly quando disse o nome de Pennington.

— Como, exatamente, o senhor está cuidando dele, chefe? Não parece que alguém esteja cuidando dele.

— Você sabe do que aquele merda é capaz. Ele é um informante. Vai descobrir um meio de desaparecer. Certamente não vai passar informações nossas para os bandidos. Não se preocupe com isso.

Alguém bate à porta e Josie entra; Staffe pode dizer de cara que ela não traz boas notícias.

— Com licença, chefe. — Ela olha para Pennington, depois para Staffe, como se pedisse permissão para continuar entrando. Staffe acena afirmativamente para ela com a cabeça. — A policial não conseguiu entrar no apartamento de Leanne Colquhoun. Não havia ninguém em casa. Ninguém atendeu a porta. Não havia nenhum som, nenhuma luz, nada.

— Ela foi ao endereço certo?

— Eu mesma falei com ela. Nós verificamos mais de uma vez. Era a porta certa, no andar certo.

— Isso é um desastre — diz Pennington, saindo da sala de Staffe. — Absolom tinha algum trunfo escondido na manga. E se Leanne contar a eles que você a interrogou sobre Montefiore? Você precisa segurar essa barra.

Staffe espera que o chefe se retire.

— Há outra visita que eu quero que você faça, Josie. Uma mãe e uma filha lá em Raynes Park.

— Os Kashell?

— Não conte a ninguém. E, quando você for, eu quero que você... — Ele suaviza a voz. — ... Eu quero que você descubra o que eles estão escondendo. Veja que tipo de chaves eles têm nas portas.

— Staffe...

— Eu preciso entrar lá. Verifique os ferrolhos. Veja se há um cachorro ou vizinhos enxeridos.

— Por que quer se meter nessa encrenca?

Ele veste o paletó de camurça, sente os pelos já crescendo no rosto, quase uma barba, agora. Olha para o céu sem nuvens de Londres, os gigantescos prédios da zona leste da City arranhando o céu de Docklands. Dá a Josie o endereço de Kashell e abre caminho pelo ar pesado dos estreitos e quentes corredores até a sala reservada ao caso. Sabe que não pode adiar mais aquilo. Tem que ver Jessop.

Quando Jessop deixou a delegacia de Leadengate, Staffe não suportava a ideia de visitar o amigo. Então, houve um caso importante, depois outro, e, quando se deu conta, muito tempo havia se passado e, quando ele finalmente telefonou, Jessop estava muito irritado com ele. Staffe sabe que deveria ter feito o esforço. Mas ele tinha seus próprios problemas. Sylvie o havia abandonado.

Mesmo assim, ele vai visitá-lo agora, mas porque Jessop tem uma coisa a oferecer. É um mau momento para ir vê-lo. E, independentemente de qualquer coisa, eles são amigos. Mais do que amigos.

"Você podia ter feito alguma coisa, Staffe. Ninguém disse nada. Eles simplesmente me puseram de lado e me deixaram ir", dissera Jessop, carregando uma pequena caixa com seus pertences pessoais, descendo a escada para o estacionamento.

Uma voz diz:

— Você parece que viu um fantasma. — Staffe se vira e vê Jombaugh.

— Que merda, Jom. Eu não vi você aí.

— O que está te perturbando, Will?

Staffe dá uma olhada para trás, como se falar sobre um velho amigo pudesse prejudicá-lo.

— Você se lembra de Jessop.

— Ele achava você o máximo. Você não o vê há algum tempo, não é?

— Há muito tempo.

— Dê a ele lembranças minhas, Will.

Staffe deixa Jombaugh ali e vai ao banheiro, mas percebe que os interruptores de luz do lado de fora estão desligados. Eles nunca ficam nessa posição. Ele abre a porta com cuidado e ouve um suspiro vindo da escuridão. O som vem de um cubículo e ele se agacha, vê os pés apontando na direção da latrina. Por uma janela alta, de vidro fosco, entra um pouco de luz. Um outro suspiro, um suspiro extasiante, e ele o reconhece.

Staff sai de novo do banheiro e fecha a porta silenciosamente, esperando. Ouve o ruído da descarga e fica a postos, como se estivesse entrando. Quando Johnson abre a porta, esbarra nele.

— Desculpe, Rick.

Johnson o encara diretamente e diz:

— Não tem problema, chefe.

— Por que as luzes estão apagadas?

— Algum babaca tentando salvar o mundo.

Ele fica olhando Johnson ir embora, devagar, e, quando ele sai de vista, Staffe acende as luzes, entra e inspeciona o cubículo. Não há nenhum cheiro, a tampa do vaso está abaixada. Não há nada de inusitado em qualquer lugar, apenas uma cópia do *Mirror* em cima da lata de lixo. Ele pega o jornal, tira a tampa da lata de lixo e remexe em uma pilha de toalhas de papel azul. Põe a mão nelas, como se fossem guloseimas em um pote, ergue o olhar para a lâmpada por alguma razão e sente algo pontudo, como se tivesse sido picado por um bicho. Ele derrama o conteúdo da lixeira, chuta as toalhas de modo que se espalhem, e, então, vê o que o picou. Uma seringa.

* * *

Josie acompanha Greta Kashell até a pequena cozinha nos fundos da casa, dizendo que "sim", ela adoraria uma xícara de chá. Greta põe a chaleira no fogo e continua a conversar casualmente sobre o verão.

— Sua filha está em casa? — pergunta Josie.

— Nicoletta? Ela vai para a casa dos avós nas férias. Eles moram em Hastings. Ela gosta de lá. — Greta para de remexer nas canecas e no açucareiro e lança um olhar breve e severo para Josie. — Ninguém de lá sabe o que aconteceu. A princípio, quando ela volta para casa, as coisas quase voltam a ser o que eram. Depois, tudo degringola. A escola é o pior. Tudo aconteceu lá. Eu me atrasei em ir buscá-la. Eu trabalho, sabe. Se eu não trabalhasse, talvez tivesse chegado a tempo... Você acredita? Uma professora-assistente. Como isso pôde acontecer?

— Você sabe que nada daquilo foi sua culpa, Greta.

— Ela começa o ensino médio em setembro. Está uma pilha de nervos com isso. Eu quero dar aulas a ela em casa, mas os especialistas dizem que ela tem que reaprender a ser sociável. Sociável? Ela era a garota mais cordial do planeta. Que bem isso faz para alguém nesse mundo?

— Ela visita o pai?

— Não. Ela o ama. Mais do que a mim. — Greta Kashell desvia o olhar quando diz isso, e Josie mete a mão no bolso, apalpando o telefone celular. Ela tem vergonha do que está prestes a fazer, mas faz, de qualquer maneira. Antes de entrar, incluíra o número do telefone residencial de Greta em seu celular.

Josie se certifica de que Greta está falando, quando aperta a tecla "chamar".

— Há sempre um laço forte entre pai e filha. Eu sei porque...

O telefone toca, e Greta Kashell hesita, deixando tocar.

— Ela não deixa que eu a abrace, sabe? Foi uma mulher, percebe? Uma mulher que fez aquilo.

— É melhor você atender — diz Josie.

Greta Kashell vai até o corredor, cabeça baixa, e Josie se desloca até a porta dos fundos rápida como um relâmpago, tira a chave da fechadura e a comprime em um tablete de massa de modelar que trouxe consigo. A campainha do telefone para e ela ouve Greta dizendo: "Quem é? Quem é!"

Apressadamente, Josie tira a chave da massa de modelar e a recoloca na fechadura. Ela se certifica de que não há ferrolhos na porta dos fundos. Nenhum indício de que exista equipamento de alarme. Ela ouve Greta bater o telefone e desliga seu celular, começando a se ocupar em preparar o chá.

— Então, Greta, você diz que trabalha...

Antes mesmo de terminar o chá, Josie pede desculpas e vai embora, sabendo exatamente quando e por quanto tempo a casa estará vazia, permitindo que Staffe entre à procura só Deus sabe do quê.

* * *

Staffe estaciona o Peugeot bem defronte da Kilburn High Road, a cabeça latejando. Ele precisa trocar de roupa, e lembranças da noite anterior voltam a ele, fazendo-o recordar estranhamente de Sylvie, não de Rosa. Por que Sylvie retornou seu telefonema com tanta rapidez? O fato de o nome dela estar em sua secretária eletrônica faz sua pulsação acelerar.

Ele tranca o carro e segue para a entrada principal do desalinhado prédio de quatro andares com terraço onde Jessop mora, e, embora aquela seja uma zona urbana degradada, um código postal recente, ele sente falta dos dias em que se sentia mal consigo mesmo a maior parte do tempo, chegando à delegacia depois de duas ou três horas de sono, tendo que gargarejar com enxaguante bucal e usar desodorante no corpo antes que o inspetor-chefe o visse.

Aperta o botão do interfone do quarto andar. Era engraçado o fato de Jessop morar tão perto da casa de Staffe em Kilburn. Era engraçado que eles nunca se encontrassem nas vizinhanças; mas talvez Jessop o tivesse avistado e preferido desviar o olhar.

Que estragos a aposentadoria pode ter trazido a Jessop? Logo a ele, que amava a polícia mais do que ela o amava. Staffe se pergunta se Delores continuou com ele. Delores, que era mais nova e tinha o cacoete de piscar os olhos. Ele respira fundo, aperta o interfone. Talvez Jessop tenha saído.

— Quem é? — A voz faz um estampido na grade rachada de alumínio do interfone; é grave, agressiva.

— É Will que fala, chefe. Will Wagstaffe. — Staffe sabe que é idiotice chamá-lo de "chefe", mas não consegue evitar.

— Que diabos você quer?

— Preciso de um motivo?

— Faz tanto tempo que é preciso haver um motivo. — Ouve-se um zumbido eletrônico e o trinco da porta se abre. Staffe a empurra e ouve Jessop gritar uma instrução pela grade, como se eles tivessem voltado no tempo. — Suba até o último andar e venha devagar; preciso de um tempo.

Staffe ri para si mesmo e passa por uma motocicleta desmontada no corredor. O prédio cheira a umidade, e ele imagina que esteja todo alugado. Os tapetes brilham de tanto uso, e as paredes estão sujas. Quando ele chega ao alto do último lance de escada, Jessop está de pé diante da porta aberta, praticamente preenchendo todo o espaço. Ele envelheceu mais do que três anos; usa um velho suéter de lã com a frente aberta e não se barbeia há uns dois dias. O cabelo rareou e os olhos estão escuros; a calça está frouxa, e, embora seu corpo seja bem-constituído nos ombros e no tórax, sua barriga despencou e as pernas ficaram finas, como as de um bêbado.

— Você podia ter telefonado. — Um ligeiro sorriso o trai.

— Não parecia direito. Então eu deixei para lá. Quando telefonei para você, levei uma bronca. Lembra?

— Eu sempre dei bronca em você. Você nunca se zangou por causa disso antes. — Jessop sorri, como um tio ranzinza se lembrando dos velhos tempos.

— Você se mudou. — Staffe olha em torno, tentando não parecer esnobe.

— Espera-se que seja um detetive. Eu não ensinei nada a você?

— Eu não xereto meus amigos.

— Ah! Eu agora tenho amigos? Que sorte a minha. — Ele se vira de costas.

Staffe o segue no que parece ser uma sala de estar e vê que o traseiro do companheiro quase desapareceu. Sua mãe costumava dizer "Ele trocou a bunda por gim". Ela nunca dizia coisas desse tipo, mas falava aquilo quando os piores amigos de seu pai entravam e saíam de sua casa.

Havia um edredom jogado em um canto, uma pilha de roupas em outro. Uma espessa cortina de fumaça de cigarros enche o ambiente, embora ambas as janelas estejam completamente abertas. Do lado de fora, os telhados da zona norte de Londres se estendem por quilômetros, debaixo de um céu sem nuvens.

— Você está trabalhando no caso Colquhoun, não é? — pergunta Jessop. — Não conseguiu nada ainda? — Ele se deixa tombar em uma cadeira surrada, faz um gesto para Staffe se sentar em um banquinho de piano, junto a uma escrivaninha comprada em uma loja de móveis usados, e acende um cigarro. Joga o maço para Staffe. — Não bebe mais? Você perdeu aquela papada de bêbado. Não parece que está fazendo muito bem a você. Meu Deus, é melhor que eu esteja fora da porra da polícia, se é isso que acontece com a gente.

— O que você acha do caso? — Staffe joga os cigarros de volta para Jessop. — Isso faz você lembrar alguma coisa? — Staffe folheia a revista que estava sobre o banquinho em que ele está sentado. Quando levanta o olhar, seu amigo está dando um sorriso contido.

— Ela ainda estava quente quando eu cheguei lá. Quase podia ouvir o grito dela quando tirei a gaze da boca da mulher.

— Gaze? — diz Staffe.

— Eles usaram gaze em Colquhoun?

— Por que a Promotoria arquivou o caso Stensson? — pergunta Staffe.

— Quatrocentas horas num caso de probabilidade 40/60 quando eles têm casos de 70/30 que podem resolver em metade de um dia? E os tarados sempre cometem o crime de novo, então você tem que chegar rápido ao final. São números, Staffe. Por toda parte, são números.

Ele fica em silêncio, e Staffe olha em torno do aposento. Jessop tem algumas coisas bonitas: um som estéreo que era decente quando foi comprado e um vaso Sèvres de prata com diferentes versões do mesmo rosto bonito.

— Como vai Delores? — pergunta Staffe, olhando em volta como se ela pudesse estar no aposento contíguo.

— Você acha que ela moraria dessa maneira? Nessa merda de casa?

— Desculpe.

— Então, você veio me ver por causa de Lotte Stensson. — Jessop parece triste. — Você sabe que nós pegamos o homem que fez isso a ela.

— Nico Kashell — diz Staffe. — Ele confessou.

Jessop apaga o cigarro, estende a mão e pega uma garrafa de uísque de um lugar perto de sua cadeira. Serve uma enorme quantidade em uma caneca de café e acende outro cigarro.

— Pobre infeliz — diz ele.

— Você sempre achou que foi Kashell, definitivamente, que fez aquilo?

— "Pobre infeliz." É assim que eles me chamam? "O pobre infeliz nunca conseguiu sua aposentadoria." — Jessop bebe todo o uísque e faz uma careta.

— Não foi justo, o modo como eles procederam.

— Você ainda trabalha para eles. E agora está aqui.

— Jombaugh mandou lembranças.

— Por que você está aqui, Will?

Staffe pensa em violar as regras de segurança, contando a ele sobre o caso Montefiore. Mas fica pensando tempo demais, e Jessop vê parte da verdade.

— Houve mais um? — pergunta Jessop.

— Um caso de abuso sexual infantil que não foi levado adiante. Foi um caso de tortura, de novo. Você não tem nenhuma dúvida sobre Nico Kashell?

— Ele pegou prisão perpétua. Por que faria isso se não matou Lotte Stensson?

— Porque não pode suportar a ideia de ter deixado que a mulher continuasse viva? É isso que um pai decente faria a alguém que encostasse em sua filha. Quem...?

— Eu sei! Eu sei perfeitamente, está bem! — Jessop olha para dentro da caneca de café vazia, como se preferisse esquecer.

— Ruth Merritt era quem estava na Promotoria. Nós não conseguimos encontrá-la.

— Ruthie era uma boa mulher.

— Era?

— Eu não a vi mais desde aquele caso.

— Parece que ela desapareceu.

— Isso não a torna uma pessoa má — diz Jessop.

Eles ficam sentados em silêncio, e Jessop fuma outro cigarro e pega outra caneca de uísque. Isso não tem nada a ver com o que Staffe pretendia. Ele apalpa a seringa dentro do bolso. Enquanto pensa em mandá-la para Janine, seu olhar cruza com o de Jessop. Sorri.

Jessop retribui o sorriso, não tão contido.

— É bom ver você, Will. Realmente é bom, e eu espero que você pegue seu homem.

— Nós devíamos ter sido melhores amigos um para o outro, Bob. Você não acha? — Staffe se levanta, começando a ir embora.

— Nós fomos os melhores amigos que pudemos ser.

— Eu já agradeci a você por ter tomado conta de mim? Eu nunca teria durado...

— Não, não teria. E não me sobrecarregue com a sua carreira de policial. Não serei responsabilizado por ela. — Ele ri e engasga. Staffe atravessa a sala e bate de leve nas costas de Jessop. Ele deixa a mão repousar entre os ombros do amigo. Os olhos de Jessop estão enevoados.

— Como está Sylvie?

— Ela foi embora.

— É isso o que acontece, Will. Eu disse isso todo o tempo.

Ao descer a escada, Staffe percebe o som grave de um rap, sente o cheiro de algo que não é cigarro ou maconha e dá um telefonema. Ele fala com Jombaugh e sabe que algo não está bem quando passam a ligação diretamente para Pennington.

— Ele recobrou a consciência, Staffe.

— Montefiore?

— E a primeira coisa que disse ao voltar a si é que precisa ver você. Ele diz que você pode salvá-lo. É isso mesmo, Staffe?

— Salvá-lo?

— Que diabos está acontecendo?

* * *

— Você está com uma aparência horrível — diz Josie. — Está deixando crescer a barba? Não sei se gosto disso.

Ele quer ficar ali a tarde toda e avançar pela noite, mas sabe que não pode. Os dois estão no The Steeles, em uma extremidade do Belsize Park. Ele costumava ir ali sozinho. Sentava no canto do balcão curvo, observando o sol se esconder, iluminando partículas de poeira; via a luz transformar seu copo em uma brasa acesa.

Ela pega a borda do copo dele com o polegar e o dedo médio, girando o uísque Jameson ali dentro. Aquilo deixa marcas nas laterais do copo. Ela se inclina para ele.

— Eu não sabia que você conhecia Montefiore.

— E não conheço! — Ele pega o copo e os dedos deles se tocam. Termina a bebida e depois faz o mesmo com a água. — Como você se saiu com Greta Kashell?

— Ele diz que você pode salvá-lo. — Josie tira a massa de modelar de dentro da bolsa e a coloca no balcão. Imediatamente Staffe sabe qual chave o colocará dentro da casa de Greta Kashell. — Ela vai ao restaurante toda noite, das seis às oito. Era o restaurante deles até Nico ser preso. O cunhado dela é o encarregado do lugar agora, e ela ajuda na contabilidade.

— Eu fui visitar Jessop. — Ele tenta captar o olhar da atendente do balcão, mas não consegue. O Jameson queima sua garganta, e ele quer mais. — Ele costumava ser um dos melhores, e agora está fodido. — Olha diretamente nos olhos dela. — Completamente fodido.

A atendente se aproxima, e Josie diz:

— Desculpe, mas eu acho que estamos de saída. — Ela entrega a Staffe o tablete de massa de modelar com a impressão da chave e diz:
— Você conseguiu o que queria. — E se levanta do tamborete do bar.

Staffe encara a atendente, que sorri. Os olhos da moça brilham, reluzentes.

Ele vai até o banheiro e deixa correr a água fria, tapa o ralo da pia com toalhas de papel e a enche de água até a borda. Respira fundo e depois mergulha a cabeça na água gelada. Olha para sua imagem no espelho rachado e diz, em voz alta:

— Vamos lá, seu babaca.

* * *

De acordo com a enfermeira, Montefiore não comeu desde a agressão, devido às lacerações, machucados e hemorragias. Enquanto a mulher discorre prosaicamente sobre os detalhes, Staffe olha para os olhos tristes, escuros, de Montefiore. A dor deixou sua marca no rosto cinzento, mas um pequeno clarão de medo brilha ali. Apenas nos olhos ele está vivo. Fora mantido vivo com a ameaça de que tudo aquilo acontecerá com ele novamente, assim que melhorar o bastante para suportar.

Staffe senta-se ao lado dele e não consegue imaginar aquele homem espreitando, pegando e violando Sally Watkins, tentando fazer o mesmo com Tanya Ford. Depois de todos aqueles anos de trabalho na polícia, às vezes ainda é impossível equiparar as pessoas com as coisas que fazem. Aparentemente, Montefiore usou um brinquedo sexual com Sally. De quantas revelações a Promotoria precisa?

— Quem foi que fodeu *você*, Guy?

— Eles usavam um gorro.

— Quantos estavam lá?

— Um. Vi apenas um. — Ele engole ar a cada poucas palavras.

— E eles disseram que voltariam para terminar o serviço?

Ele concorda novamente com a cabeça.

Staffe se lembra do que Nico Kashell lhe disse, sobre querer Lotte Stensson de volta. Para fazer aquilo de novo? Como nesse caso?

— Eles disseram a você para entrar em contato comigo, não foi? Bem, me diga: quem realmente fodeu você, Guy? Quem fez você pensar que era normal fazer aquelas coisas com Sally Watkins? Foi um professor? Foi seu pai? Talvez sua mãe ou apenas algum miserável canalha que você não conhecia.

Guy Montefiore parece amedrontado, mas não desvia o olhar.

— Há ódio na sua voz. Eu não odeio ninguém. — Ele parece exaurido, mas consegue se recompor, estende o braço e põe uma mão na nuca de Staffe, puxando-o para mais perto. Arquejando entre as frases, ele diz: — O amor faz coisas ruins acontecerem. Não o ódio. Às vezes... nós amamos demais.

— Diga isso a Sally Watkins e ao pai dela. — Staffe fica pensando por que omitiu a mãe, percebendo o quanto aquele caso havia se tornado difícil, a ponto de Guy se julgar uma vítima.

Montefiore levanta o braço na direção da enfermeira, e Staffe faz ajustes em seu plano. Ele pega o braço de Montefiore e o abaixa, dizendo:

— Não importa o que eu penso de você, você é minha única testemunha.

Montefiore levanta os olhos, a boca se entreabrindo em um meio sorriso.

— Estou do seu lado, goste você ou não.

A enfermeira entra e diz que terminou o tempo de Staffe.

— Preste atenção para que ninguém entre aqui. Ninguém! — Ela se retrai, e ele verifica o nome dela em seu crachá. Staffe sorri. — Isso é realmente importante, Judy. Caso de vida ou morte. — Ao sair, ele diz, virando-se para Montefiore: — Como é que eles me conhecem? — Mas os olhos do homem estão fechados.

* * *

Staffe espera por Carly Kellerman fora da estação do metrô de Parsons Green. Ele telefona para Johnson, e, enquanto o telefone toca, sua temperatura sobe. Põe a mão no bolso e apalpa a seringa, quer perguntar que diabos está acontecendo. Em que encrenca Johnson está metido. Não surpreende que ele não venha conseguindo nada melhor para sua família. Mas ele sabe que precisa esperar. Johnson está metido até o pescoço naquele caso. Talvez ele, Staffe, faça algo quando Janine descobrir alguma informação sobre a seringa.

— São boas e más notícias, chefe. Nós achamos que sabemos onde Ruth Merritt está — diz Johnson.

— Quais são as más notícias?

— Ela está na Índia. Lá pelo sul, de acordo com a irmã, mas ela não sabe de Ruth há seis meses. Não temos nenhuma pista de como vamos chegar a ela.

— Me mande uma transcrição da conversa. Estou em Fulham... — Carly Kellerman sobe a escada, e Staffe acena para ela. — Vou ver Tanya Ford. Você quer vir junto? Eu posso esperar.

— Não posso, chefe, eu...

Staffe desliga, e ele e Carly caminham na direção da casa de Tanya Ford, um novo quarteirão de prédios espremidos entre linhas de trem secundárias e o Concelho de Purbeck.

— Os pais dela estão absolutamente inflexíveis quanto a não querer que ela nem mesmo veja o acusado, muito menos pressione para que ele seja indiciado — diz Carly.

— Se a família Watkins tivesse ido até o fim quando Montefiore estuprou Sally, nada disso estaria acontecendo. Nada teria acontecido a Tanya Ford.

— Cabe à vítima decidir, Staffe. Não a nós. E, de qualquer maneira... — De repente, Carly fica triste, envergonhada.

— O que é? — pergunta Staffe.

— Ele já teria sido liberado agora. Nós temos apenas que fazer o que é certo, não é, Staffe? Fazer nosso trabalho.

— É tudo que podemos fazer, Carly.

Na casa, a mãe de Tanya Ford atende a porta. Leva-os diretamente a uma pequena sala de estar, onde Tanya está encolhida em uma poltrona. Ela morde uma das pontas de um velho cobertor de crochê na boca. O pai de Tanya, Tony Ford, está de pé diante de um aquecedor, debaixo da janela, braços cruzados sobre o peito e o cenho fechado. Ele parece bem seguro de si.

— Nós queremos que isso termine o mais rápido possível — diz o pai.

— Eu preciso realmente falar com Tanya, Sr. Ford — diz Staffe. — Nós achamos que sabemos quem a atacou.

— Então me diga o nome dele e onde ele mora. Não precisamos mais de vocês.

— Eu gostaria que Tanya viesse comigo, para identificá-lo.

— Ela não viu nada — diz a mãe.

— Esse homem, se estivermos certos, talvez já tenha feito isso antes. E pode fazer de novo.

— Fazer o quê? Ele não tocou nela. Minha Tanya...

A esposa lança um olhar feroz para ele.

— Eu estou de saco cheio de vocês. No limite. — Ele põe a mão bem acima da cabeça, quase tocando o teto.

Staffe atravessa o aposento até onde Tanya está deitada, se agacha, mantendo meio metro de distância dela.

— Você viu o homem, Tanya?

Ela balança a cabeça, negando.

— Ele tinha alguma coisa cobrindo a cabeça? Havia dois homens.

Ela acena afirmativamente com a cabeça.

— Há alguma coisa de que você se lembre? Loção de barba? Os olhos? A voz?

Ela nega.

— Me digam quem ele é e deem o fora daqui — diz Tony Ford.

Staffe se levanta. Ele pensa em Sally Watkins se prostituindo em seu quarto enquanto o pai *dela* assiste à TV. Tenta se acalmar, vira-se para Ford.

— Aquele homem usou clorofórmio em Tanya. Ele fez a mesma coisa com outra menina há três anos. Mas ele usa a droga apenas o bastante para deixar a vítima desacordada por algum tempo. Ele tem sais para cheiro, também. Gosta que elas recobrem os sentidos, se é que me entende.

— Cale a boca — diz Ford, dando um passo na direção de Staffe.

— Talvez devêssemos ir — diz Carly.

— Ele gosta que elas estejam acordadas quando...

Ford se lança contra Staffe e tenta agarrá-lo em uma gravata, mas Staffe abaixa o ombro. Usa o corpo do oponente contra ele, derruba-o no chão, e, quando Ford cai, Staffe o gira, deixando-o de barriga no chão. Odiando ter que fazer aquilo, ele se ajoelha sobre o intervalo entre as largas escápulas do homem, dobra o braço dele para trás, nas costas. Entre arquejos, diz:

— Desculpe. Desculpe. Nós já vamos. — Depois, se inclina e sussurra: — Se você quiser, eu digo exatamente o que ele fez. Mas, como você não vai me ajudar, eu tenho que ficar tomando conta desse merda desse tarado e fazer com que ele recupere a saúde. Tenho que tomar providências para que ninguém encoste um dedo nele. Você quer que eu faça isso?

— Vá se foder — diz o pai. — Eu pego você, seu canalha. Eu pego você.

Carly Kellerman segura Staffe e o empurra na direção da porta. No caminho para fora, ele dá uma olhada para Tanya Ford chorando nos braços da mãe.

Anoitecer de sexta

Staffe está sentado sozinho na plataforma do metrô de Parsons Green. Carly Kellerman foi embora, sem saber direito o que dizer sobre o confronto com Tony Ford, mas comentou que teria que mencionar o incidente em seu relatório.

A chegada dos trens é anunciada e "Wimbledon" se destaca. Ele se levanta vagarosamente e segue seu instinto, como se a pessoa que anuncia os trens fosse alguém tocando uma flauta encantada. Greta Kashell e Raynes Park ficam naquela região, mas ele sente estar indo ainda mais longe. Ou recuando ainda mais.

Houve um tempo, não muito depois que seus pais morreram e nos primeiros dias da casa em Queens Terrace, em que Staffe costumava correr para oeste, até a Putney Bridge, onde o rio se curva para encontrá-lo. Ele fazia isso à noite, quando havia lua cheia e o rio estava cor de prata. Algumas poucas vezes, cheio de energia nervosa, ele continuava e virava para o parque Richmond Deer, lá entrando. Os cervos ficavam parados, de pé em grupos na borda do bosque, observando-o seguir o caminho até o Kingston Gate. Lá, ele parava e se encontrava com o rio de novo, uma corrida curta ao longo do caminho até a sua casa. Mas ele sempre evitava segui-la mais adiante, na direção de sua nascente. Há muito tempo.

A estação ferroviária de Thames Ditton fica a quase 21 quilômetros de Westminster, mas ao desembarcar agora, antes da correria do fim de semana, tinha-se a impressão de que ficava a um milhão de quilômetros daquele alvoroço. Aqui, as pessoas desaparecem em caminhos estreitos entre campos cercados. Os carvalhos se espalham. O prédio da estação, com paredes de madeira, ainda conserva a sua cor vermelho-escura original. Aquela é a Inglaterra: de lorde Peter Wimsey ou das amedrontadoras tias Wooster. Foi, em certa época, o lar de Staffe.

Ele caminha devagar, inclinando-se para trás ao descer a suave colina das linhas de trem secundárias para o vilarejo, e pode ver sua velha casa junto à George Inn. Deseja não estar ali e também deseja nunca ter partido.

Quando os pais de Staffe morreram, seu avô veio da França, onde morava, para ficar algum tempo ali. Ele era o oposto de seu pai; um sujeito tão de bem com a vida quanto seu pai era severo. Staffe fica imaginando, agora, o que o avô poderia pensar da vida que seu pai arranjara para si próprio. Quando o velho partiu, disse para o jovem Will: "Você deve fazer o que for bom para você, Will. Para ninguém mais."

Seu avô definhou rapidamente, faleceu dali a dois anos, e não ocorreu a Staffe, até bem mais tarde, que fardo devia ter sido, para ele, sobreviver ao filho. Agora, o sangue de Staffe corre rápido enquanto ele imagina o que poderia fazer com Santi Extbatteria, o homem que havia matado seus pais. Ele continua andando mais depressa, passando pela igreja onde ele e Marie foram batizados, e tenta engolir seus pensamentos de vingança.

Na esquina da rua principal, onde atualmente ficam uma corretora de imóveis e uma delicatéssen em vez das padarias e açougues, ele faz uma pausa. Um Porsche 4x4 avança pela entrada de automóveis forrada de cascalho, e dele salta uma mãe que trabalha fora, aroma de Chanel e penteado punk chique. Está toda vestida de Prada, até a meia-calça Seychelles, e chama os filhos para fora do carro, acompanhados de um husky siberiano. Ele deveria ficar contente pelo fato de uma família ter transformado sua velha morada em um lar. Fica imaginando se as crianças veem mais o pai do que ele próprio via o seu.

As crianças olham para as próprias mãos quando caminham, como se lessem livros de orações. Mas são evangelhos segundo Nintendo. Elas não conversam entre si, nem mesmo percebem que o jardim está lindo.

A mãe de Staffe plantou as árvores para tempos melhores. Ela ficaria mais do que contente em ver como cresceram. Ele se vira, volta para a estação ferroviária e para a sua vida.

* * *

Staffe esfrega o polegar ao longo das curvas da chave de metal dourado em seu bolso. Observa Greta Kashell sair de casa e seguir na direção da estação do metrô de Raynes Park. Segue-a, para ter certeza de que ela está indo para o restaurante. Vista de trás, quando não se vê as bolsas debaixo dos olhos e as rugas da pele no pescoço, ela parece dez anos mais nova. É uma mulher alta e magra, com ombros encurvados e um cabelo negro que brilha ao sol baixo da tardinha. Ela caminha com as costas retas e o queixo levantado, e parece triste ao desaparecer pela porta da frente do Delphi.

Staffe se esgueira pela lateral da casa até a porta dos fundos, introduz a chave e entra na casa dos Kashell. Os únicos sinais da família são as fotografias de um homem que não mora mais ali. Nico Kashell está em todos os aposentos: rindo, com um mar turquesa atrás dele; rindo, com um copo levantado na mão; rindo, com o braço enlaçando Greta e a pequena Nicoletta com a cabeça encaixada entre a mãe e o pai, tentando sair na foto; Nico, de pé entre Mickey e Minnie Mouse, rindo.

Não há nada de interessante nas gavetas da cozinha ou no aparador da sala de estar. Não há nenhuma correspondência desinteressante, nenhuma carta vinda da prisão de Wakefield, nenhuma conta esperando ser paga, nenhum livro escolar ou de leitura casual; apenas um guia de TV acima de um aparelho de DVD, debaixo de uma TV de tamanho modesto.

No andar de cima, o quarto de Greta parece um quarto de hotel, e o de Nicoletta é surpreendentemente arrumado para uma adolescente. Ele remexe no guarda-roupa. Deveria haver roupas cor-de-rosa em algum lugar do cômodo, mas não há.

Falta um aposento, uma sala pequena junto ao banheiro, e quando ele empurra a porta, abrindo-a, sua frequência cardíaca dá um salto. Há uma escrivaninha debaixo da janela e nenhuma estante ou armário, mas aquele é o lugar, claramente, de onde Greta administra a casa. Há uma pilha bem-arrumada de cestos organizadores feitos de vime, todos cheios de contas pagas e extratos bancários, faturas e boletins escolares. Em um dos cestos há uma alta pilha de cartas trocadas com um advogado, relativas ao caso do marido, e ainda mais documentos do restaurante.

Staffe examina a gaveta da escrivaninha e não encontra nada a não ser canetas esferográficas. Liga o computador e pega seu pen drive. A tela se ilumina com um protetor de tela onde aparece toda a família vestida em togas gregas diante de um painel pintado da Acrópole.

Em Documentos Recentes só há planilhas e tarefas escolares de Nicoletta, algumas músicas baixadas e uma carta de um contador dizendo que os livros do restaurante estarão prontos para inspeção no final do ano fiscal, em junho.

Uma rápida olhada nas pastas do Word não revela nada, e Staffe está prestes a fechar o computador e dar o dia por terminado quando vê um ícone na área de trabalho chamado Contatos. Dá um clique duplo e vê um caderno de endereços do Excel. Fecha o arquivo e puxa o ícone para seu próprio pen drive, e fica observando a informação ser transferida. Lá fora, um carro buzina, e ele vê uma garota vestida com o uniforme dos Brownies correr para a entrada de carros e abraçar uma amiga. Uma mulher as leva embora.

Verificando a hora, Staffe se concede uma rápida inspeção dos contatos de Greta e reabre o arquivo de endereços. Não há nada que o surpreenda no B, de Bowker, C, de Colquhoun, M, de Montefiore, S, de Stensson, ou W, de Watkins.

Mas falta alguma coisa. Sua mente está enevoada e ele fica imaginando se foi a bebida no almoço ou a briga com Tony Ford, a visita a sua antiga casa, ou o calor. Ele passa em revista novamente o arquivo achando que deixou de notar algo, e quando chega à letra V percebe alguma coisa vagamente familiar. VIQNASEV. Um número de Londres.

* * *

São nove e meia da noite de sexta-feira, e na delegacia de Leadengate, os policiais uniformizados voltaram para preencher seus relatórios e rapidamente escapuliram para o fim de semana. Metade deles voltará no dia seguinte para terminar de comparar os dados. Todos os nomes foram inseridos no computador, e agora é hora de ver se as mesmas pessoas aparecem em mais de uma fonte. É o relacionamento reduzido a números.

Staffe inseriu seu pen drive no computador e está ligando para o VIQNASEV. Vítimas Que Não São Enterradas Vivas. É um número em Kennington, e não atendem.

Ele se maldiz por ter pressionado demais Tony Ford, mas fica imaginando se o pai de Tanya vem maquinando seus próprios planos. Ele certamente apresentou traços de um homem capaz de infligir ferimentos a Guy Montefiore ou a qualquer um desse tipo. Mas duas coisas contam contra ele como uma possibilidade real: o método de agressão a Montefiore (premeditado e mostrando que o agressor vinha acompanhando o caso dele há algum tempo) e a falta de provas de que Tanya fora vigiada antes, isto é, como Tony Ford poderia saber que sua filha estava ameaçada, a menos que ele próprio a estivesse espreitando ou mantendo um olhar inusitadamente vigilante?

Há histórias, e Staffe se lembra de um caso na Holanda, de quadrilhas de pais pedófilos. Eles entregavam seus filhos aos criminosos. Alguns chegaram mesmo a ter filhos especificamente para ganhar esse tipo de aluguel. Staffe esfrega o rosto, sabe que, em algum momento, tem que estabelecer um limite. Tony Ford não podia ser esse tipo de homem.

Ele clica na transcrição feita por Pulford da entrevista com Linda Watkins, e se permite um sorriso. Na tela: *Vocês provavelmente pensam que eu sou uma pessoa má, mas saibam que, se eu tivesse ficado, teria sido enterrada viva. Eles só me encontrariam daqui a uns cinquenta anos, mais ou menos, me colocariam em um caixão, e ninguém nunca teria sabido que eu existi.*

"Enterrada viva", diz ele em voz alta e sozinho, lembrando-se do folheto na gaveta da cozinha de Tyrone Watkins. *Vítimas Que Não São Enterradas Vivas.* VIQNASEV

Ele checa na internet a sigla VIQNASEV, mas a ferramenta de busca não consegue encontrar nada exatamente igual, o que ele acha estranho. Os grupos de apoio normalmente são instituições de caridade, e os financiadores dessas instituições exigem reconhecimento público por sua filantropia, pela divulgação de suas boas obras. VIQNASEV também não aparece nas Páginas Amarelas ou no Registro das Instituições de Caridade do Reino Unido. Ele muda para o arquivo Excel de Greta Kashell.

Lá fora, ouve um grupo indo de um bar para outro, olha pela janela e vê um bando de garotas. Mais carne do que roupas nas ruas hoje à noite, mas aquilo produz um sorriso em seus lábios, e ele pondera que é um milagre que às vezes não haja mais perturbação nas ruas da cidade. Agora, as garotas estão amontoadas em torno de um sem-teto no Ritedrug. Elas se ajoelham junto do homem e lhe dão cigarros, colocam dinheiro na mão dele. Uma delas dá um beijo no rosto do vagabundo. Durante um segundo, Staffe acha que elas o estão molestando, mas não estão. Ajudam o homem a levantar-se, dão-lhe o braço e o levam para o bar. Flertam com o porteiro e o convencem a deixar o sem-teto entrar. Ele vai ficar imensamente feliz durante toda a semana seguinte.

A rede de contatos de Greta Kashell parece não ter fim. Se você não pode predizer um aleatório ato de bondade em uma pequena esquina da cidade, como pode esperar conseguir dar sentido às motivações das pessoas? As fileiras e colunas de sua planilha parecem uma pintura do livro *Olho mágico: ilusões 3D*, para as quais você tem que olhar sem focalizar a visão, a fim de ver a imagem escondida. As colunas são ordenadas todas da mesma forma.

Exceto uma.

Um número se destaca dos demais, ao lado. Ele conta nos dedos das mãos a quantidade de dígitos de seu próprio número de telefone. Onze dígitos. Testa outro número. Onze, novamente.

Ele aperta a tecla 9 de seu telefone para conseguir uma linha externa e disca o número de 13 dígitos. Olha para o nome ao qual pertence o número e fica sem saber o que *Dennis Brown* tem a ver com qualquer coisa.

Uma voz feminina atende em uma língua estrangeira contrariada. Parece inglês. Staffe desliga e procura o código da cidade. Dennis Brown começa a fazer sentido para ele. DB. O código da cidade é de Santa Cruz, Tenerife.

DB é Debra Bowker.

Greta Kashell conhece Debra Bowker. Há uma ligação entre Lotte Stensson e Karl Colquhoun. Linda Watkins falou sobre ser enterrada viva.

Tyrone Watkins tinha um folheto sobre o mesmo grupo de apoio de Greta Kashell. Há uma conexão entre Lotte Stensson e Guy Montefiore.

Bem, se isso não for motivo de comemoração...

* * *

O Boss Clef é um clube de jazz tradicional, perto da rotatória da Old Street, e, embora o jovem Stan Tracey esteja tocando no andar térreo com sua banda mais recente, Staffe toma um lugar no balcão do andar de cima. Não demora nem cinco minutos e Smethurst chega.

— Então, uma carroça vê a outra tombada à sua frente. Deve ser a velha estrada cheia de pedras, Staffe — diz Smethurst.

— Um equilíbrio sadio, Smet, é tudo que eu quero.

— E o que há de errado com um equilíbrio doentio?

— Um brinde a isso.

Ele fazem tim-tim com os copos e cada um se serve da garrafa de Beck's. Smethurst logo engole duas doses de uísque, e Staffe diz à atendente para pôr em sua conta. Em seguida, começa a relatar a Smethurst sobre as ligações entre Debra Bowker e Greta Kashell, e entre Greta Kashell e Tyrone Watkins.

— É uma pena que você não tenha conseguido um mandado de busca e apreensão. Se Gruta Kashell fica sabendo que você descobriu alguma coisa e apaga seu caderno de endereços, a prova não é válida.

Staffe fica se perguntando se ele contou coisa demais a Smethurst. Será que pode confiar nele? Se não, em quem pode confiar?

— Como ela ficaria sabendo?

— Por que não arranja um mandado? Você tem medo de que Pennington pense que você está desperdiçando seu tempo? O dinheiro dele?

Staffe olha diretamente nos olhos de Smethurst e sorri.

— Eu gostaria que você guardasse essa informação até que eu tenha tudo alinhavado.

— Você acha realmente que Greta Kashell poderia ter algo a ver com Colquhoun e Montefiore? É o marido dela que é acusado de ser o assassino de Lotte Stensson, não ela.

— Não há registro no Centro de Operações de Segurança quanto a Colquhoun ou Montefiore — diz Staffe. — O mesmo no caso de Lotte Stensson. Limpinhos. Nós não teríamos conseguido nada se Nico Kashell não tivesse entrado em cena e confessado. Eu fui visitar Jessop mais cedo.

— Jessop!

— Foi ele que pegou a confissão de Nico Kashell.

— Eles pensam que foi isso que finalmente acabou com o pobre coitado, mandar um pai tomar conta de sua filha, quando a polícia ficava ali sem fazer nada.

— Ele não estava cuidando de Nicoletta, Smet. Ele estava cuidando de si mesmo. Ele não conseguia conviver consigo mesmo, então matou alguém.

— E eu suponho que é crime se vingar de alguém que estuprou sua filha.

— De que lado da lei você está? — Staffe pede outra rodada de bebidas e fica ouvindo Smethurst contar a história do pobre Bob Jessop, enquanto acordes violentos de um saxofone e de um ritmo rápido vêm do andar de baixo. É uma melancólica versão de "I've Got You Under My Skin", e Staffe tenta desviar sua mente de Cole Porter preso à heroína, apesar daquela voz de advertência que vem à noite. Staffe pensa em Johnson; repetindo e repetindo em seu ouvido.

Smethurst continua:

— Pobre sujeito, esse Jessop, já estava na porra da beira do abismo desde o primeiro dia que voltou para a Met. Seu coração e sua mente estavam em Leadengate, e ele sabia que não o queriam lá. Não pegou a aposentadoria, sabe. Nenhum aumento, e agora ele tem que esperar até os 60 anos.

A cada menção ao nome de Jessop, ele recua três anos. Pensa em Sylvie também, em seu telefone, esperando ser chamada. Tenta esquecer e toma um gole da bebida.

— Fico tentando imaginar como ele está vivendo, financeiramente.

— Alguns serviços de segurança aqui e ali? Não sei. — Smethurst levanta o copo para a atendente do bar, balançando-o.

— Delores o abandonou.

— Ele não devia ter se casado, é bom demais para ela. — Ele se inclina para Staffe, com o hálito impregnado em álcool, e diz: — Você alguma vez...?

— Não. Não fiz nada. Ele é meu amigo.

— Ele é um amigo, mas... — Smethurst fica sério, encara Staffe diretamente nos olhos — ... mas você está bisbilhotando o cara. Você o está bisbilhotando no meio de um inquérito sobre assassinato. Fico feliz em ser seu amigo, Will. É verdade, fico mesmo.

Ele espera que Smethurst ria, fazendo da coisa uma piada e, por fim, isso acontece. Ele dá um tapinha no ombro de Staffe e diz:

— Peguei você. — Mas a verdade permanece, muito depois das doses de bebida seguintes; muito depois de o jovem Stan Tracey ter dito "obrigado" pela última vez no andar de baixo.

Staffe paga a conta, deixando uma gorda gorjeta. Ele recusa uma contribuição de Smethurst, que diz:

— Por que você está fazendo isso, Staffe? Se eu não precisasse de dinheiro, se eu tivesse o seu dinheiro, cairia fora daqui.

— Não, você não faria isso.

— Pode acreditar, eu faria. — Smethurst engole o resto da bebida e se levanta do assento junto ao balcão, puxa para cima a calça, arriada debaixo de sua pança flácida de cerveja. — Vamos lá, Staffe. De que se trata? Que tipo de emoção você tira fazendo isso?

— Emoção? *Mere alcohol doesn't thrill me at all.*

— Você, o quê?

— Cole Porter, Smet. Eu apenas obtenho a emoção que nós todos obtemos.

Smethurst balança a cabeça.

— Diga o que quiser, mas isso é diferente para você, Staffe.

— Você pode se imaginar não fazendo isso?

Subitamente, Smethurst fica sério, como se a piada fosse inadequada à ocasião. Eles descem a escada, e Smethurst para na entrada.

— Você não faz isso apenas porque não há nada mais para fazer. Você tem muita energia aí dentro. — Ele finge golpear Staffe no estômago e este finge se dobrar, como se tivesse sido atingido.

Eles empurram a porta e saem do bar. Aproxima-se uma luminosidade pálida, e até mesmo nas fendas sujas ao leste da City é possível ouvir o canto dos pássaros. Descendo na direção de Moorgate, surge imponente a torre do Limekiln, escura. Smethurst faz sinal para uma van de entrega de jornais e mostra seu distintivo. O motorista olha furioso para ele, mas, de qualquer maneira, entrega um jornal ao detetive. Staffe fica imaginando o quanto ele pode ficar parecido com Smethurst, e se algum dia ficará igual a Jessop.

— Que merda! — exclama Smethurst.

Staffe fica calado, apenas sente seu coração acelerar quando lê a manchete da primeira página que Smethurst segura diante dele.

Uma fotografia de Leanne Colquhoun de sutiã e calcinha toma metade da primeira página do *News*. Sobre a foto, há uma legenda na qual se lê ENCOBRINDO A VERDADE. Debaixo da foto, outra linha: QUEM É O JUSTICEIRO?

Leanne Colquhoun teria contado a Nick Absolom que ela não apenas tinha sido presa como suspeita do assassinato do marido, mas também que lhe foram negados os direitos como vítima angustiada. Leanne, fazendo beicinho, continuava, dizendo como a casa de sua irmã tinha sido invadida por um policial à paisana, sem mandado de busca, e que ela permanecia sob custódia depois que outro homem, Guy Montefiore, fora agredido como parte de uma onda de vinganças enquanto ela estava presa.

Depois vinha Nick Absolom, afirmando que a agressão a Montefiore fora encoberta pela polícia porque eles estavam preocupados com as consequências de haver um justiceiro super-herói fazendo o trabalho deles.

Staffe se sente tremendamente enjoado ao continuar a leitura. Ele é citado pessoalmente por Leanne, que se refere a ele como *...um fortão atraente, mas que não tem noção do que está fazendo. Nenhum deles tem qualquer ideia de quem fez aquilo ao meu Karl ou a esse outro pobre homem.*

Smethurst diz:

— Dessa vez, Pennington vai arrancar seu couro. Por que você não evitou que ela falasse com a imprensa?

— Me dá um cigarro?

— Você vai precisar de um suspeito, e rápido. Isso vai se espalhar, e eu imagino que Londres esteja pronta para gente que faz justiça com as próprias mãos.

Staffe acende o cigarro e dá uma tragada longa e profunda, sua mente ficando enevoada. Ele espera que o efeito da nicotina passe e pensa nas mensagens que tem recebido.

— Haverá outro, também.

— O quê? — pergunta Smethurst.

— O problema é que eles acertaram na mosca. Tem a ver com vingança.

— Um assassinato e uma agressão, um super-herói não faz isso.

— Até logo, Smet. Obrigado pelo jornal.

— Você não vai aguentar isso agora, Will. Deixe para lá. Isso vai estourar bem na sua cara, se não tomar cuidado.

* * *

O homem observa Smethurst sair meio cambaleando para Moorgate e segue Staffe, que vai andando na direção de Finsbury Circus e se senta em um dos muitos bancos vazios ao lado do gramado de boliche. A estranha faixa de sol nascente aparece entre os cânions de escritórios e confere à superfície do gramado um tom verde dourado. Staffe fica inclinado para a frente, com a cabeça apoiada nas mãos por cinco, dez, quinze minutos. Depois, ele se levanta, joga o *News* na lata de lixo perto do banco. Bate as palmas das mãos e diz algo em voz alta, seguindo em frente, o queixo erguido. Parece que está atrasado para um encontro.

O homem mete a mão dentro de sua capa de chuva leve, cor de creme, e tira um envelope reforçado de 25x20 centímetros. Nele, escreveu ESTRITAMENTE PARTICULAR, EDITOR DE NOTÍCIAS DA FAO.

Manhã de sábado

Staffe convocou Tony Ford. Toda a manhã, ele esteve procurando uma conexão entre Ford e Debra Bowker, ou Leanne Colquhoun, ou Nico Kashell, ou a família Watkins. Tony havia sofrido pequenas acusações durante a adolescência, mas nada depois do nascimento de Tanya. Ele não pertence a qualquer organização política e não há meio de descobrir se ele tem alguma ligação com o VIQNASEV. Por que teria? Não havia qualquer registro de ataques anteriores a Tanya. Os registros eleitorais chegam via internet, e ele recebe um telefonema dizendo que Tony está ali e que afirma não querer ser interrogado, que não tem nada do que se defender. Staffe diz a eles que logo chegará e filtra o registro.

Surge a relação de domicílios de Ford, mostrando todos os lugares onde ele residiu oficialmente. Um olhar superficial mostra que ele ascendeu socialmente. De uma residência para a seguinte, até que ele presumivelmente comprou uma, fez um bom negócio e se mudou para um apartamento no Elephant, e depois deu um verdadeiro salto para sua excelente casa na cidade. Mas Staffe vê uma falha no padrão. Durante seis meses, antes de se mudar para o Elephant, Tony Ford, sua esposa e a jovem Tanya moraram no conjunto Limekiln.

— Você tem muita coragem, seu babaca. — Tony Ford está sentado, recostado na cadeira, com os braços cruzados sobre o peito e as pernas esticadas. Mesmo tendo passado a manhã examinando dados, mesmo desesperado por uma pausa no trabalho, Staffe não deseja realmente que Tony seja o culpado. Ele deseja que, quem quer que esteja fazendo isso, seja outra pessoa, e não Greta Kashell, Linda Watkins ou Tony Ford.

— Você não disse que conhecia essas pessoas.
— Eu não me lembro de todo mundo que já conheci.
— Me fale sobre os lugares onde você já morou.
— Depois eu posso ir?
— Depois você pode ir.
— Straford. Dalston. Elephant. Fulham.
— Sempre melhorando de residência, Tony — diz Staffe. — Deslocando-se para o oeste.
— Era o que minha esposa queria. O que era melhor para Tanya.
— Você não ia querer morar num prédio velho, ruim, não com uma criança pequena. Uma criança pequena que você faria tudo para proteger. Ou vingar.
— De que porra você está falando? Eu nunca morei num lugar ruim. Só porque eles se localizam na região leste ou...
— Eu diria que Limekiln é bem ruim.
— O conjunto Limekiln?
— Pouco antes de você comprar o imóvel no Elephant. Você não se lembra de tudo, não é, Tony?
— Isso foi há anos.
— Você tem vergonha disso, Tony?

Ele se levanta e diz:

— Você disse que eu podia ir.
— Vou perguntar de novo. Você já ouviu falar de Leanne e Karl Colquhoun, Debra Bowker, Ross Denness...?
— Não!
— Agora você pode ir.
— O quê?
— Eu já consegui o que queria, Tony. Desculpe.
— Desculpe?
— Por ter afastado você de sua família.

Ao sair, Tony Ford lança a Staffe um olhar enviesado, achando que o inspetor podia estar caçoando dele. Mas logo vê que não está.

— Vou descobrir o canalha que fez aquilo a sua Tanya, Tony. Mas deixe que a gente faça isso. Não faça nada sozinho. Já há muitas vidas arruinadas por causa disso tudo.

Tony Ford acena afirmativamente com a cabeça, como se estivesse pensando em alguma coisa.

* * *

Gibbets Lane é um conjunto de casas avarandadas à sombra da torre Limekiln. Às seis horas, Errol Regis põe a cabeça para fora da porta da frente do número 18. Olha para a esquerda e para a direita da rua vazia e se aventura a sair, puxando a porta suavemente atrás de si. Levanta os olhos para o céu claro, de um azul leitoso, e vai na direção do posto de gasolina na Old Street. Errol parece mais velho do que realmente é, com mechas grisalhas em seu cabelo, corte estilo prisão, que agora já começa a crescer. Embora seu pai tenha nascido na Nigéria e conhecido sua mãe na Jamaica, três anos de cadeia deixaram a pele de Errol pálida. Ele nem parece negro, para si mesmo. Como disse Theresa, quando ele voltou para casa: "Ell, você parece um fantasma."

Ele brinca com as chaves no bolso, desacostumado ao privilégio simples de poder abrir sua própria porta. Depois de três anos em Belmarsh, Errol prefere as primeiras horas da manhã, evitando o tumulto de carros, caminhões e de gente circulando por sua área da cidade. É o que ex-presidiários acham mais difícil: a velocidade relâmpago da vida lá fora.

Regis atravessa, nervoso, o pátio externo do posto de gasolina e pega uma cópia do *News* nas prateleiras de plástico fora do quiosque. Ele olha por cima de cada ombro enquanto lê a história de uma Londres dominada por justiceiros. Regis tem medo, se esgueira no quiosque para pagar.

Há três anos ele foi condenado pelo estupro de Martha Spears, uma menina de 12 anos, no parque Victoria. A menina identificou Errol e seu DNA foi encontrado na cena do crime. Ele já estava em liberdade condicional por fornecer ecstasy e cocaína a adolescentes no parque. Foi uma condenação que todo mundo queria, menos Regis, e o juiz o condenou a seis anos. Mesmo que sempre tenha alegado inocência, ele sabe que há muita gente que o preferiria morto.

* * *

— Devemos estar preparados para outro ataque. — Staffe fala para sua equipe. A sala de registro de ocorrências está lotada. — Eles ameaçaram voltar e acabar com Montefiore, então sabemos que seu apetite não está saciado.

São dez horas da manhã de sábado, e metade da equipe tem família. Em situações normais, a maior parte das pessoas na sala não ia querer estar ali. Mas não se trata de uma situação normal. Aquilo está nas manchetes da primeira página e esquentando cada vez mais.

— Dois ataques, chefe? — diz Johnson, parecendo um morto-vivo. — Dificilmente isso é coisa de serial killer.

Staffe quer dizer a Johnson para calar a boca, mas sabe que é hora de revelar o caso Stensson. Ele tem um encontro marcado com Pennington dali a meia hora, quando então revelará ao chefe a conexão Kashell.

Ele respira fundo, esquadrinha a sala e diz:

— Houve outro caso, há três anos. Foi investigado pela Met, e uma mulher chamada Lotte Stensson foi acusada de abusar sexualmente de uma menina de 10 anos chamada Nicoletta Kashell. A promotoria não levou o caso adiante, e Nico Kashell, o pai da menina, pegou Lotte Stensson na própria casa dela. Quebrou seus dedos, um por um, depois os antebraços e as canelas. A dor matou a mulher. — Todos em suas cadeiras se remexem, abalados. Alguns sussurram para outros. Há alguma coisa no ar.

— Que vítima — diz Johnson.

— Chamem Lotte Stensson do que quiserem. Ela foi atacada, da mesma forma que Colquhoun e Montefiore. Nós estamos aqui para pegar o agressor, para evitar que ele ataque novamente.

— A coisa está se propagando, chefe — diz Johnson. — Já tivemos alguns ataques a molestadores sexuais na região leste. Quem quer que esteja fazendo isso vai se tornar um herói para algumas pessoas.

— É por isso que eu quero que vocês se debrucem sobre cada caso de abuso sexual que a Promotoria arquivou nesses últimos três anos. Quero que vocês entrem em contato com os acusados e digam a eles para terem cuidado. E quero que contatem todos os condenados por abuso sexual que foram libertados na nossa jurisdição nos últimos três meses.

— E que tal contatar a Promotoria e pedir a eles que reabram alguns casos? — pergunta Johnson.

— Nós estamos aqui para defender a lei, Johnson, não para aplicá-la. Josie Chancellor já está verificando por que os casos de Stensson, Colquhoun e Montefiore foram arquivados.

— Os promotores querem tudo de bandeja — diz Johnson. — A gente dá o sangue e...

— Obrigado, Johnson. Mas receio que precisaremos continuar dando o sangue. É por isso que nosso trabalho é gratificante pra caramba.

Todos sabem que é hora de pôr as mãos à obra. Para alguns, esse é o maior caso de suas carreiras. Staffe mostra a eles as tabelas com as tarefas individuais e de cada grupo.

A equipe se dispersa, e Staffe fica esperando a chamada de Pennington. Ele lê as biografias resumidas de Karl e Leanne Colquhoun publicadas no jornal, apressadamente transformadas em uma miscelânea de amores perdidos e brutalidade policial. Perdida no texto, há a notícia de que o enterro de Karl Colquhoun será na segunda-feira. Ele pensa em comparecer, e vê um reflexo indistinto de si mesmo na janela. Deveria ter se barbeado, passado um pente no cabelo.

A campainha toca; Staffe usa um pouco do enxaguante bucal guardado na gaveta e borrifa o interior do paletó com desodorante. Dá umas batidinhas nas maçãs do rosto, mais forte do que o necessário. Aquilo faz seus olhos lacrimejarem.

Sobe pela escada até o quinto andar, bate à porta de Pennington e gira a maçaneta antes de ouvir uma resposta. Pennington é pego desprevenido e fecha uma pasta apressadamente. Uma cópia do *News* está sobre sua mesa, cheia de anotações com uma caneta verde fosforescente. Staffe se senta sem ser convidado e diz:

— Nós conseguimos um avanço significativo, chefe. O senhor se lembra de Lotte Stensson? — Quando pronuncia a palavra "Stensson", ele fixa o olhar em Pennington. Mais devagar, ele continua: — Há uma conexão entre Greta Kashell, a esposa do homem que matou Lotte Stensson, e Tyrone Watkins. E há uma conexão entre essa mesma mulher e Debra Bowker. Preciso de um mandado judicial para vasculhar as casas de Greta e de Tyrone, e quero convocar Debra aqui, para um interrogatório. Precisamos trazer essa mulher de avião de Tenerife. — Ele tenta um sorriso, mas Pennington não se deixa influenciar.

Pennington pega o jornal e o agita no ar.

— Como, pelo amor de Deus, você deixou isso acontecer? Nós agora somos motivo de chacota, e o que você está me contando mostra que há, na realidade, um assassino justiceiro à solta por aí. Já temos agressões a pedófilos registradas. Quero abafar esses boatos, não confirmá-los.

— Estou chegando perto, chefe. Eles vão atacar de novo, eu sei que vão.

— Meu Deus, Staffe. E isso deveria ser uma coisa boa?

— A vítima será alguém que a Promotoria não indiciou por abuso sexual, e o vingador, de um grupo chamado VIQNASEV. Vítimas Que Não São Enterradas Vivas.

— O quê?

— Preciso de um mandado para vasculhar a sede deles.

— Nós temos um assassinato e uma agressão. Até onde sei, eles não têm conexão entre si. O segundo pode ter sido uma cópia do primeiro. E é só isso! O caso Stensson aconteceu há anos.

— Greta Kashell, a mãe da menina que Stensson atacou, é membro do VIQNASEV. Debra Bowker está na merda do caderno de endereços dela.

— Porque elas têm alguma coisa em comum. Suas filhas foram vítimas de abuso sexual.

— Vítimas que a Promotoria não conseguiu proteger.

— A Promotoria não leva adiante mais do que metade dos casos que recebe, você sabe disso.

— E Tyrone Watkins estava no VIQNASEV, também.

— É um grupo de apoio, Staffe. É claro que pessoas em situações semelhantes chegam a se conhecer. Como é que você descobriu os contatos dela? Já esteve na casa de Kashell, não é?

— Os Kashell estão no centro de tudo isso, eu sei. Nico Kashell está cumprindo pena de prisão perpétua pelo assassinato de Lotte Stensson, e não há uma prova sequer; apenas a confissão que ele fez para Jessop.

— Jessop! Meu Deus, homem. Eu pensei que já tínhamos nos livrado dele. — Pennington brinca com a caneta, gira na cadeira e olha para fora pela janela. — Isso está uma zona, Staffe. Uma merda de uma zona. Pensei que você tivesse aprendido algo depois do modo como trouxe Leanne Colquhoun para depor. Você está nos fazendo parecer idiotas. Está me fazendo parecer um idiota.

— Fizemos a conexão, chefe. Esses três casos estão ligados, e estou certo de que haverá outro ataque. Será o maior caso do ano. Não apenas aqui, na City, mas em todo o país. Se desistirmos dele, nós *pareceremos* idiotas. Me dê os recursos e o restante do tempo que o senhor disse que tenho. É tudo o que eu quero.

— Se você foder esse caso, Staffe, vai embarcar na mesma canoa que o idiota do Jessop, pode acreditar em mim.

Staffe se levanta e diz:

— Então, posso conseguir os mandados?

— Que escolha eu tenho?

— E as horas extras?

— Você pode ficar com sua atual equipe, com todas as horas extras e um reforço de policiais uniformizados.

— E o chefe vai mandar Debra Bowker vir de avião?

— E se ela não quiser vir?

— Eu simplesmente vou ter que persuadir a moça.

— Você ainda tem aquele jeitinho especial com as mulheres, Staffe? Ouvi dizer que seus poderes não são mais ou mesmos.

— O que o chefe quer dizer com isso?

— Pode convocá-la, Staffe. Aposto 10 libras que ela não estará aqui até segunda-feira. Aí já será tarde demais para você.

Staffe estende a mão e dá um forte aperto, os dois homens confirmando a aposta, fingindo não estarem batalhando muito para ter a supremacia.

* * *

— O que você quer? Eu já disse tudo o que sei — diz Debra Bowker, pelo telefone. — Não há razão para eu fazer essa viagem.

— Não cabe à senhora julgar, Sra. Bowker. Ou devo dizer Sra. Colquhoun?

— Não me chame assim! Você está me provocando?

— Essa é uma boa carta na manga, mas só funciona com quem tem algo com que se preocupar.

— Por que eu deveria me preocupar?

— Não sei, Debra, mas esse caso está fervendo aqui. Seria interessante ver o que a imprensa daí faria com o passado de uma expatriada.

— Vou chamar meu advogado.

— Pode fazer isso, Sra. Colquhoun.

— Pare de me chamar assim!

Staffe deixa o silêncio perdurar. Ele não quer contar a Debra Bowker que sabe que, há apenas poucos meses, ela viajou para a Inglaterra com um passaporte, dado como perdido, com o nome de Sra. Debra Colquhoun.

— Você ainda está na linha? — pergunta Debra Bowker.

Staffe baixa a voz e traz o microfone para bem junto da boca.

— Debra, isso é algo que temos que fazer. Sabemos exatamente onde você estava quando Karl foi assassinado, e, é claro, você não podia ter feito aquilo, mas estou sendo pressionado para interrogá-la. Eu realmente não tenho tempo para fazer essa viagem, e não quero agitar as coisas com as autoridades daí. Mas eu faria isso.

— Quando precisa de mim?

— Quanto mais cedo, melhor. Você quer trazer as crianças?

— Não. De jeito nenhum.

Staffe já tem o cursor passeando sobre a janela "comprar agora" do website da Albion Airways.

— Eu posso conseguir um carro para pegar você amanhã, depois do café da manhã. Posso colocá-la na primeira classe.

— Quanto tempo vou ficar na cidade?

— Três, quatro noites? Há um bom hotel em Mayfair que nós usamos às vezes.

— Você não pode me comprar, inspetor.

— Eu nem tentaria, Debra. E essa é a verdade. — Ele desliga; mal pode esperar para receber seu prêmio de Pennington.

* * *

Josie desce a escada da delegacia de Leadengate aos pulos, agitada ao se sentar no banco do carona do Peugeot. Ela cheira a frescor e limpeza, mas há nela um resquício da noite.

— Você parece contente consigo mesma — diz ele, dando a partida no motor e saindo.

— Pulford me disse que você tem um Jaguar Tipo E. Por que não vamos nele?

— Ele é mais velho do que eu, pelo amor de Deus.

— Não está buscando compaixão, não é, chefe?

— O que sabemos sobre esses ataques no Limekiln?

— Sabemos que há sete pessoas morando lá que constam dos registros de molestadores. Sete!

— Como você se virou com a Promotoria?

Josie vira o rosto para ele, dobra as pernas embaixo do corpo.

— O caso Watkins aconteceu poucos meses depois do caso Kashell, e, de acordo com a Promotoria, Sally Watkins tinha tudo pronto para o indiciamento. Ela tinha laudos psiquiátricos positivos e todos os laudos periciais reunidos contra Montefiore. Aí, ela retirou a queixa. Montefiore foi indiciado, mas libertado sob fiança. Foi marcada uma data para o julgamento e toda a documentação estava pronta para seguir, mas a Promotoria não permitiu porque a mãe de Sally disse que ela não queria, que a documentação tinha sido obtida contra a vontade deles. Houve uma entrevista direta com Sally. Uma assistente social se adiantou e não esperou que a mãe voltasse do trabalho.

— São os procedimentos obstruindo a justiça.

— A questão é: foi a família Watkins que não levou Montefiore aos tribunais, não a Promotoria. E aconteceu o mesmo com Nicoletta Kashell. Foi somente alguns meses antes que Greta Kashell fez a Promotoria parar de interrogar Nicoletta. Nico Kashell foi quem denunciou o abuso sexual por parte de Lotte Stensson, não a mãe. Você não acha isso engraçado?

— Há uma coisa chamada estar em negação. E suponho que foi o que ocorreu. O pai leva o caso adiante, quer processar o culpado. A mãe entra em cena, protege a filha do único modo que ela conhece, não deixando que a agressão seja revirada de alto a baixo por gente como Stan Buchanan. E o pai não pode lidar com isso. Ele precisa de vingança, portanto vai e faz com as próprias mãos.

— Mas daí ele é pego e vai em cana. Isso significa que não pode estar ligado a Montefiore e Colquhoun — diz Josie.

— Greta Kashell se junta ao VIQNASEV e traz Tyrone Watkins e Debra Bowker, e até mesmo, talvez, Leanne Colquhoun.

— Quem se sentiria forte o bastante para juntar todas essas pessoas? — pergunta Josie.

— Talvez não seja o caso de haver alguém por trás disso. Talvez sejam todos eles. Aposto que Debra Bowker divulgou o que Karl Colquhoun estava fazendo com os filhos dele. Ela não tinha fé em nós. Depois, encontrou alguém que podia mostrar a ela o caminho. Vamos conversar com Greta Kashell. Ela foi a primeira.

* * *

Errol Regis enxuga a boca e olha para dentro da privada. Aperta a descarga, e seu vômito some em uma espiral. Semana passada, a essa mesma hora, ele estava tomando banho na presença de outro homem, na ala de isolamento da penitenciária de Belmarsh, "Fraggle Rock" para o restante da população carcerária. Errol não tinha outra escolha senão "se isolar", se juntar aos molestadores de crianças e estupradores. Ele cumpria pena de seis anos pelo estupro de Martha Spears, mas também alegava inocência. Presidiários não podem suportar isso, fingir que você é melhor do que eles, de modo que Errol teve que cumprir pena como um homem inocente entre a mais baixa das piores escórias da prisão.

Agora, na semana em que foi libertado, o rádio fervilha de vingança. Houve mais ataques de justiceiros naquela manhã, alguns deles no Limekiln, e assim, quando leva um exemplar do *News* para sua úmida sala de estar vitoriana, de onde avista a torre Limekiln, ele praticamente ouve o bafo quente dos justos em seu pescoço. Seu nome consta nos registros. Qualquer um que quiser pode encontrá-lo. E ele simplesmente não pode ir embora, começar de novo. Se faltar a suas reuniões de liberdade condicional, perde a regalia e estará de volta à prisão para cumprir a outra metade da sua pena de seis anos. Seria o lugar mais seguro, mas homens inocentes não voltam para a prisão.

Theresa Regis desce a escada vestida com seu penhoar e se senta na beirada do sofá surrado. Ela olha para o marido, e Errol pode ver que ela não acredita que ele não cometeu aquele crime. Ela diz que acredita, mas ele a conhece bem demais.

Quase todos os homens, quando saem da prisão, são como cachorros com dois pênis. Errol ainda não encostou a mão em Theresa. Na primeira noite, quando ela rolou na cama e colocou uma perna sobre a dele, se esfregou nele. Pôs uma das mãos no marido. Houve apenas uma ligeira contração.

A pobre Theresa começou a chorar, e também Errol. Ele perguntou se ela queria chocolate, e ela disse:

— É porque eu já estou muito velha, Ell?

Quando ele viu Martha Spears toda machucada, acovardada no tribunal, enquanto depunha contra ele, alguma coisa morreu dentro de Errol. O homem que fez aquilo com ela está lá fora, e continua a fazer a mesma coisa. Todos nós precisamos de alguém para culpar, mas Errol não pode culpar a jovem Martha.

— Posso fazer uma xícara de chocolate para você, meu amor? — pergunta ele.

Theresa pega o jornal. Ela lê sobre Leanne Colquhoun e Guy Montefiore e sobre alguém lá fora que não aguenta mais a impunidade e está fazendo justiça com as próprias mãos. Ela diz:

— Faça uma para você, amor. — Enquanto ela diz isso, lágrimas escorrem por seu rosto. Elas fazem linhas escuras, irregulares, em sua pele lisa, seca, negra, e quando ela olha para Errol com olhos grandes e tristes, ele percebe que ela vai embora. Quem pode culpá-la?

* * *

Da lanchonete, em frente ao posto de gasolina, no fim da Gibbets Lane, o homem observa Theresa Regis fechar o portão ao sair. Sirenes cortam o ar no tráfego de sábado, e Errol Regis faz um aceno de adeus para sua esposa, mas a cabeça dela está baixa, o queixo enfiado no peito.

Ela traz consigo uma maleta de plástico moldado, de um verde berrante. O homem sente pena dela e sabe que ela ficará melhor sem Regis. O mundo seria um lugar melhor sem ele, e, se alguém tivesse feito isso há três anos, Martha Spears seria mais do que um caso perdido.

Aquela talvez seja a última de suas obrigações. Ele ainda não conhece os hábitos de Errol, não juntou as peças de seu padrão de comportamento, mas cortará a quarta corda. Mais cedo do que gostaria, mas não vivemos em um mundo ideal.

Theresa Regis mal entrou no ônibus e um carro da polícia aparece na Gibbets Lane. A viatura para fora da casa de Errol Regis e um policial uniformizado segue pela entrada. Se pelo menos eles protegessem os inocentes com uma vigilância assim...

* * *

Greta Kashell pede para ver o distintivo de Staffe, desculpando-se pelo fato de sua experiência com a polícia não ser das melhores. Ela lê todo o mandado judicial antes de permitir a entrada do detetive-inspetor e de Josie em sua casa em Raynes Park.

Eles vão entrando pela casa, e Staffe lembra a si próprio de perguntar para que serve cada aposento. Na sala de depósito, ele liga o computador, e Greta fica observando enquanto ele passa em revista os arquivos. Ele vai de um ponto a outro na área de trabalho, entra no *Works* e logo sai. Não há caderno de endereços, nem um ícone referente a *contatos*.

— Eu acho que nós vamos ter que levar esse computador. Vou tentar devolvê-lo no fim da semana.

— Eu preciso dele para meu trabalho.

— Você não tem um pen drive que possa usar? — pergunta ele.

— Tenho. — E assim que diz isso, Greta Kashell afasta os olhos de Staffe. Ele acena com a cabeça para Josie e ela se coloca na porta, para ter certeza de que Greta não vai fugir e não vai seguir Staffe enquanto este sai à procura do equipamento. Ela fala em voz alta para que ele ouça: — Está na minha bolsa de mão. Não deixe o lugar de pernas para o ar.

Quando ele volta e conecta o pen drive à entrada USB, Greta faz cara de quem não tem nada a temer.

Staffe entra no arquivo Contatos.

— O que é VIQNASEV, Greta? — pergunta Staffe.

— Eu esqueci.

— E DB? Esse aqui é um número de telefone na Espanha.

— Por que disfarçar o nome dela? — indaga Josie.

— Eu fiz isso quando ouvi falar do que aconteceu a Colquhoun.

Staffe passa o cursor sobre o ícone do arquivo e vê quando foi alterado pela última vez: no dia em que Karl Colquhoun foi assassinado. Não um dia depois, nem no dia em que o crime foi noticiado na imprensa. De alguma forma, Greta Kashell soube que Karl Colquhoun morreu uma hora depois de ele dar seu último suspiro, dominado pelo medo.

— Não consigo entender isso, Greta. E quando foi a última vez que você falou com Debra? — Ele pode, praticamente, ouvir o ruído dos cálculos enquanto Greta pensa nos registros telefônicos. E qual seria a versão de Debra Bowker?

— Há três anos? Algo assim?

— Quando você estava de luto.

— O luto não vai embora, inspetor.

Staffe espera que Greta desvie o olhar, faz um aceno com a cabeça para que Josie assuma o interrogatório.

— Onde o VIQNASEV costuma se reunir, Greta? — pergunta Josie.

— Em algum lugar em Surrey, não sei.

Staffe sabe que ela está mentindo. No momento, ele está menos interessado na informação que ela pode fornecer do que em como o emaranhado das mentiras dela vem se acumulando. Ele tenta esquecer que Greta Kashell é a mãe de uma filha estuprada, a esposa de um marido encarcerado.

— E quem mais frequentava o VIQNASEV, Greta?

— Eu ia às sessões de terapia, saía com a mente fervilhando duas vezes por semana, e você espera que eu...

— Não se preocupe, Greta. Não se preocupe. — Josie explica que ela terá que acompanhar os dois policiais até a delegacia de Leadengate.

E, enquanto Greta tenta manter a compostura, Staffe calcula quando poderá finalmente perguntar a ela se conhecia Tyrone Watkins. Informação é tudo, e quando eles não sabem que você sabe o que eles sabem... apenas espere.

Josie toma Greta pelo braço e a conduz escada abaixo, saindo pela porta da frente. Staffe tenta convencer a si próprio de que é um bom sujeito.

* * *

Na delegacia, Greta recusa o chá e diz que não pode esperar pelo defensor público.

— Não tenho nada a temer. Preciso voltar para casa. A noite de sábado é a noite com mais movimento.

— Você ouviu falar do que aconteceu ao ex-marido de Debra Bowker?

— Não me peça para lamentar a sorte daquele cara.

— Você lê o *News*?

— Por que perderia meu tempo?

— Quando foi a última vez que viu Tyrone Watkins?

Greta Kashell olha para o próprio colo e brinca com o fecho da bolsa de mão.

— Ele já estava debilitado quando nos conhecemos. Não poderia ter feito isso.

— Feito o quê, Sra. Kashell?

Ela levanta os olhos, agora duas fendas estreitas, ferozes. Estão frios como gelo.

— Feito o que é certo, inspetor. Se pelo menos ele pudesse ter feito aquilo... — Ela abre a bolsa, tira uma pequena agenda vermelha e pede a Josie uma caneta e um pedaço de papel. — Diga os dias e as horas, inspetor, e eu direi onde eu estava.

Dias e horas, pensa Staffe.

— Onde você estava quando Lotte Stensson foi morta, Sra. Kashell?

— Eu estava na enfermaria psiquiátrica do hospital St. Thomas. — Ela lhe lança um olhar piedoso. — Alguém poderia dizer que sou louca, ainda. — Depois, ela verifica as datas que Josie lhe dá e diz onde estava quando Karl Colquhoun foi morto, e Guy Montefiore, torturado.

* * *

Jessop dá as boas-vindas a Staffe e Josie. Staffe deseja estar em qualquer outro lugar que não aquele, mas precisa aprofundar mais o envolvimento de Jessop com Greta Kashell, com o VIQNASEV e, possivelmente, com Guy Montefiore. Jessop parece esgotado, como se viesse bebendo muito, continuamente. O que é mais estranho: ele está barbeado e não cheira como um vagabundo de rua.

— Desculpe a fumaça. Desculpe essa merda de apartamento — diz Jessop a Josie, enquanto tira uns exemplares velhos de *Racing Posts* da única poltrona que há no recinto e insiste para ela se sentar ali. Quando ela se acomoda, Jessop se senta em uma grande caixa de madeira, preciosamente entalhada, que parece ter vindo do Norte da África, sem dúvida uma compra de Delores. Staffe fica triste ao pensar que a peça devia ter algum tipo de valor sentimental para Jessop ter conseguido ficar com ela. Jessop se anima.

— Eu podia oferecer chá, mas não tomo bebidas quentes. — Ele olha para Staffe. — Não me dá um oi durante três anos, e agora vem aqui duas vezes numa semana. Você está me mimando.

— É o caso Kashell — diz Staffe.

— Não diga.

— Nico Kashell fez com que Nicoletta exigisse o indiciamento. Ele foi o primeiro a depor.

Jessop assente com a cabeça, franze as sobrancelhas.

— A mãe não quis que a criança ficasse traumatizada, se bem me recordo. — Ele traga forte o cigarro e tosse um fino borrifo de fumaça. Bate no peito e sorri para Josie. — A vida dele terminou no dia em que Lotte Stensson fez o que fez. Se você consegue aceitar isso, tudo faz sentido.

— Como eram aqueles dois, a vida conjunta, Nico e Greta Kashell? — indaga Josie.

— Eu não posso dizer que me lembro de ter visto os dois juntos.

— Ele a culpou por não ter deixado Nicoletta levar adiante o caso?

— Tenho certeza de que ele achava que nossa ideia de punição não os teria ajudado, muito menos a filha. Poucos anos de cadeia para Stensson, depois o resto da vida convivendo normalmente com as pessoas.

— Gente que faz o que Lotte Stensson fez, ou supostamente fez, é perturbada — diz Staffe. — Precisa de ajuda, não importa que mal inflija aos outros. A maioria dos molestadores sexuais tem...

— Eu sei, eu sei. O ciclo do abuso sexual. Tente dizer isso para Nico Kashell. — Incomodado, a vida volta aos olhos de Jessop. — Os Kashell fizeram o que fizeram por amor. Não ódio. — Ele corre os dedos pelas estreitas curvas das filigranas entalhadas do caixote. Seu olhar fica distante de novo, e suas palavras repetem o que Montefiore dissera a Staffe no dia anterior.

Jessop levanta os olhos, dá um sorriso com os lábios contraídos, e Staffe fica imaginando o que o amigo pensa dele, da pessoa que ele se tornou. Tenta conceber o que poderia ter restado do jovem que Jessop protegeu todos esses anos.

— Quem quer que esteja fazendo isso telefonou para minha casa. Eles pixaram meu carro também. Têm deixado mensagens.

— Parece que estão gostando de ver você sofrer, Will. E você, tem dado a eles o que eles querem?

Staffe se levanta, sabendo que não vai encontrar o que foi procurar. Josie segue seu gesto, espera perto da porta e observa Staffe e Jessop darem um aperto de mãos, constrangidos. Ela diz para Jessop:

— Sabe, Greta Kashell me disse uma coisa estranha. Disse que para ela era como se estivesse sendo enterrada viva. Disse que, para as vítimas, era sempre aquilo; elas estão sempre sendo enterradas vivas.

Jessop coça o maxilar, e uma centelha de vida brilha em seus olhos aguados.

— Havia um grupo, se eu bem me lembro. Ela talvez tenha sido membro dele. Vítimas Enterradas Vivas. Alguma coisa assim.

— Você não sabe onde ele fica, sabe? Onde o grupo se reunia?

Ele sorri para Josie, como se tivesse visto alguma coisa que lhe agradava e balança a cabeça.

— Não é uma época que eu goste de lembrar. Eu não sei se Staffe contou isso para você.

Ela olha para Jessop de maneira intrigada e balança a cabeça para tentar salvar o respeito que ele sente por si próprio.

— Foi o meu último caso. Eu não saí de lá da melhor maneira.

— Ele já me falou muito sobre o senhor — diz Josie. Ela abaixa a voz e fala de modo conspiratório: — O senhor tem muitas explicações a dar sobre ele.

Jessop ri, e Staffe lança um olhar zombeteiro, depreciativo, para Josie.

— Há um monte de coisas que todos nós poderíamos ter que explicar, mas Will não é alguém de quem eu me envergonharia. — Ele olha para Staffe. — Não quando eu o conheci, pelo menos.

— O que quer dizer com isso?

— Eu ouço coisas. Como desse último caso.

— Golding? Ele é culpado — diz Staffe, indignado.

— Tenho certeza de que é, Will. Tenho certeza. — Jessop sorri e estende o braço, colocando uma de suas grandes mãos no ombro de Staffe e dando um aperto. — Nós temos que defender a lei. Isso é tudo o que temos que fazer.

— Precisamos ir — diz Staffe, e eles descem a escada, ouvindo um retumbar de música caribenha e sentindo o cheiro de cachimbos de crack. Staffe se dirige a Josie: — Grande jogada. Pegá-lo com o VIQNASEV daquela forma.

— Enganar os outros não é nada de que a gente deva se orgulhar — diz ela.

O celular de Staffe toca e ele vê que a chamada vem de Leadengate.

— Eu conferi os álibis de Greta Kashell — diz Pulford ao telefone.
— Ela está limpinha.

— Ótimo — diz Staffe.

— É estranho, não é, chefe? Um caso do qual não queremos folga.

Quando eles chegam ao conjunto Villiers, Josie olha em torno e diz:

— Nunca se sabe o que acontece nesses conjuntos habitacionais. Tantas portas, janelas e segredos.

Staffe estende o braço até o banco traseiro, procurando a sacola do Tesco Metro com guloseimas que ele comprou no caminho.

— O que é tudo isso aí?

— Apenas retribuindo um favor.

— Você realmente acha que Tyrone poderia ter feito aquilo a Montefiore?

— Ele é uma aposta melhor do que Sally. Eu não consigo imaginar como ela poderia saber amarrar todas aquelas cordas.

Sally os faz entrar. Ela parece esgotada e vai para o quarto, sem nem sequer olhar para o mandado judicial que Staffe lhe mostra. Tyrone está sentado diante da TV de tela grande, apoiado em almofadas. Há uma embalagem de carne enlatada na mesinha de centro diante dele, meio consumida com o auxílio de um garfo que se projeta para fora do conteúdo rosado e marrom.

Ele levanta o olhar para Staffe e Josie como se nunca os tivesse visto antes e muda de um canal para outro, depois para outro.

— Nós viemos dar uma olhada — diz Staffe. Ele mostra o mandado judicial, mas Tyrone não tira os olhos da tela.

Staffe sabe o que está procurando e vai direto para as gavetas da cozinha. Ali, exatamente onde o tinha visto, está o panfleto desgastado.

Não há endereço, nenhum horário de encontro, nenhum nome para contato, apenas o mesmo número de telefone: 0207, igual àquele do banco de dados de Greta Kashell. Ele pega um envelope de plástico e coloca uma etiqueta no panfleto. Enquanto Josie examina os armários da sala de estar e vai dar uma olhada no quarto de Sally, Staffe desembrulha a bolsa do Tesco e pega uma tigela. Ele combina duas colheres de sopa de maionese, uma pitada de ketchup e camarões grandes, e depois passa manteiga em quatro fatias de pão integral. Ele prepara o sanduíche, tira as cascas, divide o pão em triângulos e coloca tudo bem-arrumado em um prato, depois de lavá-lo. Quando joga a embalagem fora, ele vê uma seringa na lata de lixo debaixo da pia, e aquilo faz seu coração se apertar.

* * *

É tarde de sábado, e Londres saiu às ruas para se divertir. Os veículos 4x4 sobem e descem a Clapham High Street e as mesas do lado de fora dos cafés e bares estão apinhadas. Parece que, para todo mundo, não há nada com que se preocupar. Debra Bowker estará pousando no aeroporto Heathrow dentro de pouco tempo. Será recebida por Pulford e ficará disponível para um interrogatório dali a poucas horas. Enquanto Staffe segue para Leadengate, seu telefone toca de novo.

— Staffe? — diz Jombaugh.
— O que foi?
— Receio que eu tenha más notícias. A delegacia de Gloucester já entrou em ação. Seu apartamento foi invadido. Eles não levaram nada, mas acho que você deveria dar uma olhada. Há alguma... eles escreveram alguma coisa. Está nas paredes, e os policiais que foram lá acham que a coisa foi escrita com sangue.

Staffe soca o volante e muda de pista. Ele vira à esquerda assim que consegue, voltando em direção ao lado norte do Claphan Common. Enquanto dirige o mais rápido que pode para Queens Terrace, ele pensa no que Jessop dissera sobre defender a lei, sobre Sohan Kelly sendo "protegido" por Pennington.

A porta da frente do prédio está intacta, e o policial lhe diz que o acesso ao prédio foi feito por alguém que devia ter uma chave. Ele já falou com todos os outros moradores, e um deles teve uma maleta roubada na quarta-feira. Talvez houvesse uma chave extra nela.

Quando chega à porta de seu apartamento, a moldura está toda arrebentada em torno da fechadura, e o policial parece dizer "O senhor devia ser mais precavido. Pelo menos deveria ter duas fechaduras". Ao entrar na sala de estar, não há sinal de arrombamento, tampouco na cozinha. A única evidência do intruso está na parede do quarto. Lá, acima da cama, está escrito em vermelho:

será feito em breve. acabou para você

* * *

Errol Regis está sentado na cozinha, à pequena mesa com tampo de fórmica. Pela janela dos fundos, ele pode ver o céu da City, azul, sem nuvens. De alguma forma, o salgueiro no quintal consegue florescer. Tem botões empoeirados em forma de trompetes, de um branco sujo, e Errol não consegue se lembrar de ter visto a árvore antes de ser preso. Não se lembra muito de como costumava ser antes de a polícia bater à sua porta naquele dia, acusando-o de molestar sexualmente a pobre Martha Spears. E depois veio a prova, só Deus sabe de onde apareceu.

Há uma pilha de cartas na mesa. A maioria vem de diversos advogados. As cartas de Theresa escassearam logo depois que ela fez o mesmo com as visitas. Ela viera pela última vez no dia seguinte em que ele lhe escreveu dizendo que seu recurso fora negado. Parece que ela tinha mais fé na lei do que no marido.

Ele vai até o armário debaixo da escada e encontra uma velha lata de fluido de isqueiro, guarda-a no bolso de trás da calça jeans, que agora está muito larga para ele. Reúne as cartas e sai para o quintal, olhando para a esquerda e para a direita enquanto anda. Sente estranheza no fato de estar vivendo diante dos olhos de pessoas que ele não conhece. Na cadeia, todo mundo está no mesmo barco. Aqui, parece algo tão aleatório, as pessoas com quem você cruza na vida. Ele faz uma pilha com as cartas na grelha perto da porta dos fundos; imagina que, se fizer muita fumaça, pode jogar água no fogo. Embebe as cartas com fluido de isqueiro, acende um fósforo e deixa-o cair, observando o ruído sibilante que o fogo faz ao propagar-se.

Errol sente um de si dentro se dissolver. A coisa sobe de sua barriga para a garganta. Espalha-se pelos pulmões. Ele luta para recuperar o fôlego e depois começa a gemer. Chora como uma criança que não sabe realmente por que motivo está chorando, apenas que está faltando algo em sua vida de que ele necessita desesperadamente.

O sol já se pôs atrás da cerca alta, e alguém em um dos quintais da vizinhança pergunta o que há de errado. Logo depois, alguém da janela de cima grita para ele calar a porra da boca, e Errol Regis, como de hábito, faz o que lhe mandam e entra em casa.

* * *

— Isso parece uma acusação, chefe — diz Staffe.

Pennington está sentado na cadeira do inspetor. Staffe está de pé, as mãos nos bolsos, como um estudante que cometeu alguma falta.

— Você está enrolado nisso tudo mais do que é saudável para todos nós. Primeiro, eles telefonaram para você em casa quando Montefiore foi torturado. Você não deveria ter ido lá sozinho, mas foi. E há as mensagens enigmáticas naquelas fotografias. Você começou a remexer o caso Stensson e foi checar com Jessop. E agora seu apartamento é invadido com uma mensagem rabiscada com sangue. E tem o seu carro, também.

— Como o senhor sabe sobre isso?

— Sobre o quê, exatamente, Staffe?

— Era sangue de carneiro, chefe.

— E daí, porra? Gostando ou não, você está envolvido. Pessoalmente envolvido.

— Eu estou conduzindo o caso. Isso tudo tem a ver com a investigação. Isso remonta à morte de Lotte Stensson, lá atrás. À acusação de Karl Colquhoun de ter abusado dos próprios filhos. À agressão de Guy

Montefiore a Sally Watkins. E eu arrisco dizer que remonta até a instituição do VIQNASEV.

— Eu já tenho uma dúzia de casos de molestadores sexuais que foram arrancados de suas casas. Tenho dois dos facínoras presos lá embaixo. E Karl Colquhoun foi morto esta semana, não há três anos, se é que se esqueceu.

— Eu estou certo, chefe! Aposto minha...

— Sua reputação, Staffe? Espero que ela seja melhor do que você está me dizendo. Estou contente porque não se trata da minha reputação.

— Eu rastreei o imóvel de onde costumava operar o VIQNASEV. E Debra Bowker já está na Inglaterra. Está vindo do aeroporto de Heathrow.

— Pelo amor de Deus. Ela estava fora do país quando o marido foi assassinado.

— O senhor disse que eu tinha uma semana. Me deu sua palavra.

Pennington se reclina na confortável cadeira de braços e põe as mãos atrás da cabeça.

— Tem mais uma coisa, Will. — Ele lança um sorriso melancólico.

— O que é? — Staffe sente seu estômago se contrair.

— A Corregedoria da Polícia abriu um processo sobre a denúncia daquele garoto escroto da outra noite.

— O cara da e.Gang? O senhor sabe que isso é tudo um monte de besteira.

— Nós temos que seguir as normas processuais. — Pennington se levanta.

— Por causa de Sohan Kelly.

Ele sai, passando por Staffe.

— Três dias, Will. Eu dei minha palavra ao comissário-chefe. Você vai querer que eu cumpra minha palavra, não vai? — No momento em que está saindo da sala, ele entrega uma nota de 10 libras a Staffe. — Por ter trazido Debra Bowker até aqui. Não diga que não sou um homem de palavra.

Pennington deixou seu odor no ar e em torno da cadeira. Não é desagradável; é simplesmente o cheiro de outra pessoa. Staffe abre a janela e telefona para Johnson, para que este rastreie o número do VIQNASEV.

— A linha foi desligada há dois anos e meio, chefe.

— Descubra quem é o proprietário do imóvel e cheque os inquilinos dos últimos três anos. — Ele está prestes a perguntar a Johnson como tem estado quando o interfone toca.

Pulford diz:

— Estamos de volta, chefe. Eu trouxe Debra Bowker para cá. Estou dando a ela agora um sanduíche e uma xícara de chá.

Staffe encerra a chamada de Johnson e diz a Pulford:

— Leve-a para a sala de interrogatório 3 quando eu mandar. Nesse intervalo, diga a Josie para ficar com ela, e tome providências para que todo mundo trate a mulher com luva de pelica.

— Stan Buchanan é o defensor público.

— Há um conflito de interesses aí. Ele representou Leanne Colquhoun.

— Ele disse que foram retiradas as acusações contra Leanne. Não quer arredar o pé, chefe.

— Estou descendo. — Enquanto desce, Staffe visualiza Debra Bowker e as coisas de que talvez ela seja capaz.

Ele tem que entrar na recepção e sair pelo outro lado para chegar às salas de interrogatório. Quando faz isso, vê a figura familiar de um homem sendo fichado por Jombaugh. O homem lança um olhar rápido para ele, fingindo coçar uma orelha, e no momento em que se vira cai a ficha.

É Ross Denness, o mesmo homem que, no bar Ragamuffin, disse a Staffe que Colquhoun teve o que merecia. E agora, Debra Bowker, que abandonara o país por causa do assédio de Karl a seus filhos, está na delegacia de Leadengate ao mesmo tempo que ele.

Staffe atravessa direto a recepção em direção à sala de interrogatório 3, que ainda está vazia, e telefona para Jombaugh.

— Não diga meu nome, Jom. Só me fale que acusações estão sendo feitas contra essa cara na recepção.

— É uma seção 43, chefe.

— Contra um molestador sexual, sim ou não?

— Sim.

— Sob nenhuma circunstância Ross Denness deve ser liberado. E tire esse cara da recepção. Depressa!

— Debra? Sente-se, por favor — diz Staffe, espantado com Debra Bowker. Ela tem o bronzeado que ele esperava, mas quase todo o restante o desconcerta. A mulher está usando um elegante terno de cor creme, com uma minissaia, e seu cabelo é brilhante e liso; cem libras por aquele corte, ele imagina. Seus dentes são perfeitos, e a pele tem ótima aparência, a despeito do sol. — Essa aqui é minha colega, a policial Josie Chancellor. — As duas mulheres se cumprimentam com a cabeça e trocam sorrisos contidos.

— Eu vi o *News*. Parece que aquela vagabunda continua a mesma. Leanne sempre faz seus malabarismos por umas poucas libras — diz Debra Bowker, seu sotaque do East End forçado até o máximo da afetação.

— Deixe eles fazerem as perguntas, Sra. Bowker — intervém Stanley Buchanan. — E me consulte antes de responder.

Ela se volta vagarosamente para Buchanan.

— Não tenho nada a esconder, Sr. Buchanan. Eu me apresentei voluntariamente para vir até aqui, e, se não houver inconveniente para o senhor, eu direi a verdade.

— É claro que nós dizemos a verdade, Sra. Bowker.

— É "senhorita".

— É claro — diz Buchanan.

— Quando foi que abandonou o nome Colquhoun, Debra? — pergunta Staffe.

— No dia em que eu dei um pé na bunda dele e o expulsei de casa.

— E você fez um novo passaporte, acredito.

Ela tira o passaporte e o mostra a Staffe. Ele pega o documento e sorri, folheia até a última página e observa que o passaporte substituiu um outro, roubado. Faz uma anotação do número do passaporte roubado. Quando devolve o documento a Debra, ele vê Stanley Buchanan começando a ficar nervoso, então segue nessa direção.

— Seu outro passaporte não foi roubado, não é, Debra?

— Eu nunca disse que foi.

— Ah. Não importa.

— Não importa o quê?

— Que você acabou de dizer que tinha vindo aqui para falar a verdade e que você disse aos funcionários do governo que o seu passaporte com o nome de Colquhoun foi roubado. E você nos disse que não tinha voltado à Inglaterra desde que partiu. Contudo, a Budjet Air teve uma passageira com o nome Debra Colquhoun num de seus voos, agora em abril. E ela ficou aqui por dez dias.

Debra Bowker sorri para Staffe.

— Eu encontrei o passaporte e nunca lhe dei muita importância, mas daí eu vi a chance de fazer uma viagem barata. Eu guardo todas as minhas coisas de valor num cofre em um banco em Tenerife, mas era domingo. Eu não podia pegar meu passaporte novo. — Ela não pisca, não desvia o olhar. A voz é calma e firme. — Tenho certeza de que vocês podem checar que eu viajei no domingo.

— Mas você parece odiar tanto o nome.

— Eu odiava *ele* o bastante para que seu nome não significasse nada para mim. Eu mudei o nome por causa dos meus filhos.

— Por que mentiu para nós quando perguntamos se você tinha voltado à Inglaterra?

— Porque eu sabia que isso faria com que vocês voltassem a bisbilhotar minha vida. E logo percebi que fui ingênua ao imaginar que vocês não cravariam as unhas um pouco mais fundo. Foi um erro.

— Você bebe, Debra? — pergunta Josie.

— Um pouco demais, provavelmente.

— E isso causou algum problema quando você e Karl viviam juntos?

— Ele me causou muitos problemas. Uns poucos copos de vodca a mais não contam quando você olha para o que ele fez com meus filhos.

— Você bebia para afrontá-lo, para magoá-lo?

Debra Bowker olha para Stanley e rapidamente desvia o olhar.

— Eu não vejo razão para vocês estarem desperdiçando o tempo da minha cliente com isso — diz o advogado.

— Você sabe da vida de Karl, como o pai costumava espancá-lo. As outras coisas que fazia com ele.

— Vocês não vão fazer com que eu sinta pena dele.

— As coisas que ele fez com seus filhos... Quem poderia culpá-la, se o torturasse?

— Torturasse?

— Você disse que levou seus filhos embora logo que descobriu tudo, Debra — diz Staffe.

— É claro. E vocês, policiais, não fizeram nada. Nada!

— Mas esse foi o ponto de partida dos atritos entre vocês dois? — diz Josie. — Não, se você já vinha bebendo e o odiava tanto.

— Não é segredo que, se eu não tivesse ficado grávida, nós nunca teríamos vivido juntos. Foi um erro.

— Dois erros.

— Eu tentei construir uma família. Tentei fazer o melhor de uma coisa ruim.

Staffe rabisca um bilhete e o entrega disfarçadamente para Josie. *Vá buscar Denness e deixe-o sentado aí fora.* Ele espera Josie sair e continua:

— Estamos quase terminando, Debra. Eu sei que você não ficou contente com o modo com que foram suspensas as acusações contra Karl, pela polícia e pela Promotoria. Entretanto, nós estamos tentando fazer nosso trabalho o melhor que podemos, e tem havido outros incidentes que chamaram nossa atenção.

— A pobre menina Watkins. Eu li no *News* quando vinha para cá. Vamos esperar que dessa vez o canalha do Montefiore sofra o que ele merece, .

— Me fale sobre o VIQNASEV, Debra.

Sem a menor hesitação ou estremecimento, Debra Bowker diz:

— Aquilo não funcionou. Para mim, piorou tudo; reunia gente que só queria continuar a falar indefinidamente sobre a pior coisa que pode acontecer com uma pessoa. Estão obcecados, alguns deles. Deixaram que a mágoa substituísse os entes queridos. Não é esse o modo de lidar com a coisa.

— Você lembra quem frequentava o VIQNASEV?

— Um bando de gente entrava cada vez mais nessa coisa de "vítima".

— Ela faz aspas no ar com os dedos e dá de ombros.

— Nomes específicos, Debra.

— Faz tanto tempo, já. Conversei com apenas um ou dois. Um era um homem, é engraçado. Tyrone. É o pai de Sally Watkins. Ele estava arrasado, o pobre coitado. Como eu, estava tentando deixar aquilo para trás.

— Alguém mais?

— Uma mulher chamada Delilah. Esqueci o sobrenome dela, mas era negra. Uma verdadeira dama.

— Por que ela estava lá? O que havia sofrido?

— A filha dela tinha sido estuprada. Pobre Delilah. Ela queria sair por aí e matar os canalhas. Foi por isso que eu abandonei o grupo, verdade seja dita. Eu teria acabado cumprindo a pena, em vez dele.

— Mas você não poderia ter matado Karl, não é, Debra?

Ela sorri.

— Se ao menos eu estivesse lá...

Staffe pensa *Se ao menos alguém tivesse feito um vídeo da cena!*

— Você teria pagado a alguém para matá-lo, Debra?

— Talvez — diz ela.

— Srta. Bowker! — exclama Stanley.

— Para fazer com que ele parasse de fazer isso de novo?

— Esse é o problema de Leanne. Eu disse a ela, o que mais eu poderia fazer?

— Por que razão você a odeia tanto?

— Ele saiu com ela durante os dois últimos anos do nosso relacionamento. Estava abusando dos filhos dela enquanto os meus ficavam maiores. Quando eu descobri o que ele fez com Kimberley, eu disse a Leanne, mas ela falou para eu "me mandar".

— Você deve ter sonhado em se vingar dele — diz Staffe no momento em que batem à porta e Josie se esgueira para a sala.

— E arruinar ainda mais a vida dos meus filhos? Encontrei coisas melhores para fazer do que conseguir que aquele canalha sujo recebesse o castigo merecido.

— Obrigado, Debra. Talvez a gente tenha mais uma conversa enquanto você estiver aqui. Agradecemos muito, realmente, por você ter vindo.

— Terminou?

Stanley olha para Staffe como quem diz "Então foi isso?" e, logo que Debra Bowker pega sua bolsa e se dirige para a porta, o inspetor diz:

— Eu esqueci. E a mulher chamada Greta? Greta Kashell? Você alguma vez se encontrou com ela nas reuniões do grupo?

Greta? Eu não gostava nem um pouco dela. Mas você não precisa me perguntar isso, não é, inspetor? Ela telefona para mim de vez em quando. Você não estaria fazendo um bom trabalho se não soubesse disso, não é? — E ela pisca para Staffe.

— Por que você não gostava dela?

— Ela me dava arrepios, só isso. Se você considerar o canalha do meu ex-marido como uma exceção, eu não sou uma má avaliadora de caráter. — Quando diz isso, ela sorri. Depois abre a porta e vê Ross Denness. O sorriso desaparece. O sorriso dele também.

— Vocês dois se conhecem? — pergunta Staffe.

— Nunca vi essa mulher — diz Denness.

— E quanto a você, Debra?

— Eu o via quando morava no Limekiln. É primo daquela puta.

— Você é primo de Leanne Colquhoun? — pergunta Staffe, olhando para Denness, lembrando-se de que ele alegava não conhecê-la.

* * *

Quando entra no carro, Debra Bowker coloca os pés no espaço da frente do banco do carona do Peugeot, e baixa o olhar para as embalagens de bebidas e jornais velhos. Staffe diz:

— Não se preocupe, não há nada importante aí.

— Não quero sujar meus sapatos — diz ela e lança a Staffe uma piscadela maldosa. — Eu aposto que você é solteiro. — Debra olha de soslaio para ele. Ela baixa os olhos e reforça. — Não há nada de que se envergonhar.

— Que tal o seu quarto? — pergunta Staffe, olhando por cima do ombro e entrando no fluxo do tráfego.

— Me sinto como uma turista.

Staffe acha que Debra é uma pessoa fria, quer ela sinta, quer não alguma culpa. Para a maior parte das pessoas, simplesmente ir a uma delegacia de polícia faz com que elas se sintam criminosas. A maioria não gosta nem de passar pela porta.

— Eu talvez vá até o Trocadero mais tarde — diz ela.

Staffe ri alto e diz:

— Eu posso deixar você lá.

— Venha comigo, inspetor. Você parece que está precisando relaxar.

— Eu não "relaxo" — diz ele, olhando de soslaio para ela, sorrindo.

Ela se inclina para a frente no assento, solta o cabelo, e o perfume impregna o carro. Staffe não consegue imaginar ela e Karl Colquhoun juntos. E não pode imaginar Linda e Tyrone Watkins juntos. Ele fica pensando em mães como Debra, que forjam algum tipo de melhoria a partir das coisas terríveis que aconteceram com suas filhas.

— Você nem sempre foi solteiro, inspetor?

Staffe freia e se inclina um pouco para a frente, dá uma olhada para o tráfego em Queenway.

— Eu sempre... — Ele olha para o espelho retrovisor lateral, entra na faixa dos ônibus, recebe olhares furiosos e dedos do meio de motoristas parados.

— Sempre? — diz ela.

Ele lança um olhar para Debra, observando sua expressão suavizar. De repente, ela parece ser uma pessoa que fica magoada com facilidade.

— Sempre preferi fazer as perguntas. É o meu trabalho, Srta. Bowker.

— Um homem pode se cansar disso.

Staffe estaciona diante do Grafton e abre a porta de Debra Bowker.

— Como eu disse, vamos precisar conversar com você de novo.

— O enterro dele é na segunda-feira. Você vai?

— *Você* vai? — pergunta ele.

— Eu não perderia isso por nada no mundo.

— Você já visitou a mãe dele? Maureen.

— Não tenho nada contra ela.

— É, só que ela nem sabia que você havia se mudado. Eu acho que ela gostaria de saber como vão as crianças. Posso arranjar que um colega leve você lá.

— Eu sei o caminho. — Bowker salta do carro e estende a mão para pegar a bolsa.— Obrigada pela carona. E por não ter sido um canalha.

— Eu não saberia como — responde Staffe.

— Não estrague tudo mentindo, Staffe.

— Staffe? — diz ele, mas ela fecha a porta do carro e atravessa a porta giratória de entrada do hotel Grafton. Ele arranca com o carro e para no estacionamento subterrâneo do hotel. Só há um meio de sair do Grafton, e o Alma Café é bem do outro lado da rua. Ele pega suas contas no porta-luvas e decide espreitar Debra Bowker por uma hora, mais ou menos.

O contador de Staffe mandou os documentos para ele há três semanas. Ele só precisa de uma hora para examiná-los, mas sempre há coisas mais importantes para fazer. Pede um café *espresso* duplo e uma fatia de torta de maçã holandesa, olha para a entrada do hotel e se dedica à leitura dos relatórios de lucros e perdas. Os números parecem enormes. A renda dos aluguéis é duas vezes o seu salário, mas nem tudo é o que parece. As deduções tiram seu quinhão: pagamento de juros, fundos de amortização para consertos, recuperação de imóveis — e alguns destes não estavam alugados, comissões da imobiliária, honorários dos contadores, tarifas bancárias, uma provisão para impostos.

Ele olha de novo para o hotel com os números rodopiando em sua cabeça e dá um gole no café. Está muito quente, amargo, e é uma pancada no cérebro, o que ele está precisando muito. Aquilo faz com que ele sinta falta de um cigarro. Olha de novo para a página seguinte, vê uma queda em sua renda mensal e faz uma anotação para o contador não esperar nada do apartamento de Kilburn, agora que Marie está morando lá.

Ele se volta para o balanço patrimonial e vê quanto essa parte dele vale, depois de as sociedades de crédito imobiliário terem sido atendidas. Os zeros parecem absurdos, fazem-no se sentir sozinho.

Com o canto do olho, ele vê brilhar a silhueta de Debra Bowker. Ela não parece deslocada. De certa forma, conseguiu estreitar a brecha entre Limekiln e Mayfair. Staffe deixa de gorjeta todo o troco que tem, engole o resto do *espresso* e segue Bowker na direção de Piccadilly.

Ela olha para trás de vez em quando, enquanto desce a Gratton Street com seus saltos agulha. Dobrando na Albemarle Street, a mulher desaparece de vista, e Staffe tem que correr, descendo do meio-fio para aumentar seu campo de visão. Quando um táxi vem em sua direção, ele a vê desaparecer no bar Albemarle. Staffe se lembra de ter estado lá há anos, em uma noite de farra com Georgie Best. Não foi exatamente algo maravilhoso, mas, de qualquer maneira, era algo para se lembrar.

Há uma sala reservada à esquerda, quando se entra, e um grande salão nos fundos, no final de um pequeno corredor. Staffe espera alguns minutos para ter certeza de que Bowker não entrou ali apenas para usar o toalete. É um lugar estranho para uma mulher ir. Ele dá uma olhada para a saleta da frente e a vê no balcão; sua pulsação se acelera enquanto segue para o salão dos fundos: Debra está falando com outra mulher, mais nova que ela e loura. A princípio, ele pensa que é Sally Watkins. Mas certamente não é.

No salão dos fundos, Staffe arranja um lugar no balcão e se inclina para aproveitar uma pequena brecha que lhe dá uma visão da sala da frente. A mesma equipe de atendentes serve ambos os balcões, e, de onde ele está, pode ver as costas de Debra Bowker e três quartos do perfil de Sally Watkins. Mas a mulher não é Sally Watkins. Será Leanne Colquhoun? Ele tem certeza que sim. Ou está ficando maluco?

Ele pede uma caneca de meio litro de cerveja Carling para disfarçar e arrisca outro olhar. Debra Bowker não está sorrindo nem tem a expressão zangada. Se a outra fosse Leanne Colquhoun, certamente estaria acontecendo algum tipo de discussão. Ele dá um grande gole na cerveja e lança outro olhar para o reservado.

Leanne gastou parte das trinta moedas de prata que recebeu de Nick Absolom com uma nova aparência. O cabelo está cortado na altura dos ombros, e as manchas no rosto desapareceram.

Duas coisas preocupam Staffe. Primeiro, Debra Bowker e Leanne Colquhoun estão travando uma animada conversa, sem indícios de qualquer desavença; segundo, ele confundiu Leanne com Sally Watkins, e Leanne é a mulher que ele primeiro pensou que poderia ser a figura encapuzada na fotografia do corpo retalhado de Karl Colquhoun.

Ele dá um segundo e último grande gole na cerveja e vai embora, abandonando tudo ali mesmo, enquanto está com vantagem.

— Ele não está aqui — diz Becky Johnson ao telefone.

Ao fundo, Staffe acha que conseguiu ouvir Johnson perguntando quem é.

— Engraçado, na delegacia disseram que ele foi embora. Não tem problema. Você se importa se eu der um pulo até aí, Becky?

— Não vejo razão para você vir.

— Como estão as coisas?

— Você não sabe como vão as coisas, Will? Estão uma merda.

Staffe quer perguntar se ela sabe tudo sobre o marido, mas está ciente de que não pode fazer isso. Há uma comoção de vozes abafadas do outro lado da linha, e ele diz:

— Estou aqui na esquina. — E desliga.

Quando chega à Milford Street, na parte mais pobre da Holloway Road, Staffe se prepara para o fogo cruzado. Ele conhece Becky desde antes de Johnson ter vindo da Met, mas, nos últimos anos, ao que parece desde que Charlie nasceu, ela vem se tornando cada vez mais ressentida e fria. Talvez seja porque o seguro social londrino nem de leve contribua com suas despesas, e a pensão é uma miragem no horizonte. De uma maneira geral, Becky Johnson representa as frustrações de uma viúva de um detetive-inspetor.

— Eu disse para não aparecer — diz Becky, de pé no umbral da porta, com Charlie em seu colo. O suéter do garoto, dos Teletubbies, está claramente surrado e manchado de só Deus sabe quantas refeições.

— Só quero dar uma palavrinha com Rick.

— Eu já disse.

— Está bem, Becky. Deixe-o entrar — diz Johnson, atrás dela. Ele está usando uma camiseta e cueca, e tem um edredom passado sobre os ombros.

— Ele está acabado, Will. Você não vê?

Na verdade, há pouca coisa a negar. Johnson parece um morto-vivo.

— Só uma palavrinha sobre Sally Watkins — diz Staffe.

Da sala de estar, Becky chama as crianças para levá-las para o quarto. A sala é aberta para a cozinha e de um bom tamanho, mas há um berço em um canto, e é fácil ver que o lugar não é espaçoso o bastante para uma família de cinco pessoas.

O pequeno Ricky vem na frente. Ele tem 6 anos e corre para Staffe, dando-lhe uma cabeçada no estômago e enlaçando-o pela cintura com os braços. É um ato de afeição disfarçado de agressão. Staffe arrepia o cabelo do garoto e lança uns socos no ar, de brincadeira.

— Não o deixe agitado, Staffe! — exclama Becky.

Sian vem depois, a mais velha. Ela tem uma aparência juvenil, mas seu semblante é de adulta. Passa por ele, a cabeça baixa, taciturna. Staffe se lembra de quando a garota era apenas uma coisinha pequenina e alegre.

— Você está bem, Sian? — Ele lança um sorriso para ela.

Ela não responde nada. Staffe olha para Johnson, que olha para o carpete.

— Você está com uma aparência horrível, cara — diz Staffe, depois de Becky fechar a porta.

— Obrigado — diz Johnson.

— Você corroborou o álibi de Sally Watkins, não foi?

— Eu fiz o relatório.

— Apenas me diga se você não descobriu mais alguma coisa. — Staffe ouve a gritaria no outro aposento. — Nós podemos mudar o documento.

— Ela estava com algum babaca, fora do prédio. Ele é casado. Eu não queria destruir a família dele, mas ela já estava mal. De qualquer forma, qual é o problema? Você não pode relacioná-la ao caso Montefiore, com certeza.

— Não. Mas sim ao caso Colquhoun.

— Colquhoun. Por que ela faria alguma coisa contra ele? Ela não conheceu o cara.

— Tyrone Watkins conhece Debra Bowker.

— Não estou entendendo. — Johnson se senta na beirada de um sofá gasto e se cobre com o edredom. Ele está tremendo.

— Podemos nos arranjar sem você por um dia ou dois. Vejo você na segunda-feira, Rick.

— Um dia inteiro de folga, muito obrigada — diz Becky Johnson, conduzindo as crianças para fora do quarto.

Staffe tenta lançar um sorriso estoico para Becky quando ela caminha até a porta, mas não recebe nada em troca. Ele quer perguntar como estava a comida chinesa na noite anterior, mas não diz nada. Assim que Janine trouxer para ele o resultado do exame da seringa, Staffe terá que conversar com Ricky. Ele nem ousa pensar nas medidas que terá que tomar.

Quando ele sai, o pequeno Ricky está tentando jogar Sian no chão. Ela o afasta, desinteressada. Charlie bate na parte de trás das pernas de Ricky com uma espátula, e Becky Johnson começa a gritar com o marido antes de Staffe fechar a porta ao sair. Quando ele faz isso, Sian olha para ele com olhos grandes, tristes, como se dissesse que ela não aguenta mais viver daquela maneira.

Noite de sábado

Ross Denness foi indiciado por agressão a um de seus vizinhos, um nativo do Oriente Médio, de 1,65m, supostamente incluído no registro de molestadores sexuais. Josie checou, e a vítima não estava, **nem nunca esteve**, naquele registro. Como se as noites de sábado na delegacia já não fossem horríveis, de qualquer modo.

— A porra do registro está errado, não é? — pergunta Denness. — Todo mundo sabe como as coisas funcionam com esses muçulmanos malditos.

Staffe olha para o defensor público de plantão, que dá de ombros, como quem diz: "Não ponha a culpa em mim. Eu não escolho meus clientes, assim como você também não."

— Mesmo que o nome dele constasse no registro, agressão ainda é crime.

— Você está dizendo que a lei protege a ele mais do que a mim.

— Diga de onde você conhece Debra Bowker e por que não me contou antes que você é parente de Leanne Colquhoun e depois veremos o que a lei tem para lhe oferecer.

— Eu estou aqui há horas. Você vai me indiciar ou não?

— Ela contou o que Karl Colquhoun vinha fazendo com os filhos dela? Pediu que você lhe desse uma prensa, não pediu?

— Você sabe onde eu estava quando aquilo aconteceu — diz Denness, com um sorriso presunçoso. Ele se recosta e põe as mãos atrás da cabeça.

— Você conhecia Karl quando ele ainda vivia com Debra Bowker e não gostava dele na época. Debra contou a você que Karl estava mais interessado nos filhos dela do que nela própria. É isso mesmo, não é, Ross? Você estava transando com ela?

— Inspetor, por favor — diz o defensor público.

— Bem?

— Talvez — diz Denness, incapaz de resistir.

— Quem iria culpá-lo por ter se envolvido? — pergunta Staffe.

— Envolvido?

— Talvez você possa ir para a cama pensando nisso, Ross. — Staffe se levanta, preparando-se para sair.

— Você não pode me manter aqui dessa maneira.

— Um policial logo estará aqui para indiciar você por agressão corporal e incitação ao ódio racial. Para começar.

— Seu maldito.

— Sr. Denness — diz o advogado.

— Continue assim, Ross. Continue assim — diz Staffe. — É sempre bom para os negócios.

O sorriso debochado de Denness vacila; ele dá a impressão de não saber se Staffe está se referindo à agressão corporal ou não.

Staffe para na porta.

— Seria o bastante para uma sentença de dois a três anos. Pergunte a seu amigo aqui — diz o inspetor, apontando com a cabeça para o defensor público. — Com o seu histórico.

— Foi em legítima defesa — diz Denness. — Eu tenho uma dúzia de testemunhas.

— Exatamente como na hora em que Karl Colquhoun foi assassinado. É melhor você deixar a justiça decidir isso, hein? — E Staffe vira as costas para Ross Denness pela última vez na noite. Ele já estourou sua cota do dia, e decide matar dois coelhos de uma só cajadada: vai ao Steeles com Smethurst para um pouco de descanso e também para dar informações à Met.

Quando sai, ele telefona para Pulford, pede a ele que cheque o álibi de Sally Watkins e obtenha uma nova confirmação. Pulford soa abatido, mas Staffe deixa passar. Não pode se dar ao luxo de ter menos um homem à disposição, então diz que a ligação está ruim e desliga.

* * *

Errol Regis passou 16 horas sentado na velha cadeira de balanço de sua avó, junto à janela da sala, rezando para que Theresa aparecesse descendo a rua. Ele acha que não vai aguentar viver sozinho.

Às três horas vieram alguns homens consertar o telhado da varanda da casa vizinha, o que era estranho, já que ninguém mais morava ali. Errol abriu a parte de cima da janela da sala para deixar entrar o cheiro de alcatrão queimando. Ele gosta do odor, mas, no fim, precisou fechar a janela porque se lembrou de Theresa. Ela não aguentava esse cheiro. Às quatro, ele preparou chá: duas canecas em vez de uma, e separou biscoitos de gengibre, embora não goste deles. Vem comendo esse tipo de biscoito há 15 anos e nunca reclamou.

Os homens foram embora, mas deixaram o alcatrão queimando em um pequeno tambor sobre um fogareiro a gás propano. Há apenas meia hora, um homem vestindo uma jaqueta de lã curta veio verificar tudo. Ele foi embora ainda deixando o alcatrão queimando. Errol queria perguntar o porquê, mas não teve coragem. Desconfia de que algo não está certo, de modo que apaga as luzes e pega um cobertor para cobrir as pernas. Abaixa o som do rádio e disca o número da delegacia de Leadengate. Deixa tocar uma vez e desliga, mas seu dedo repousa por um momento na tecla "rediscar".

Mais tarde, entrando e saindo de um sono perturbado, Errol acorda. Achando que ouviu alguém batendo na porta da frente, ele recolhe os joelhos para junto do peito e sente o corpo se contrair. Sua cabeça lateja, e ele acredita estar ouvindo passos se afastando. Espera, reúne coragem para ir até a janela e espreita para fora por uma brecha nas cortinas. Vê duas pessoas desaparecendo e pensa que são da polícia, mas não tem certeza. Checa se as portas estão trancadas, a da frente e a dos fundos, e retoma sua posição na cadeira.

Na hora, a Capital Radio lhe diz que os ataques a molestadores sexuais no Limekiln e no entorno diminuíram. Alguns homens foram presos, e, por enquanto, a ordem foi restabelecida.

* * *

Smethurst já está no Steeles quando Staffe chega e, antes que o inspetor possa dizer o que quer, ele pisca para a atendente e mostra dois dedos.

Chegam dois copos com duas grandes doses de uísque Jameson. Essa é a mesma atendente que serviu Staffe e Josie no outro dia. A mulher ajeita o cabelo, põe a mão nos quadris e sorri.

— Você levou uma bronca de Penningon por causa da história de Leanne Colquhoun? — pergunta Smethurst.

— Consegui remediar a situação.

— E que tal a queixa daquela gangue? Ouvi dizer que a Corregedoria está envolvida no caso.

— Isso é assunto meu.

— O que dizem é que os casos de Montefiore e Colquhoun passarão para o Grupo de Investigação de Grandes Crimes, o GIGC, antes que termine o fim de semana.

— Sem chance. Eu estou quase conseguindo. — O boato sobre o GIGC é novidade para Staffe. Ele engole o uísque de uma vez.

— Como você vai sair dessa? Um grupo de apoio às vítimas e um monte de gente com álibis sólidos como pedra.

— Todo mundo conhece todo mundo. Até mesmo Ross Denness, o colega de trabalho de Karl Colquhoun, é primo de Leanne Colquhoun. E nós estamos com o cara sob custódia por ter espancado um suposto molestador sexual.

— Ele tem um bom álibi?

Staffe pensa em Sally Watkins e na merda que Johnson fez ao comprovar o álibi dela. Johnson não quer que ela se transforme em uma suspeita de fato.

— Como está indo Johnson? — pergunta Smethurst.

— Por que pergunta?

— Ele tem uns amigos na Met. Ouvi dizer que está tendo problemas em casa. Dizem que está penando. E filhotinho também.

— Não há nada de errado com Pulford.

— Você pode ser leal *demais*, sabe, Staffe?

— Eu não sou *demais* em nada — diz Staffe.

— É claro que não. — Smethurst bate de leve no copo do outro e diz: — Tim-tim. — Ele acaba a cerveja e joga a cabeça para trás, rindo. — Eu vou beber em homenagem à moderação.

— Idiota — diz Staffe, imitando o outro, tentando não pensar na Corregedoria e no GIGC.

— Você é um homem diferente depois que se separou de Sylvie. Está muito austero. — Smethurst ri de novo. — Talvez a vida de solteiro não sirva para você.

A atendente do bar traz outra rodada de bebidas. Ela sorri para Staffe. Desde que ele foi visitar Jessop, esse caso o tem feito voltar ao passado. Para Sylvie? Se ele fosse vê-la, apenas uma vez, para lembrar os velhos tempos, talvez isso ajudasse o caso, de alguma forma.

— Staffe? — Smethurst está olhando para ele, obviamente falando sem ser ouvido.

— Desculpe — diz Staffe.

— Toquei numa ferida, não foi?

— Eu só preciso dar um telefonema — diz Staffe, levantando-se do tamborete do balcão e saindo do bar. Está chegando a hora das últimas rodadas, mas o bar ainda está fervendo, com os farristas se esparramando pelas mesas.

No celular, ele procura pelas chamadas recebidas. Aparece o nome de Sylvie, e seu polegar faz contato com a tecla verde Chamar, mas no exato momento em que exerce o grau certo de pressão o aparelho vibra em sua mão e ele atende a chamada, ouvindo a voz da irmã.

— O que há de errado, Marie?

— Nada. Não há nada errado. É exatamente o oposto.

— O que é?

— Eu queria que mamãe e papai estivessem aqui.

— Você andou bebendo?

— Só um pouquinho, mas...

— O que você quer?

— Paolo me pediu em casamento.

— Você está louca?

—Acho que estou. Eu queria apenas agradecer por ter nos cedido sua casa.

Staffe desliga o telefone e pragueja na noite quente. Quando ele se vira para voltar para o bar, pensa ter ouvido alguém gritar seu nome Gira o corpo e olha para os dois lados da Harverstock Hill. Há alguns jovens abrigados debaixo do ponto de ônibus, do outro lado da rua, mas um ônibus chega. Staffe pensa que talvez eles sejam da e.Gang. Depois, acha que está sendo paranoico. Quando o ônibus vai embora, os jovens não estão lá.

Staffe volta para o bar, praguejando contra alguns rapazes que estão perto da porta. Eles seguram garrafas como se fossem armas, e, quando ele passa, dizem algo que ele não consegue entender.

— Vão se foder! — diz ele, voltando-se para os jovens. Eles dão um passo para trás, assumindo uma formação. Um deles parece familiar, mas Staffe não se lembra de onde. Quando ele volta para o bar, Smethurst diz:

— Meu Deus. Parece que vamos precisar de mais umas doses.

— Beba você — diz Staffe, olhando na direção dos jovens na porta, que desapareceram.

Quando o Steeles para de servi-los, Staffe e Smethurst saem. Eles são os últimos, sem a menor dúvida, e estão a meio caminho da decadência. Enquanto vai caminhando para seu minitáxi, a atendente do bar dá um tapinha amigável nas costas de Staffe.

— Cuide-se, meu querido — diz ela.

— Eu posso cuidar de você também — retruca ele. — Sou policial, sabe?

— Não acho que você esteja falando sério — diz ela, sorrindo. Ela entra no minitáxi e vai embora, passando por um grupo de rapazes que se aglomera no estacionamento. Mesmo embriagado pelo álcool, Staffe reconhece dois deles que estavam no bar. Eles riem debochadamente, e outro rapaz aparece, vindo de trás do grupo: aquele que alega que Staffe o esfaqueou na frente do Ragamuffin.

— Merda — pragueja Staffe, sentindo instintivamente o corte em seu pulso.

— O que está acontecendo? — indaga Smethurst.

— Foi esse merdinha aí que me levou à Corregedoria. Deixe isso comigo. — Staffe dá um passo na direção da gangue, livrando-se de Smethurst, que tenta contê-lo. — Que porra vocês querem de mim? Dois ou três de vocês vão receber o que merecem. Vocês sabem disso.

— Ele olha cada um diretamente nos olhos, e, quando uma garrafa é lançada de trás do grupo e se espatifa a seus pés, ele percebe que tem uma chance. É uma jogada de covarde, típica das gangues. Ele finca os pés no chão, balança os braços para baixo e vira as palmas para enfrentá-los, como se dissesse: "Podem vir."

Os membros da gangue resmungam entre si, e Smethurst vai para o lado de Staffe e diz:

— E o resto de vocês vai ser preso. Eu sei quem são. Tudo o que preciso fazer é pegar suas fichas, e suas namoradas vão entrar em cana também. É crime servir de cafetão para suas namoradas, garotos.

— Uau! Você não pode dizer isso. De jeito nenhum, cara. Isso é abuso.

— Quem jogou a garrafa?

O rapaz da outra noite dá um sorriso debochado e diz:

— Não estamos causando perturbação nenhuma, cara. Quando causarmos encrenca, você não vai nos ver nem ouvir, seu veadinho.

Staffe dá um passo adiante, mas o rapaz não recua. A gangue se une em torno dele, e Staffe acha que ouviu o ruído metálico de uma arma sendo engatilhada. Seu coração quase para, e as pernas ficam fracas. Smethurst deve ter ouvido o ruído também, porque ele sussurra:

— Caia fora daqui. Agora!

O rapaz sorri quando ele vê a bravata da polícia esmorecer. Hoje em dia, a lei simplesmente não tem o armamento necessário, e ele dá um passo para a frente.

— Não pense que Jadus vai ficar parado e sofrer as punições da sua justiça de branco. Nós sabemos sobre Kelly, cara. Não importa se foi ele que dedurou ou um dos outros caras, nós vamos acertar as coisas.

A gangue dá um passo para a frente, e Staffe sente Smethurst puxar seu paletó. Atrás da gangue, um carro dá uma guinada na rua. A luz dos faróis incide direto em cima deles, e Staffe prende a respiração, não sabendo em que direção saltar. O rapaz olha ao redor, bem como toda a gangue.

— Merda, cara!

Os freios do veículo guincham e este sobe no meio-fio, no espaço entre o grupo e Staffe. Ele reconhece o Toyota esportivo, e, embora Pulford grite para eles "Entrem, porra, entrem!", a gangue já começou a recuar. Staffe se esgueira no assento de trás, e Smethurst entra na frente. Quando eles vão se afastando rapidamente no Toyota apinhado, uma bala atinge o porta-malas.

— Merda — diz Pulford. — Espero que vocês tenham seguro da polícia.

— Esse não é o carro da sua mamãe? — pergunta Smethurst.

— Você quer ir a pé? — pergunta Pulford. Depois, sussurrando: — Seu canalha gordo.

— Que diabos você está fazendo aqui? — pergunta Staffe.

— Preciso te mostrar uma coisa — diz Pulford.

— Mas como você sabia que eu estava aqui?

— Eu sou investigador, lembra?

Eles deixam Smethurst no Boss Clef e seguem para o apartamento de Pulford em Southgate, com Staffe relatando o evento com a e.Gang.

— Se não se importa que eu diga, chefe, talvez seja melhor o senhor não beber, com tudo isso que está acontecendo. — Ele dá uma guinada brusca no carro, entrando em uma vaga para estacionar.

Staffe levanta o olhar para a casa geminada cinzenta, construída no período entreguerras, com sua janela de sacada e telhadinho vermelho, em uma comprida rua curva, com todas as casas iguais, e diz:

— Você mora *aqui*. Quero dizer, eu pensei que você morasse num... outro lugar.

— Algum lugar descolado? — Pulford tranca o carro e conduz Staffe para a porta de entrada. — Há muita coisa que você não sabe. Espere até ver isso.

No interior, ele leva Staffe escada acima e entra em seu apartamento, no primeiro andar. Em uma pequena sala de estar, há um brilho acinzentado de uma tela de computador, mas Pulford vai direto para a pequena cozinha e põe a chaleira no fogo. Faz um café forte e entrega a bebida a Staffe.

— Eu não preciso ficar sóbrio, sabe?

— Eu não disse de que precisava. — Ele entra na internet.

Staffe pega o café e se senta ao lado de Pulford, observando um site surgir na tela.

— A cada quatro segundos, alguém acessa um site de pornografia infantil. Você sabia disso, Pulford?

— Fui eu que te disse isso. — Pulford está ocupado com o *mouse* deslizando o cursor pela tela e dando cliques duplos, com a velocidade de um jovem. Staffe pisca, tentando acompanhar. Ao beber o café, ele faz uma careta. — Agora, olhe para isso. — Pulford se reclina na cadeira, suspirando. — Olhe só para isso.

— Meu Deus! — exclama Staffe. — O que é isso? — A tela se divide em quatro segmentos. No canto superior direito está a fotografia de Karl Colquhoun. No inferior esquerdo, a de Montefiore. No inferior direito há uma imagem borrada que Staffe não consegue distinguir de que é, mas no quadrante superior esquerdo há uma imagem que Staffe nunca viu antes. É um rosto que ele sente que deveria conhecer, mas não conhece.

— O senhor não a reconhece? No canto superior esquerdo? — pergunta Pulford.

— Reconheço e não reconheço.

O rosto da mulher é sério e pálido. O cabelo é louro, a pele cinzenta. Os olhos estão fechados, mas a dor é visível em suas feições imóveis.

— Tenho certeza de que essa é uma foto tirada na necropsia. Vê a mesa de metal no fundo?

— Não é...?

— É Lotte Stensson, chefe.

— Que porra de site é esse?

— Olhe — diz Pulford, apontando para o endereço do site no alto da página: *vingançadevitimas.com*.

— Vítimas? — exclama Staffe.

— VIQNASEV? — diz Pulford.

— O que é isso no canto inferior direito?

— Eu não consigo distinguir, mas acho que é essa a questão. Ainda não foi decidido.

— Ah, meu Deus — diz Staffe.

— Eles querem que a gente veja isso primeiro. Vai ser uma execução ao vivo.

— Você não pode descobrir de onde vem esse site?

— Estou com um técnico trabalhando nisso, mas não sei se você ia preferir levar isso a Pennington.

O celular de Staffe vibra. A tela mostra que ele tem chamadas não atendidas: Sylvie e Pennington. Ele prageja baixo e telefona para Pennington. Mesmo sendo perto da meia-noite, seu chefe parece alerta como um escoteiro.

— Ah, Staffe! Você tem um timing excelente.

— Desculpe por telefonar tão tarde, chefe.

— Não é isso. Eu já ia telefonar para você. Precisamos nos encontrar na delegacia. Temos um problema. Um problemão.

— Há uma coisa que eu preciso dizer ao senhor. Sobre um site na internet.

— Vingança alguma coisa ponto com?

— O quê?!

— Nós temos que agradecer ao *News*, Will. Nicholas Absolom está aqui comigo neste momento. Eles estão sendo muito civilizados sobre esse caso, Will. Muito civilizados. Mas eu *gostaria* que você viesse para cá logo que puder. O mais rápido possível.

Pennington desliga, e Staffe pode imaginá-lo com uma expressão corajosa para Absolom, o sorriso forçado tentando não se transformar em uma careta. Subitamente, Staffe sente os efeitos da bebedeira.

* * *

Nick Absolom é uma figura magérrima, metida em um apertadíssimo terno Paul Smith: pernas cruzadas à maneira de um falso intelectual e olhos empapuçados ligeiramente fechados. Ele fala com um sorriso tenso, superior, e regularmente ajeita, com um lento movimento imponente da mão esquerda, a linha que divide seu penteado caprichado ao meio. Ele fala:

— Eu tenho que dizer, inspetor Wagstaffe, que acho que isso deveria ir para a primeira página. — Ele mete a mão no bolso de seu paletó e desdobra um pedaço de papel do tamanho de uma folha de tabloide, com uma fotografia do site da internet e uma manchete:

ASSASSINATO
ENQUANTO VOCÊ ASSISTE

Debaixo da imagem do site, uma legenda:

PRIMEIRO VÍDEO DE ASSASSINATO EM TEMPO REAL NA GRÃ-BRETANHA?

Staffe pega a página da mão de Absolom e a examina. Ele engole o próprio orgulho e diz para Absolom:

— É bom você publicar isso. É de interesse público.

— Não é de interesse público — diz Absolom.

Pennington suspira.

— Você sabe como as coisas estão fervendo por aí. De qualquer forma, como é que conseguiu isso?

— Sou um investigador, tanto quanto você.

— Não se elogie tanto, Absolom.

— Staffe! — grita Pennington.

Staffe esquadrinha a amostra da primeira página.

Estupradores de crianças são apanhados como moscas e justiceiros fazem a farra durante todo esse verão longo e quente de Londres. Mas o que a polícia deve fazer? Se você fosse um policial, num mundo onde os culpados são libertados e os inocentes são levados a uma lenta, lenta morte, o que você faria? Simplesmente pergunte a si mesmo.

Ele lança um olhar demorado e sério para Absolom, que o sustenta com firmeza. Nenhum dos homens cede um centímetro. Nenhum deles pisca. Pennington dá uma tragada longa em um cigarro eletrônico. Por fim, o silêncio é quebrado.

Absolom diz:

— Diga o que quiser, o público tem o direito de saber. Eu estou apenas representando o povo.

— Não é conveniente também que isso esteja apenas aumentando seu cartaz? Pisar em cima de cadáveres para subir ainda mais. Como você é nobre.

— Você está falando dos corpos dos pedófilos que foram libertados pelo Estado? Bem, eu peço minhas sinceras desculpas. Talvez devêssemos fazer mais para proteger gente como Karl Colquhoun, Guy Montefiore e Lotte Stensson.

— Lotte Stensson! Como você soube desse caso?

— Eu não duvido que você seja provavelmente muito bom no seu trabalho, inspetor Wagstaffe. Mas isso não quer dizer que eu não possa ser também. Ela está bem aqui, no canto superior esquerdo da página da internet. Não é ciência espacial.

— Como, exatamente, você conseguiu o endereço do site?

— Você vai esperar muito até que eu seja obrigado a contar isso. E você terá que provar que eu simplesmente não tropecei nessa pista.

Staffe olha de novo para a página, lê mais uma vez sobre a morte lenta das vítimas e fica imaginando quanto Absolom poderia saber sobre o VIQNASEV.

— Você devia agradecer ao Sr. Absolom, Will — diz Pennington. — Isso nos deu algum tempo para nos reorganizarmos.

Reorganizarmos?, pensa Staffe, temendo o pior.

— Está entregando o caso a outro detetive, inspetor-chefe? — pergunta Absolom. — O senhor disse que nós poderíamos ter prioridade no próximo furo em relação ao caso. Isso seria um ponto de partida.

— Você não passa de um caçador de escândalos — diz Staffe.

— Eu estou apenas fomentando um debate sobre a natureza da culpa e da inocência.

— Você está incitando a anarquia.

— A libertação de conhecidos maníacos sexuais na comunidade, simplesmente porque a busca pela justiça não condiz com o orçamento de vocês, não incita para a anarquia? — Absolom arranca a primeira página das mãos de Staffe e se levanta. Não aparenta presunção. Parece zangado, e, vagarosamente, dobra a página, metendo-a no bolso. — Vocês tiveram sorte dessa vez. — Ele olha para Pennington. — Se isso tem alguma coisa a ver com a justiça, qualquer coisa, vocês vão estar sufocando com as minhas palavras amanhã, quando estiverem tomando o café da manhã. Bem, posso presumir que o caso vai ser entregue a outro investigador?

Pennington acena afirmativamente com a cabeça. Ele lança um olhar resignado para Staffe.

— O detetive-inspetor Wagstaffe permanecerá ligado a esse caso, mas agora ele está sob o controle do GIGC.

— O Grupo de Investigação de Grandes Crimes? Quem será o encarregado?

— O detetive-inspetor Smethurst.

— Da Met? E onde ele ficará baseado?

— Hammersmith.

— O que você gostaria de dizer para os meus leitores, se eles perguntarem por que demorou tanto tempo para a Met tomar a frente desse caso?

— Sinergia — interrompe Staffe. — Surgiram provas ligando o assassinato de Karl Colquhoun a um caso no qual a Met cometeu um lapso. Foi há três anos. Você pode perguntar a Smethurst se quiser mais informações. — Staffe observa Absolom apertar a mão de Pennington e sair. — Então eu estou fora do caso?

— Como eu disse, Smethurst vai comandar a equipe do GIGC.

— Acabei de ter outra confusão com a e.Gang. Eu disse a você que eles sabem tudo sobre Sohan Kelly.

— Ele é intocável.

— Intocável?

— Não me encha o saco, Staffe. Pode ir, agora.

Staffe vai saindo do prédio. Conforme caminha, ele olha pelas janelas. Lá fora está escuro, pontilhado de pequenas centelhas de vida circulando por toda a cidade.

Manhã de domingo

— Dormiu com essa roupa, chefe? — pergunta Josie na entrada do apartamento de Queens Terrace. Ela segura um saco de papel pardo e uma cópia do *Sunday News*.

Staffe esfrega o sono dos olhos e entra no apartamento de novo.

— Não fique parada aí. Entre! — diz. Na cozinha, ele põe colherada após colherada de café no moedor. A máquina faz um ruído; Staffe esfrega as têmporas com a mão livre e depois toma um grande gole d'água de uma caneca Guinness de meio litro.

— Você quer uma? — pergunta ele, levantando uma caneca de porcelana branca.

Josie acena que sim com a cabeça e lança a ele um olhar curioso, como dizendo: "Você deveria estar puto da vida."

— O que você vai fazer, com Smethurst agora encarregado do caso?

— Não se trata de estar encarregado. Se trata de pegar essa pessoa antes que eles cheguem a quem quer que esteja no canto inferior direito daquela página da internet. — Ele aponta com o dedo a primeira página do *News*. — O que os peritos disseram sobre as imagens?

— Qualquer um poderia montar essa página. A imagem é de uma webcam padrão, de 10 libras. Mas veja isso. O local original onde foi comprado o endereço do domínio foi o computador de Guy Montefiore. Foi feito pelo telefone fixo dele.

— E eles usaram os cartões de crédito dele também? — indaga Staffe.

— Usaram.

— De onde vem a transmissão?

— A imagem está muito borrada. Eles supõem que foi usado algum tipo de gaze sobre a lente. Mas os técnicos acham que poderia ser um prédio, uma foto externa. E é no nosso fuso horário. A luz apareceu na mesma hora que em Londres.

— Gaze? — Staffe bebe o restante do meio litro de água e põe mais na caneca. — O que você vai fazer hoje?

— É domingo, mas acho que eu não tenho qualquer autoridade para decidir isso.

— Que tal a gente invadir o local? — Staffe dá um tapinha no encosto da cadeira da mesa da cozinha, convidando Josie a se sentar. — Vou tomar uma chuveirada rápida e depois a gente vai.

— O que você vai fazer a respeito de Montefiore?

— Montefiore? Por que eu deveria fazer alguma coisa a respeito dele?

— Ahh — diz Josie. Ela olha para os próprios pés, claramente constrangida.

— Que aconteceu, Josie?

— Na noite passada, pouco depois das onze, ele foi agredido em seu leito no hospital. Um servente atrapalhou o serviço dos caras, mas eles fugiram.

— Malditos! Pennington não me disse porra nenhuma. Eu estive com ele ontem à noite. Canalhas! Canalhas, todos eles!

Quando ele entra no quarto, Josie ouve-o batendo nas coisas e xingando, depois um celular toca e o lugar cai no silêncio. Staffe atende e fecha a porta, e Josie fica lá, sozinha, para beber seu café sem qualquer barulho.

O coração de Staffe bate acelerado.

— Eu realmente não sei — diz ele. Seu estômago se revira vagarosamente, em câmera superlenta. Ele senta na beira da banheira e respira fundo, os pés batendo dezesseis vezes por minuto.

— O que levou você a me telefonar? — pergunta Sylvie.

Ele olha de modo confuso para a parede e vê os azulejos como se fosse a primeira vez. São comuns, brancos, mas as bordas são feitas manualmente e eles vieram de Córdoba. Staffe os comprou em uma loja em Acton, logo que adquiriu o apartamento. Quando Sylvie viu os azulejos, perguntou se ele os havia escolhido e disse que tinha bom gosto. "Isso é óbvio", dissera ele, correndo a mão pelas costas dela, puxando-a para si.

— Os azulejos de Córdoba ainda estão aqui.
— O quê?
— Estou no banheiro, Vee.
— Will, você está esquisito.
— Você disse que gostou dos azulejos, e eu disse...
— Você esteve bebendo? Você não está bebendo de novo, não é, Will?
— Não bebi nada o dia inteiro.
— Will!
— Estou brincando.

A linha fica silenciosa, e ele acha que ouviu Sylvie fungar. Ela diz:
— Eu disse que você tinha bom gosto, e você disse que isso era óbvio. Você me tocou. Eu preciso ir, Will.
— Eu preciso ver você, só isso.
— Will...

O telefone fica em silêncio. Só de ouvir a voz dela, ele faz uma viagem através dos anos. Suas palavras são pegajosas, como um beijo nervoso.
— O que é? — pergunta ele.
— Se você queria me ver, só precisava falar. — Ela diz a hora e o lugar, e o telefone fica silencioso de novo.

Staffe reúne toda a coragem, respira fundo e diz:
— Às vezes eu sinto falta de você, Vee. — Mas a linha foi desligada. Ele não sabe se ela o ouviu dizer isso ou não.

Staffe e Josie seguem de carro ao longo do Embankment. O sol está baixo e dourado, lançando longas sombras sobre a rua que vai para Westminster. Aquilo poderia fazer uma pessoa acreditar que está em uma calçada de tijolos amarelos; as filas para o Tate já serpenteiam na direção do calçadão ao longo do rio. Staffe quer, pelo menos uma vez, ter uma manhã de domingo comum, ler os jornais e ir a uma galeria de arte; um almoço no fim da tarde em um bar pouco iluminado, e depois um filme da década de 1950 ou os destaques sobre críquete.

Em vez disso, ele dobra à direita na Albert Bridge e vai seguindo contra o tráfego para a Kennington Lane.

Josie diz:

— É ali adiante. Acima da imobiliária. Entre à direita depois da pizzaria. Vamos sair na Cleaver Square. Eu tive um namorado que morava aqui. Podemos entrar pelos fundos.

Staffe quer saber mais sobre o namorado. Por que se separaram? Ele era bom para ela? Talvez ela o tivesse enganado.

— Aqui. Bem aqui — diz ela.

Staffe estaciona, olha para seu chaveiro com chaves que abrem diversas portas. O caminho pelos fundos é muito fácil. A entrada para o bloco de apartamentos se projeta para fora, e ele se esconde em um recesso enquanto alça o corpo, arranhando os sapatos ao fazer isso. Esfola a canela nos tijolos da beirada, mas, com um esforço final, ultrapassa o obstáculo. O cadeado no portão é do tipo padrão, e Staffe logo acha uma chave no chaveiro que serve. Ele deixa que Josie entre e põe o ferrolho de volta no lugar.

Degraus de aço levam ao primeiro andar, e, quando eles sobem podem ver a Cleaver Square. As pessoas passeando com seus cachorros ou sentadas nos bancos, refesteladas nas mesas do bar que ainda não abriu. Quanto mais alto sobem, mais Staffe e Josie ficam expostos. Staffe sabe que, se for pego, ele não estará apenas fora do caso. De repente, ele se sente fraco.

A primeira chave que ele tenta nem chega perto de abrir a porta, de modo que ele tem que se agachar, olhar pela abertura da fechadura e depois examinar as chaves.

— Staffe! — sibila Josie.

Ele põe a chave na fechadura e entra com toda a força, mas já é tarde. Abaixo deles, um homem com um cachorro, do outro lado da rua, parou, enquanto o animal faz cocô. Ele brada:

— Arrombando, não é? Vou chamar a polícia. — Ele está sorrindo.

Staffe, fala, em voz alta:

— Somos policiais. E se você não limpar esse cocô aí, vou levar você para prestar serviço comunitário.

O sorriso do homem desaparece e ele olha para baixo, desconcertado, encarando a pilha de cocô que o cachorro acabou de produzir. Staffe gira a chave e empurra a porta, abrindo-a. Ele olha para baixo, vê o homem indo embora apressado, deixando a porcaria do cachorro para alguma outra pessoa limpar.

Dentro, três portas se abrem para o corredor escuro forrado com um tapete marrom, surrado. O ambiente é poeirento, e Staffe vai abrindo as portas ao caminhar. Há uma pequena quitinete com dois insetos em uma pia, depois um banheiro, e finalmente um aposento grande com duas janelas de alto a baixo, dando para a Kennington Lane.

— Este lugar não é usado há meses — diz Josie.

— Vamos torcer para que não tenha sido usado desde que o VIQNA-SEV começou a funcionar aqui. — Ele vasculha as gavetas de uma escrivaninha envernizada, uma imitação barata. — Você examina o arquivo. — As gavetas da escrivaninha estão vazias, salvo uns poucos clipes de papel e uns cardápios muito manuseados de restaurantes que entregam comida em domicílio.

— Estou com um mau pressentimento, chefe. — Josie coloca seu curto terninho de camurça nas costas de uma poltrona e se esgueira para fora, sem ser notada.

Staffe pega o telefone e vê que a linha está desligada. Há uma antiga máquina de fax em uma mesa baixa, mas não há nenhum papel ali, dentro ou fora.

— Não há nada aqui — diz Josie.

— Que perda de tempo — lamenta ele, olhando para a escrivaninha. À esquerda há três gavetas; ele se agacha, puxa a gaveta vazia completamente para fora e a coloca no chão.

— O que você está fazendo?

Staffe se ajoelha e estende o braço para o vão deixado pela gaveta, com a mão estendida, puxando-a de volta como uma concha. Ele sente pedaços de papel encostados na madeira compensada áspera. Os detritos de papel caíram do fundo da gaveta; deviam ter ido parar ali quando ela ainda estava abarrotada. Ele traz os fragmentos para fora. Enquanto os examina, sentado no chão de pernas cruzadas, Josie está de pé, perto da janela; ela puxa as cortinas sujas para um lado e vê se não há perigo.

A pilha de papéis tem mais cardápios e um panfleto de tamanho A5 do VIQNASEV, um mapa do metrô de Londres e uma pintura infantil de uma escola, com figuras magricelas acenando e grandes sorrisos amarelos nos rostos. Há também uma conta de telefone, de 2006. Ele folheia as páginas rapidamente e vê que a conta é dividida em itens. Sorri para si mesmo e mete o papel no bolso de dentro do paletó. Finalmente, há um conjunto de canhotos de um talão. Ele põe os canhotos no bolso e se levanta, colocando a gaveta de volta no vão da escrivaninha e dizendo:

— Nada. Vamos embora.

Eles saem rapidamente, fechando todas as portas pelo caminho. Josie dá uma olhada pelo estreito visor na porta de entrada. Ali embaixo, de pé do lado de fora do portão, há dois homens de terno, olhando para cima. Eles veem Josie, e ela prende a respiração.

— O que é?

— Há dois homens ali embaixo. Eles me viram. Acho que estão esperando por nós.

— Merda! — Ele suspira e abre a porta, fazendo Josie sair. Segue-a para baixo, pelos degraus de aço, levantando uma das mãos para os homens que os esperam e tentando imaginar quem poderiam ser. Ele faz deslizar o ferrolho do portão e sai para a rua, estendendo a mão para o mais velho deles.

— Que dia lindo. — O homem aperta a mão de Staffe, mas, antes que ele possa dizer alguma coisa, Staffe atalha: — Vocês são da imobiliária. — Ele fita o homem bem nos olhos e sorri. — Não se lembram de mim? Nós éramos os inquilinos. Estamos apenas procurando uma cópia do antigo contrato.

— Ah. Ok — diz o homem mais velho.

— Nós achamos que era melhor vir checar — diz o mais novo, olhando Josie de alto a baixo, remexendo a gravata.

— É melhor ter certeza do que se arrepender depois — diz Staffe, pensando como essas pobres criaturas devem estar desesperadas por um negócio, vindo trabalhar no domingo.

— Nós pensamos que tínhamos todas as chaves — fala o homem mais velho.

Staffe dá um tapinha no bolso.

— Os advogados disseram que devíamos devolver para eles, porque precisam fazer um inventário. — Ele cruza a rua e acena para os homens enquanto caminha, passando pelo próprio carro. Continua a andar na direção da praça, apalpando os canhotos dos cheques e pensando em uma boa coisa que pode fazer.

— Will! — diz Marie, afastando-se do portal da casa de Kilburn e abrindo os braços, convidando-o a abraçá-la. Ela mostra um sorriso imenso, e por um momento, quando enlaça Staffe com os braços, ele se rende à suavidade do pequeno corpo da irmã. A cabeça dela se aninha na curva entre o pescoço e o ombro dele enquanto o aperta junto a si.

— Não consigo dizer o quanto estou feliz, como estou agradecida por você ter nos deixado usar a sua casa. — Ela se afasta um pouco e o segura, ainda, pelos quadris. — Venha dar um oi a Paolo.

— Marie, há uma coisa que preciso fazer. — Ele põe a mão no paletó, apalpando o gordo cheque que veio dar a ela.

— Eu também. — Ela pega a mão dele e o leva até a sala de estar. Ele pode sentir o cheiro de álcool atrás dela, embora nem seja meio-dia. O sol banha o aposento. Invólucros de quentinhas enchem a mesinha de centro, e há uma garrafa de vodca junto da cadeira de Paolo. É a cadeira de Staffe. O homem que já espancou sua irmã está sentado, uma perna cruzada despreocupadamente sobre a outra, enrolando um cigarro, na cadeira de Staffe. É uma cadeira em estilo americano, o espaldar em concha, pela qual ele pagou 200 libras, há 15 anos.

— Oi, Paolo. — Staffe tenta não olhar para os machucados, que estão se tornando amarelados.

— E aí — diz Paolo, sem se levantar.

Staffe quer dizer a ele para ter cuidado com os cigarros na cadeira, mas pensa duas vezes. Em seguida, diz:

— Cuidado com os cigarros na cadeira.
— Will!
— Ela é valiosa.
— Não faça isso — pede Marie.
— Não se preocupe, cara — diz Paolo. Seus olhos amarelados se abaixam, pesados, e, mesmo que ele seja claramente do sul da Europa, tem uma entonação na fala que é afetada, sofisticada, do Novo Mundo.
— Não estou fazendo nada, Marie.
Marie se afasta na direção da porta e faz sinal a Staffe para segui-la.
— Você não consegue ver que estamos felizes? — sibila ela. — Você não consegue se sentir feliz por nós?
— É só o que desejo — diz Staffe. Ele pega as mãos dela e as aperta suavemente. — De verdade. Pode acreditar em mim. Eu só estou preocupado com você.
— Parece que você está preocupado com a sua mobília.
Ele pega o punho da blusa dela, folgada, de cor brilhante, com mangas compridas, estilo *hippie*, e corre a mão ao longo do braço da irmã. A manga da blusa se afrouxa, mostra seu braço pálido, nu. Ele prende a blusa em cima com o braço esquerdo e com o direito toca o machucado amarelado.
— Isso aqui não foi presente da fada madrinha — diz ele.
— Eu não sei o que você está tentando dizer, Will, mas ele me ama e eu o amo. Se você não nos quer aqui, nós vamos embora.
— Eu não disse isso.
— Às vezes, Will...
O celular dele toca. É Josie, e ele decide ignorar a chamada.
— Eu estou contente por vê-la feliz, Marie. Honestamente, estou mesmo. Eu só quero saber o que...
— E eu sei como você é, Will. Você não é exatamente um exemplo a se seguir quando se trata de relacionamentos, não é?
Ele quer dizer a ela que desejava tê-la ajudado mais quando os pais deles morreram. Ele quer ter alguém mais a quem culpar pelo que ela se tornou.
— Marie... — Ele ouve um *whoosh!* e alguma coisa o atinge na cabeça. Algo macio. No alto da escada, Harry está de pé, com as mãos acima da cabeça, como se tivesse feito o gol da vitória em Wembley.

Staffe abre os braços e Harry desce correndo a escada, e ele se ajoelha. Harry se lança do quinto degrau e Staffe o pega no ar. Ele mantém o sobrinho apertado contra si e ouve suas próprias palavras vibrarem na cabeça do garoto, quando diz no ouvido dele:

— Cuide da sua mamãe, Harry. Cuide da sua mamãe.

Ele sabe que, se der a ela o dinheiro, Paolo gastará parte da quantia. Mas também sabe que parte tornará a vida dela melhor, e de Harry também. Ele enlaça Harry em um braço e se levanta, tirando o cheque do bolso.

— Eu quero que você fique com isso, Marie. Aqui, pegue. Por favor.

Ela olha para o cheque, fingindo indiferença, mas seus olhos se arregalam. Ela faz com que voltem ao normal o mais rápido que pode.

— É muito dinheiro, Will.

— É para você e Harry.

— Mas não para Paolo?

— É melhor eu ir.

— Eu estou tentando fazer de nós uma família, Will. Diga adeus a Paolo.

Staffe olha de novo para a sala, vê Paolo queimando uma ponta de seu cigarro de maconha.

— Ele tem outras coisas em mente — diz Staffe, e, ao sair, consegue ouvir Marie reclamando de Paolo. Ele se recrimina por ter incitado a discórdia, depois se recrimina por não tê-la incitado ainda mais. Faz uma breve prece para que sua irmã não se machuque e aperta o dispositivo que abre o carro, mas, antes de entrar, o telefone toca de novo. Ele atende sem olhar:

— Oi, Josie.

— Não é Josie — diz Pulford. — Temos más notícias. Nico Kashell tentou se matar ontem à noite. Eles estão perguntando o que conversamos com ele, dizendo que deveríamos ter alertado a eles sobre a possibilidade de suicídio.

Staffe olha de volta para a casa, e fica imaginando que danos ele talvez esteja deixando pelo caminho. Entra no carro.

— Como você descobriu?

— O diretor da prisão me telefonou. Nós estamos na relação de visitantes de Kashell.

— Ninguém mais sabe?

— Ainda não.

— Vou contar a Pennington. E você, fique calado. — Ele desliga o celular e também o rádio da polícia, recosta-se no assento do Peugeot e descansa a cabeça. Fecha os olhos e respira fundo, inspira, expira. Mais fundo. Inspira, expira. Imagina o ar em seus pulmões se purificando, queimando até ficar prata brilhante, e sua pulsação diminui, diminui mais ainda, até que ele abre os olhos, olha para a conta telefônica do VIQNASEV. O único número que ele reconhece é o de Debra Bowker. O telefonema foi dado há 18 meses. Não é necessariamente uma coisa sinistra.

Enquanto dirige, ele tira os canhotos dos cheques, folheia os papeizinhos, imaginando se precisa mandar rastrear a conta. Ao entrar na High Street, com as lojas de vinhos e compradores dominicais se esbarrando e perambulando de um lado para outro, ele pisa no freio e para. O motorista do carro atrás dele buzina forte, desvia e lhe mostra o dedo do meio. Mas Staffe não liga. Ele está olhando para a cifra de 50 mil libras, escrita em caneta-tinteiro azul-escura, em um dos canhotos dos cheques. Embaixo há uma única letra, "J". A data é 20 de setembro de 2005, uma semana antes de Nico Kashell ter, supostamente, matado Lotte Stensson.

* * *

— Você está com uma aparência péssima, Rick — diz Josie.

Johnson segura a caneca de chá com ambas as mãos. Ele parece um morto-vivo. Os dois estão em um café do lado oposto da rua, na frente do mercado Smithfield, logo depois da esquina onde fica a delegacia. É um lugar tradicional, dos dias anteriores à invasão da área pela mídia e pelas coisas da City, com seus restaurantes de segunda classe e lojinhas de gastronomia.

— Obrigado, Josie. Me sinto muito melhor com isso.

— Como estão as crianças? Ainda perturbando muito?

— Smethurst me telefonou, diz que me quer na equipe do GIGC. Você também?

Josie acena afirmativamente com a cabeça.

— E quanto ao Staffe?

Ela observa sua xícara de café, vazia. Morde o lábio.

— O que foi, Josie? O que ele fez agora?

— Preciso falar com ele. Acho que fiz uma merda.

— Me conte.

Ela respira fundo.

— Nós invadimos um imóvel e eu deixei minha jaqueta lá.

— Que imóvel?

— Você ouviu Staffe falar do VIQNASEV?

— Ele ainda está correndo atrás disso, não é?

— Não achamos nada. Você não vai contar a Pennington, não é? Ou a Smethurst?

Por um momento, passa um brilho demoníaco no olhar dele, depois o cansaço o envolve de novo.

— Sabe, Josie, você pode me contar se ele estiver puxando você mais fundo nisso do que quer ir. Eu posso ajudar.

— Não é o fato de estar me puxando cada vez mais para o fundo que me preocupa. Acho que ele talvez esteja enveredando sozinho por um mau caminho.

— Um mau caminho? — pergunta Johnson, mais para si próprio. Ele olha para fora, e uma nuvem vagarosa desliza sua sombra sobre o mercado. Ele não se lembra da última vez em que viu uma nuvem naquele verão sufocante. Estremece, fecha o paletó sobre o peito e pede a conta.

* * *

Os domingos em uma prisão são ruins. São 23 horas de confinamento para todo mundo, a não ser para os cristãos, e ele é conduzido através do pátio para a nova ala hospitalar. Staffe vê um bando de fiéis presidiários se arrastando na direção da capela, todos fumando, todos com um xingamento descontraído na ponta da língua. É surpreendente como Deus é popular.

— Agradeça a Deus pelo vizinho de cela dele. Poderia ter sido muito pior — diz o diretor de plantão.

Staffe sente uma pontada de culpa pelas marcas que deixou na desesperada vida carcerária de Nico Kashell.

— Eu gostaria de falar com esse vizinho de cela.

— Wedlock? — O diretor dá um sorriso torto. — Não funciona desse jeito, inspetor. Talvez eu possa arranjar uma conversa em alguma outra ocasião.

O diretor puxa com força as chaves do bolso e as pega em pleno ar. Ele seleciona uma entre as muitas na argola e se vira, colocando-a na fechadura e dando um pontapé para abrir a pesada porta de ferro. Faz tudo isso sem se alterar. Staffe fica imaginando quantas dezenas de milhares de vezes por ano o homem faz a mesma coisa.

— Ele está acordado e consciente — diz o diretor —, mas você só tem dez minutos. Ele está fraco.

— Como ele fez isso?

— Enforcamento e corte dos pulsos. Ele queria mesmo se matar. Os detentos chamam isso de "tentativa dupla". Você se alça numa cadeira até o alto da janela, amarra o lençol em torno do pescoço, depois corta os pulsos com duas giletes escondidas numa escova de dentes e, em seguida, chuta a cadeira. Fica sangrando enquanto balança. Felizmente para Kashell, Wedlock estava prestando atenção e ouviu-o dizer uma prece. Nós calculamos que ele deve ter dado o alarme antes mesmo de Kashell cortar os pulsos.

— Não foi exatamente um grito de socorro, imagino eu.

— Ah, não — diz o diretor, entrando na recepção do hospital, pegando o livro de visitantes e o esquadrinhando enquanto mostra a Staffe o leito de Kashell com um amplo gesto. Ele dá uma caneta a Staffe e indica onde deve assinar o livro. — Dez minutos. Há uma sineta de alarme acima de cada leito e um policial ali na recepção. — E desaparece.

Kashell tem olheiras profundas e ataduras em cada um dos pulsos.

— Vocês não podem me deixar em paz?

— A sua abençoada vingança não trouxe paz, como você previa, Nico?

— Você não sabe metade da história.

— Então é isso, Nico? É apenas a metade da história, quando você tira a vida de alguém. Quando eles partem, você não pode perdoá-los, não é? É isso que você realmente quer, perdoar, deixar o ódio se esvair?

— Você é um bom filósofo, não é? — Kashell está recostado na cabeceira da cama, a cabeça repousando em grossos travesseiros, e um copo meio vazio de suco de groselha na mesinha de cabeceira. Uma câmera de circuito interno de TV está fixada ao teto.

— Ou talvez eu devesse estar fazendo essas perguntas a quem, na realidade, matou Lotte Stensson.

— Você está fazendo isso.

— Na última vez que conversamos, você desejava trazer Lotte de volta.

Kashell tem uma foto de Nicoletta perto do copo de suco. Ela sorri para eles. Olhando para a foto, ele diz:

— Isso não pode estar certo, transformar vocês mesmos em pessoas tão más quanto aquelas que fizeram as coisas ruins.

— Você não é um homem mau, Nico. Aí é que está o problema. — Staffe pensa no que ouviu. "Vocês mesmos", não "você mesmo".

Kashell olha para os pulsos enfaixados. Seu maxilar e o lábio inferior tremem. Parece que ele precisa reunir uma última gota de energia para olhar para a frente. Sua voz é fraca.

— Se há um Deus misericordioso, ele deve amar a maldade em nós, tanto quanto ama a bondade. Como podemos viver em um mundo assim?

— Quem é "J", Nico?

— Sobre o que você está falando?

— Alguém que talvez você tenha pagado, para ajudar você.

— Não sei.

— Não havia sinais de arrombamento na casa de Stensson. Foi uma ação profissional ou de alguém que ela conhecia, alguém em quem ela confiava. Você não a conhecia, não é, Nico? Como foi que a imobilizou?

— Ela era uma mulher.

— Você a amarrou?

— Isso aconteceu há muito tempo.

— Onde conseguiu o clorofórmio, Nico?

— Cale a boca!

— E o martelo? Por qual mão você começou?

— Enfermeira!

— Está bem, Nico. — Uma enfermeira aparece na porta, e Staffe se levanta. — Está tudo bem — diz ele para a mulher. Ele espera que ela o interrompa, que faça com que ele pare de perturbar o paciente, mas ela não faz isso. Apenas cruza os braços sob os seios e acena afirmativamente com a cabeça, sussurrando a palavra "continue".

— Isso não torna você um homem mau, não ter matado Stensson. Não torna você um homem melhor o fato de estar aqui, cumprindo pena no lugar de outra pessoa. Você tem que ficar com sua filha. Acha que ela não precisa de você? — Kashell ergue a parte posterior do braço enfaixado, enxuga um pouco das lágrimas. Quando ele faz isso, Staffe vê manchas vermelhas onde a atadura deixou vazar o sangue. — Se há alguma coisa que você queira me contar, Nico, qualquer coisa, mesmo, telefone para mim. Não hesite. Não pode ser pior do que isso.

— Isso mostra o quanto você não sabe. Quero que vá embora, inspetor.

A enfermeira leva Staffe na direção de uma pequena sala de espera, com uma porta de aço. Ela tem pouco mais de 20 anos e um tufo de cabelos ruivos enrolados de maneira moderna, com longas mechas emoldurando o rosto. Tem os olhos mais verdes do mundo.

— Há algo que eu acho que preciso contar ao senhor — diz ela, olhando para os dois lados do corredor antes de fechar a porta, trancando-a. Ela remexe nas mechas do cabelo e enlaça um braço em sua própria cintura. — Todos os internos têm uma história de como eles foram molestados pelo sistema. Alguns tiveram provas plantadas pela polícia ou foram denunciados por um amigo. Alguns dizem que são inocentes. Mas ele é o primeiro que chega aqui dizendo que é culpado. Você vê que ele está mesmo mentindo. — Ela vai até a janela e faz um aceno de cabeça para outra enfermeira. — Há alguém com quem você deve falar. Terá que ser rápido.

Ela opera uma mágica com as chaves e abre a porta; dá um passo para trás a fim de deixar entrar um vulto amedrontador e pálido.

— Este é Wedlock. Billy Wedlock.

Wedlock tem aproximadamente a mesma idade da enfermeira Louisa, mas é diferente dela em todos os outros aspectos. Tem tatuagens de prisão cobrindo os dois braços, e até mesmo uma na testa, feita com agulhas, fósforos incandescentes e tinta de caneta esferográfica. Staffe imagina que ele passou toda a vida na prisão

Wedlock dá um passo adiante e ri para Staffe.

— Está examinando as tatuagens, cara? Acha que passei a vida na prisão, não é? Mas está enganado, cara. Isso é apenas onde eu estou agora. É o que a sociedade quer, é o que a sociedade consegue. Eles me querem lá no ginásio, malhando e me misturando com esse malditos filhos da puta, recebendo dicas para quando eu sair? É isso que eu estou fazendo, cara. Estou aprendendo a linguagem, me graduando nisso. — Ele olha para a enfermeira e pergunta: — Senhorita? Você não contou a ele o que eu fiz, não é?

Ela balança a cabeça.

— Eu estava apenas limpando as ruas, exatamente como Nico quer. Exceto pelo fato de que ele não limpou rua nenhuma. Ele se fodeu todo sozinho, cara. Ele não fez nada. De verdade.

— Ele disse isso a você?

— Como dois e dois são quatro, cara. Ele me contou isso direitinho.

— E você serviria de testemunha?

— De jeito nenhum, cara! O que você acha que sou?

— Mas ele contou a você. Talvez queira ser descoberto.

— Não foi assim. Ele simplesmente queria tirar o peso da consciência, como essa coisa com um padre, como se diz?

— Na confissão. Então por que você está me contando?

— Kashell tem que cumprir muito mais tempo de prisão; ele vai morrer, cara. Ele é um homem bom. Um homem verdadeiramente bom.

— O que, exatamente, ele contou a você, Billy, para fazer com que acreditasse nele?

Wedlock olha para a enfermeira e ela faz um aceno afirmativo com a cabeça, para que ele continue. Ela olha, ansiosa, pelo vidro reforçado, para os dois lados do corredor.

— Eu acabei de verdade com um homem. Ele estava abusando dos filhos de uma mulher que eu conhecia. Era apenas uma vizinha, mas eu ouvi ela chorando. Não conseguia tirar a coisa da minha mente. Ela ia casar com ele. Filho da puta! — Wedlock caminha na pequena sala, de um lado a outro, comprimindo o rosto no vidro e olhando para a esquerda e para a direita. Ele se volta para Staffe e lhe lança um olhar mortal. — Ele não vai colocar o pau sujo dele perto de mais ninguém, cara. Você me entende.

— E você contou isso a Kashell.

— Eu ouvi dizer que ele estava na mesma enrascada. Mas ele não falava, cara. Ele sempre me ouvia contar que eu tinha acabado com aquele pervertido.

— E o que mais ele disse para você, Billy?

Wedlock balança a cabeça e soca uma palma aberta com a outra mão fechada.

— Eu jurei que não diria.

— Ele disse a você que não fez aquilo, Billy?

— Não vou dizer nada, cara. — Ele lança um olhar para a enfermeira, como se ela o estivesse traindo. Mas ela não está fazendo nada disso.

Ela dá um passo na direção dele, finca os pés e põe as mãos nos quadris.

— Foi você que me procurou, Billy. Sou eu que estou arriscando meu estúpido pescoço nesse negócio.

Wedlock deixa pender a cabeça e diz, quieto como um rato de igreja:

— Desculpe, senhorita.

— Você não tem que ficar se culpando o tempo todo, Billy.

— Ele disse a você quem fez aquilo, Billy? Quem matou Lotte Stensson?

Wedlock balança a cabeça, desafiador e triste, sem levantar o olhar.

— Eu não estou pedindo a você que me conte *quem*, apenas quero saber: ele disse a *você* quem matou Stensson?

Ele balança a cabeça novamente e a enfermeira faz de novo a mágica com as chaves; ela abre a porta e conduz Wedlock para fora, estendendo a mão para dar-lhe um tapinha nas costas quando o detento se afasta.

* * *

Pulford observa Staffe em seu interfone com entrada de vídeo. O homem parece completamente esgotado: olheiras, barba por fazer, pele acinzentada. Ele deixa o inspetor entrar, chuta uma caixa de pizza para debaixo do sofá e arruma todos os jornais em uma só pilha. Desliga a transmissão do jogo, mesmo que tenha muita esperança com o primeiro gol de Ashton. Liga o computador e abre a porta.

— Como você consegue viver assim? — pergunta Staffe, entrando na sala.

— Você quer café ou outra coisa?

— Posso pegar alguma coisa.

Pulford dá de ombros e se atira em uma poltrona, deixando os braços penderem para o chão, as pernas esticadas, acenando com a mão, informalmente, na direção do sofá. Ele sorri para si mesmo quando Staffe se senta, inclinando-se para a frente, os cotovelos nos joelhos, incapaz de relaxar. De onde está, Staffe consegue ver os detritos de inúmeros fins de semana espalhados pelo chão, a menos de 30 centímetros de seus pés. Ele acena com a cabeça na direção do computador.

— Estava apenas acompanhando o site das vítimas.

— Alguma mudança no quarto quadrante?

— Não.

— Você não está trabalhando com o GIGC?

— Smethurst não me quer lá.

— Vou dar uma palavrinha com ele.

— Não tem importância.

— Importa, sim, e eu vou falar com ele.

Pulford entrega a Staffe uma folha com os nomes que aparecem tanto na base de dados dos casos como na conta telefônica do VIQNASEV.

— Alguns nomes-chave?

Pulford sorri e começa a ler os nomes destacados nas folhas.

— Debra Bowker.

— A gente já sabia desse.

— Tyrone Watkins.

— Era de se esperar.

— Delilah Spears.

— Spears? Essa não é...? — Staffe esfrega o rosto, com força.

— A coincidência vem da transcrição da entrevista com Debra Bowker.

— É isso! Bowker achava ela um pouco estranha.

— "Pobre Delilah" — lembra Pulford. Ele folheia a transcrição. — "A filha dela tinha sido estuprada. Pobre Delilah. Ela queria sair por aí e matar os canalhas. Foi por isso que eu abandonei o grupo, verdade seja dita. Eu teria acabado cumprindo a pena, em vez dele."

— Nós interrogamos Delilah?

— Johnson a liberou.

Staffe olha para a TV desligada.

— Você não está assistindo ao jogo?

— Talvez eu assista, mais tarde.

Pulford respira fundo e examina o rosto de Staffe para ver a próxima reação.

— Jessop estava na lista, chefe.

— Jessop!

— Houve um telefonema para Leadengate e dois, nos dias seguintes, para o telefone da casa dele.

— Jessop? — O rosto de Staffe se endurece, o lábio inferior se contrai. — Ele nunca mencionou que havia falado com o VIQNASEV.

— Eles telefonaram para ele.

— Talvez tenha sido quando estavam retirando as acusações. Quando Ruth Merritt arquivou o caso.

— Eu chequei as datas. O dois últimos, sim. O primeiro, para Leadengate, foi poucos dias antes de a Promotoria arquivar o caso.

— J? — diz Staffe, tanto para si mesmo quanto para o investigador.

— Chefe?

Staffe olha para Pulford como se fosse um porteiro avaliando se poderia permitir sua entrada. Ele dá um sorriso contrafeito e balança a cabeça.

— Nada. Acho que vou querer aquele café.

— Eu me sinto honrado. — Pulford põe a chaleira no fogo e, enquanto a água ferve, limpa a bagunça de fichas de pôquer de cima de uma pequena mesa de jantar redonda.

— É a grande moda hoje em dia — diz Staffe.

— Eu jogo há anos.

— Joga por dinheiro também?

— Do modo que você joga futebol com uma bola. — Ele pode sentir Staffe examinando-o, então adota um ar despreocupado. — O chefe devia jogar com a gente uma noite dessas.

— Talvez depois que o caso for resolvido e arquivado.

— A gente pode ter uma vida e um trabalho, chefe.

— Eu discordo. Você é jovem.

— E eu não me preocupo o bastante?

— Eu não disse isso.

Pulford põe uma colher de sobremesa de grãos de café de marca na caneca lascada.

— Sabe, chefe, às vezes eu acho que foi Deus que me enviou para trabalhar para você. Você é... — Ele se ocupa em verter o leite, mexendo o café.

— Continue, investigador.

— Às vezes, é como se você fosse o antídoto, um extremo. Uma lição sobre como ir longe demais. Você está sempre tão tenso... o tempo todo. — Staffe está com o olhar vago.

Por fim, ele dá um gole no café e olha para os jornais, dizendo:

— Obrigado por ter feito isso. Não pense que não foi valorizado. Vou ter uma conversa com Smethurst. Ele está fora de si.

— Esse é apenas um caso, chefe.

Staffe lhe lança um olhar triste e abaixa os olhos. Fita os pés de Pulford e depois se levanta, indo embora sem dizer nenhuma palavra. Depois que ele sai, Pulford se inclina para a frente, vê um de seus extratos bancários no chão, debaixo da cadeira. Na última linha, sua conta com saldo negativo: 11.500 libras.

Staffe se senta atrás do volante, fecha os olhos e vê os números do extrato bancário de Pulford, a expressão no rosto do seu investigador, quando ele falou do pôquer.

Liga o motor. Certa vez, Jessop lhe disse que uma pessoa se define por suas falhas. "Se não há problema, não há uma pessoa", disse ele.

— Maldito Jessop — Staffe pragueja em voz alta e dá meia-volta com o carro, tomando a direção de seu antigo chefe. Tenta desesperadamente se recordar se seu pai alguma vez lhe transmitiu essas máximas da vida. Mas não consegue.

No sinal vermelho, Staffe checa o canhoto de novo, conferindo se aquela não pode ser outra letra, um "T" torcido, um "I" preguiçoso ou um "S" empertigado. Não há engano. Ele ensaia as perguntas que fará a Jessop, mas não consegue fazê-las parecer casuais, não ameaçadoras, ou remotamente respeitosas: você acha que Nico Kashell não matou Lotte Stensson; por que, realmente, a Promotoria arquivou o caso; por que o grupo VIQNASEV telefonou para você, para a delegacia e para sua casa, antes e depois que Lotte Stensson foi assassinada; quem é o "J" no canhoto de cheque do VIQNASEV; posso examinar seus extratos bancários; o que você estava fazendo na noite da morte de Lotte Stensson; e o que você estava fazendo na noite em que Karl Colquhoun foi assassinado; e na noite em que Guy Montefiore foi torturado? E você pode provar isso?

Staffe estaciona na rua, um pouco longe do apartamento de Jessop. Ele se recosta no carro e estreita os olhos para espreitar a esquálida moradia de seu ex-chefe. O que ele fez aos deuses para merecer esse caso?

Se ele não fizer essas perguntas a Jessop, será que Smethurst fará? Staffe sabe que não tem alternativa; já há um homem inocente cumprindo pena, e há, ele tem certeza, outra vítima prestes a ser acrescentada aos mortos e torturados. Jessop o instruiu precisamente para fazer isso. Ele tranca o Peugeot e vai caminhando devagar para a porta de entrada. Aperta o botão de cima do interfone, ainda esperando que uma verdade plausível e alternativa o atinja como um golpe desleal de boxe na nuca do adversário. Respira fundo, fecha os olhos, tenta ver o caminho que vai levar a um final brilhante.

Não há resposta, então Staffe recua, olha para o apartamento do último andar e vê que as cortinas estão meio fechadas. Ele apalpa o molho de chaves, ainda no bolso de trás da calça, depois da invasão na sede do VIQNASEV.

E, subitamente, sente-se enjoado. Vai se encontrar com Sylvie dali a pouco, como se fosse a primeira vez. Deve ir para casa, tomar uma chuveirada e se aprontar. Será a primeira vez que eles sairão para jantar desde que ele e Jessop ainda eram amigos; quando Lotte Stensson ainda era viva e Nico Kashell era um homem livre; quando Karl Colquhoun e Guy Montefiore estavam deixando marcas indeléveis nas vidas arruinadas de Tyrone, Linda e da pobre Sally Watkins.

Ele olha para o sol e diz em voz alta:

— Vamos lá! — Staffe volta para a porta e aperta todos os botões do interfone continuamente, até que alguém grita com ele.

— Que merda é essa, está brincando com isso?!

— Polícia! Agora, me deixe entrar ou eu vou fazer com que você...

Ouve-se o ruído da porta destrancando. Staffe a empurra e tira o molho de chaves do bolso, subindo a escada. Ele sente os cheiros ilegais de sempre e observa que os sacos de lixo fora das portas, nos patamares, estão se acumulando.

Quando chega ao último andar, bate na porta. Se ao menos ele pudesse entrar, remexer os pertences de seu amigo e descobrir o que precisa, sem ter que perguntar. "Perguntar?" Seria melhor dizer "acusar".

Ele espera, verifica os ferrolhos da porta. Há três. Uma fechadura tripla em um apartamento de último andar, em um prédio tão dilapidado, é coisa anormal. Ele olha atentamente para a madeira em torno da fechadura do meio e corre o dedo pela superfície pálida, marcada, onde ela está afixada. Sente a superfície áspera debaixo do dedo e pega uma pequena lasca. É trabalho recente. Muito recente, pela aparência e pelo tato.

Ele levanta o molho de chaves e percebe, comparando-as com a fechadura nova uma por uma, que nenhuma delas serve. Sente-se desanimado e sabe que Jessop deve ter alguma coisa para esconder. Sabe, também, que deve falar com ele antes que Smethurst o faça. O mínimo que pode fazer pelo velho amigo é ouvir sua história primeiro, e depois reagir convenientemente.

Staffe sabe que deve ir direto para casa e se aprontar para o jantar com Sylvie, depois de todo esse tempo. Mas, primeiro, tem tempo suficiente para fazer uma viagem ao passado.

Aproximando-se do Scotsman's Pack, Staffe se lembra das artimanhas que ele usava para levar Sylvie aos almoços de domingo que ele fazia ali com Jessop. O almoço de domingo era a única refeição que ela jamais preparava. Uma garrafa de Aligoté para ele, uma de Brouilly para ela. Ou ao contrário.

Staffe abre a porta do Scotsman e entra no ambiente escuro. A porta bate violentamente atrás dele. Logo que caminha pelo corredor estreito, as paredes forradas de madeira, consegue sentir a força de atração. Alguns frequentadores assíduos ainda se debruçam sobre o balcão, aspirando pitadas de rapé entre suas cervejas grandes e pequenas, saindo do restaurante para fumar ao ar livre.

Ele e Jessop costumavam se sentar em uma das pequenas salas reservadas, pouco maiores que cabines, de modo que pudessem discutir os casos sem serem ouvidos. Mas hoje, Staffe pega um lugar no balcão com uma caneca de meio litro de Adnams. O proprietário, Rod, parece reconhecê-lo, mas não diz nada, mesmo quando Staffe lhe oferece dinheiro "para a caixinha". Quando vem o troco, Staffe vê que o proprietário o considerou um dos fregueses habituais.

Ele espera pacientemente; olha em torno, coça a orelha, ajeita a calça, vai até a estante de jornais. Não há sinal de Jessop, e Staffe termina seu drinque e pede um uísque Laphroaig. É a razão pela qual ele adquiriu o hábito de ir ali. Jessop apresentou Staffe ao uísque de malte de Islay, e ele adorou a bebida. Não se pode encontrá-la em todo lugar.

Staffe se rende à lenta onda de nostalgia. Os velhos tempos parecem, agora, mais felizes do que eram, na cor sépia da cerveja, enquanto o vigor lento do uísque o leva direto para o passado.

Ele diz para Rod, tão despreocupadamente quanto consegue:

— Acho que você não se lembra, mas eu costumava vir aqui. Costumava vir com um amigo meu.

— Me lembro, sim. Você é policial.

Os velhos frequentadores sentados no balcão viram o rosto, olham para Staffe de alto a baixo e tomam um gole antes de se afastarem um passo.

— Bob Jessop. Não acho que ele ainda venha aqui.

O proprietário dá de ombros, e os bêbados ficam calados. Se ele não frequentasse mais o lugar, eles teriam dito. Conhecem Jessop muito bem.

— Não esteve aqui hoje? Nós gostávamos muito dos almoços de domingo — diz Staffe.

Rod vira as costas para ele e se curva, volta com um pacote de torresmos em uma caixa, que ele põe no único espaço vazio na prateleira embaixo do medidor de doses.

— Deixa pra lá. — Staffe termina seu Laphroaig. — Até logo. — Ele entra no corredor escuro, comprido, que leva para fora do bar e abre a porta. O dia brilhante inunda o ambiente. Staffe deixa a porta fazer seu violento movimento, fechando com um ruído. Mas permanece no corredor, as costas contra a parede forrada de madeira. Prende a respiração e escuta atentamente. Depois de um minuto, talvez mais, ele começa a se sentir idiota, faz menção de sair. Mas então, a apenas poucos passos, consegue o que quer. Rod começa a falar ao telefone, em voz alta.

— Ele esteve aqui. Cabelo meio comprido, é. Perguntou por você, direto. Não. Não tem nada de bobo.

Já tendo ouvido bastante, Staffe abre a porta e sai para a luz, fechando a porta com suavidade.

Ele tem que se encontrar com Sylvie no San Giorgio, nos fundos da Leicester Square, em menos de uma hora. Não pode se atrasar; não, depois de tanto tempo. Em vez disso, ele vai para oeste, para Hammersmith.

A sala Viva é no sexto andar do GIGC. Viva é a senha para o caso. Vítima-Vingança. *Viva*.

— Ahá! — exclama Smethurst do outro lado da sala quando Staffe entra. — Veio nos agraciar com a sua presença. — Todo mundo na sala percebe o tom de gracejo. Até mesmo Johnson se junta ao coro de risadas dos policiais de Smethurst.

— Eu só pensei que poderia ajudar.

— Nós estamos nos saindo bem, inspetor. Mas foi bacana da sua parte aparecer.

Smethurst vai direto até Staffe e põe uma mão nas costas dele, empurrando-o para um canto mais tranquilo. Caso os policiais na sala ainda não soubessem, ele é o chefe ali e precisava mostrar isso a eles. Staffe quer livrar-se dele, mas luta contra seus instintos e simplesmente flexiona os ombros, seguindo Smethurst para uma pequena sala de reunião.

— Nós estamos levando isso adiante, agora, Will. Diga o que você quiser, mas nós já pegamos nosso assassino de Lotte Stensson, e com um pouquinho de sorte, se ele não se suicidar, sairá em liberdade condicional em poucos anos.

Staffe tenta calcular se Smethurst relacionou Jessop ao caso. E, se fez, o que está fazendo em relação a isso?

— Eu queria dar uma palavra com Johnson.

— Talvez você o convença a ir para casa. Ele é um bom homem, mas está acabado. A maior parte do trabalho de continuidade está terminada. Vou mandar que venha falar com você. — Smethurst se volta ao chegar à porta. — Ah, e... Will.

— Sim.

— Eu compreendo que você não queira se envolver. Eu não ia querer... se fosse você.

Staffe não diz nada. Enquanto espera por Johnson, ele sente o cheiro de bebida em si próprio. Isso o faz lembrar-se de dias passados em bares fumacentos que deviam cheirar à prisão de Wormwood Scrubs.

— E a muitas reuniões da direita...* — diz ele, em voz alta.

— Falando sozinho, chefe? — diz Johnson.

---

* No original, "They smelt of pubs and wormwood scrubs and too many right wing meetings." Tradução livre de um trecho da música "Down In the Tube Station at Midnight", da banda The Jam. (*N. do E.*)

— É uma canção.

— The Jam. — Johnson parece não dormir há um mês.

— Como está indo o caso?

— Esse website deve fazer a coisa explodir. Os técnicos estão trabalhando nele agora. — Johnson olha ao redor, desconfortável. Staffe pensa na agulha e pensa que deve checar com Janine, precisamente, que narcótico seu investigador vem se injetando.

— Alguma pista nova?

— Eu ouvi dizer que você foi ver Kashell.

Staffe acena afirmativamente com a cabeça.

— Nós não vamos seguir essa linha — diz Johnson.

— E quanto a Delilah Spears? — Ao fazer essa pergunta, Staffe estuda a expressão de Johnson para ver a reação.

O rosto do investigador treme e ele faz uma careta, e depois tem um acesso de tosse.

— Desculpe, chefe.

— Você está tomando algo para isso? Ou é esse o problema?

— Eu não tenho nenhum problema, chefe.

— Ela está na lista da VIQNASEV. Um babaca chamado Errol Regis estuprou a filha dela, Martha Spears.

— Por que você está perguntando sobre ela? — indaga Johnson.

Staffe dá de ombros.

— O nome dela apareceu na transcrição do depoimento de Bowker.

— Como eu disse, o detetive-inspetor Smethurst está seguindo seu próprio caminho.

Parecia um primeiro encontro. Descendo a Gerrad Street, Staffe imagina Sylvie como na última vez que estiveram juntos. Ela tinha o cabelo curto, estilo chanel, preto, brilhante e com pontas arredondadas que se juntavam no pescoço muito, muito pálido. Os olhos, verdes como brotos na primavera, estavam molhados por ele fazer papel de canalha tão frequentemente. Ele tinha uma razão para isso, mas, como ela dizia, ele sempre tinha uma razão.

Ele é conduzido à mesa pelo maître, que parece reconhecer Staffe. Sylvie está sentada perto da janela, olhando para fora e remexendo o gelo em seu Campari com soda. Ele deveria ter chegado primeiro, mas, então, não a teria visto daquele modo, o sol passando por ela, atravessando seu fino vestido de algodão.

— Desculpe — diz ele, se sentando. — Desculpe mesmo. — Vem um garçom, pergunta o que gostaria de beber. — Um bloody mary, por favor — diz ele.

— Parece que você já tomou todas.

— É fim de semana. Você está mudada. — E ela está mesmo. O cabelo agora está comprido, ondulado e cheio, caindo sobre os ombros, brilhante. Parece mais feliz do que nunca.

— Eu não mudei.

— Você já escolheu? — diz ele, abrindo o cardápio.

— Não preciso. Eu sei o que vou pedir.

— Foi o trabalho. Por isso que me atrasei.

— Não se desculpe.

Ele olha para o cardápio, embora já saiba o que vai comer. Respira.

— Você está feliz, agora?

— Eu sempre fui.

— Às vezes, em boa parte do tempo...

— Ninguém morreu, Will. Pelo menos não nos aprisionamos.

O garçom traz a bebida.

— Tim-tim.

Eles brindam e ela diz:

— Tim-tim — rindo. — Pelo menos eu deixei algum tipo de marca em você. — O sol bate no cabelo dela, do lado do rosto. A pele tremeluz, os olhos brilham. — Eu sei que há uma boa razão para você se atrasar. E eu sei que você talvez comece a me contar, mas eu sei que vai parar.

— Eu não posso contar a você *exatamente* o porquê.

— Exatamente. — Ela sorri, com ternura. — Você sempre fez a coisa certa, Will. De um jeito ou de outro.

— O que você quer dizer com isso?

Ela dá um gole na bebida.

— Você faz a coisa certa, mas isso não é uma coisa boa. Você faz a coisa certa porque não consegue fazer nada diferente. — Ela estende a mão por cima da mesa e segura a dele, apertando-a. — Fico feliz de você ter telefonado.

O garçom reaparece, segurando seu bloco de couro preto, aberto para receber os pedidos. Staffe diz:

— Ela vai querer sopa de marisco, depois o linguado, e eu vou querer o salmão defumado e, em seguida, a arraia. E vamos querer uma garrafa de Aligoté e o Brouilly. Juntos.

O garçom acena afirmativamente com a cabeça, aprovando, e Sylvie balança a cabeça, dizendo:

— Talvez eu mude de ideia.

— Você disse que não tinha mudado — diz Staffe, terminando seu bloody mary.

— Você ainda tem seus amigos? — pergunta ela.

— Eu nunca tive muitos amigos. — Ele fixa os olhos dela, e ela sorri. — Nunca tive muitos.

— O que aconteceu com aquele velho patife, Jessop?

— Jessop? Por que você pergunta? — Staffe sente sua respiração acelerar.

— Não olhe para mim desse jeito, Will.

— Por que pergunta sobre ele?

— É uma pergunta perfeitamente inocente.

Inocente. Uma palavra estranha para se usar. O garçom traz a entrada, e ambos se recostam na cadeira. Um outro garçom traz os vinhos. Ele segura uma garrafa em cada mão, oferece o tinto para Staffe, que indica que Sylvie deve provar. Enquanto o garçom se recompõe, ela lança-lhe um olhar furioso, e Staffe observa o vinho sendo servido.

— Tudo bem, pode apenas servir — diz Sylvie e se inclina para a frente, sibilando: — Não suspeite de mim, Will. Eu só perguntei como ele estava.

— Eu o vi outro dia. Engraçado, não é? Nós aqui, eu visitando Jessop.

— Foi para isso que você me chamou?

— Não! É apenas um desses truques que a vida faz.

— É claro que é. — Ela faz uma expressão desapontada e toma um bom gole do Brouilly e suas feições relaxam, quase em um sorriso. — Hum... Esse é *bom*. Então, como ele está?

— Você sabe que ele foi expulso da Metropolitana.

— Nós ainda estávamos juntos.
— E Delores largou ele.
— Isso já era de se prever.
— O que quer dizer com isso?
— O casamento estava condenado. Ela me contou.
— Ela contou a você?
— Se está lembrado, nós duas ficamos sozinhas na mesma época. Ela me telefonou. Não acredito que você não soubesse.
— Não soubesse o quê?
— Que ele estava tendo um caso. Com aquela mulher da Promotoria. É isso mesmo? — Ela toma de novo um bom gole do vinho, recosta-se e enxuga a boca com o guardanapo de linho engomado.
— Promotoria?
— Você estava sempre dizendo que eles se intrometiam no seu caminho.
— Promotoria? Você quis dizer isso mesmo? Qual era o nome dela? — A bebida subiu aos olhos dela, que brilham. — Você se lembra do nome dela?
— Me lembro.
— E qual era?
— Nós não podemos falar sobre nós mesmos?
— É claro que podemos. Qual era o nome dela?
Sylvie parece triste.
— Ruthie. Ruthie alguma coisa. Eu tinha uma tia chamada Ruth. Ela era minha preferida.
— Eu me lembro. Ela ainda mora lá em Rye?
Aquilo faz Sylvie sorrir.

Sylvie está de pé, com os braços cruzados, na janela do apartamento de Queens Terrace, olhando para fora.
— Você quer que eu feche as cortinas? — pergunta Staffe.
— Ainda está claro. Por que você ia querer fechar as cortinas? — Ela se vira, os olhos brilhando e a boca suave da bebida. Ela inclina um pouco a cabeça e estende a mão, pega a taça de vinho dele. Ela entrelaça os dedos dela com os dele quando faz isso. — Você tem dedos grandes, Will.

— Dedos grandes? Por que diz isso?

— Eu sempre gostei deles. — Ela toma um grande gole do vinho, descansa a taça e se encosta nele. Fica de pé, de modo que as pernas dos dois se encaixam, cruza as mãos nas próprias costas e se inclina para trás. — Por que não dizer isso? — Ela ri.

— Não há nenhuma razão. — Ele pode sentir o cheiro de bebida quando ela fala. Observa a língua dela, sente o corpo dela encostado em sua coxa.

— Você sabe que eu nunca conheci você de verdade, Will. A maioria das mulheres nunca diria isso do homem que amam.

— Amam?

— Eu amava você, Will. — Ela se levanta na ponta dos pés, prende um dedo no alto da calça jeans dele, e puxa o próprio corpo contra o de Staffe. Com os lábios a centímetros dos dele, ela diz, com a voz macia: — E você... me amava. — Com o "am" de "amava", ela faz um clique com a língua no lábio dele. Põe uma mão na nuca, beija-o, devagar, suavemente, com os olhos inteiramente abertos. Ele se sente como se não a conhecesse, em absoluto. Ela coloca um segundo dedo no alto da calça dele, trazendo o polegar contra o botão.

— Vou fechar as cortinas — diz ele.

— Depois de todos esses anos, você finalmente aprendeu — diz ela.

Ele fecha as cortinas e, quando se volta, ela está tirando o leve vestido de algodão pela cabeça. Fica de pé, ali, nua, a não ser pelas sandálias de amarrar. Põe as mãos nos quadris e sorri.

— Você vem? — diz ela.

— Não sei — responde ele. Ele quer agarrá-la. Quer dizer o quanto a ama. Quer uma vida que nunca teve.

Ela pega o vestido do chão e, mantendo-o sobre o corpo, recua até sair da sala.

Anoitecer de domingo

Staffe paga o táxi e sente a calçada sob seus pés. Esfrega o rosto e semicerra os olhos, avistando, acima, a delegacia de Leadengate, com o sol poente ainda brilhando no céu a oeste. Sobe os degraus e ouve seu nome ser pronunciado por uma voz familiar. Ele se esforça para descobrir de onde vem, e se assusta quando se vira. Nick Absolom tem o bloco e a caneta a postos.

— Você disse que eu seria o primeiro a ficar sabendo se houvesse alguma novidade no caso — diz Absolom.

— Eu vou informar o nosso assessor de imprensa. — Staffe vira de costas, dá outro passo.

— Eu diria que o fato de você estar sendo investigado pela Corregedoria da Polícia é digno de manchete.

— Quem contou para você?

— Você pode nos dar a sua versão, ou então vamos especular.

— Não tenho tempo para isso.

— No momento, eu só tenho uma manchete para esse caso, e, infelizmente, é você.

— Vá para o inferno. — Staffe sobe a escada, dois degraus de cada vez, e abre a porta da frente com um chute.

Jombaugh olha para ele, desaprovando o gesto, e diz:

— A policial Chancellor tem perguntado pelo senhor. Ela quer que telefone para ela.

Staffe observa Absolom encostado a uma pilastra, fazendo anotações. Enquanto faz isso, um fino sorriso aparece nos cantos da boca do jornalista.

— Eu ouvi dizer que o senhor entrou novamente em contato com Jessop — diz Jombauch. — Dê minhas lembranças a ele.

— Ele era um bom amigo, não era, Jom?

— Ele tinha muita estima por você, Will.

Staffe sobe para a própria sala, apalpando o telefone celular. Ele checa todos os bolsos, tentando se lembrar de onde deixou o aparelho, e pensa que deve telefonar para Josie.

Enquanto o computador inicializa, ele estica as pernas, cruza os braços sobre o peito, fecha os olhos e, respirando fundo, entoa "*pass-if-eye-your-self*". Avalia sua própria respiração, espera a pulsação se normalizar e tenta imaginar por que mandou Sylvie embora.

Quando abre os olhos, ele se inclina para a frente e movimenta vagarosamente o cursor para abrir a agenda de endereços. Clica em *vingançadevitimas.com* e tenta imaginar Jessop fazendo as coisas que foram infligidas a Lotte Stensson, Karl Colquhoun e Guy Montefiore. Imagina o amigo com o martelo, o bisturi, as cordas. Tenta suavizar a amargura que Jessop deve ter sentido, a lenta morte da fé na lei. Não consegue pensar em Jessop sendo infiel a Delores também. Como é possível pensar que se conhece uma pessoa tão bem? Os quadrantes do website estão inalterados, e no canto direito inferior a imagem ainda é totalmente indistinta.

Ele vai para Buscas Autorizadas e clica em Finanças. Aparece uma caixa de texto e ele a preenche com todos os campos obrigatórios: Nome Completo, Endereço, Data de Nascimento, Ocupação, e clica em Todas as Contas, Verificar Todos os Bancos e Busca: Últimos Cinco Anos, e depois, Quantias Acima de 10 Mil Libras, fazendo uma prece para que não apareça a prova de que ele precisa. A máquina zumbe e se ilumina com caixas de diálogo de Dados Protegidos. Ele não devia saber a senha, mas sabe. Respira fundo e a digita. Aperta a tecla "Enviar" pela última vez. Em voz alta, ele diz:

— Desculpe.

Staffe atravessa o prédio quase vazio. É domingo, tarde da noite, e, como o caso foi transferido para o GIGC, Leadengate ressoa com crimes antigos, postos de lado. Ele olha para cima e para baixo na escada, lembrando os velhos tempos. Mais bons do que maus, parecem-lhe, agora. Ele não deseja voltar a Jessop, mas sabe que terá que fazer isso.

Primeiro, contudo, precisa descobrir uma última coisa sobre seu amigo.

* * *

— O que você está fazendo aqui? — pergunta Sally Watkins, cruzando os braços sem se afastar da porta de entrada. Ao fundo, Staffe pode ouvir a TV, o som altíssimo. Ele fica pensando que sons Tyrone deve estar tentando sufocar na própria mente.

— Posso ter uma palavrinha?

— Desembuche.

Staffe olha por cima do ombro, indicando que quer ser convidado a entrar.

— Eu estou com visita — diz Sally, sem mostrar embaraço.

— Você forneceu um álibi ao meu colega, o investigador Johnson.

— Você sabe o que eu faço.

— E eu sei que você é menor de idade.

— Então me denuncie. — Ela faz cara de deboche, algo completamente diferente da garota que fez para ele um sanduíche de atum Marie Rose menos de uma semana atrás. — Você poderia ter feito isso antes, mas não fez. Por que não? Sentiu pena de mim? As cadeias estão cheias?

Staffe sente que vai perder o controle.

— O que você quer realmente?

— Eu quero que se recorde da ocasião, você sabe, em que Montefiore atacou você.

— Se sabe que ele me atacou, faça alguma coisa a respeito disso.

— Eu estou tentando, pelo amor de Deus! Não vê isso?

Sally dá um passo para trás. Um pequeno rubor chega a seu rosto, e os olhos suavizam. Ela descruza os braços e os põe juntos nos quadris estreitos, infantis.

— Antes de o caso ser arquivado, a polícia interrogou você, não foi? — pergunta ele.

Ela acena afirmativamente com a cabeça, olha para trás e de novo para Staffe.

— Foi um policial antigo, um pouco mais velho do que eu. O nome dele era Jessop. Detetive-inspetor Jessop — continua ele.

Ela olha para o chão e balança a cabeça.

— Vamos, Sally. Isso é importante. Por favor.

— O que está acontecendo?! — Uma voz masculina raivosa se sobrepõe ao som da TV. Ela soa familiar.

— Eu preciso ir — diz ela, segurando a porta.

— Sally! Jessop falou com você, não foi? Por favor! Se ele não falou, eu preciso saber.

— Nunca ouvi falar dele. — Ela tenta fechar a porta, mas Staffe a impede com o pé. — Você não tem mandado. Não pode forçar a entrada.

— Ei! Sally! — exclama a voz do homem.

— Sinto muito pelo que aconteceu, Sally. Mas há outras pessoas sofrendo.

— Se qualquer uma delas quiser trocar de lugar comigo, tudo bem.

— Você não devia estar fazendo isso — diz Staffe, olhando por cima do ombro dela na direção da voz do homem.

— Ele é um amigo. — Ela parece magoada.

Staffe retira o pé, mas mantém a porta entreaberta com o braço estendido.

— Se você me contar, eu ajudarei a levar Montefiore aos tribunais.

Ela sorri para ele, como se ele fosse um idiota.

— E como *você* faria isso? — Ela empurra a porta com mais força, e Staffe deixa que se feche. No instante em que a porta bate em sua cara, Staffe tem uma visão instantânea do rosto de Sally Watkins: ela parece desapontada com ele, muito além do que seus poucos anos permitiriam.

— Você o conhece muito bem — exclama Staffe. Enquanto vai andando pelo patamar de concreto na direção da escada, ele murmura: — Maldito Jessop. Porra de imbecil.

Ele se encosta na parede perto da escada. Demora meia hora, mas, quando acontece, a espera vale a pena. Ross Denness sai do apartamento dos Watkins com a cabeça baixa, mãos metidas fundo nos bolsos e parecendo, sem sombra de dúvida, não ter encontrado o que procurava.

* * *

Staffe para em seu apartamento em Queens Terrace antes de encontrar Jessop; quando o táxi chega, ele vê que as cortinas ainda estão cerradas e se lembra da estúpida discussão de anos atrás; a segunda vez em muitos dias. Depois, ele se recompõe. Nos degraus para a entrada de sua casa, está uma figura familiar. Ela parece triste, olhar distante, roendo as unhas, coisa que ele nunca a viu fazer antes. Logo que ele bate a porta do táxi ao sair, ela se levanta, parecendo nervosa.

— Onde esteve? — diz Josie. — Telefonei para você.

— Acho que deixei meu telefone aí dentro. — Ele acena com a cabeça para o apartamento.

— A delegacia não disse para você me telefonar?

— Estive ocupado.

— Nós estamos enrascados. Lembra de quando fomos até o escritório do VIQNASEV? Eu deixei minha jaqueta lá. Sabia que não devíamos ter ido lá.

— Merda — diz Staffe, olhando para os dois lados da rua enquanto caminham pela varanda. — Entre.

Ele abre a porta do apartamento e vai até a cozinha.

— Meu bilhete do metrô está no bolso.

— Vamos pegar amanhã.

— Não podemos fazer isso hoje à noite?

— Há uma coisa que eu preciso fazer sozinho.

— Você não devia estar fazendo coisas sozinho.

Staffe pega seu celular na cômoda. Será que está deixando as coisas fugirem do controle? O telefone lhe diz que ele tem seis chamadas não atendidas: quatro de Josie e duas de Smethurst. Ele vê os detalhes das chamadas e descobre que Smethurst acabou de telefonar.

— Por que você não faz café para nós? Eu tenho que cuidar disso. Não vai demorar muito — diz ele, apertando "Chamar" enquanto entra na sala. Abre as cortinas de novo, fica de pé, perto da janela, olhando para fora, enquanto espera Smethurst atender. Do lado oposto da rua, um táxi para. Os faróis se apagam e uma senhora sai do veículo. Ela sorri para o motorista, olha para Staffe e acena.

— Por onde você andou, Staffe? — pergunta Smethurst, claramente insatisfeito.

— Fui fazer uma boquinha.

— Estou com um problema aqui. Montefiore deu alta a si mesmo do hospital.

— Por que ele faria isso?

— Ele diz que foi ameaçado. Tínhamos um policial na porta do quarto, mas ele acha que estava dormindo e que alguém colocou um pano com clorofórmio na boca dele e encostou uma faca em sua garganta. Tudo mentira!

— Ele devia saber tudo sobre clorofórmio.

— Isso nos fez de palhaços. Já é bastante ruim ter que proteger um pedófilo sem ele inventar alguma história sobre negligência policial.

— O caso é seu, Smet.

— Ele está perguntando por você, Staffe. Não quer conversar com ninguém mais e diz que, se não puder falar com você, vai procurar a imprensa.

— Perguntando por mim?

— Ele diz que você pode salvá-lo. Diz que você é o único que pode fazer isso.

Smethurst desliga. Outro táxi encosta do outro lado da rua. Dessa vez, os faróis ficam acesos.

Quando ele se vira, Josie está de pé diante do sofá, uma mão nos quadris, esperando. Exatamente onde Sylvie estava.

— Tenho que ir até a casa de Montefiore — diz ele.

— Quer que eu vá com você?

— Sua ajuda vai ser boa.

Ela põe um dedo no ouvido.

— Estou ouvindo coisas?

— Você ouviu certo — diz Staffe, abrindo um sorriso.

Está ficando escuro. Ele olha para os dois lados da rua enquanto se dirigem ao carro. Quando passam pelo táxi, a luz é apagada, mas não há ninguém no banco traseiro.

Parece que decorreram semanas desde a última vez que Staffe esteve no número 48 da Billingham Street. Agora, com a chegada da noite e o céu rajado como uma truta arco-íris, o lugar tem uma aparência menos sinistra, a não ser pelo policial na porta de entrada. Ele checa o distintivo de Staffe, abre a porta e sorri para Josie, olhando-a de alto a baixo.

— Você estava de serviço no hospital quando eles entraram e ameaçaram o cara? — pergunta Staffe.

O policial assume uma expressão constrangida e diz:

— Sim, senhor. Não sei como eles entraram. Honestamente, não sei.

— Deu uma saída para tomar uma xícara de chá, não foi?

— Não. Eu dei um depoimento. É a verdade.

Staffe pode adivinhar o que o policial está pensando: que perda de tempo, proteger um pedófilo. Não admira que a fama da polícia na imprensa seja tão ruim.

Montefiore está sentado em uma cadeira de biblioteca, uma réplica com uma manta no colo. Seus olhos estão sérios, e ele está magro, como alguém de um país subdesenvolvido. Staffe sente o cheiro de sopa, provavelmente a única coisa que Montefiore pode comer. Este segura um telefone celular nas duas mãos, como se sua vida dependesse do aparelho.

Staffe puxa uma cadeira estilo Luís XV, de armação metálica, outra réplica, e se senta a alguns metros de Montefiore. Encara-o e tenta esquecer o que ele fez com Sally Watkins e o que tentou fazer com Tanya Ford.

— Me conte o que aconteceu, Guy.

— Ele simplesmente apareceu, usando um gorro, de novo. Surgiu do nada.

— Você tem certeza de que era um homem?

— O mesmo da primeira vez, sabe, quando ele fez o que fez. — Montefiore parece sentir náuseas.

— E o que ele disse dessa vez? Exatamente.

Josie está olhando pela janela, tentando não se fazer notar.

— Não quero ela aqui. Ele disse que só você podia me ajudar. Só você.

Staffe faz sinal para que Josie os deixe sozinhos.

— Vou querer um café. Você quer alguma coisa? — pergunta ele a Montefiore.

Montefiore balança a cabeça, devagar, e, quando Josie sai, ele se inclina para a frente, fazendo sinal para Staffe se aproximar. Quando Staffe faz isso, Montefiore sorri. É um olhar de ternura, e faz com que Staffe olhe para baixo.

— Ele disse que você era um homem bom. — O sorriso de Montefiore se abre. — Ele disse "Eu vou voltar. Isso é para mostrar que posso achar você a qualquer momento que eu quiser". E também: "Vai me ver chegando e nada vai poder salvar você. Apenas Wagstaffe tem esse poder. Mantenha-o por perto, estou avisando."

Staffe olha para a frente, determinado a achar algum tipo de propósito naquilo tudo.

Montefiore tem lágrimas nos olhos e se inclina mais para a frente, deixa o celular cair no colo e estende os braços para segurar as mãos de Staffe. Ele as aperta do modo que faria a um amante que estivesse tentando abandoná-lo.

— Você pode me salvar, inspetor. — Ele olha para Staffe como se fosse o último apelo de amor a alguém cujo sentimento não é recíproco. — Você fará isso, não é? Vai me salvar?

— Por que você não confessa, Guy? Deixe Sally Watkins levar o caso adiante. É a coisa certa. Você pode se salvar.

— Você não se importa comigo. Eu percebo isso. — Montefiore larga as mãos de Staffe. — Por que eles dizem que você pode me salvar, se nem mesmo liga pra mim?

Staffe pensa sobre o que o outro disse e tenta dar sentido aos avisos que recebeu.

— Por que você acha que ele diria isso, Guy?

— Porque você é o único que acredita realmente na lei.

— Tendo em vista as coisas que você fez, isso é um elogio e tanto.

— O que, precisamente, a lei diz que eu fiz?

— Me diga por que você fez aquilo, Guy. Me diga isso e eu poderei ajudar você. Quem magoou você, Guy?

— Você não acreditaria.

— E por que se casou? Você nunca amou sua mulher.

— Não é preciso amar as mulheres. — Montefiore levanta de novo o olhar para Staffe. Não sorri.

Staffe quer muito confortar esse homem doente e magoado, mas sabe que não pode. Gostaria de estar em qualquer outro lugar, mas está ali, esticando a corda até ela arrebentar. Ele se levanta e diz:

— Eu vou salvar você, Guy. Diga isso a ele da próxima vez.

— Próxima vez?

Staffe caminha pelo corredor para a cozinha, e o que ele vê pelas vidraças da porta o faz parar. Sente a pulsação se acelerar, a cor cobrir seu rosto, um fino rastro de suor escorrer pela nuca. Ele se sente muito afastado de si próprio, mais jovem, quando entrou para a polícia.

Josie está sentada à mesa da cozinha de Guy Montefiore, as mãos entrecruzadas em uma caneca de chá, olhando com atenção para baixo, evitando o olhar de Staffe. De pé, ao lado dela, o inspetor-chefe Pennington, balançando a cabeça, vagarosamente.

— Que diabos está acontecendo aqui?

Pennington franze as sobrancelhas, os lábios cerrados, e Staffe ouve uma tosse mecânica. O som não vem nem de Josie nem de Pennington. Ele olha em torno e percebe que o ruído vem de algum outro lugar. Era Montefiore tossindo. Há um microfone sobre o aparador.

— Você nos grampeou? Seu canalha. Não acreditou que eu contaria a você o que ele me dissesse?

Josie levanta o olhar, implorando, como se dissesse que não tinha nada a ver com aquilo, mas continua calada.

— Você não tem sido muito correto conosco, não é? E, falando com franqueza, eu estou contente em ter ouvido o que ouvi. Isso é muito estranho, Staffe. Muito estranho.

— O que é estranho?

— Seu relacionamento com Montefiore.

— O quê?!

— É muito incomum, não acha?

— Eu estou tentando fazer com que ele confesse um crime.

— Ele parece pensar que você está do lado dele.

— Não fui eu quem o deixou escapar do anzol.

— Por que você não me contou que ia visitar Kashell? Ou você estava com medo de estar seguindo uma pista falsa, fazendo com que um prisioneiro valioso atentasse contra a própria vida?

— Ele não matou Lotte Stensson. Sei disso de fonte segura.

— Que fonte? Vamos lá! Me mostre essa fonte.

Staffe desvia o olhar, tenta diminuir as batidas aceleradas de seu coração. Afasta-se um passo de Pennington, que, subitamente, parece ser o inimigo.

— E eu sei da invasão, no escritório da Kennington Lane. Não sei por que motivo você não podia simplesmente conseguir um mandado, como todo mundo faz. E por que tinha que arrastar a policial Chancellor na aventura, eu...

— Ele não me arrastou, senhor. Eu fui por vontade própria.

— Isso não é exatamente verdade, chefe — diz Staffe.

Pennington mete as mãos nos bolsos e suspira. Olha para fora, pela janela.

— Nós recebemos uma queixa dos pais de Tanya Ford também. Eles disseram que você agrediu o pai.

— Isso é uma idiotice.

— Havia uma assistente social lá. Ela não contradisse a queixa.

— Ele avançou em mim. Eu estava apenas tentando fazer justiça à filha deles!

Pennington se vira, põe as mãos atrás das costas, como se estivesse na cena de um crime, protegendo as provas. Dá um passo na direção de Staffe.

— Fazer justiça sem se importar com as normas. Onde já ouvimos isso antes?

— Não é isso!

— A coisa não parece boa.

Staffe encara os frios olhos cinzentos de Pennington.

— O que, exatamente, o senhor está dizendo?

— A Corregedoria está revisando as acusações da e.Gang. Os holofotes estão ligados. — Ele se aproxima mais um passo. Staffe pode sentir o cheiro de limão de sua loção pós-barba, como se aquele longo dia quente não estivesse se tornando mais pesado. De repente, ele se sente cansado, esgotado. — Tenho que ser sincero nesse ponto. Mais do que sincero. Espero que você jogue o jogo, Staffe.

— O jogo? — Staffe fica sem fôlego. Ele teme pelo pior, e seu maxilar treme tanto que ele se sente um ator com medo de subir ao palco. Mas sabe que isso não é teatro. É a sua vida.

— Eu vou ter que perguntar onde você estava quando Karl Colquhoun foi assassinado, e quando Guy Montefiore foi atacado.

— Não posso acreditar nisso! — Staffe se senta à mesa da cozinha. Ele se sente tonto.

— Você estava na cena do crime. Você estava lá quando aconteceu, Staffe! Abriu a porta que ocasionou o crime. Pode acreditar, eu quero as respostas certas. Para o seu bem e o meu.

— O senhor está me prendendo?

— Eu o estou prevenindo, detetive-inspetor Wagstaffe. Este é um aviso formal, na presença da policial Chancellor. Quero uma explicação completa de todos os seus movimentos durante a semana passada. Quero álibis e testemunhas. E não quero você a menos de dois quilômetros da porra desse caso! Está entendido?

— Entendido, senhor.

— Na minha mesa, amanhã.

— O senhor está me suspendendo?

— Receio que não tenho escolha, inspetor.

* * *

A escuridão desce, e a torre Limekiln avulta sobre a Gibbets Lane como um gigante azul-negro. Errol Regis olha para fora, pela janela de sua sala de estar, para ver a chama queimando debaixo do tambor de alcatrão na varanda da casa desocupada, vizinha à sua. O céu rajado de rosa está baixo hoje.

Errol telefonou para o Conselho para ver o que estava acontecendo, mas caiu direto na secretária eletrônica. Eles só começam o expediente às nove da manhã do dia seguinte. Nesse ínterim, ele olha para os dois lados da rua e anda de um aposento a outro. Prepara montanhas de chá para não ficar bêbado. Zapeia pela TV, parando no canal do tempo, mesmo já tendo assistido antes. Logo que começa o noticiário, ele muda o canal.

Toma uma pílula para dormir e checa os ferrolhos de todas as portas. Reza para que Theresa volte, de alguma forma, nem que seja só para pegar mais de seus pertences. Como sempre faz, reza por Martha Spears, e, finalmente, pede a Deus que, um dia, faça surgir a verdade, que ele possa ser perdoado por uma coisa que nunca fez. E, como de costume, ele se encolhe como um feto, ouvindo o profundo bater de seu próprio coração.

* * *

Enquanto segue de carro para casa, Staffe imagina o que vai fazer antes do que parece um sono improvável. Tomará um bom banho com Radox, abrirá uma garrafa de vinho tinto decente, em seguida vai assistir aos melhores momentos do críquete na cama e então, espera ele, irá adormecer. No dia seguinte, acordará cedo e registrará todos os lugares onde esteve desde a tarde em que Karl Colquhoun foi assassinado. Nunca foi homem de fingir que não existe um problema.

Fora do museu Victoria & Albert, ele vê uma banca de jornais com o *News* e sente uma pontada no peito. Tenta controlá-la, começa a entoar uma canção na mente. Por alguma razão, surge o refrão de "Love for Sale". Ele se afasta de casa, de todas as coisas que havia planejado. Não consegue tirar Jessop da cabeça. Por que diabos ele faria as coisas que Staffe acha que ele fez?

Ressoam as palavras reproduzidas por Montefiore: "Apenas Wagstaffe tem esse poder. Mantenha-o por perto, estou avisando." Seriam palavras de Jessop? Staffe não consegue afastar a sensação de que seu velho amigo talvez o tenha manipulado.

Quando chega ao apartamento de Jessop, Staffe vê luzes em toda a extensão do prédio, até as janelas de Jessop, que se projetam do telhado inclinado, de ardósia. Ele não fica surpreso por não obter resposta do interfone e apalpa a argola de chaves no bolso. Pensa nos álibis que deve apresentar, na audiência que terá que enfrentar. O que mais poderia fazer, senão descobrir a verdade?

Ele escolhe uma chave e a põe na fechadura, se esgueira para dentro e sobe a escada pisando em cada degrau, no escuro. No alto, ele bate de leve à porta de Jessop, apenas o bastante para acordá-lo, não o suficiente para chamar a atenção dos apartamentos dos andares inferiores. Sem resposta, ele retira o diário e a caneta do bolso, tira o paletó de couro e o estende no chão, no canto do pequeno corredor. Checa para ver se Jessop não o avistará ao subir a escada e começa a anotar com precisão seus movimentos nos dias e horas em questão.

Enquanto Karl Colquhoun estava sendo delicadamente retalhado, ele preparava uma refeição para Josie e fazia sua mala para viajar para a Espanha. E, na vez de Montefiore, naquela noite, ele correra e pedira a Johnson para "cuidar" do namorado abusado de Marie. Depois, fora para a cama, não dormira muito bem, uma boa contrapartida para seu álibi imperfeito.

Ele se aninha no canto do corredor. Põe o paletó em torno do corpo, sente o cheiro do couro e de bares, e também de pressa. Sente-se muito, muito esgotado, mas sabe que não pode se dar ao luxo de dormir. Suas pálpebras caem e ele pisca para se manter alerta, sentindo que está adormecendo de novo. Pensa no jantar com Sylvie, pode vê-la de pé, nua. Lembra-se do corte de cabelo dela e do verde profundo de seus olhos, o modo como ela falava enquanto comia, espetando a carne do linguado com o garfo. No fundo das pálpebras, ele reproduz a aparência dela quando falava de sua tia preferida, como se ela nunca o houvesse abandonado, como se os últimos três anos tivessem sido um sonho. Um longo, longo sonho.

* * *

Uma luz ofuscante acorda Staffe. Ele pisca contra o branco fulgurante. Sente o cheiro de carne no hálito de um homem, pode sentir o peso de algo áspero em sua garganta. Luta para respirar e se desviar da luz, tentando ver o que está além. Bem em cima de seu rosto está a sola de borracha de uma bota, a bainha puída de uma calça. Tenta se levantar, mas não consegue.

— Faça um favor a si mesmo, Staffe. Você pensa que está agindo certo, mas não está. Pode acreditar em mim — diz Jessop. Ele fala com calma, devagar, como se não tivesse nada a temer de seu amigo.

Staffe tenta se lembrar de onde está e de quanto tempo esteve adormecido. Estica a mão direita, sente a madeira, o tecido grosseiro de tapete gasto e o couro macio de seu próprio paletó. Mesmo não conseguindo ver nada além da lanterna, bem próxima, brilhando direto em seus olhos, ele começa a se lembrar.

— Pode acreditar, há forças do bem em jogo aqui. Mais do que você imagina — diz Jessop.

Staffe calcula suas chances de dominar Jessop, mas não quer machucá-lo.

— Me deixa levantar. Nós somos amigos, pelo amor de Deus.

— Que tipo estranho de amigos nós nos tornamos.

— Eu poderia ter entregado você a Smethurst ou ao GIGC, mas quero estar enganado. Me diga que estou errado. — Ele encolhe as pernas, prepara-se para ficar de pé, mas uma delas não obedece. Alguma coisa machuca seu tornozelo, e ele percebe que está amarrado.

— O que exatamente você acha que eu fiz? — Jessop dá um passo para trás e abaixa a lanterna. — Mantenha a voz baixa. Eu tenho vizinhos que você conhece.

Staffe tenta se levantar com a perna livre, mas cai de costas no chão, bate a cabeça na parede e vê que seus dois tornozelos estão atados juntos.

— Que porra é essa?

Jessop coloca devagar a sola da bota no peito de Staffe.

— Continue. Me conte o que você conseguiu.

— Nico Kashell não matou Lotte Stensson e você sabe disso. E você não deixou que fosse feito o indiciamento de Sally Watkins, em conluio com Ruth Merritt.

— Por que eu faria uma coisa dessas, amigo?

— Você estava furioso com a lei, de saco cheio com o modo com que foi tratado, com o modo como as pessoas se livram da Justiça.

— E a sua prova?

— Não houve interrogatórios. Há imensas falhas nas provas arquivadas naquele caso. Apenas um interrogatório com o réu. Não há absolutamente nenhum indício de que você viu Sally Watkins. Mas eu sei que viu.

— Espero que essa não seja a sua ideia de prova. Você tem um depoimento de Sally?

— Me diga que estou errado. Negue isso!

— Você sabe muita coisa para um homem que foi suspenso das funções.

— Como é que você sabe que eu fui suspenso?

— Deixa pra lá, Will.

— Como é que você pôde deixar Kashell cumprir pena?

— Você devia tê-lo deixado sossegado. Ele estava muito bem até você virar a mesa.

— Você matou Stensson, não foi? E está deixando um homem inocente cumprir pena. — E, ao dizer isso, Staffe tem a sensação de que está subestimando Jessop.

Jessop levanta o pé do peito de Staffe e apaga a lanterna. No escuro, Staffe consegue discernir a silhueta agachada do outro. O cheiro de carne no hálito dele é sufocante agora.

— Eu fui ver Stensson para conseguir uma confissão dela. Nós tínhamos outras acusações, mas ninguém queria depor. Teria havido outros casos, também, se não tivéssemos... — Jessop suspira e sua fala fica vagarosa, imediatamente. — Você devia ter visto o modo como ela me olhou. Era como se fosse melhor do que eu. Eu poderia ter matado ela ali, naquela hora, apagado aquele ar de deboche de seu rosto. Ela viu isso e acordou o prédio com seus gritos, me acusando de tentar espancá-la. Então eu voltei para ver Nico.

— Você a matou?

— Ele não devia ter confessado. Todo mundo tinha álibis.

— Todo mundo no VIQNASEV?

— O grupo não é o que você pensa.

— E as 50 mil pratas?

À meia-luz, Staffe vê a boca de Jessop se entreabrir. Seus olhos se tornam raivosos e tristes.

— Que 50 mil pratas? — diz ele.

— As 50 mil pratas que o VIQNASEV pagou a você para fazer tudo isso, para concretizar suas fantasias de vingança e registrar tudo. Você registrou tudo para eles, não foi?

Jessop se levanta novamente, descansa a bota no peito de Staffe e põe todo o peso nela, apoiando-se no corrimão.

— Você pensa que isso é por dinheiro? Pensa isso, meu amigo? Pensa?

Staffe não consegue recuperar o fôlego. Ele acha que vai desmaiar, que seus ossos estão prestes a quebrar e perfurar o pulmão.

— Por favor — diz ele, ofegante, os olhos marejados. Sua vida se esvai.

Jessop se inclina para ele. Agora, Staffe já ajustou a visão ao escuro, e através do brilho de seus próprios olhos cheios de lágrimas o rosto triste de Jessop se torna cada vez maior. Ele sente o cheiro de um produto químico.

— Sabe, Will, se você pudesse ver a si próprio do modo como era quando chegou pela primeira vez a Leadengate; você estava arrasado. Não tinha lugar nenhum para ir. Mas eu vi uma centelha. Ninguém mais viu, só eu. Eu adotei você, e foi a coisa certa a fazer. Se ao menos nós pudéssemos nos ver como os outros nos veem, hein, Will? Seria uma grande coisa.

O cheiro se aproxima, ficando mais forte. É um cheiro que Staffe reconhece. E com os últimos resquícios das percepções sensoriais se misturando uns com os outros, ele sente o esfregar úmido da gaze em torno da boca e do nariz. Tenta manter o pequeno resto de fôlego que ainda tem, mas não consegue, e quando respira, desmaia.

Manhã de segunda

Pulford minimiza *vingançadevitimas.com* e a *snuffcast*, como Nick Absolom a chama, desaparece no ícone da barra inferior da tela, revelando a homepage *Poker-Rich*. Pulford esfrega o rosto do modo como alguém apagaria um quadro-negro. Recosta-se na cadeira e pega o mouse. O cursor desliza sobre o link para entrar no jogo. Ele olha para seus extratos bancários no chão e bufa. Deixa o cursor onde está, vai até sua pequena cozinha e prepara um café preto, porque não há leite. Tenta novamente o celular de Staffe e cai na caixa postal, mas não se preocupa em deixar outra mensagem. Xinga Staffe e volta para o computador.

Você está sempre a um jogo de sua mudança de sorte. Mais uma tacada talvez mude a maré que o levou até essa encrenca. Ele leva a caneca à boca e o líquido queima seus lábios. Ele vê isso como um sinal e diz:

— Foda-se! Foda-se! — Fecha o site, desliga o computador. Olha para a pilha de extratos e se senta no chão, as pernas cruzadas, fazendo montinhos separados dos extratos do HSBC, Ladbrokes, Paypal e Barclaycard, pondo as contas mais recentes por cima. Soma os totais até a centena mais próxima e balança a cabeça; adiciona mais uns setecentos correspondentes ao aluguel não pago do último mês. Ele talvez consiga dois e meio vendendo o Toyota esportivo, mas ainda deve 3 mil pratas à financeira. No total, ele está devendo 22 mil pratas. Seu salário de oito meses. Seus pais ficam sempre lhe perguntando quando é que ele vai comprar um apartamento próprio, começar a subir na vida. Eles não sabem que ele está indo ladeira abaixo.

Um terno preto está pendurado atrás da porta, pronto para ser usado no funeral de Karl Colquhoun. Mesmo não estando na equipe do GIGC, ele irá ao enterro, pensando que talvez possa contribuir para a solução do caso antes de se lançar de novo na rotina das gangues de ladrões de carro, contrabandistas de DVDs, praticantes de extorsão e oficinas que exploram imigrantes.

Ele volta para a cozinha e derrama o café na pia; pega uma tesoura na segunda gaveta de baixo para cima e volta para a sala de estar. Corta em pequenos pedaços seus cartões de crédito, um por um. No meio dessa tarefa, esfrega os olhos e dá um soco em sua escrivaninha. "Idiota!", diz para si mesmo. "Seu grande idiota!"

* * *

O teto é sujo, e uma lanterna de papel pende da sanca rachada, deslocada do centro do teto. Staffe esfrega os olhos, enxuga a boca. Consegue perceber que adaptaram todo esse apartamento antigo, de um único cômodo, para um empregado de uma família moderadamente rica. Lembra-se do que aconteceu na noite anterior. Será que foi na noite anterior? Espera que a raiva o domine, mas isso não acontece. Sente-se calmo, meio que distante de si mesmo: separado do espaço onde está preso.

Ele calcula a qualidade da reforma no ambiente, sentando e dando uma olhada em volta, no aposento vazio. Não há livros nem ornamentos. O sol se esgueira para dentro, mostrando as manchas na janela. Ele se espreguiça e boceja. Se sente revigorado, quase novo.

— Jessop — diz ele em voz baixa, levantando-se lentamente. Caminha meio grogue em torno do quarto, abrindo gavetas e agachando-se para olhar debaixo das peças de mobília. O lugar foi esvaziado. Há uma pilha de roupas sujas no canto, perto da pequena copa-cozinha, e correspondências velhas na cesta de lixo, mas fora isso, não há sinal de vida, exceto... exceto por uma única folha de papel, colada no micro-ondas da cozinha. Staffe semicerra os olhos até que, gradualmente, consegue focalizar a vista. O bilhete é escrito a mão.

Por favor, meu amigo. Em nome de qualquer amizade que tivemos ou vamos ter, deixe isso para lá. Não vá atrás. Isso será resolvido logo. Confie em mim.
J.

Ele caminha devagar até a janela, no declive do telhado, e se inclina para dar uma olhada nos telhados da zona norte de Londres, lembrando-se, em parte, do que seu velho amigo dissera na noite da véspera.

Staffe sente uma vaga ânsia de telefonar para Smethurst, mas considera que Jessop o deixou desamarrado e ileso. Assim, ele se sente desmotivado a delatar seu velho amigo, ainda que o homem o tenha agredido, no fim das contas. Começa a se lembrar de que está suspenso do caso. Sim, está definitivamente suspenso do caso. Mas se sente menos infeliz por causa disso do que deveria.

Enquanto faz café, ele sente a louça da caneca como se esta fosse macia e pensa que talvez suas pontas dos dedos não estejam inteiramente sãs. Tenta destrinchar as conversas que teve na noite passada, lembrando-se do que Jessop lhe dissera sobre Lotte Stensson e Nico Kashell. Agora ele já deve ter fugido para longe, disso Staffe tem certeza. Provavelmente ele foi se encontrar com a mulher. Staffe não consegue se lembrar bem do nome dela.

Se ele telefonasse para Smethurst e o fizesse ir atrás de Jessop, será que isso faria com que Nico Kashell fosse libertado? Provavelmente não. Na ausência de uma confissão da parte de Jessop, nada muda. E o que, realmente, Staffe sabe a respeito de Nico Kashell? O que aquele pobre homem abatido quer da vida?

Que bem adveio desse longo, prolongado, caso de vinganças? Será que seria recomendável o encarceramento de Bob Jessop? Apenas se ele for matar de novo; ou se a lei sempre tiver um fim em si mesma. Ele decide pensar nisso.

Sai para o dia longo, azul. Seu passo é leve, como se ele quase não tocasse o chão. Caminha celeremente, não sabendo, na realidade, para onde deve ir. Imagina que será vigiado, ou seguido, e atravessa a rua, olhando ao redor quando faz isso.

Olhando para os jornais em uma banca, ele vê que é segunda-feira, e a posição do sol dá a entender que a manhã se aproxima do fim. No

Sainsbury's, na Kilburn High Road, as pessoas estão formando fila para os caixas. Talvez elas formem filas o dia inteiro, todo o dia.

Todos sempre dizem: "Por que você se aborrece, Staffe? Você não precisa trabalhar." Todo dia poderia ser assim; nada atrás dele, nada na frente, e só Deus sabe que novas pessoas ele conhecerá, que alegrias e dificuldades ele talvez encontre, sem ter que fazer nada a respeito delas.

O que Jessop fez com ele?

Fica imaginando onde seu amigo está agora. Em um avião ou em um navio. Será que encontrou algum tipo de paz? Ou de amor?

Staffe sai da High Street, agora não muito longe de sua própria casa. Vai visitar a irmã. É isso que fará.

Marie abre a porta da casa em Kilburn e dá um largo sorriso quando o vê, lançando-se de braços abertos para abraçá-lo. Ela cheira a algo verde, acha ele. Turquesa, talvez. A casa está arrumadíssima, e há flores frescas na mesinha de centro: lírios. Ele sabe que pode acabar dizendo a ela para tomar cuidado para os estames não caírem nos estofados. Eles mancham. Mas pensa que ela, provavelmente, sabe disso, por si mesma. Paolo se levanta da posição ajoelhada em que estava. Tem um pedaço de pano na mão, e Staffe sente um cheiro de verniz. Será que andou limpando a lareira? Ele também sorri e estende a mão, que Staffe aperta com força. O inchaço em torno da extensão do nariz está diminuindo, como também o hematoma em torno dos olhos.

— Deixando tudo novinho, Will. Espero que você aprove — diz Paolo.

Staffe aspira, não sente cheiro de fumo.

Atrás dele, ele ouve um grito, um ruído deslizante, e algo bate atrás de suas pernas com força suficiente para fazer com que ele perca o equilíbrio. Paolo o impede de cair no chão.

— Harry! Tenha cuidado! — grita Marie.

— Está bem — diz Staffe. — Está bem. — Ele estende os braços para Harry, levanta-o e aperta a cabeça do menino com força contra seu rosto.

— Me leva ao parque, tio Will — diz Harry. — Me leva ao parque.

— Ele está me atazanando a manhã toda — diz Marie. — Estranho que você tenha aparecido agora.

— Posso levá-lo?

— Eu e Paolo vamos ver um carro. Vamos comprar uma van, uma pequena van com parte do dinheiro. Paolo vai começar no negócio de restaurantes de novo. Ele tem dedos mágicos para ervas, sabe? Vamos alugar um lugar lá pelo Surrey. Ele vai ensinar Harry a cultivar.

— Me leva ao parque! — grita Harry.

— Posso? — pergunta Staffe.

— É claro que pode. Tem que levá-lo — diz Marie.

* * *

Pulford olha para os fragmentos de plástico da encrenca em que se meteu. Ele junta os pedaços dos cartões de crédito na palma de uma das mãos e os coloca em um cesto de papéis, depois toma uma chuveirada, veste o terno preto e tenta telefonar para Staffe uma última vez, mas ninguém atende. Coloca o celular no bolso da calça e pega suas chaves, a insígnia e o bloco de anotações; dá uma olhada pelo aposento, esperando ter deixado algo para trás.

Exatamente quando está prestes a trancar o apartamento, seu celular vibra, depois começa a musiquinha, o refrão de "I Fought the Law", do The Clash. Staffe o recrimina por ter escolhido aquela música. Acha que talvez ela denuncie sua profissão. Josie acha que é engraçado. Johnson acha triste. Todo mundo tem uma opinião, e é por isso que ele mantém o mesmo toque. Olha para a tela, vê que é de Leadengate.

Leva o aparelho até o ouvido; está receoso.

— Graças a Deus que alguém me atende — diz Pennington. — Onde diabos está Staffe?

— O que houve, chefe? Posso ajudar?

— Diga a ele para entrar em contato comigo. Depressa!

— Posso dizer a ele do que se trata?

Pennington faz uma pausa, e por fim diz:

— Diga a ele que aconteceu algo importante. Smethurst desvendou tudo, e não foi graças a você nem a seu chefe.

— Desvendou, chefe?

— Não banque o inocente comigo, investigador, e não pense que você pode sempre se esconder atrás de gente como Staffe. Você devia ter me contado que sabia que era Jessop. Ninguém é maior do que a lei, e pode dizer isso a Staffe. Ninguém!

* * *

Do banco do parque, Staffe observa Harry. Seu sobrinho vai até as outras crianças e se junta a elas, mesmo sem conhecê-las. As mães e os pais sorriem para a semana que se inicia e acenam para Staffe, como dizendo que ele está fazendo um bom trabalho. Mais tarde, naquela mesma semana, ele vai levar Harry ao Hamleys e talvez compre uma bola de rúgbi para ele. Vai ensinar o garoto a dar um passe e chutar, vai levá-lo para assistir a um jogo quando começar a nova temporada.

Agora Harry está no carrossel, brincando com crianças maiores e menores. Staffe sente uma onda de calor e olha para o infinito. Deve haver algo dos pais de Staffe no menino. Pode haver algo de Staffe nele, mas será que esse traço vai aparecer, alguma hora? Será que ele, possivelmente, transcenderá a diferença entre ele e Marie? Tenta imaginar de onde veio a liberdade de espírito da irmã. Teria sido, talvez, do mesmo lugar de onde Staffe obteve a sua, antes que ela morresse?

Ele mete a mão no bolso e puxa seu telefone. Tenta ligá-lo e não se recorda se desligou o aparelho ou se a bateria está descarregada. O celular acende e toca uma musiquinha. Ele vai telefonar para Sylvie. Ela disse que ele podia. E disse para ele não desaparecer. Não disse?

Um monte de mensagens de texto não lidas. Seis chamadas perdidas, todas de Pulford e Pennington. Ele aperta nas mais recentes e comprime a tecla "Chamar".

— *Staffe!* Graças a Deus, onde diabos você esteve? — diz Pulford.

O caso lhe vem à mente, como muitos fragmentos de sonhos diferentes.

— Eu estou de licença, Pulford. Vou gozar essa licença.

— Pennington está em cima. Ele diz que Smethurst pegou Jessop pelo assassinato de Colquhoun.

— *Pegou* Jessop?

— O senhor sabia que era ele? Pennington acredita que sim. E que o senhor o está protegendo. Por que não me contou, chefe? Ele acha que eu estou envolvido nisso.

— Ninguém sabe de nada, Pulford — diz Staffe. Ele cruza uma perna sobre a outra e se recosta no banco, observando a copa das árvores contra o céu amplo, azul, sem nuvens.

— Você está estranho. Vai ao enterro?

— Enterro? — Ele ouve as crianças gritando e se esgoelando. Parecem mais distantes.

— O enterro de Karl Colquhoun é às duas horas.

Staffe olha para o sol, tentando calcular que horas podem ser.

— Vou buscá-lo — diz Pulford.

— Quando você disse que haviam apanhado Jessop, o que quis dizer com isso? Quer dizer que o *prenderam*?

— Eu calculo que Pennington acha que você sabe onde ele está.

— Ele está enganado. — Staffe desvia o olhar do céu e lança-o na direção dos balanços e do escorrega. Não há ninguém ali. As crianças foram embora. Os pais foram embora. Ele se levanta, olha em torno de si.

— Chefe?

— Como eu poderia saber onde ele está?

— Você foi vê-lo. São amigos.

Staffe olha para o playground. Percebe que alguma coisa está errada.

— Harry! — grita ele. — Harry!

— Quem é Harry? O senhor está bem, chefe?

Ele desliga o telefone e segue na direção dos balanços e do escorrega, chamando "Harry, Harry!", enquanto anda. Trepa nos degraus do escorrega, sente a pulsação martelando dentro da cabeça. Olha para os quatro cantos do parque. Há diversos casais passeando por ali. Um punhado de pessoas está começando piqueniques ou fazendo um almoço rápido nos bancos. Mas não há sinal de Harry. Ele chama o nome do garoto de novo, com mais força. Longe, uma mulher puxa o filho para si e desaparece rápido.

Há algumas árvores a uns cinquenta metros, e Staffe desce rápido os degraus, corre pelo gramado na direção delas. A meio caminho, ele para, imobilizado. Pensa em Tanya Ford e no pedaço de pano que encontrou junto às árvores. Subitamente, ele é atingido, como se fosse por um cassetete de borracha, pela realidade do mundo.

— Harry! — chama ele, começando a correr na direção das árvores. Abaixa a cabeça e chama o nome de Harry repetidas vezes, em meio aos galhos retorcidos, que arranham seu rosto. Ele avança com toda a força, saindo do aglomerado de árvores. Um bolo se forma em sua garganta, e seu estômago fica tenso. Subitamente, todo o sangue parece se esvair dos músculos das pernas. Ele arria no chão e fica encostado a um tronco de árvore. A distância, existe uma grade, e, além dela, um poço. Ele vê um garoto sendo conduzido por um homem.

— Harry! — chama ele. — Harry!

Os dois se viram. Harry se livra da mão do homem. O homem levanta o olhar. Ele está sorrindo. Harry corre na direção de Staffe, e o homem vem trotando atrás dele. Staffe se levanta, cerra os punhos enquanto corre na direção do poço. A meio caminho, Harry se joga contra seu diafragma, tirando-lhe completamente o fôlego. Ele se curva e o abraça com força. O homem diminui o trote, volta a andar normalmente e diz:

— Espero que o senhor não pense que eu estou caçoando, mas o senhor é pai dele?

Marie está fora, e Staffe não tem as chaves de sua casa de Kilburn, então ele diz a Pulford para pegar Josie e encontrá-lo do lado de fora do Scotsman's Pack. Desliga. Quando coloca o telefone no bolso, sente alguma coisa cortante. Retira uma embalagem de pílulas, aberta e vazia. Ele examina o nome do medicamento que Jessop deve tê-lo forçado a ingerir, mas aquilo não faz sentido: Wellbutrin. Ele mete a embalagem de volta no bolso e segura de novo, apertado, a mão de Harry.

— Vamos jogar com alguns de meus amigos, está bem? — Ao dizer isso, ele se sente terrivelmente triste, e não pode evitar a esperança de que Jessop esteja são e salvo.

No Scotsman's, uns poucos fregueses habituais estão debruçados no balcão, olhando para as páginas dos jornais com os resultados das corridas de cavalos e cheirando rapé enquanto resmungam contra os jóqueis e dizem que a coisa toda tem resultados pré-combinados. Eles não sabem por que se importam. Mas se importam.

Staffe está sentado em um canto, a uma mesa perto da janela, ensinando Harry a jogar vinte e um. Não é um bar para crianças, mas Staffe fez lembrar ao proprietário, Rod, quem ele era e o que acontece com gente que esconde provas. Harry toma um refrigerante J2O com um canudinho, e Staffe pede uma boa dose de uísque.

Quando se aproxima do tio e do sobrinho, Pulford vê que há mais motivo de preocupação. Staffe está sorrindo, parece inteiramente relaxado, e está de bem com o mundo.

— Tome uma bebida, investigador — diz Staffe.

— Já estamos atrasados. O enterro começou há cinco minutos.

— Essas cerimônias são intermináveis.

— Smethurst está lá.

— Que se dane Smet.

— Acho que você precisa contar essa história direitinho.

— História? Eu confio na verdade, muito obrigado, Pulford.

Os olhos de Staffe estão pesados, mas sua expressão é alegre. Um sorriso fácil brinca em um dos cantos da boca. Parece que ele não toma banho há uma semana.

— Você precisa fazer o que pode, dizer o que pode para se proteger.

— Obrigado pelo conselho.

— Chefe, eu não gosto de dizer isso, mas... o que há de errado? O senhor parece diferente. — Pulford olha para o copo, o sol brilhando na bebida dourada. — Quantos desses o senhor já tomou?

Staffe mete a mão no bolso e joga a cartela de pílulas, vazia, na mesa.

— Eu acho que já tomei pílulas demais dessas aí. Onde está Josie?

Pulford pega a embalagem usada.

— Merda!

— Boa merda — diz Staffe.

— Onde o senhor arranjou isso? Não são suas, certo?

— Um presente de despedida, de um velho amigo.

Pulford aperta os olhos para ler o que está impresso na embalagem e diz:

— Isso aqui é bupropiona. É um forte antidepressivo. Meu Deus. — E ele pega o telefone celular e procura Janine, da seção de laudos periciais. A chamada cai na secretária eletrônica, e ele deixa uma mensagem para ela retornar a ligação logo que possível. O quanto antes.

— Josie está aí fora. Ela vai levar o garoto para casa e esperar lá com ele. Vamos — diz ele para Staffe, levantando-se. Estende uma das mãos, mas Staffe dá de ombros e sorve o restante do uísque em um só gole. Vagarosamente, ele se levanta da cadeira, fazendo um carinho no jovem Harry. O garoto sorri para o tio, confiando claramente que haverá muitas outras boas ocasiões como aquela.

— Mostre o caminho, investigador. Mostre o caminho. — Ele pega Harry pela mão e o conduz para sua guardiã temporária. Por uma fração de segundo, sua expressão fica obscura, prevendo a extensa reclamação que Marie fará quando vir Harry sentado em uma viatura, fora de casa, sob a custódia da policial Josie Chancellor.

Quando chegam ao enterro, a missa na capela minúscula já terminou, e um pequeno grupo vai entrando em fila na direção da sepultura. O coveiro se apoia em uma comprida pá, parecendo desinteressado. Leanne Colquhoun está na frente, com Calvin e Lee-Angelique, todos paramentados como cãezinhos *poodle*. Debra Bowker também está lá, mantendo distância e parecendo bem em seu vestido preto justo.

Pulford nota Smethurst e Johnson no final da fila, e eles se entreolham. Johnson murmura algo como "O que está fazendo aqui?". Eles começam a se dirigir para os dois recém-chegados, e Pulford conduz Staffe para um grande teixo, com um banco em torno da base do caule.

— Deixe que eu falo, está bem, chefe?

— Vamos ver como você se sai.

— Staffe, Pulford — diz Smethurst. Johnson se demora um pouco mais atrás, chutando o chão, mãos nos bolsos. Ele parece precisar da mesma substância que Staffe ingeriu.

— Acho que devo lhe dar os parabéns — diz Pulford, esboçando um sorriso.

— Isso depende. — Smethurst olha para Staffe, suas sobrancelhas se unindo, a ponta da língua encostada no céu da boca.

— O que o levou a Jessop?

— Tenho certeza de que o inspetor Wagstaffe sabe. Hein, Staffe?

— Sou todo ouvidos, inspetor Smethurst. Todo ouvidos.

Smethurst entrega um bilhete dobrado a Pulford e diz:

— É uma cópia. Você pode guardá-lo, como lembrança dos velhos tempos. Parece que Jessop tem uma queda por confissões. A não ser pelo fato de que essa aqui é dele mesmo.

— Vocês o prenderam?

Smethurst balança a cabeça.

— Isso aí veio registrado, colocado no correio ontem, na agência central da cidade, à uma hora da tarde. Estamos checando todas as relações de voos, mas acho que ele já fugiu. Se pode fazer o que fez com Colqhoun e Montefiore após ter planejado todos esses anos, ele pode, muito bem, ter fugido do país com passaporte falso, imagino, e um monte de dinheiro que ele juntou todo esse tempo.

Pulford lê o bilhete em voz alta:

Se vocês pegarem este bilhete, suponho que talvez pensem que me pegaram. Mas não pegaram. Agora é tarde demais, e tudo o que posso dizer é que as coisas saíram do controle. Viraram de cabeça para baixo. Vocês não podiam imaginar como tudo aconteceu, mas se tivessem conhecido Stensson talvez tivessem feito o que foi feito. Alguém me mostrou como eu tinha que seguir, mas não me sigam, não há nada a ganhar. O que está feito, está feito. A lei é mula, mas vocês não vão colocar isso na minha conta.

Ele entrega o bilhete a Staffe e diz:

— Curto e grosso.

Staffe lê todo o bilhete, mas as palavras não fazem muito sentido para ele. Fica observando o desenrolar da cena junto à sepultura. Até mesmo a 50 metros de distância, ele percebe que Leanne Colquhoun está tremendo. A cabeça dela está baixa, e os filhos se agarram a suas pernas, escondendo os rostos. Ross Denness se aproxima e põe seus braços grandes em torno dos três. Ele olha em torno, não se sente confortável com o que está fazendo, mas mesmo assim continua naquela posição. Entretanto, quando olha em volta, Denness percebe a presença de Staffe. Ele toma um susto, e seu rosto adquire uma expressão dura, como se estivesse disposto a matar. Seu lábio se curva, e ele não pisca. Staffe sorri, e Denness murmura qualquer coisa, que talvez seja "Fique longe de mim". Ele parece diferente, e Staffe sente que, de certa forma, poderia confiar nele. Mas logo se lembra de que sua mente está alterada, que não pode confiar inteiramente em si mesmo.

À esquerda de Denness, Debra Bowker vai até Leanne. Ela caminha com as costas retas, em passos curtos, em seus saltos agulha. Usa um casaco formal, feito sob medida, e uma minissaia preta, combinando. O cabelo é reluzente, e as pernas, metidas em meias de náilon, brilham. Ela se agacha, as costas ainda retas, e abraça as crianças. Estas respondem ao gesto, envolvendo-a com os braços. Leanne Colquhoun estende a mão na direção de Debra Bowker e segura o ombro da mulher agachada. Ela roça a mão no pescoço de Debra, que olha para cima. As duas sorriem uma para a outra. Lágrimas mancham a maquiagem de Leanne. Imóvel, Denness olha para Staffe implorando que ele vá embora.

Staffe considera a possibilidade de que o mundo talvez tenha se tornado um lugar melhor após Jessop ter violado a lei. Essas pobres pessoas estão, de certa forma, se reunindo em um mundo mais seguro. À sombra do teixo, ele faz uma prece instantânea por Sally e Tyrone Watkins, por Nico e Greta Kashell, e agradece a Deus pelo fato de que Jessop alcançou Tanya Ford a tempo, alguns passos à frente das rodas da justiça.

Mas será que ele está certo? E, se estiver, o que fará com sua própria vida?

Smethurst e Pulford continuavam conversando.

— Nós ainda a temos sob custódia — diz Smethurst.

— Mantendo quem sob custódia? — pergunta Staffe.

— Greta Kashell — responde Smethurst. — Eu cheguei a versão de Nicoletta, de frequentar sessões de aconselhamento psicológico. Ela fez isso apenas umas poucas semanas, e depois Greta Kashell a tirou do programa, então eu mandei alguém interrogar Nicoletta em Hastings, na casa dos avós, mas ela não estava lá. Eles disseram que não viam Nicoletta há dois anos e meio, que ela havia desaparecido não muito tempo depois que Nico foi preso. Greta mentiu.

— Meu Deus — diz Pulford.

— Ela responsabilizou Jessop por ter obtido aquela confissão de Kashell, e quando Nicoletta desapareceu ela ficou obcecada por vingança. Lotte Stensson já estava morta; assim, ela usa o VIQNASEV.

— Ela usa o VIQNASEV como fonte de vítimas? — pergunta Pulford. — E as razões de Jessop?

— O idiota não sabia o quanto estava por fora do jogo. Meu palpite é que, quando conseguiu arquivar as acusações contra Stensson, ela sabia o que Nico faria. Mas Nico não conseguiu levar o plano adiante, então eles fizeram aquele pacto louco. Quando Kashell foi preso e Greta descobriu o que Jessop tinha feito, ela começou a chantageá-lo, dizendo que contaria tudo às autoridades, a menos que ele fizesse mais para o VIQNASEV.

— Vocês estão colocando a culpa em Jessop, Rick. — Staffe fita Johnson diretamente nos olhos. Sua voz não transmite raiva. Ele diz aquilo como se estivesse dizendo que Camberra é a capital da Austrália. Johnson olha para o chão, morde o lábio.

Smethurst olha para Staffe como se realmente não o conhecesse.

— Você devia ouvir Greta Kashell quando ela fala sobre o que aconteceu com Colquhoun e Montefiore. Ela fica totalmente transtornada. Você ouviu o que Debra Bowker disse dela.

— É tudo condizente com uma verdade diferente.

— O quê? — Smethurst se vira para Pulford e pergunta: — O que está acontecendo?

Pulford diz para Staffe:

— Nós precisamos ir, chefe.

— O que Greta diz sobre o quarto quadrante? — pergunta Staffe.

— O quê?

— O website?

— Ah! — Smethurst olha para Staffe como se ele tivesse alguma doença.

Staffe coça a cabeça e fala como se houvesse alguém, por trás dele, ditando o que dizer:

— Se seu homem fugiu do país, e ainda assim houver um quarto assassinato, isso não vai ser nada bom.

Staffe se lembra de alguém lhe dizendo que o website fora montado no nome de Montefiore, a partir de seu endereço. Ele se sente leve, seus pés ainda não tocam o gramado castigado pelo sol. Debra Bowker e Leanne Colquhoun se afastam da sepultura de Karl, de braços dados.

Agora Smethurst está dizendo mais alguma coisa. Ele está ficando irado, pensa Staffe. Sabe que provavelmente seria melhor ajustar sua mente, mas faz sinal a Smethurst para falar com ele em particular e afasta-se da sombra do teixo.

— Vai acontecer alguma coisa com Montefiore, e haverá uma quarta vítima — diz Staffe, virando-se para ter certeza de que Pulford e Johnson não conseguem ouvir o que ele está dizendo.

— Olhe aqui, Will! Eu não sei qual é a sua, mas ouça o que digo. Você deixou esse idiota mentir.

— Você sabe que Jessop não foi o autor desses crimes.

Smethurst olha em torno.

— Não sei nada disso. Você deve tomar cuidado com o que diz, Will. Vá descansar um pouco.

— Você o ajudou a fugir?

— Você deveria ir para casa. Ele era seu amigo, pelo amor de Deus!

— Tudo o que eu quero é a verdade.

Smethurst se inclina para a frente e sibila no ouvido de Stafe:

— Isso não existe. Há apenas as coisas que as pessoas contam para você. É isso que existe. Bem, eu sei o que você acha de tudo isso, mas nós pegamos o nosso homem.

— E se houver outro assassinato?

— Nós não temos certeza se Jessop ainda está no país. E, de qualquer modo, a coisa está fervendo por aí. Quem dirá o que as pessoas podem fazer, para imitar Jessop?

— Há um quarto quadrante. Você viu o website.

— Aquilo pode ser de Jessop. Pode ser de qualquer um. Aquelas imagens de Colquhoun e Montefiore foram publicadas. Qualquer um poderia usá-las.

Staffe vira de costas e chama Pulford para que este se aproxime.

— Tome cuidado, Will! — exclama Smethurst.

— Qual era aquele nome, Pulford? — pergunta Staffe. — Aquela jovem negra. Era uma canção de Tom Jones.

— Spears? O nome dela era Martha Spears. A mãe era Delilah.

Staffe olha de volta para Smethurst. Este está conversando com Johnson e perdendo a paciência. Johnson não parece em condições de suportar mais muita coisa.

— Você disse que Janine estava vindo? — indaga Staffe. Quando diz o nome da mulher, ele se lembra de que ela estava com a seringa de Johnson.

— Nós vamos nos encontrar com ela no meu apartamento.

Staffe olha em torno, para o cemitério, para os apartamentos situados mais além e para Londres se expandindo até o horizonte azul. Tantas vidas.

Indo de volta para o Toyota esportivo de Pulford, Staffe se vira para olhar o jovem investigador, e então para perto de uma banca de jornais.

O jornaleiro olha para sua própria banca e depois para Staffe, e de novo para o jornal. Na primeira página, há uma fotografia do detetive-inspetor parecendo ainda pior, de cansaço.

A manchete diz:

EX-STAFFE

E logo abaixo, uma chamada:

POLICIAL "CONVERSA-FIADA" FORA DO CASO
Agora as prisões estão acontecendo

Pulford vem na direção dele, o jornal na mão, e o envolve com um dos braços, levando-o na direção do carro. As luzes do veículo acendem e apagam, e o automóvel é destrancado. Pulford mostra a Staffe o banco do carona, e, depois que Staffe se curva para sentar no banco baixo, o investigador fecha a porta com suavidade.

Staffe tenta calcular quando e onde sua foto foi tirada. As cestas pendentes ao fundo são do Steeles. O paletó é o que ele está usando agora. A barba é da véspera.

— Malditos? — Ele diz isso ironicamente, sem ter certeza de estar certo. A história do jornal disseca tudo o que deu errado no caso. Sugere que Staffe está protegendo um suspeito. Ele olha para Pulford.

— "Conversa-fiada"? O que eles querem dizer com isso?

Pulford diz:

— Como Nero. Enquanto Londres queima.

— Nero — diz Staffe. Ele olha para fora, pela janela, como que em transe, para pessoas, lojas, prédios em construção, escolas, escritórios. Algumas árvores mais além.

— Você tem que me espetar? — pergunta Staffe.

— Será mais rápido dessa forma — diz Janine, dando um tapinha no braço nu de Staffe, com o segundo e terceiro dedos da mão esquerda. Ela segura a seringa entre os dentes como se fosse uma rosa.

— O que é isso? — pergunta Pulford.

— Uma ampaquina muito forte.

Staffe está sentado em uma cadeira na sala de jantar do apartamento de Pulford, tomado pelo medo. Ele está sem camisa, que está caída no chão, a seus pés.

— Eu odeio agulhas.

Janine pega a seringa entre os dentes.

— Seja um menino corajoso — diz. Ela segura a agulha no alto, extrai dela um pouco de líquido e olha para o tronco de Staffe. Ele cuida do físico, mas ainda assim aparenta ter 40 anos, ou mais. Um corte de cabelo viria a calhar. Ele fica bem com o cabelo comprido, mas os fios estão desgrenhados. Seu corpo fica tenso quando ela mira a pele avermelhada que ela vem amolecendo, e, quando ela enfia a agulha, todo o corpo dele estremece, como se estivesse nos últimos esforços de um transe. Ela retira a agulha, e o corpo de Staffe relaxa.

— Vou dar uma agulha de presente para você — diz Staffe.

Janine fala para Pulford:

— A ação do medicamento vai ser muito rápida. Pegue um copo d'água e misture com uma colher de sopa de açúcar e uma colher de chá de sal. Você precisa ficar forte.

Staffe se levanta da cadeira e olha em torno do apartamento, como se o estivesse vendo pela primeira vez. Suas pernas estão fracas, e ele procura o sofá, caindo pesadamente nele. O peito sobe e desce, sua respiração é alta e profunda, e ele começa a piscar. Janine pega uma cadeira e cruza as pernas, as mãos juntas adiante dele.

— Era morfina, a seringa que você me deu. Você pensou que era heroína, mas era somente morfina.

— Somente? — Ele olha para ela. — Estou com sede.

Janine pega o copo da mão de Pulford e o segura, enquanto Staffe sorve o conteúdo de uma só vez. Ele se inclina para a frente, os cotovelos nos joelhos, passando os dedos pelos cabelos. Depois de uns dois minutos, ele levanta o olhar, os olhos bem abertos, o maxilar cerrado.

— Não estou acreditando naquela confissão. De jeito nenhum — diz ele.

— Mas você mesmo ouviu isso da boca de Jessop, chefe.

— Está escrito com a caligrafia dele — diz Janine. — A tinta combina com a amostra recolhida no apartamento dele. Há um DNA de cabelo que combina com a saliva do envelope. Foi Jessop que escreveu aquilo, Staffe.

— Não é isso que eu estou dizendo. Estou dizendo que ele está mentindo.

— Reunindo provas contra si mesmo por um assassinato que ele não cometeu. Exatamente como fez Nico Kashell — diz Pulford.

— É isso! — Staffe se levanta, começa a andar de um lado a outro no aposento. Janine e Pulford ficam cada um em um canto e pensam que ele esbarrará em algum móvel, mas seus movimentos são lúcidos. — Exatamente como Kashell.

— Chefe, será que poderia ser isso? Não sei... — Pulford não consegue olhar de frente para seu detetive-inspetor.

— Explique.

— Bem, Smethurst deflagrou a caça a Jessop, mas ele fugiu, ao que parece. Era o seu caso, chefe, e agora parece que ele não vai ser resolvido. Desculpe, mas talvez você não esteja querendo largar o caso.

Staffe sorri para Pulford.

— Mas o caso não está resolvido. Me dê aquele bilhete. E, você, vá procurar qual é o nome dela. Qual é o nome dela?

— Delilah. Delilah Spears.

Staffe acena afirmativamente com a cabeça, já inteiramente absorvido na leitura do bilhete de Jessop. Seus olhos saltam, rapidamente, de um lado a outro.

— Ou talvez seja simplesmente o fato de você não conseguir aceitar, pois ele é seu amigo — diz Janine. — Eu me lembro de vocês dois quando entrei para a perícia legal. — Ela olha para Pulford e pisca.

— Ele era apenas um garoto.

— É claro que eu não quero que ele seja o culpado. Isso é óbvio.

— Não, isso é psicologia semiprofissional. E você seria o culpado, não seria, Staffe? Um pouco mais de sangue em suas mãos, hein?

— O que você quer dizer com isso?

— O que Nico Kashell tentou naquela noite, há pouco tempo. Parece que todas as pessoas erradas estão sofrendo, não estão? — Ela olha para ele, espera que retorne o olhar. Quando isso acontece, ela suaviza a expressão, dá um levíssimo sorriso e diz: — Envolver-se nisso não vai ajudar ninguém, Will. Dê um tempo a si mesmo. Você já tem uma carga bastante pesada por reter o que sabia sobre Jessop.

— Eles me suspenderam! E, de qualquer modo, ele não cometeu os crimes. Aqui está a prova. — Ele mostra o bilhete de Jessop. — Aqui está a porra da prova! — Staffe agita o bilhete e começa a andar no aposento de cá para lá, de novo, lendo em voz alta trechos do que está escrito. — "... Talvez pensem que me pegaram. Mas não pegaram." Vê. Nada é o que parece. Isso é o que ele está dizendo. Eu sei disso.

— Ele só está dizendo que fugiu. Só isso. — Pulford olha para Janine, levanta as sobrancelhas.

— É uma charada. "... Tudo o que posso dizer é que as coisas saíram do controle. Viraram de cabeça para baixo." Vocês não veem? "Viraram de cabeça para baixo." Não acredite no que você vê. Kashell não matou Stensson, mas confessou, e agora Jessop está repetindo a história. "A lei é burra, mas vocês não vão colocar isso na minha conta." Ele chegou mesmo a escrever a coisa como se fosse uma charada.

— Se ele não matou Colquhoun nem torturou Montefiore, quem fez isso? E quanto ao site? — diz Pulford.

— Exatamente! Ele nunca poderia ter montado um site. Ele nem mesmo tem um computador, nunca teve. Negou ter um e-mail.

— Ele tinha um cúmplice. Greta Kashell, de acordo com Smethurst.

— Eles deixaram Jessop escapar, e ele vai ser punido por tudo. Só que isso nunca acontecerá. Caso encerrado. — Staffe se desliga da conversa, senta na beirada do sofá e fica olhando, concentrado, para o bilhete. — Você leu aquilo no extrato bancário dele? Dizia "J", no canhoto.

— Josie vai trazê-lo aqui, quando sua irmã voltar — diz Pulford.

— Você viu o modo como Leanne Colquhoun, Debra Bowker e Ross Denness se portaram diante da sepultura? Como famílias felizes. Mas eles querem que a gente acredite que eles não se suportam.

— Era um enterro, Staffe. As pessoas não ficam discutindo em enterros.

— Você sabe muito sobre isso, então — diz Staffe. — Dê outro telefonema para Josie, diga a ela para se apressar. — Ele veste a camisa. — Eu vou até o fim. É meu trabalho por ter posto a boca no trombone. — Ele corre as mãos pelo cabelo e vai até a janela, olha para fora. — Meu trabalho — diz ele para si mesmo, imaginando o que restaria dele se lhe tirassem isso.

Noite de segunda

Mais cedo, antes de receber a medicação pelas mãos de Janine, Staffe estava calmo como um hippie. Agora, ele está ali na janela, voltando ao normal, esperando a chegada de Josie ao apartamento de Pulford. Lá longe, parece que alguém fez estrias negras pelo céu ao longo de todo o horizonte, como uma pintura primitiva.

Embaixo, na rua, Josie estaciona.

— Ela chegou — diz Staffe, andando até a porta, apertando o interfone para ela entrar.

— Chefe! — exclama Pulford, sentado junto ao computador. — O senhor precisa ver isso. — Ele empurra a cadeira para trás, de modo que Staffe possa ver a tela.

O detetive vai até lá, se ajoelha e descansa os antebraços na escrivaninha. Ele se inclina até ficar bem perto da tela.

— Meu Deus — diz ele. — Está ficando mais nítido.

— Desculpe interromper essa sessão pornô, meninos, mas eu pensei que era urgente — diz Josie, de pé na porta.

— Venha dar uma olhada nisso — diz Staffe.

Na tela, o quadrante inferior direito está ficando menos enevoado. Abaixo da figura de Karl Colquhoun prostrado e retalhado, e à direita de Guy Montefiore crucificado, pode-se discernir a silhueta de uma casa.

— O que é aquilo no fundo? Uma colina? — pergunta Staffe.

— Ou uma sombra? — diz Pulford.

Staffe recosta-se, põe as mãos na nuca e suspira, exasperado.

— Pode ser qualquer lugar.

— Por que eles tornariam o quadrante mais nítido? — pergunta Pulford. — É um sinal de que alguma coisa está para acontecer?

— Ou uma pista falsa. Eles estão no comando. Nós estamos apenas adivinhando — diz Staffe, levantando-se e indo até a janela de novo. — Qual foi o resultado da perícia daquele extrato bancário de Jessop, Josie?

Josie está atenta à tela do computador, os olhos semicerrados.

— Não tenho tanta certeza. Pode ser um prédio.

— Eu perguntei sobre a conta bancária de Jessop.

— Se Jessop for nosso homem — diz Pulford. — Talvez ele esteja usando o site para desviar nossa atenção, ganhando um pouco mais de tempo.

— Isso me faz lembrar de algum lugar — diz Josie, ainda de olhos fixos na tela.

Staffe volta até a escrivaninha, olha por cima do ombro dela.

— Ah, vamos, isso pode ser em qualquer lugar.

— Estou com um pressentimento — diz Josie. — Um pressentimento de que já estive ali. Aquela área escura é um prédio, tenho certeza disso.

— É grande demais, comparado ao outro, em primeiro plano.

— Se o prédio é nessa vizinhança — diz Pulford —, nós poderíamos ir até lá e ver se podemos avistar a câmera.

— Se estou certa, este prédio é perto daqui. — Mas Josie se afasta de Staffe, olha para fora, pela janela.

— Vocês precisam me contar — diz Staffe. — Se isso é relevante para o caso, eu preciso saber. Eu *tenho* que saber. Nós somos uma equipe, pelo amor de Deus. — Staffe vai até Josie, que deixa a cabeça pender. — Ah, entendi.

— Você não sabe em que encrenca eu me meti indo ao VIQNASEV. Pennington ameaçou me rebaixar.

— Nós estamos nisso juntos.

— Em que, chefe? — pergunta Pulford. — É um caso já resolvido.

Staffe põe as mãos de leve nos ombros de Josie.

— Eu estou perguntando a você, Josie. Tudo o que você puder me contar, *tudo*, eu só vou prejudicar a mim mesmo, prometo.

— Eles estão seguindo a pista errada. — Ela se inclina, olha fixo para a tela, e os homens se reúnem ao seu lado. — Se estou certa, o prédio no primeiro plano está vazio.

— O que é a sombra? — indaga Staffe.

— Acho que pode ser a torre Limekiln. — Josie se levanta, afasta-se da tela, estreitando os olhos. — E... — Ela inclina a cabeça, incapaz de afastar os olhos do computador — ...Vocês se lembram do caso de Martha Spears? É por isso que eu fui lá. — Ela estende a mão, bate de leve na tela. — Esta é a rua onde morava o cara que estuprou Martha. Ele foi libertado semana passada. Seu nome é Errol Regis. E não há motivo para sair correndo para lá. Johnson foi comigo. Nós batemos na porta, mas a casa está vazia.

— Por que você foi com Johnson? Isso parece um exagero — diz Staffe.

Josie está telefonando para a delegacia.

— Os vizinhos disseram que Regis foi embora. Eles viram a esposa dele saindo. Ela levava malas. Não havia luzes acesas, nenhum sinal de vida, e as cortinas estavam completamente cerradas. Ele também não se apresentou conforme os termos da liberdade condicional.

Jombaugh atende na delegacia e Josie diz:

— Você pode descobrir o endereço de um tal de Errol Regis? Foi libertado recentemente, depois de cumprir pena por estupro; a vítima foi Martha Spears. Eu e Johnson fomos visitá-lo há poucos dias. Obrigada.

— Esse aqui vai ser ao vivo — supõe Pulford. — É como disse Absolom: será exibido na internet dessa vez, para que todo mundo veja.

— Mas não há ninguém lá — diz Josie.

— Haverá — diz Staffe.

— A menos, como o chefe disse, que seja uma pista falsa — diz Pulford.

— É o último ato — diz Staffe.

— Mas Jessop está fora do país.

— Aqui estão os extratos bancários dele — diz Josie, tirando um maço de papéis da bolsa.

Rapidamente, Staffe esquadrinha cada página.

— Não há nada aqui.

— Isso aí é tudo que temos, dos últimos três anos.

— Nenhum pagamento maior que mil libras, à parte seu último salário. — Staffe fecha os olhos e diz: — J.

— Chefe?

— Onde está a confissão de Jessop? Leia o último parágrafo.

Pulford desdobra a cópia que Smethurst lhe entregou.

— "Alguém me mostrou como eu tinha que seguir, mas não me sigam, não há nada a ganhar. O que está feito está feito." É tudo. O que isso tem a ver com qualquer outra coisa?

— Jessop não seguiu. Ele mostrou o caminho. Ele escreveu esse bilhete para outra pessoa. Ele está protegendo alguém.

— Ruthie Merritt? — diz Josie.

— Ou Greta Kashell — diz Pulford.

Staffe pega o paletó.

— Você fica acompanhando na tela, Pulford. Me chame no instante, e eu quero dizer *no mesmíssimo instante*, que alguma coisa mudar no site.

— Quem vai contar a Smethurst o que está acontecendo? — pergunta Pulford.

— Ninguém.

— Não tenho certeza sobre isso, chefe — diz Josie, mas o telefone dela toca e Jombaugh dá o endereço. — Gibbets Lane — diz ela. — Gibbets Lane número 18.

— Vamos — diz Staffe, agora já em um estado mais normal. — E mantenham segredo, por enquanto. Segredo, eu disse.

As cortinas estão semicerradas, do modo como estiveram durante dois dias e uma noite, desde que eles chegaram batendo à porta. As luzes estão todas apagadas, isso significa que ele pode ver o que se passa lá fora, mas eles não podem ver o que se passa dentro. Mesmo que ele não saiba quem são esses "eles", Errol sabe que não pode dar qualquer sinal de vida.

Está começando a escurecer, mas ainda é bem cedo, com toda certeza. Ele olha para o relógio na lareira, que mostra que são sete e meia. Theresa costumava dar corda nele religiosamente. Ele espreita a escuridão pela brecha nas cortinas. O céu está escuro; não consegue ver nenhuma estrela no céu. Puxa a cadeira para junto da janela, olha para fora de maneira enviesada, de modo a não ser visto. Puxando o cobertor em torno do pescoço, ele observa o fogo no vizinho. Sente-se enjoado, com um vazio no estômago.

O piche continua queimando sem parar, apesar de o Conselho Municipal ter dito que não há nenhuma obra pública sendo realizada na Gibbets Lane. Nem agora nem no futuro, disseram eles, como se ele estivesse maluco perguntando aquilo. E ele perguntou se sua esposa havia se cadastrado em algum programa habitacional.

— Theresa Regis — dissera ele.

— Desculpe, mas isso é assunto nosso, e dela. Não seu — foi a resposta.

— Ela é minha esposa.

— Então, pergunte a ela.

Dentro de pouco tempo, quando tiver certeza de que Theresa não vai voltar nunca mais, ele se mudará. Aquela noite, ficará acordado, com o telefone no colo, até o raiar do dia. A delegacia de Leadengate ainda está na posição "rediscar". Só por precaução. Logo, os funcionários da liberdade condicional virão, e ele será mandado de volta para cumprir o restante da pena, por ter infringido a regra. Na prisão de Belmarsh, os internos não haviam ficado satisfeitos em vê-lo livre. Não porque gostavam dele, mas porque achavam que um período de três anos era pouco para um psicopata, um veadinho, um pedófilo. Quando ele passou pela recepção, a caminho da rua, carregando todos os seus pertences em um saco plástico transparente fornecido pela penitenciária, eles disseram: "Logo veremos você de novo, seu pedófilo. Você vai voltar para mais tempo, seu veadinho de merda."

A coisa mais estranha sobre a cadeia é o modo como eles deixam a pessoa ir embora. Quando finalmente chega o momento, mesmo que o preso saiba que sua hora está chegando, tudo acontece como um chute nos colhões; você é conduzido a uma pequena sala e recebe uma bolsa de plástico. Veste as roupas com que chegou ali, há bastante tempo. No caso de Errol, elas estão mais do que largas. Recebe de volta até mesmo seu cinto, como se não constituísse mais um perigo para si mesmo. Atravessa o pátio sem ter que ficar puxando a calça para cima e entra na recepção onde as pessoas normais entram e saem. E alguém abre uma porta e o mundo está do outro lado. Lá na rua, há ônibus e árvores. Em algum lugar, no meio das ruas barulhentas, há uma estação de trem. Você pode ir para a esquerda ou para a direita, ou seguir reto, em frente. O ar está por toda parte ao seu redor.

Ele sabe que não pode voltar, não aguentaria ficar lá mais um dia sequer.

Mesmo as janelas estando bem fechadas, ele sente o cheiro de piche. Costumava gostar do cheiro, mas teve que aprender a se ajustar àquilo.

* * *

— Obrigado por ter cuidado de Harry — diz Staffe para Josie. — O que minha irmã disse quando foi pegar o garoto? — Ele olha para a frente, sem querer piscando. Dali, atrás do horroroso toalete externo do posto de gasolina, no alto da Gibbets Lane, com a gola do paletó levantada contra um frio há muito esquecido, ele só pode ver as janelas do número 18. As cortinas estão quase inteiramente fechadas. A casa fica espremida entre dois imóveis dilapidados.

— Ela tem um senhor temperamento, eu diria. Se eu fosse você, mandaria flores para ela.

— Você explicou? Você explicou a ela que isso tinha a ver com Jessop?

— E não pareceu ajudar. Ela disse... — Josie morde o lábio, sem conseguir evitar um sorriso leve.

— O que foi que ela disse?

— Ela disse que você sempre tinha uma desculpa para fazer um mau comportamento parecer bom.

— Ótimo. Isso é simplesmente ótimo.

— O namorado é bem simpático, não é? Ela é mais nova que você?

— Um ano. E esse é o motivo, não uma desculpa.

— Hum. — Josie olha para o céu. — Sentiu isso? — Ela estende a mão aberta, como aparando uma gotícula caindo.

Staffe olha para o alto, e depois para os dois lados da rua.

— Eu não consigo adivinhar onde poderia estar a câmera, se esse é o lugar certo.

Josie olha para toda a extensão da rua, depois para os postes de iluminação. Ela pisca quando a chuva começa a cair forte. Staffe não se move, o olhar fixo à frente. O céu ficou subitamente negro, e, mesmo que aquela seja uma zona decadente da cidade, à sombra da torre Limekiln, é possível ouvir as gaivotas voando acima. Seus guinchos ficam mais altos e uma pena cai, vagarosa, até a terra.

— Vamos entrar no café — sugere ela.

— Vá você — diz Staffe.

— É logo ali, na esquina. Nós poderemos ver quem vem e quem vai.

— Está bem. — Ele não se move.

— Você vem?

Ele balança a cabeça, devagar, sem desviar a atenção das janelas do número 18. Antes que o céu ficasse negro e a chuva chegasse, era possível ver o muro da casa vizinha atrás do calor gerado pela chama, que mantém o piche líquido pronto para ser usado.

De um lado a outro da rua, as pessoas chegam às portas. Elas põem a cabeça para fora e olham para o céu, estendem as mãos. Staffe não para de observar a cena: uma comunidade se reunindo em torno da natureza, se unindo por causa de uma tempestade. Algumas delas estão com os pés metidos em meias, na ponta dos pés, para evitar a umidade, ou usando uma camisa fina, cruzando os braços sobre o peito contra o frio súbito. As pessoas gritam para os vizinhos por cima das cercas, com sorrisos largos nos rostos. Faz mais de um mês que caiu a última chuva. Bom para os jardins, bom para as empresas de abastecimento de água. Mas Staffe continua pensando que será ruim para alguém.

Ele olha de novo para o número 18. Há um carro do lado de fora. Ele estreita os olhos, vê que é uma pequena van. Não estava ali antes. Merda! Através da chuva, ele não consegue ver se há alguém no carro. Será que pegaram um atalho?

Staffe não sabe se vai até o café e conta o ocorrido a Josie ou se vai até a casa para ver o que está acontecendo. Ele decide por um meio-termo: chamar Josie e ficar ali. Se não for nada e ele correr para lá, seu esconderijo será revelado. Ele sente que está correndo contra o tempo, mas, antes de fazer a ligação, o celular toca.

Ele leva o fone ao ouvido, sente o metal frio na orelha e a voz arranhada de Josie. Ela parece perturbada, mas a ligação cai. Ele telefona, mas a linha está ocupada. Será que ela está retornando a chamada? Ele olha para o céu e a chuva escorre para dentro de seu colarinho.

Talvez a van estacionada na porta do número 18 seja dos funcionários que vieram pegar seu equipamento porque não virão trabalhar amanhã. Ele olha atentamente através da chuva que cai torrencialmente, e vê um raio forquilhado cruzar o céu. Conta os segundos para o trovão. No quarto segundo, o chão treme com violenta fúria. A tempestade está entrando depressa na cidade.

O celular toca de novo e Staffe tem que gritar para até mesmo ouvir sua própria voz por cima do estrondear da tempestade.

— Alguém chegou!
— Preciso de você aqui — diz Josie.
— O quê?
— Venha para cá!
— Não! Você vem para cá?
— Staffe! Montefiore desapareceu.

Ele não pode evitar a sensação de estar fazendo a coisa errada, mas abaixa a cabeça e sai andando na chuva, se afastando do que quer que esteja acontecendo na casa abandonada de Theresa e Errol Regis. Quando olha para trás uma última vez, a van tinha desaparecido.

* * *

A batida na porta faz parar o coração de Errol uma, duas vezes. Ele olha para seu telefone celular, sem saber se seleciona o nome *Leadengate*. Depois de parar um segundo, o coração dispara para acertar o ritmo. O sangue martela nos ouvidos. Os dedos tremem. Ele se levanta, os joelhos fracos, e espreita por entre as cortinas. A chuva agora é fortíssima, ricocheteando no chão até atingir a altura do joelho. Uma garota pequena, magra, com um rosto bonito, está parada em seu portão. Ela é jovem e sorri para ele. Depois, desaparece. Há outra batida na porta.

A garota não é o que ele estava esperando, em absoluto, e ele não sabe o que fazer, agora que ela sabe que ele está em casa. *Leadengate* se ilumina na tela. Ele põe o polegar na tecla verde, pronto para chamar, e vai na direção da porta da frente. Subitamente, Errol se sente menos deprimido do que antes. Essa será a primeira conversa que ele terá desde que Theresa foi embora, o primeiro rosto que ele vê. Sente-se nervoso, sabe que isso é ridículo.

No *hall* de entrada, Errol pode ver a silhueta do tronco magro dela contra o vidro fosco da porta. Ele respira fundo e faz uma prece rápida, pedindo que a visita talvez tenha alguma coisa a ver com Theresa. Com uma das mãos segurando o celular, Errol abre o ferrolho em cima e gira a chave da fechadura. Quando abre a porta, ele sente o cheiro da chuva lavando o verão.

A garota ainda está sorrindo. Ela segura uma caixa de coletar donativos com uma das mãos e estende o objeto para ele. Ela estremece quando faz isso, e diz:

— Chove canivete.

— Canivete? — Agora ele sente o cheiro doce do piche queimando.

— A chuva, choveu canivete. Posso entrar, apenas um minuto? — Ela balança a cabeça, e seu rabo de cavalo bem alto borrifa água. Errol dá um passo atrás, afastando-se do chuvisco, e ela toma aquilo como um convite para entrar, transpondo a soleira da porta.

— Não! — diz Errol. Ele estende a mão e olha para o celular. Fica observando seu polegar pressionar a tecla verde.

O sorriso da garota desaparece instantaneamente, e ela também levanta uma mão, não aquela com que segura a caixa de coletar donativos. Na outra mão, ela segura um pequeno cilindro.

Errol olha para a tela, esperando a chamada ser recebida.

— Estou ligando para a polícia — diz ele para a garota, implorando. — Estou chamando a polícia. Agora, vá embora. Vá embora! Por favor!

A garota balança a cabeça, parecendo furiosa, e diz:

— Acho que não.

— Alô! — grita ele, ao telefone.

A garota ri de modo debochado e estende a mão, apontando a granada para o rosto de Errol.

— Alô! — grita ele ao telefone, mas olhando para a garota. — Quem é você? O que você quer? — Agora Errol está recuando. Ele não pôde evitar que ela entrasse, uma garota tão pequena. Como poderia levantar a mão contra ela?

Ele recua até se encostar no armário debaixo da escada. Quer se enfiar em um buraco no chão, enrolar-se como uma bola e deixar que a dor chegue, para que possa ir embora de novo. A cara fechada da garota desaparece, e, enquanto ela sorri, Errol ouve um som sibilante e uma nuvem fina vir em sua direção. A coisa o machuca em torno dos olhos, queima suas narinas. Ele não consegue respirar, e, quando engole ar, o ácido causticante queima o interior da boca e a garganta. Não consegue ver, e se lança ao chão, fecha os olhos com toda a força, enche os pulmões e prende a respiração. Sua cabeça pulsa, e uma dor lancinante percorre sua coluna. Depois outra. E outra. Ele se encolhe, tenta diminuir de tamanho. A dor fica mais densa, cruel nos rins. Ele tenta recuperar o fôlego, mas a dor continua, ele não consegue se aliviar. Errol geme. Tenta ficar quieto, enrolado para preservar alguma dignidade, mas não consegue.

Depois do que poderiam ser segundos ou minutos, ela para de chutá-lo. Seus olhos ainda ardem com o spray, e a garganta queima. Há sangue no carpete. Ele comprou aquele carpete com Theresa. Eles quase tiveram uma discussão por causa dele, mas Errol se conteve.

Ele abre um pouquinho os olhos e vê a garota se curvar, exausta. Apoia as mãos nos joelhos nus. Ela veste uma saia curta, embora esteja usando botas de caminhada pesadas, feitas para aquele serviço. Ele abre mais os olhos e vê largos rastros de maquiagem escorrendo por toda parte no rosto magro e branco da garota. Nos jornais, ela havia usado um capuz e um manto brancos. Quando faz a ligação, ele não consegue se conter, sente o contato úmido da urina quente na virilha.

Ela vê que ele a está olhando e faz um esforço para ficar de pé, ereta. Cospe nele e ele fecha os olhos, de novo. Não sente nada, apenas ouve a garota dizer:

— Me foder. Me foder? Foda-se *você*! — E pisa nele, dessa vez no diafragma. Isso tira todo o ar dos pulmões dele. A última coisa que ele ouve, antes de a escuridão o envolver, é a garota dizer:

— Sou Sally, e isso é pela Martha.

* * *

— O que você quer dizer com "Montefiore desapareceu"? — pergunta Staffe.

Josie está sentada a uma mesa junto à janela do café.

— Ele insistiu em dar uma volta, disse ao policial de guarda em sua porta que ia apenas contornar o quarteirão. Isso aconteceu há três horas.

Staffe olha para fora, pela janela, e ao longo da rua. Ele não vê a casa de Regis por causa da chuva.

— Eu tenho uma ideia de onde ele pode estar.

— Onde?

— Não posso dizer; talvez eu esteja errado.

— O que aconteceu com aquela história de nós sermos uma equipe?

Ele quer contar a Josie, para ver se ela apresentaria algum argumento para provar que ele estava errado; algo tão óbvio que ele não consegue ver.

— Eu prometi a você que só prejudicaria a mim próprio. — Staffe levanta o colarinho do paletó, abotoa a roupa de baixo até em cima e faz menção de sair. — Estarei de volta em uma hora.

— E quanto à casa de Regis?

— Fique de olho nela. Me telefone se acontecer alguma coisa. Pelo amor de Deus, não entre lá.

— Vou chamar Smethurst. Dizer a ele onde estou.

— Não. Você não pode fazer isso.

— É o caso dele, chefe. — Josie olha para fora da janela ao longo da Gibbets Lane, na escuridão e na chuva. — Ele está do nosso lado.

— Ele não acredita que haverá uma quarta vítima, isso vai contra tudo o que ele está dizendo sobre esse caso. Ele não quer uma quarta vítima. Ele vai chegar esbravejando e arruinar tudo. Eles estão trabalhando com um plano diferente.

— Talvez você tenha um plano diferente.

— Pense o que quiser.

— Pelo menos me diga aonde vai.

— Você não vai passar essa informação a Smethurst?

— Aonde você vai?

— Ao apartamento de Jessop.

— Mas ele desapareceu. Foi isso o que você disse. — Josie olha para o relógio. — Vou telefonar para Smethurst dentro de uma hora. Antes ainda, se acontecer alguma coisa.

— Obrigado — diz Staffe, tirando do bolso as chaves do carro.

Do lado de fora, ele abaixa a cabeça contra a força da chuva e corre a toda velocidade para seu carro, imaginando se a mentira que acabou de contar a Josie poderá se virar contra ele. Rapidamente conclui que aquilo poderá lhe custar caro.

O tráfego está terrível, como sempre fica quando chove. Ninguém está andando a pé, e os táxis estão por toda parte. Staffe liga a sirene do carro. Ele ultrapassa pela direita e pela esquerda, mudando constantemente de faixa e subindo no meio-fio ou indo na contramão. Ignora todas as precauções, e durante todo o caminho ao longo de Holborn vai furando os sinais de trânsito vermelhos, com a mão comprimindo forte a buzina.

Enquanto dirige como um alucinado, Staffe fica se perguntando se isso poderia acabar sendo um horrível erro de avaliação, um salto de cabeça dentro de um poço cheio de conclusões equivocadas.

J, que recebeu 50 mil libras do VIQNASEV.

J, que assina o bilhete que diz que alguém "mostrou como eu tinha que seguir".

Virar tudo de cabeça para baixo, talvez. "Não me sigam", escreveu Jessop.

O tráfego vai parando até estancar de vez, para-choque com para-choque, com três faixas reduzindo-se a duas, então Staffe dobra à esquerda em uma rua com a indicação de "contramão" e vira novamente para a Oxford Street, passando pelas praças das embaixadas ao som das buzinas e à visão de sinais insultuosos. Depois, ele segue pelas vias exclusivas de táxis na direção de Marble Arch e passa pelo Hyde Park na direção de sua própria casa.

Ele se recosta, relaxa a pressão no volante, começa a rememorar as provas que o levaram a um esforço final, trazendo-o até sua própria vida: querendo estar certo, mas rezando para estar errado.

Staffe estaciona depois da esquina de seu apartamento de Queens Terrace e respira fundo, bem fundo. Telefona para Helena Montefiore. Por que Montefiore sairia passeando, sabendo que o vingador está esperando para pegá-lo? Staffe só consegue pensar em um único motivo louco que o arrastaria para fora.

— Sra. Montefiore, aqui é o detetive-inspetor Wagstaffe, da delegacia de Leadengate.

— Ah.

— Posso falar com Thomasina?

Não há resposta.

— Por favor.

— Ela saiu.

Ele pode ouvir a respiração de Helena ao pronunciar cada palavra.

— Eles disseram à senhora para não falar com a polícia, não foi?

— O senhor está envolvido? — indaga ela.

— Ela vai ficar bem. Eu tenho essa sensação. Eles só estão usando Thomasina para chegar a Guy. — Ele olha ao longo da rua. Suas cortinas estão bem fechadas. Ele sabe que as deixou abertas, e seu coração salta. Em seguida, para. Uma luz brilhante se acende atrás das cortinas. — Tenho certeza de que ela está bem. — Staffe caminha vagarosamente na direção do apartamento, os pés pesados. — A senhora está aí? — pergunta ele, parando, escutando com atenção. Sabe que pode ouvir a respiração dela, vagarosa, regular.

— O senhor nem sempre está com a razão, não é, inspetor?

A luz dentro do apartamento parece inusitadamente brilhante ou o céu negro faz com que ela tenha essa aparência?

— Eu tenho que ir — diz ele, desligando e pondo a chave na porta, insistindo consigo mesmo para diminuir o ritmo, mas sua cabeça lateja, as mãos tremem. Ele não consegue dar sentido ao que Helena Montefiore disse.

O ferrolho desliza, e Staffe empurra vagarosamente a porta, entra no corredor comum e encosta na parede, as mãos em concha em torno da boca e nariz, respirando seu próprio dióxido de carbono.

Fecha a porta com suavidade. O corredor está escuro, mas ele não quer usar as luzes, de modo que vai apalpando pelo caminho, pisando o mais leve que pode. Quanto mais perto ele chega de sua própria porta de carvalho, mais tênue o oxigênio parece ser. Ele comprime o ouvido contra a madeira, pode ouvir alguma coisa acontecendo lá dentro. Tem certeza de que ouve vozes baixas, controladas. Pode sentir uma troca de palavras sérias. Ou será que não?

Ele usa sua chave Yale e abre de leve a porta do apartamento. Uma réstia brilhante de luz branca se mostra debaixo da porta fechada para a sala de estar, e ele duvida do que vê. A luz fica ridiculamente brilhante. Ele prende a respiração para ouvir melhor o que está acontecendo lá dentro. Pelo menos duas pessoas estão falando, um homem e uma mulher. Talvez mais. Staffe sente sua coxa vibrar.

— Merda! — sibila ele, baixinho. A musiquinha de seu telefone está prestes a tocar, e ele procura o aparelho, de modo atrapalhado, no bolso, recuando na direção da cozinha. Ao fazer isso, o som vindo da sala de estar diminui e ele abre a porta para a cozinha escura, entra apressadamente ali e fecha-a silenciosamente, olhando para a tela do celular. Pulford está chamando, e ele segura o fone bem junto ao ouvido, coloca a mão em concha em torno do microfone do aparelho e sussurra rapidamente:

— Eu não posso falar. — Fica imaginando o que pode fazer agora, preso em uma armadilha em sua própria casa.

— O site está se modificando — diz Pulford. — Mudou para dentro de uma casa. Há um corpo estendido em uma mesa, e uma figura envolta em um manto, exatamente como na fotografia de Karl Colquhoun.

A mente de Staffe dispara. Ele quer dizer a Pulford para ir imediatamente para a Gibbets Lane e alertar Smethurst, mas não tem coragem de dizer nada. Calculando que quem está na sala de estar escutará qualquer coisa que ele disser, fica calado e vai progredindo centímetro por centímetro na cozinha iluminada apenas pelo lusco-fusco da tempestade. Estende a mão para o suporte das facas, mas está vazio. Abre a gaveta dos talheres, olha para dentro. Está vazia.

— Nenhuma faca — diz ele para si mesmo. Alguém fez daquela casa um local seguro.

— Eu acho que devo ir até lá. Cristo! — diz Pulford. — O que eu devo fazer? Onde você está, chefe?

Staffe põe as mãos em concha em torno do telefone e sussurra:

— Eu não posso falar. — Parece que um som vem de algum lugar no apartamento. Baixo e humano. Ele se espreme atrás da porta.

— Vou encontrar Josie — decide Pulford. — Se você não quiser que eu faça isso, não desligue. Se você desligar, eu vou para lá.

Staffe fecha o telefone e deixa o braço cair ao lado do corpo. Tudo o que ele consegue escutar é o ruído da própria pulsação, o rugir de sua respiração difícil. Tenta imaginar o que é o melhor a fazer. Sabe que não pode permanecer ali, escondido na própria cozinha, sem armas, esperando que a situação chegue até ele. Então toma coragem, enrijece o corpo e abre a porta da cozinha, caminhando firme na direção da brilhante réstia de luz por baixo da porta da sala de estar. Parece que a conversa está se tornando mais agitada, e ele para com a mão em torno da maçaneta de metal.

Gira a maçaneta e empurra a porta, entrando rapidamente na sala, os braços rígidos, flexionando os joelhos, pronto para se desviar ou avançar contra seu adversário, mas é cegado por uma luz ofuscante. A sala é profusamente iluminada, e Staffe tem que fechar e abrir os olhos várias vezes para se ajustar à luz. Ele semicerra os olhos e estende a mão para se proteger do brilho direto. Seu coração dispara para adequar-se à situação, e subitamente ele se sente fraco, ligeiramente absurdo. Tudo o que ele consegue ver quando se ajusta suficientemente ao brilho intenso é a história se repetindo.

Amarrado e amordaçado, Montefiore está preso a uma cruz de aço, um pedaço de madeira se projetando do chão, a calça arriada até os tornozelos, as pernas puxadas para cima e amarradas a seu peito como um frango assado. A boca está estufada de gaze, e os olhos estão esbugalhados, implorando. As maçãs do rosto têm estrias de sangue seco, como se tivessem sido feitas com lâminas, como da última vez.

Staffe quer desviar o olhar, mas se força a observar o sangue fresco escorrendo em pequenos filetes dos olhos de Montefiore, ao longo do rosto. Pensa que aquele homem já sofreu bastante. Ele quer morrer. Eles finalmente o levaram ao ponto que desejavam. Um destino pior que a morte. Staffe se vira rapidamente, verificando quem está atrás dele, mas não há ninguém ali.

No chão, perto da lareira, sua TV portátil mostra um programa sendo exibido. Há vozes que ele já ouviu antes. Ele se sente um idiota.

— Quem está aí? Quem fez isso? — Staffe caminha até Montefiore, estende a mão para desfazer a mordaça de gaze, e, quando chega mais perto, sente o cheiro de fezes. Olha para baixo e vê as fezes no chão, e vê também que a madeira está dentro de Montefiore, só Deus sabe quantos centímetros.

Staffe não consegue acreditar que pôde chegar até ali tão facilmente. Isso o deixa amedrontado, como se qualquer coisa pudesse ser possível. O que mais ele podia ter deixado de notar ou ter ignorado? Que horrores talvez estejam simplesmente fora do alcance de suas habilidades? Ele não consegue imaginar por que Montefiore foi deixado daquela forma, sozinho. Por que fazer isso? Ele avalia as opções, mas acha que ouviu algo se mover atrás de si. Fica paralisado. Antes que se vire, Montefiore tem uma convulsão. Ele abre e fecha os olhos esbugalhados, sangrando, e balança a cabeça. O coração de Staffe se acelera. Montefiore está tentando lhe dizer algo.

Mas Staffe já sabe. Ele não examinou o quarto. Sente uma presença atrás de si, aproximando-se, no mesmo momento em que ouve a voz.

— Não toque nele. Não o ajude — diz a voz.

Staffe a reconhece imediatamente.

Ele se vira, vê Johnson como se o estivesse vendo pela primeira vez, a fadiga substituída por uma atenção extrema, os olhos brilhantes. As mangas de sua camisa estão enroladas, como se ele estivesse realizando um trabalho braçal. Tem antebraços grossos, mãos grandes, manchadas de sardas. Johnson põe óculos escuros e sorri para Staffe, observando que a luz fere os olhos do inspetor.

— Johnson — diz Staffe.

— Você não deveria ter vindo.

— Mas você queria que eu viesse, não é?

Johnson dá de ombros. Ele põe a mão nas costas. Puxa da parte de trás do cós da calça um pedaço curto de cano. O metal brilha; o objeto parece ter sido fabricado recentemente. Johnson deixa o aço pender frouxamente a seu lado. Bate de leve no joelho com o cano.

— Eu disse, você queria que eu o alcançasse. Por isso as mensagens no meu carro, no meu apartamento.

— Não fui eu, com certeza — diz Johnson. — Parece mais coisa de Jessop.

— Vocês estavam nisso juntos.

Johnson ri, debochando.

— Isso não poderia estar mais distante da realidade.

— Você não pode fazer isso, Rick. — Staffe se vira para olhar para Montefiore, protegendo os olhos dos holofotes enquanto vê um homem reduzido à sua condição mais miserável.

— Não pense sequer por um minuto que ele merece coisa melhor. As vidas que ele arruinou. As coisas que ele fez a Sally, e quantas outras terá havido? Apenas matar Montefiore não seria o suficiente.

— Sally? — pergunta Staffe. — O que você fez, Johnson?

* * *

— Está bem, eu espero por você — diz Josie a Pulford, desligando o telefone. Mas isso poderia significar vinte minutos, talvez mais, e, a julgar pelo que Pulford descreveu que estava acontecendo no número 18, talvez fosse mais tempo do que eles tinham. Ela põe o casaco e deixa uma moeda de duas libras para pagar o café. Enquanto enfrenta a tempestade na direção da casa de Errol Regis, seu coração dispara e ela se sente fraca. Sabe que deveria telefonar para Smethurst, mas prometeu a Staffe que esperaria uma hora, e ele ainda tem meia hora. Mesmo assim, sabe que deveria telefonar.

Enquanto caminha rapidamente pela Gibbets Lane, a cabeça baixa, a chuva penetrando em suas roupas, Josie pega o telefone e liga para a

Grupo de Investigação de Grandes Crimes da Met. Alguém que ela não conhece lhe diz que Smethurst saiu.

— Não pode ser contatado.

— Eu preciso de reforço; Gibbets Lane número 18, logo atrás do Limekiln.

— Qual é a emergência?

— Suspeita de arrombamento e invasão.

— Esse assunto não é da alçada do Grupo de Investigação de Grandes Crimes.

— Eu tenho razões para acreditar que um suspeito do assassinato de Karl Colquhoun está no recinto.

— Esse caso foi encerrado.

— Fale com Smethurst! Isso é urgente.

— Eu já disse a você, ele não está aqui.

— Pode ser outro ataque.

— Olhe. — O policial da Met parece desinteressado. — Vou mandar uma unidade de ronda local. Número 18, você disse?

— Diga para eles virem rápido. — Josie desliga e põe o telefone no modo silencioso. Respira fundo e caminha rapidamente, quase ultrapassando a casa que visitou com Johnson. No portão de Regis, vê que o balde de piche da casa vizinha desapareceu. A chama de gás butano se extinguiu também. Ela vai até a janela, as cortinas agora completamente cerradas, iluminadas por uma luz forte, e percebe imediatamente que a casa está ocupada. Quando se aproxima para bater à porta, vê que sua mão está tremendo. Bate à porta, dá um passo para trás e apalpa sua insígnia. A placa do número 18 é feita de material barato e está torta.

Não há som de vida vindo de dentro, de modo que ela se inclina para a frente e espreita pelo painel matizado da janela. Bate de novo, e uma figura esguia aparece do outro lado do vidro fosco. Quem quer que seja faz uma pausa e ajusta as roupas, e depois se aproxima, fazendo deslizar o ferrolho. A porta se abre vagarosamente, e uma voz fina diz:

— Entre.

Josie dá um passo adiante e inclina a cabeça para ver quem abriu a porta, mas parece não haver ninguém ali.

— Quem está aí? — pergunta ela, as palavras saindo alquebradas.

— Venha para dentro. Você deve estar ensopada.

Josie não reconhece a voz, mas imagina que seja uma menina pequena, possivelmente uma adolescente. Ela relaxa um pouco e pergunta:

— Seu pai está em casa?

— Ah, está, ele está sim — responde a menina.

Josie dá outro passo adiante, no escuro, colocando um pé na soleira da porta e empurrando-a um pouco mais. Alguma coisa impede a porta de abrir-se totalmente.

— Não deixe a chuva entrar — diz a menina.

Josie entra direto na casa, e a porta se move rapidamente, batendo em seu ombro e fechando com estrondo. Josie grita:

— Que diabos...! — E aí ela vê a menina, sorrindo. É um rosto que ela conhece. A garota segura um pequeno tubo de spray, e Josie ouve o ruído "sshh, sshh" ao mesmo tempo que um jato de névoa lhe alcança os olhos. A coisa arde em suas narinas e, na boca, deixa um gosto ácido. Ela começa a ficar sufocada e cai de joelhos. A última coisa que sente, quando reza para chegar a unidade de reforço, é um pano áspero sendo comprimido contra seu rosto.

* * *

Staffe abre e fecha os punhos. Ele poderia tentar fugir e alcançar seu carro. Mas, como se conhecesse bem seu superior, Johnson sorri.

— Você sabe que não há lugar nenhum para onde possa ir. Mesmo que conseguisse sair daqui. — Ele bate com o cano de aço na palma da mão. O objeto faz um ruído. — Pennington não sabe o que pensar de seu relacionamento com *ele*. — Acena a cabeça na direção do empalado Montefiore. — Muito estranho, você não diria? Fico imaginando os álibis que ele pediu a você por não corresponder ao padrão de conduta esperado.

— Seu canalha.

— Eu não preciso ser. Não se você fizer a coisa certa, Staffe. Apenas deixe que eu continue com tudo.

— E Jessop leva a culpa.
— Ele? Você? Contanto que isso chegue ao fim...
— E quanto a você, Rick?
— Minha sorte está lançada — diz Johnson. Ele leva a mão ao peito, tosse forte, seco. — Mas antes de você ir, tenho uma coisa que quero que veja.

Staffe tira o telefone do bolso.
— Uma chamada minha e uma viatura estará aqui antes que se dê conta.
— Tente. E, de qualquer modo, o que encontrarão? — Johnson faz uma expressão de deboche de novo, cruzando os braços. O aço reluz na luz branca.
— Por que, em nome de Deus, você está fazendo isso?
— Pela mesma razão que você faz o que faz. Exatamente a mesma, então não fique se enganando, pensando que você é bom e eu sou mau. Nada é apenas preto ou apenas branco, sabe disso. Você não tem escolha no que faz.
— Mas é preto ou branco. Tem que ser.
— Não gaste sua saliva, Staffe. E não desperdice o meu tempo. Eu não tenho muito.
— O que você quer dizer?
— E não faça nada precipitado. Se fizer, eu denuncio você.
— Denuncia? A quem?

Johnson tosse de novo, apertando o peito. Quando termina, seu rosto está mais encovado, seus lábios, mais pálidos, como se ele tivesse, subitamente, o tipo errado de sangue correndo em suas veias.
— Esse canalha vai pagar! — Johnson dá um passo na direção de Montefiore e o golpeia nas canelas com o cano de aço.

Staffe tem certeza de que ouviu o osso fino se quebrando. Fica paralisado, tem que assistir a Montefiore gemer. A cabeça da vítima cai sobre o peito.
— De onde vem isso, Rick? Como você pode fazer isso?
— Alguém tem que fazer. Uma merda de uma pessoa tem que fazer isso quando os canalhas cagam para as pessoas, cagam para elas e esfregam a merda no que sobrou de suas vidas. E gente como você não faz nada. Nada! Tem que haver gente como nós.

— Nós?

— Esvazie seus bolsos naquela mesa. Tudo. — Johnson estende a mão para baixo e tira alguma coisa de debaixo do sofá. Quando endireita o corpo, está segurando um facão. Esfrega a lâmina da arma para cima e para baixo na corda que sustém Montefiore. — Agora!

— Onde está Thomasina? — pergunta Staffe.

— Ela está em segurança.

— A mãe dela está envolvida?

— Eu disse para você esvaziar os bolsos. Agora! — Ele comprime de novo a lâmina na corda.

Staffe faz o que o investigador manda. Carteira, dinheiro, distintivo, chaves, troco, tudo caindo na mesinha de centro, no meio do cômodo.

— E o telefone.

Relutantemente, ele segura o telefone. Olha para Johnson, sabe que se apertar a tecla verde vai chamar Pulford, mas no tempo que ele levaria para responder, o que Johnson faria? E onde está Josie?

Ele começa a achar que perdeu a oportunidade de reagir então tira o telefone do bolso e olha na direção da porta, mas Johnson imediatamente dá um passo para a direita e estende a mão com o facão, tocando novamente na corda. Staffe pousa vagarosamente o celular na mesa da marca Cobb que Karl Colquhoun restaurou com tanto carinho.

Johnson dá um passo na direção dele.

— Fique perto da janela. Vamos! — Logo que Staffe recua, Johnson levanta o cano de aço no alto e baixa-o com força sobre o telefone, reduzindo o aparelho a pedaços. A bateria cai no chão, e a marchetaria da mesa racha, como o para-brisa de um carro.

Staffe imediatamente se acalma: fecha e abre os punhos.

— Para que é a morfina, Rick? Você disse que não tem muito tempo.

— Não finja que está interessado.

— Não se trata apenas de você.

— Não pense que não sei disso. Não sou egoísta, Staffe. Essa é a porra da questão! Quem tomará conta dos meus filhos, quem defenderá as crianças se eu não fizer isso... — Johnson luta para recuperar o fôlego.

— Você disse que há uma coisa que eu gostaria de ver — diz Staffe.

Johnson acena com a cabeça para a cozinha, e, quando Staffe se dirige para lá, ele o segue. Quando entram no cômodo, ele diz:

— Você sabe que não há nada aqui, nenhuma faca ou nada que você possa usar. Abra aquilo. — Ele aponta para a geladeira com a ponta do facão.

Staffe abre a geladeira e dentro vê algo estranho. Um notebook.

— Tire-o daí. Abra. — Johnson luta contra a falta de ar. — Está ligado. Apenas dê um clique.

Staffe aperta o mouse, e a homepage *vingancadevitimas.com* surge na tela. Ele não sabe de onde vem o sinal de wi-fi, e é claro que Johnson conhece seus vizinhos mais do que o próprio Staffe, suas senhas e seus movimentos. Ele se lembra da invasão do apartamento, do tempo, da energia e da imaginação que Johnson devotou àquela causa.

O segundo quadrante está vazio. O inferior direito mostra agora o interior de uma casa, com um homem negro estendido em uma mesa. Seus membros inferiores e superiores foram atados aos pés da mesa, e ele sangra no rosto e nas pernas. A calça foi cortada bem no alto das coxas. Perto dele há um machado e, no chão, um balde.

— O piche — diz Staffe. — Aquele é Errol Regis?

— Você está por dentro mesmo. Jessop estava certo a seu respeito. — A voz de Johnson soa diferente, abafada, e, quando Staffe afasta os olhos da tela, vê que o investigador está usando um capuz. Ele tirou os óculos escuros e, através das pequenas fendas, seus olhos escuros, mortos, aparecem, quase fechados. Ele passa batom nos lábios e joga o cano de aço no chão.

— Leve o notebook para a sala. Vamos. — Johnson cutuca Staffe com a ponta do facão e ele leva o equipamento como se fosse um garçom com uma bandeja. Na sala de estar, Staffe olha para o quarto quadrante mais de perto. No canto do aposento, uma figura curvada está ajoelhada no chão debaixo da janela. Staffe se inclina para mais perto da tela e diz, como se não pudesse acreditar nas próprias palavras:

— Josie? Essa é Josie?

— Ela vem trabalhando com você há tempo demais, Staffe.

— Seu canalha!

— Você devia ter feito a coisa certa. Devia ter mostrado mais fé na justiça do que em sua preciosa lei.

— O que você quer que eu faça?

— Deixe o notebook aí.

Staffe se vira para Johnson, que dá um passo para trás, segurando o facão diante dele. Ele dá mais dois passos e segura a cruz de alumínio. Montefiore dá um gemido baixo, e uma trilha de urina cai no chão.

— Seu canalha doente — diz Staffe.

— Você não conhece metade da história — retruca Johnson, tossindo. — Não sabe de nada — continua, aos solavancos. Ele aponta o facão para Montefiore. — Você quer ficar doente?

Staffe olha para Johnson, preso em pequenas convulsões. No capuz, onde deveria estar o queixo, um espesso fio vermelho começa a se espalhar.

— O que há de errado com você? Isso que você está cuspindo é sangue.

— Você não tinha notado, não é? Todos esses anos em que trabalhamos juntos. Quem é o canalha, Staffe?

— Você devia ter dito alguma coisa!

— Eu posso deixar este mundo em paz.

— Deixar? E quanto a Sally? Qual é a saída para ela?

— Você não sabe... como ela era... sem isto. Ela encontrou a paz.

— Você está se iludindo, e ela também.

— Ela veio me procurar.

— Por que você?

— Ele não quis ajudá-la.

— Jessop?

— Eu sabia o que ele tinha feito... àquela puta. Stensson. Mas ele não quis fazer nada por Sally. Eu tinha que ajudá-la, você entende isso, não é, Staffe? O que nós íamos fazer quando Jessop havia perdido a coragem?

— Isso não tem nada a ver com coragem.

— O que você sabe?

— Tenho um visão sobre esse assunto melhor do que você pensa, Johnson.

— Você perdeu seus pais. Imagine se fossem seus filhos. Mas você não tem filhos. E se alguém se metesse com seus filhos? — Johnson estende a mão para baixo, debaixo do sofá, olhando para Staffe todo o tempo. Ele joga um pano branco aos pés do inspetor. — Vista isso.

Staffe desdobra o pano branco, que vem a ser um manto igual ao de Johnson. E um capuz. Ele põe as duas peças por cima da cabeça e inala o amaciante do tecido. Aquilo o faz lembrar de quando Sylvie estava naquele apartamento. De que não está pronto para morrer Staffe pensa na linha que conecta todas as pessoas. Naquele instante de loucura, ele olha para Montefiore e para Johnson e pensa na linha que os une a seus filhos. Se esse elo é cortado, eles morrem.

— O que aconteceu com você, Rick? — Staffe se lembra da pobre Sian, da aparência morta de seus olhos.

— Você não acha que está um pouco tarde para se mostrar interessado? — diz Johnson, metendo a mão no bolso. Ele puxa um controle remoto. Aperta uma tecla.

— Eu preciso entender.

— Isso não diz respeito a você. Olhe — diz ele, inclinando a cabeça na direção do notebook. O segundo quadrante pisca, se acendendo, e Staffe consegue ver uma cruz pendente de um aposento profusamente iluminado, o corpo flácido de Montefiore amarrado a ela. As costas de dois homens, com a mesma compleição, vestindo mantos e capuzes brancos. É impossível distingui-los.

— Você não vai conseguir se livrar dessa.

— Eu não preciso.

— E quanto a sua família?

— Não fale sobre isso. Eu fiz as coisas certas. Não desperdice suas preces comigo.

— E Sally?

O corpo de Johnson se retesa. Através das frestas em seu capuz, seus olhos piscam, rápidos.

— Quando eu a encontrei pela primeira vez, ela queria se matar. Você sabe quanto tempo demorou... depois que ele a estuprou... até que ela começasse a dar por aquele condomínio? Sabe? Eu vou dizer a você. Um mês. — Johnson se inclina, mãos nos joelhos, puxando o ar. — Ela era uma estrela, uma estrela naquela escola de merda. Eu falei com a mãe dela, Linda.

Staffe se lembra das falhas na documentação no primeiro caso de Montefiore.

— Você roubou os registros dos interrogatórios, destruiu as provas?

— Ela morreu na noite em que ele a estuprou. Você sabe o que ele fez? Ele esperou. Esperou até que ela acordasse. Depois, a estuprou. Estuprou por toda parte. Usou um brinquedo nela. E quando ele acabou... ele a chamou de prostituta. Disse que ela era uma puta suja. Depois mijou em cima dela.

Staffe olha para Montefiore. Tenta pensar nele como carne, simplesmente.

— Mas, aí, ela me conheceu — prosseguiu Johnson. — E eu a conheci. Nós tornamos as coisas melhores. Você tem que acreditar nisso. — Ele se curva de novo, sem fôlego e resfolegando muito. Quando ergue o corpo mais uma vez, aponta o facão para Montefiore.

— Bem, olhe para ele agora. Olhe para o canalha agora.

Staffe olha para Montefiore de cima a baixo. Tenta esquecer o que Johnson acabou de dizer e imagina o que Montefiore sofreu, que chances ele tem de encontrar algum tipo de tratamento que o cure, que chance ele tem de encontrar algum tipo de justiça.

Johnson puxa o facão e repuxa a corda. Um outro jato de urina cai na coxa de Montefiore, e Johnson ri. Staffe prende a respiração e pensa em Josie presa na armadilha da Gibbets Lane; pensa em seus pais em invólucros para cadáver no porão de um avião.

Staffe continua prendendo a respiração. Ele faz isso e imagina seu sangue transformando-se em prata. Fecha os olhos, reúne toda a força e, em um único movimento, ele se inclina para baixo, puxa o fio da tomada da parede, agarra a TV e lança-a contra Johnson. No mesmo instante, Staffe grita, fazendo com que seu oponente desvie o olhar do alvo. Quando a TV bate direto no peito do investigador, Staffe dá um, dois, três passos e se lança sobre ele. Ambos caem no chão, e Staffe ouve o clangor metálico do aço do facão, alto, perto de sua cabeça.

Johnson está debaixo dele, o capuz todo enviesado, e olha para cima. Seus braços estão estendidos para os lados, e ele ainda segura o facão. Johnson dá um golpe direto com a arma. Staffe vê a lâmina vindo e lança a cabeça, o mais forte e rápido que pode, contra o rosto do outro. Ele ouve o osso se partindo. Johnson solta um gemido fraco, e o facão cai de sua mão. Staffe salta de pé e chuta a arma para longe, põe a bota no peito do investigador, mas não há necessidade. Ele está completamente acabado.

Ele olha para baixo, para Johnson, e tira o capuz. Bem perto e em meio ao pânico que se desvanece, ele pode ver, agora, como a pele do investigador está cinzenta, e tudo começa a fazer um pouco mais de sentido.

— O que *exatamente* há de errado com você, Rick? — pergunta Staffe, erguendo a bota.

As gengivas e o interior da boca de Johnson são de um vermelho brilhante.

— Como se você se importasse. — Ele tosse de novo e cospe sangue. Vira-se para um lado e puxa os joelhos para o peito.

— Você está sentindo dor?

Ele faz que sim e põe a mão no bolso. Staffe o vigia de perto, pega o cano de aço e se prepara. Johnson tira do bolso um pequeno vidro de remédio.

— É terminal?

Johnson acena afirmativamente com a cabeça.

— E você está perto do fim?

— Agora seria uma boa hora... o que você acha?

Staffe estende a mão para baixo e pega o vidro de remédios da mão de Johnson.

— Deixe eu aliviar sua dor. Você vai querer dizer adeus de modo apropriado — diz Staffe, sabendo que o bem-estar de Josie depende do tênue capricho de Sally Watkins. — Telefone e diga para Sally desistir, e eu lhe darei o adeus que você quer.

— Vá para o inferno.

— O adeus que Becky gostaria.

— Ela está amparada, não se preocupe.

— As 50 mil pratas eram para isso?

Johnson levanta o olhar, um último surto de adrenalina alimentando seu estado de choque.

— Cinquenta mil não levarão ela e as crianças muito longe. Aposto que você investiu o dinheiro; foi em uma apólice de seguro de vida, Rick? Foi?

— Isso não é problema seu.

— A apólice não terá valor.

Johnson faz uma expressão de deboche para Staffe.

— Terá, sim. Pode confiar.

Pode *confiar*.

— É uma apólice de seguro de vida? Mesmo que seu diagnóstico ainda não tivesse se confirmado quando você a adquiriu, eles não pagarão se cometer suicídio.

— O quê? — diz Johnson.

— E, pode acreditar, se você não telefonar para Sally Watkins agora, eu vou fazer o mundo acreditar que você cometeu suicídio.

— Você não faria isso.

— Experimente.

— Você não poderia.

Staffe pensa em Josie, em um canto na Gibbets Lane; pensa em Errol Regis também, e o terrível destino que o espera, ali prostrado ao lado do machado e do piche, uma morte longa, exaurida, um outro ciclo de sofrimento e cura. Um destino pior do que a morte.

Ele se inclina, remexe os bolsos de Johnson e encontra o que estava procurando: uma seringa.

— Há mais do que apenas morfina aqui. Talvez você não estivesse mais apenas aliviando a dor ou a humilhação de ser apanhado. — Ele põe a bota no peito de Johnson, tira a tampa da seringa e a comprime para expelir todo o ar. Põe a agulha no líquido e enche o cilindro de vidro. — Havia apenas você aqui, Rick. E posso me retirar de uma cena de crime tão rapidamente quanto você. Farei isso. Acredite em mim, farei isso. Eles encontrarão você sozinho e cheio disso aqui. — Ele joga o vidro de cem miligramas no rosto de Johnson.

— Deixe ela sozinha lá. Deixe Sally. Por favor. Você não sabe.

— Ligue para ela! — Staffe se inclina, o joelho no peito de Johnson, fazendo com que ele solte um sibilar trêmulo.

Johnson balança a cabeça, fecha os olhos.

* * *

Josie volta a si lentamente. Uma dor fraca vem de seu tornozelo, mas quando ela tenta endireitar o corpo, a dor sobe pela perna como uma série de punhaladas. Agora que ela está consciente, é com esforço que respira. Está esparramada no chão, o rosto contra o carpete áspero. Consegue ver as botas pesadas de Sally Watkins do outro lado da mesa. Não pode ver Errol Regis, mas sabe que ele está ali. Foi seu gemido incessante, abafado, que a fez acordar.

Ela se desloca centímetro por centímetro apoiada nas costas, de modo a poder levantar a cabeça, esforçando-se para ver o que está acontecendo. Errol ainda está deitado, preso à mesa. Sally está vestida com um robe branco e usando um capuz, e aperta as amarras que prendem Errol à mesa. Enquanto dá a volta à mesa, ela o xinga e cospe nele. Ele está chorando.

— Deixe que ele fale, Sally! — diz Josie. Ela tenta lutar para se sentar no canto, debaixo da janela. Seus braços estão atados nas costas, e as pernas, amarradas nas coxas e tornozelos. Ela acha que seu tornozelo direito talvez esteja quebrado. Sua saia está enrolada em torno da cintura, e ela se sente exposta. Estranho que nessas circunstâncias ela se sinta envergonhada.

— Ele teve oportunidade de falar no tribunal. Você não acredita na justiça? E ele também teve oportunidade quando fez o que fez com Martha. Você viu Martha, não viu? Ela está fodida, cara. Fodida. — Sally pega o machado na mesa e o balança junto à perna. Ela se movimenta em torno da mesa e pega uma serra.

— O que você vai fazer, Sally?

— Cortá-lo na altura do joelho. — Enquanto diz isso, Sally balança a cabeça, e as pesadas armas fazem seus braços dançarem. O machado e a serra parecem pesados demais para ela. — Eu sei como. Depois vou derramar o piche em cima. Para o sangramento, sabe. Então ele sofre muito tempo, e devagar. — Ela anda em torno da mesa, agitada, e Josie fica imaginando o que a garota tomou.

— Mas o que você vai fazer? Quando terminar? — pergunta Josie. Ela calcula que, se conseguisse manter Sally falando, o reforço da polícia local poderia chegar a tempo.

— Eu tenho para onde ir, não se preocupe.

— Você vai se encontrar com Jessop? Na Índia?

Sally ri.

— Vocês estão simplesmente atirando no escuro, certo? — Ela balança o machado e a serra para acentuar suas palavras.

— Você não pode matá-lo, Sally. Há um reforço policial vindo. Eu telefonei para eles antes de vir para cá.

— Você devia ter esperado por eles.

— Vá embora agora, Sally, enquanto pode.

— Eu tenho tempo, mais tempo do que você imagina.

Sally põe a serra no chão e coloca uma das mãos na perna de Errol, logo acima do joelho. Ela segura o machado no alto. Ele solta um guincho, através da mordaça, e seu corpo se contorce o máximo que pode. Sally retira vagarosamente a mão da perna e levanta o machado no alto com ambas as mãos. Ela firma os pés, os quadris retos, e dobra os joelhos, tomando a postura de um boxeador ou de um ginasta. Seus seios sobem e descem contra o robe.

— Não! — grita Josie.

A distância, surge o som de uma sirene policial cada vez mais alto. Josie xinga a Met, que dá permissão às unidades locais para usar a sirene a fim de abrir caminho no tráfego, encurtando em poucos minutos o tempo para responder à emergência.

— Eu disse a você, eles estão vindo.

Sally abaixa lentamente o machado e sibila para Regis:

— Não se preocupe, vai acontecer. Vou cortar você e estancar o sangue. Vai viver durante dias, cara. A dor vai matar você. — Ela pega a serra e a brande no ar, como se fosse um brinquedo. Depois ela a usa para cortar uma tira das cortinas. Mete a mão no robe e tira de lá uma bola de gaze.

— Nós estamos em seu encalço. — diz Josie. — Sabemos que Jessop pegou Montefiore. O detetive-inspetor Wagstaffe vai pegá-lo.

Sally ri de novo e se inclina para a frente, agarrando o rosto da policial.

— Você não sabe de porra nenhuma. — Ela abre a boca de Josie, força a gaze com aspereza para dentro e a prende com a tira de cortina em torno da cabeça da policial. — Agora! Vamos fazer um pouco de silêncio enquanto eles vêm e vão. — Ela apaga as luzes e sai da sala. A porta da frente se abre e fecha, e quando Sally volta para a sala, ela joga um número 18 no assoalho. Depois aperta a mordaça em torno da boca de Errol e se senta de pernas cruzadas no chão, a cabeça abaixada, como se estivesse numa reunião de escola.

Ela mal se senta confortavelmente e se pode ouvir a porta da viatura fechando. Os passos são firmes. Ela ouve a polícia bater, mas o som vem de muito longe. Há vozes alteradas discutindo, depois diminuindo num tom mais calmo, de resolução.

— Polícia idiota, vieram para a casa errada. Alguém deve ter dado o número errado.

Josie tenta imaginar o que houve. Ela pensa no passado, em como veio a conhecer a casa. Veio com Johnson. Mas, ainda que eles tivessem um número errado, ou até mesmo se os números das casas houvessem sido trocados, certamente a polícia iria checar as residências vizinhas. Ela tenta se recordar exatamente do que disse quando pediu reforços. Um arrombamento com invasão, foi o que ela disse; uma ligação com o assassinato de Colquhoun, mas sem mencionar Errol Regis. Ela deveria ter se referido a ele pelo nome, e silenciosamente ela se pune, prendendo a respiração, rezando para baterem na porta de Errol.

Um clarão de lanterna passa pela janela. Ela pode ouvir os policiais falando, a poucos metros do outro lado da fina vidraça. Parece que a tempestade diminuiu. E Josie pensa que talvez isso pudesse ser a vontade de Deus. Ela pensa em como as coisas poderiam ser: que o que Sally está prestes a fazer talvez seja para um bem maior.

— O que eles disseram? — pergunta um policial.

— Um arrombamento e invasão.

— Você tem certeza de que pegou o número certo?

— Claro que peguei. Está abandonada, pela aparência. Não há ninguém aqui. Podemos checar de volta com a delegacia.

As vozes esmaecem e as portas do carro se abrem e fecham.

Na escassa luz do ambiente, Josie vê os faróis se acenderem e irem embora.

Sally retoma os preparativos. Ela diz para Regis:

— Veja, você tem muito tempo para sofrer. Sofrer como as crianças.

* * *

Staffe prende a seringa entre os dentes e pega o braço de Johnson.

— Você vai ligar para Sally, Rick. — Ele dá uns tapinhas no braço de Johnson com as costas dos dedos. Inspeciona a carne avermelhada à procura de uma veia saliente e dá mais tapinhas. Faz a mira. Será que pode matar um homem moribundo?

Ele se sente nauseado com a ideia de que pode fazer isso com um homem que chamara de amigo. Muitas vezes, em suas vidas em comum, Johnson se adiantara e salvara a vida de Staffe, na rua e na politicagem da corporação. Você tem que confiar; é assim que a coisa funciona.

Staffe adianta a seringa rapidamente na direção da veia saltada do braço branco de Johnson e fecha os olhos. O tempo parece parar. Ele sente resistência, sente a agulha entrar lentamente na carne e o corpo de Johnson se retesar. O polegar de Staffe começa a pressionar o êmbolo, e Johnson solta um guincho:

— Pare! Pare, seu maldito.

* * *

Becky Johnson está sentada a sua mesa de jantar, o jovem Charlie em seu colo, Sian e Ricky a seus pés, duelando num game portátil, no mundo virtual. Ricky grita e Sian não diz nada, como se aquilo não lhe trouxesse o menor prazer.

E, durante todo o tempo, a mãe deles olha para a tela do computador com lágrimas escorrendo pelo rosto. Ela pode ver Montefiore amarrado e retalhado, preso à cruz de alumínio, mas fica imaginando por onde andará Rick e quando o homem que ela ama matará o estuprador de crianças. Ela reza com toda a sua força por essa salvação. Ela estende a mão para baixo, corre os dedos pelo cabelo de Sian e sente a filha se encolher, o corpo retesado.

Quando ele voltar para ela, ela cuidará de Rick até a morte. Se Deus quiser, eles terão tempo para fazer isso juntos. Ela tem esperança de que tudo que ele planejou saia a contento.

— Ah, Rick — diz ela, cheia de medo. Cheia de orgulho. — Por que tinha que ser você? — Na mesa, ao lado do notebook, há uma pilha de documentos da companhia de seguros. Ela já os releu. Agora que chegou a hora, não consegue acreditar que não haja algum tipo de escapatória. Mas é claro. Mesmo que ele seja condenado e morra na prisão, a apólice ainda será válida. A apólice lhes trará conforto: a família de um assassino. Um serial killler, é o que ele disse que seria. Como a lei pode ser doce, às vezes. Ela se lembra do modo como Rick sorria quando planejava tudo, mesmo que sua vida estivesse terminando.

Ela começa a soluçar, e o pequeno Ricky estende a mão para ela. Ele faz isso instintivamente, sem parar de jogar seu *Call of Duty*, com a mão livre.

— Não se preocupem comigo — diz ela para seus filhos. — Estou apenas sendo uma boba de novo.

— Papai vai voltar para casa? — pergunta ele.

Ela não tem forças para responder. Não quer mentir mais do que é necessário, o que a faz pensar nas mentiras que Rick talvez lhe tenha contado. Ele jurou que obteve o diagnóstico logo que pôde, que não esperou até a apólice começar a valer. Mas como é que isso poderia ser verdade? Ela aperta o bebê contra si e olha para a filha mais velha. Pobre Sian. Ela olha para Sian e aperta tanto o pequeno Charlie que este começa a chorar. Ela quer apertar Sian assim, bem forte, mas sabe que não pode fazer isso.

— Você está machucando ele, mamãe — diz Sian. — Pare com isso, mamãe. Você está machucando ele.

Becky Johnson olha de novo para a tela onde Guy Montefiore está dependurado como um Cristo de Scorsese, e ela deseja que seu marido enfie a madeira nele. Por seus filhos.

* * *

— Você vai ligar para ela? — implora Staffe. — Ligue para Sally. Diga para ela parar. — A agulha está no braço de Johnson, e o polegar de Staffe está no êmbolo.

Os olhos de Johnson se enchem de lágrimas. Ele acena afirmativamente com a cabeça.

Staffe tira o polegar do êmbolo e diz:

— Me dê seu telefone. — Ele deixa a agulha no braço de Johnson enquanto este gira o tórax, põe a mão no bolso da calça e joga o aparelho no chão.

Staffe retira a agulha, se levanta. Pega o telefone e rola para baixo a agenda de números, ficando surpreso ao ver que ela está lá, sob o nome *Sally*. Pressiona a tecla "Viva voz" e depois "Chamar", e ouve os toques através do fone. Um olha para o outro, ouvindo o telefone tocar, e Sally Watkins atende.

— Quem é? — diz ela, a voz soando como a de uma criança apanhada desprevenida numa casa vazia.

Staffe entrega o telefone a Johnson.

— É Rick. Você já começou?

— Ia começar neste momento.

— Não faça isso, Sal. Você não pode.

— Mas eu tenho que fazer. Há uma policial aqui também. Aquela mulher.

— Caia fora, Sally. Vá para onde eu disse. Está lembrada?

— Eu já tenho tudo pronto, Rick. Tenho tempo. A polícia esteve aqui, mas bateram na casa errada, como você disse. Eu estou quase lá.

— Eles estão aqui, Sally. Eles me pegaram.

— Mas, e Becky? E todo mundo? Você disse...

— Cuidado com o que você diz, Sal. As pessoas estão ouvindo.

— Você disse...

— Eu sei. Nós fizemos o que podíamos.

— O que vou fazer, Rick? Não foi isso que você disse. Eu confiei em você.

Os olhos de Rick Johnson ficam úmidos. As lágrimas se formam rapidamente e caem, pesadas.

— Lamento muito que tenha confiado em mim. Lamento muito.

— O que eu vou fazer? — Ela parece perdida, sozinha.

— Faça o que eu disse. Exatamente o que eu disse. E não toque na policial.

— Ou em Regis — diz Staffe.

— E deixe Regis. Por favor, Sally.

— Você está morrendo, Rick. — Sally começa a chorar.

— Tenha cuidado, Sal. Lembre-se do que eu disse.

Staffe pega o telefone de Johnson e se afasta dele.

— Tinha que haver um modo melhor, Rick.

Johnson levanta os olhos para Staffe.

— Você não conhece metade da história. Talvez pense que conhece, mas não conhece.

— Para onde ela vai, Rick? — Staffe pega a seringa de novo, olha para ela com expressão curiosa, como se ela ainda pudesse injetar alguma coisa boa.

— Isso não fazia parte do acordo. De jeito nenhum, Staffe. Você pode fazer o que quiser, mas eu não vou contar. Sally não representa nenhum mal. Ela não fez nenhum mal.

— Você deve estar brincando.

— Tudo fui eu que fiz. Tudo é minha culpa, e você não pode provar nada diferente.

— Ela agrediu Regis e Josie.

— Isso foi agressão. Ela não tem a ver com os outros.

Staffe olha para a tela, tenta ver o que está acontecendo na Gibbets Lane, mas a câmera está focada em Regis. Ele pode apenas divisar Josie no canto e as costas de Sally, agachada ali perto.

— E se ela fizer isso de novo?

— Fizer o que de novo? De qualquer maneira, ela está entre amigos.

— Que amigos, Rick?

Os olhos de Johnson se fecham e Staffe verifica o pulso dele. Está fraco. Ele telefona para Leadengate e pede que mandem uma ambulância rápido.

— É um dos nossos. Eu estou aqui com um investigador morrendo. Ele é um dos nossos.

Johnson levanta o olhar. Tenta sorrir, mas desaba sob seu próprio peso.

— Eu confio em você, Staffe. Confio. — Seus olhos se fecham e seu peito grande se levanta e abaixa em alentos rasos, entrecortados.

Staffe bate no cursor do notebook e a tela se ilumina. Ele observa o aposento na Gibbets Lane. Josie está lutando para se pôr de pé no chão, debaixo da janela, o rosto contorcido de dor. Errol Regis ainda está deitado na mesa. Perto de suas pernas nuas, um machado e uma serra. A seus pés, um balde de piche.

Não há sinal de Sally Watkins.

Quarta

Staffe observa Josie através do vidro de segurança do quarto particular no hospital. Ela se vira, percebe-o olhando e parece modificar sua disposição, sorrindo fracamente e batendo as pálpebras. Mas quando abre a porta, fazendo um gesto de mágico com as flores que traz atrás das costas, Staffe percebe que ela saiu ferida da experiência.

— Vou ter alta amanhã. Eu disse para você não vir.

— Você está com uma aparência ótima — diz Staffe.

— Mentiroso.

— Quando foi que eu menti para você?

— Como está Errol?

— Está bem.

O sorriso dela desaparece, e ela baixa o olhar para os cobertores amarrotados.

— Ele nunca mais vai se recuperar. Ele não cometeu o crime, sabe. Nunca encostou um dedo em Martha Spears. Jurou isso para mim, e eu acredito nele.

— Você devia se concentrar em melhorar. — Staffe fica preocupado com a possibilidade de que, depois da provação pela qual passou, ela nunca volte a ser a mesma.

— Eu prometi a ele que encontraria sua esposa. Disse que iria ajudar. Teve alguma notícia boa?

— Nós temos todo o nosso efetivo procurando Sally Watkins.

— Você precisa fazer isso, Staffe?

— Ela fez isso a você.

— Não há nada de errado comigo.

— Ela drogou e espancou você. Ela a amarrou e ameaçou matá-la. Você está traumatizada.

— Ela é uma criança.

— Nós não estamos nessa de deixar as pessoas escaparem, Josie. — Ele pensa no que poderia ter acontecido se ele tivesse prendido Sally por estar envolvida com prostituição, sendo menor de idade.

— Como está Montefiore?

— Não recobrou a consciência. Acho que não vai sobreviver.

Josie olha como se quisesse dizer algo, mas decide ficar em silêncio. Os olhos dela estão pesados. Ela se inclina para a frente e coloca a mão nas costas. Staffe corre para o lado dela e se inclina, arrumando os travesseiros. Josie precisa dar um trato no cabelo e não tem maquiagem em torno dos olhos, mas ela cheira bem, a frescor. Staffe coloca uma das mãos no ombro dela, sente-a deslizar e voltar para os travesseiros. A carne dela é quente e macia.

— Obrigada — diz Josie. Ela pega a mão de Staffe e segura-a entre as mãos. — Helena veio me visitar. A esposa de Montefiore. Ela me pediu para fazer tudo que eu pudesse para ajudar Sally e para guardar qualquer informação que eu tivesse sobre o paradeiro dela.

— Você me disse que Sally não contou nada a você.

— Helena Montefiore está envolvida?

Staffe engancha a perna em torno de uma cadeira junto a um dispositivo móvel para alimentação intravenosa e a puxa para perto da cama. Ele se senta sem largar a mão de Josie e olha fundo nos olhos dela.

— Sally tem mais amigos do que ela pensa.

— Mas ela disse que estava sozinha no mundo. Completamente sozinha.

— Eles estavam tomando conta dela. Quando eu achei que estavam todos envolvidos na empreitada, eles estavam apenas tentando o possível para fazê-la parar.

— Você quer dizer Debra Bowker e Greta Kashell?

— Não apenas Greta, mas Ross Denness também.

— Você então se enganou com ele?

— Um ato de bondade não o torna um anjo.

— Foi por isso que ele estava na casa de Sally quando você foi até lá?

Staffe acena afirmativamente com a cabeça. Num pequeno armário, perto da janela, ele vê um envelope pardo com a letra "S" escrita a caneta. Josie percebe que ele viu o objeto.

— Aquilo não é para você. É um "S" diferente — diz ela.

— Será que é a caligrafia de Helena Montefiore?

— É uma carta pessoal, chefe. E, como eu disse, não é para você.

— Você sabe que é um crime ocultar uma testemunha.

— Como Johnson está se saindo?

— Você sabia que ele estava tão doente?

Josie balança a cabeça. Desce uma película sobre seus olhos, ela tira suas mãos das de Staffe, passa a manga pelo nariz e ergue a cabeça, olhando para o teto. — Nós éramos amigos.

— Mas que tipo de amigo ele era para nós? — Staffe se levanta, imaginando que tipo de amigo Johnson é em relação a Jessop. Ele balança a cabeça, põe a mão no bolso, apalpa a carta que chegou no dia anterior. — Johnson está dizendo que matou Lotte Stensson também. O depoimento dele é muito convincente.

— E quanto a Nico Kashell? — Os olhos de Josie tremulam. As pálpebras estão pesadas.

— Meu palpite é que ele vai ter que lidar com a vida do lado de fora da prisão.

— E Rick leva a culpa de tudo.

— E aí ele morre de morte natural. Parece que ele vai levar a verdade para a sepultura — diz Staffe, olhando pela janela. Aviões cruzam o céu, deixando trilhas de fumaça branca acima dos telhados de Londres. Seu coração sangra por Sally, fugindo por aí. Desde que Montefiore a estuprou, ela só conseguiu viver quando estava indo *ao encontro* do inimigo, planejando sua vingança. O que ela fará agora? Ele consulta o relógio, vê que está ficando atrasado para o voo.

Staffe esboça um sorriso e se volta para Josie, mas ela adormeceu. Suas pálpebras estão cinza-escuro, os lábios pálidos e virados para baixo, como um palhaço triste. Ela não se parece absolutamente com a Josie de sempre. Ele olha para o envelope pardo, marcado com um "S", e dá a volta silenciosamente pela cama, verificando por cima do ombro se ninguém está olhando pelo vidro da porta. Pega o envelope e olha atentamente para o "S". Vira-o para ver se há qualquer outro sinal indicativo, um timbre ou gravação, mas tudo que consegue é um ligeiro perfume. Ele corre o dedo pela aba colada, e, quando faz isso, alguma coisa fora, no corredor, cai no chão, fazendo um ruído metálico. Seu coração se sobressalta, e a cabeça de Josie pende para um lado. Os olhos dela não se abrem, mas ele tomou uma decisão. Staffe deixa o envelope na mesinha de cabeceira e sai do quarto, de mãos vazias, mas um pouco mais sábio.

Descendo a escada para os fundos do hospital, Staffe caminha entre os grandes feixes de luz que vêm do sol nascente. Lá embaixo, no estacionamento, ele entra em seu Jaguar, onde Debra Bowker o espera. Ela está inclinada sobre o capô do veículo e solta baforadas de fumaça, iluminadas pelo sol. Ela levanta o olhar, protegendo os olhos. Parece impossível que ela consiga vê-lo aquela distância, mas ela acena com o braço para ele vagarosamente.

Ele vai levá-la até o aeroporto, exatamente como prometido, e tentará extrair dela o provável paradeiro de Sally Watkins. Uma parte dele espera que ela não ceda, mas a parte maior acha que ele não deve deixar Sally escapar do anzol.

Quando chega ao andar térreo, Staffe para a fim de deixar passar um cortejo de cadeiras de rodas. O cortejo é liderado por uma enfermeira que tem seu maço de Embassy Regals na mão. Em meio ao absurdo dos aleijados fumantes, ele pensa em Jessop e tira do bolso a carta que chegou naquela manhã.

Will,
Eu espero mesmo que não haja necessidade desta carta. Da minha parte, eu já estarei bem longe, esperando encontrar algum tipo de paz. Mas eu preciso de sua ajuda, amigo. Por favor, acredite em tudo que Johnson diz. Creia em todas as palavras dele, que estarão bem perto da verdade para a maioria das pessoas. Quanto mais você acreditar nele, menos mal acontecerá.

Estou longe de casa, mas você não, Will, e chegará um tempo em que você não poderá viver consigo mesmo se não fizer as coisas certas agora. Deixai vir as crianças.

Seu amigo,

J.

* * *

Staffe ainda não consegue entender a carta e ele suspeita de que não conseguirá até visitar Johnson, que está do outro lado da cidade, no hospital St.Thomas. Dizem que ele morrerá dentro de horas, não de dias, e Staffe sabe que, se não for vê-lo logo, é pouco provável que consiga falar mais uma vez com o investigador. O hospital disse que chamariam se achassem Johnson forte o bastante, mas também disseram para não criar muita expectativa. Isso foi exatamente o que o jovem médico disse quando entregou a confissão de Johnson: autor de todos os crimes, desde Lotte Stensson até Errol Regis. O médico tinha sorrido, como se o bilhete fosse um desejo concedido, algo belo.

— Não coloque tudo em seus ombros, Staffe — diz Debra Bowker, torcendo a sola de seu sapato de salto médio na guimba do cigarro e beliscando os cantos da boca com o dedo indicador e o polegar. — Há todo um sistema judiciário lá fora para assegurar que você não vá foder as coisas.

Ele ri e contorna o carro.

— É um V12 — diz ela, examinando o Jaguar de alto a baixo.

— Você entende de carros?

— Karl entendia. Ele teria matado alguém para ter um desses.

Staffe põe a chave na porta e deixa-a entrar.

— Eu poderia ter pegado você no hotel.

— O filhotinho me pegou.

— Pulford.

Ela desliza para dentro e arruma a saia, enquanto contorce o corpo, procurando conforto. Puxa o cinto de segurança, mas o equipamento não funciona.

Staffe se inclina e seu rosto roça o cabelo de Debra. Os fios ficam pinicando sua pele, enquanto ele sacode o cinto, desembaraçando-o. Ele volta à posição ereta, afastando-se, e os olhos dos dois se encontram quando ele encaixa o cinto.

— Eu vi seu depoimento; você disse que Johnson admitiu ser o culpado no caso de Colquhoun e Montefiore.

— Não esqueça Stensson. Ele a matou também.

— E como é que você sabe disso? Qual é sua ligação com Johnson? — Ele manobra o carro para sair do estacionamento e toma a direção do aeroporto de Heathrow.

— Como cada um de nós conhece o outro? Apenas através do VIQNASEV. Inocente assim — diz ela num tom de voz leve, mas com o rosto sério. Suas sobrancelhas finas, corrigidas a lápis, se unem.

— VIQNASEV? Como eu posso ter certeza de que você não está diretamente envolvida?

— Se isso é uma ameaça, ela não vale muito. Você sabe muitíssimo bem de onde eu vim. — Ela se vira para encará-lo e cruza as pernas na altura das canelas. Coloca as mãos para baixo e as aninha entre as coxas. Levanta o queixo. — Eu construí uma nova vida para meus filhos depois do que meu ex-marido fez. Era o que eu tinha que fazer. Eles precisavam de um novo futuro; não que eu ficasse revolvendo o passado, sendo exaurida por ele. Eu tenho que acreditar que o bem é mais forte que o mal, e que o bem não fica mais forte do que o mal matando pessoas. Eu venho do mesmo lugar que você, Will. Não há lugar para vingança em meu mundo. No mundo de meus filhos. — Ela olha fixamente para a frente, toda a distância até o infinito, como que se desligando do que está dizendo, pensando à frente, em uma outra coisa. — Você não precisa acreditar em mim quando eu digo que não estou envolvida. Eu sei que não estou. Você acredita na lei. Eu acredito no poder do bem.

— Então, por que confundir as duas coisas? — diz Staffe. — Ajude a lei. Me diga onde está Sally.

— Coisas boas podem surgir disso. Tudo que posso fazer é tomar conta de meus filhos.

— E Sally?

— Sally é uma criança.

— Quando foi que você falou com Helena Montefiore pela última vez?

— O que o leva a pensar que eu falei com ela?

— Ou com Ross Denness.

— Você talvez ache que Ross é um bandido. — Ela olha para o próprio colo. — E talvez seja. Mas ele se importa com as coisas. Ele não é tudo que você pensa.

— Se eu não conseguir pegar Sally Watkins, ela pode fazer isso de novo.

— Ela não vai fazer.

— Ela está metida nisso até o pescoço, Debra. Foi por isso que você recebeu o telefonema para vir até aqui, para ajudá-la a cair fora disso. Não tenho razão?

— Não. Nós tentamos dar a ela um pouco de amor. Isso não é uma coisa ruim, e certamente não é um crime.

— Sally está cheia de ódio há três anos. Desde Montefiore, o ódio rege suas ações. Isso não vai mudar da noite para o dia.

— Você não pode prendê-la, isso é tudo que sei. Não pode.

— Então é certo fazer justiça com as próprias mãos?

— Ela não fará isso de novo.

— Você sabe que tem que me dizer onde ela está.

— Eu não sou obrigada a dizer nada. — As palavras se prendem em sua garganta.

Ele olha para o lado, vê que o lábio dela está tremendo.

— Você sabia que Errol Regis nunca tocou em Martha Spears? Ele cumpriu três anos por causa de pessoas que mentiram para a justiça e quase morreu por causa de Johnson e Sally. Ela precisa de ajuda, Debra.

— Eu não posso brincar de Deus dessa forma.

— É só a lei. É a coisa mais próxima que temos para o bem triunfar sobre o mal.

— Você não tem o direito... — Debra Bowker aperta o fecho do cinto e diz: — Já aguentei bastante. — O cinto continua preso.

— Eu disse que levaria você. Vou parar de fazer perguntas.

— Não acredito que você possa fazer isso. — Debra enxuga as faces com o punho da blusa. Duas manchas negras sobressaem da seda branca.

— Ela ainda está em Londres, não está?

— Não vou dizer — diz Debra, fungando.

— Ela está com Helena Montefiore.

— Deixe eu sair!

Quando sai do carro, Debra Bowker se preocupa em arrumar sua saia e as mangas da blusa. Depois, faz o mesmo com o cabelo. Staffe arranca com o carro, mas tem que parar num sinal vermelho. Ele olha Debra no espelho retrovisor e observa seus ombros tremendo, lágrimas escuras correndo pelo rosto.

Ao se afastar dela, Staffe se sente esmagado por sentimentos de arrependimento. Durante todo aquele caso, ele ficou espantado pelos atos de bondade de que as pessoas são capazes, mas também pelas atrocidades que podem infligir umas às outras. Naquele momento, pensa que sabe qual será o resultado de tudo. Mas, enquanto dirige o carro do pai na direção daquele desfecho, teme o pior, para as vítimas e para si próprio.

Oficialmente, Staffe ainda está suspenso da investigação, e, embora ele tenha feito a ligação dos crimes com Johnson, Smethurst e Pennington ainda estão possessos pelo fato de ele ter mantido as cartas na manga. Mas o que mais ele poderia ter feito? O que ele pode fazer agora, para ter certeza de que está agindo na firma correta: em prol das vítimas. Em prol da justiça.

Quase tudo já foi revelado e o final do jogo está se desenrolando à vista do público, visando à política. Esse é o domínio de Nick Absolom. Depois de tudo que aconteceu nesse caso, por que não entrar no covil, oferecer sua cabeça à boca da fera e ver o que acontece?

— Eu não posso acreditar que Kashell ainda está insistindo que foi ele que matou Lotte Stensson — diz Nick Absolom, correndo seus dedos compridos pelo cabelo e inalando a fumaça de um cigarro, sentado em sua cadeira perto de uma janela aberta, nas salas do sexto andar do *News*, em Ravencourt House.

Uma parte de Staffe se sente compelida a respeitar uma parte de Absolom, seu lado despreocupado.

— Que ângulo você está adotando? — pergunta Staffe.

— Eu acho que você sabe. Mas isso não quer dizer que eu acredito que seu investigador Johnson fez tudo isso inteiramente sozinho. — Absolom joga o cigarro pela janela, não se importando como ele vai cair lá embaixo.

— Algumas vezes você tem que seguir a linha do jornal, não é, Nick?

Absolom acende outro cigarro e gira a cadeira para encarar Staffe.

— Nós não somos tão diferentes, você e eu. Nós sujamos as mãos, mas isso não é nada comparado à sujeirada lá no alto. A mesma coisa na imprensa, na lei e na política. É uma cadeia alimentar maluca, muito maluca, não é, Will? — Ele ri, mas interrompe o riso de repente e se inclina para a frente, lançando um olhar com o qual seria possível fisgar um peixe. — Você e eu, nós dois sabemos que é tudo uma merda. Eu não posso seguir uma linha mais do que você pode, e isso está me matando, assim como está matando você. Nós acreditamos que isso vai ser diferente quando chegarmos ao topo. — Ele se recosta. — Mas será que isso vai acontecer? — Ele olha para o cigarro, traga profundamente e sopra a fumaça para dentro da sala. — Você não pode evitar isso, não é, Will? Mesmo suspenso do caso, você está indo atrás de Sally Watkins, não é? E você sabe onde Jessop está.

— Não tenho nem uma pista.

— Isso é só metade da resposta.

— Ela pode estar em qualquer lugar.

— Você podia simplesmente deixá-la viver em paz — diz Absolom.

— E se ela matar de novo?

— Você sabe tão bem quanto eu que se você a prender é mais provável que ela faça isso de novo. Ela tem quase 16 anos. Em três meses, ela estará convivendo com verdadeiras criminosas, 24 horas por dia, sete dias por semana. Será um terreno de oportunidades, e ela será uma heroína na cadeia por ter feito o que fez. Isso torna a sociedade melhor? Seria a aplicação da lei em benefício da própria lei.

— É essa sua manchete?

— Como você bem sabe, eu não tenho liberdade de expressão nesse caso. Se tivesse, talvez eu fosse em busca do ex-detetive-inspetor Jessop, à procura de minhas manchetes.

— Você recebeu alguma nova mensagem? — pergunta Staffe.

— Você acha que elas estavam vindo de Jessop, não de Johnson?

— Não sei de nada.

— Nós teríamos noticiado isso, então.

— Mas não há uma diretriz a seguir?

— Se houvesse, você acha que eu estaria dizendo isso a um detetive suspenso?

Staffe se levanta e dá as costas a Absolom, decidindo que ele não tem nenhuma informação a respeito de Sally Watkins.

— Bem direto, hein, inspetor? Você não pode deixar de fazer isso.

Staffe gira sobre os calcanhares. Ele quer se absolver, mas sabe que, no final das contas, Karl Colquhoun e Guy Montefiore foram os causadores de tudo aquilo. Sem eles, os crimes não teriam tido o efeito dominó. Staffe deveria levá-los aos tribunais. Ele quase cospe o que tem a dizer:

— Eu acho que Sally Watkins é um perigo para si própria e um perigo para o mundo em torno dela. Acredito que, se a pegássemos, poderíamos ajudá-la. Ela estará melhor dessa maneira do que deixada à mercê de suas próprias decisões, fugindo por aí amedrontada, arrastando-se como uma fera. Eu tento tornar o mundo mais civilizado, Absolom. É aí que nós diferimos.

— Nós dois estamos envolvidos com a verdade. Não se esqueça disso. E nunca subestime o quanto da verdade eu escondi. Eu sei de tudo.

Staffe estende rapidamente uma das mãos e agarra a garganta de Absolom. Ele observa os olhos do jornalista se esbugalharem e mete com violência a outra mão no bolso interior do terno Paul Smith, tirando uma sacola de plástico transparente. Dois, três gramas, calcula ele. Ele sorri para o jornalista e joga a sacola fora, pela janela.

— Você não pode fazer isso!

Staffe se afasta, concedendo-se um sorriso enquanto espera pelo elevador. Ele tem apenas mais dois telefonemas a dar antes de sua visita final a Helena Montefiore em sua mansão de grande estilo, na colina Harrow. Suspenso ou não, ele vai ver Johnson. Eles não podem impedi-lo.

Olhando para o hospital St. Thomas, Staffe tenta adivinhar a recepção que terá lá dentro. Passa pelas viaturas, mostrando seu distintivo para os policiais na porta principal e fora dos elevadores. É para afastar a imprensa que eles estão de guarda, mas assim que ele pensa que o caminho está livre para o terceiro andar um policial levanta uma mão. Staffe já lhe mostrara o distintivo, mas o policial sorri, expressão condescendente. Antes que ele possa dizer qualquer coisa, Staffe fala, grosseiro:

— É meu homem que está lá dentro. Meu investigador! Ele está morrendo, e eu tenho que trazer paz a ele. Agora, quem diabos é você? Hein?

— Eu não posso...

Staffe aproxima o rosto do policial e sussurra:

— Às vezes, apenas às vezes, ser um policial decente é saber o que as pessoas podem fazer, não o que as pessoas não podem fazer. Lembre-se disso. Agora, caia fora.

O policial se afasta, e, enquanto caminha, Staffe pode ouvir o ruído do rádio sendo usado. Mas ele empurra isso para algum recôndito da mente.

Quase tudo em que ele acredita lhe diz que Sally Watkins deve ser levada aos tribunais, da mesma forma que Nico Kashell deve ser libertado e Guy Montefiore deve ser protegido. Até mesmo Debra Bowker lhe disse isso, apesar de ter partido o coração dela fazê-lo. E Helena Montefiore também deve ter calculado o que ele provavelmente iria fazer. Por que mais ela visitaria Josie? Por que mais lançaria uma pista falsa como a carta para Sally?

Tudo o encaminha na direção de Harrow, mas ele calcula que, de alguma forma, visitar Johnson lhe dará força, lhe dará uma pista final. Johnson lhe apontará o caminho oposto. Ele é o antídoto. Se Staffe estiver errado, Johnson estará, de alguma forma, certo. Ele deve provar que Johnson está errado. Totalmente errado.

Johnson estava no VIQNASEV, e Staffe rememora todas as visitas que ele fez à casa do investigador, reúne tudo que sabe sobre aquela família. O olhar longíquo de Sian; Becky se afastando de sua própria carreira e do mundo. E ele tenta imaginar que idade Sian teria quando aconteceu, mas logo afasta os cálculos da mente. Ele se sente enjoado, quer chorar por seu investigador, quer ser punido para cada folga que lhe negou.

Ele reconhece alguns homens de Smethurst na porta da enfermaria. Eles parecem aborrecidos, como se quisessem estar em algum outro lugar. Staffe acena com a cabeça e eles retribuem, juntando os pés ao mesmo tempo. Formal demais. Um deles dá um passo adiante, como se fosse pará-lo.

— Eu era amigo dele, pelo amor de Deus. — E, fora do quarto particular de Johnson, Staffe vê Pennington, cercado por um grupo de policiais. Ele teme o pior.

Um dos policiais faz um aceno de cabeça, e Pennington se vira. Ele não está aborrecido nem deveria estar. No segundo em que abre a boca, com suas palavras graves e falsas, a expressão superior, Staffe sabe que Johnson está morrendo.

— Sinto muito, Will. Pararam com a medicação. Ele está mal demais para fazer quimioterapia, e, sem isso, a coisa é grande demais para ser operada.

— Onde está Becky? — indaga Staffe.

— Ela não quis trazer as crianças. — Pennington chama Staffe para perto, manda os policiais se afastarem. Ele sussurra. — Ela já disse adeus, foi o que ela afirmou. Eu disse que daríamos a notícia. Temos uma policial lá, na porta. Se ela quiser qualquer coisa, nós saberemos.

— Ele disse algo mais?

— Ele não quer ver você, Will.

— Ele disse alguma coisa sobre Jessop? Sobre Nico Kashell?

— Será que você não pode tratá-lo como um amigo? Um colega?

— E deixar para você o controle de toda informação?

— Cuidado, Will — diz Pennington. — Você tem uma carreira em que pensar. Sei que você está perturbado, mas...

— Não seja condescendente comigo, chefe. — Staffe dá um passo na direção da porta do quarto de Johnson, e Smethurst se prepara, olha para Pennington esperando um sinal, mas o inspetor-chefe pensa que Staffe não pode infligir mais nenhum mal. Aquilo mostra o quanto próximo do fim Johnson deve estar.

— Nós já temos todos os depoimentos — diz Pennington. — Deixe que ele morra em paz.

Staffe sente a bile subindo, vindo das entranhas até a garganta, e antes que possa evitar se vira para o superior:

— Eu não sou um covarde amontoando toda a culpa nas costas de um homem morto. Você...

Smethurst se intromete entre os dois detetives e fica frente a frente com Staffe, seu peso considerável empurrando-o na direção da porta do quarto de Johnson.

— Vamos lá, Will — murmura ele —, isso é entre você e Rick agora. Não vá arruinar tudo. — Ele segura Staffe pelos ombros e lhe lança um olhar profundo, penetrante. — Diga a ele que você o perdoa, Will. Deixe que ele descanse em paz.

Staffe acena afirmativamente e estende a mão, abrindo a porta. Ele vê os olhos de seu investigador se fecharem quando entra no quarto e se senta entre o equipamento de alimentação intravenosa e o doente, todo cheio de agulhas, três diferentes medicamentos entrando nele.

Ele segura a mão de Johnson, com cuidado para não desarrumar os tubos intravenosos. Espera o sargento olhar para ele e se inclina para a frente, dizendo, com voz branda:

— Eu quero pedir desculpas, Rick. — Sua voz começa a falhar. — Eu deveria ter sido seu amigo. Você deveria ter podido vir me procurar.

— Não é... — Johnson mal consegue falar.

— Eu sei sobre o VIQNASEV, Rick. Foi Sian, não foi?

Ele acena afirmativamente, e lágrimas enchem seu olhos pálidos, tristes. Ele cerra o maxilar.

— E você nunca descobriu quem fez aquilo com ela?

Ele balança a cabeça para um lado e depois para o outro, apenas uma vez.

— Eu a levei para fazer compras. Era Natal. Tantos embrulhos, tanta gente. Eu estava com ela e com o pequeno Ricky. — Ele começa a soluçar, e Staffe aperta sua mão o máximo que se atreve. — Nós estávamos tendo outro filho. Becky estava no hospital.

Staffe não consegue aguentar. Seu maxilar fica frouxo, e ele sente os lábios perderem a forma. Os olhos ficam cheios de lágrimas, e ele se inclina para a frente, põe a cabeça no peito de Johnson, sente a mão de Johnson em sua nuca. Tenta encontrar as palavras que ofereceriam o perdão sobre o qual Smethurst falou.

— Nós tivemos Charlie. Mas eu perdi minha vida. Eu não pude amar meu bebê.

Staffe espera até achar que pode falar sem chorar. Ele quer perguntar a Johnson se ele realmente matou Stensson, mas acha que sabe a resposta. Ele descobrirá isso verificando as visitas a Becky no hospital, mas tem certeza de que elas mostrarão que foi depois que Stensson morreu. Johnson disse que era Natal. Sem levantar os olhos, ele diz:

— Você teve sua vida de volta quando conheceu Sally. Estou certo, não é, Rick? Durante algum tempo você teve sua vida de volta.

Johnson não responde.

Staffe levanta os olhos e vê seu investigador com os olhos fixos, completamente abertos. Ele corre a mão sobre o rosto de Johnson, verifica se os olhos dele estão fechados e sai do quarto.

Duas viaturas estão estacionadas no final do bloco de apartamentos na Holloway Road, e Staffe mostra seu distintivo para ter acesso ao prédio. Ele se sente envergonhado pelo fato de que esse apartamento apertado, de qualidade inferior, seja o máximo que um investigador pode oferecer a sua família naqueles dias. Enquanto sobe a escada para o andar de Becky Johnson, ele tenta formular a primeira frase que poderia dizer a ela. Não consegue nada.

Do lado de fora da porta, uma das policiais da Met monta guarda. Ela estende a palma aberta para Staffe e diz que sabe quem ele é e que não dá a mínima, ele não vai entrar.

— De jeito nenhum, senhor, desculpe.

Staffe dá as costas para a mulher e olha para baixo, para a Holloway Road. Se inclinar o corpo, quase pode divisar a linha que a rua traça na direção norte, até Archway. Harrow é bem além, mas ele precisa saber o que fazer quando chegar lá. Ele fica de costas para a policial e sente os músculos do rosto enfraquecerem. A voz soa suave e baixa. E, quando fala, ele acredita em cada palavra que diz.

— Você sabe, eu trabalhei com o marido dessa mulher durante três anos. Eu poderia ter sido muito mais bondoso com ele e com ela. Eu poderia ter dado a ele mais folgas. A mulher dele está aí dentro — Staffe aponta o dedo para a porta do apartamento —, e aquelas crianças, elas sofreram por causa do que a polícia as forçou a fazer. E, agora, eu preciso dizer essas coisas para Becky Johnson. Tenho que explicar o que aconteceu, de modo que ela possa compreender que o que o marido fez tinha um propósito. E ainda tem esse propósito.

— Eu realmente não entendo o que o senhor está dizendo — responde a policial.

— Ela é uma mãe. Ela tem que criar aquelas crianças neste mundo. Eu preciso dizer a ela o que acontecerá a partir daqui. Ela precisa saber. E eu preciso ouvir dela o que ela quer fazer daqui para a frente. O que ela disser para mim tem importância nesse caso. Se fosse você, gostaria de me ouvir, ou seguiria em frente sem se importar? O que você acha que ela merece?

A mulher acena afirmativamente e diz:

— Eu adoraria deixar o senhor entrar, mas...

— Obrigado — diz Staffe. Ele coloca a mão em torno do cotovelo dela e aperta, com suavidade. Olha bem no fundo dos olhos dela. — Me dê apenas cinco minutos. Você pode confiar em mim. Eu prometo. — Ele abre a porta e entra no apartamento, prendendo a respiração enquanto anda. O local está em silêncio mortal.

Ele empurra a porta que dá para a sala de estar, e há um brilho azul-esbranquiçado no aposento, que vem da tela da TV. Ele não pode ver o que está na tela por causa do ângulo, mas o som é abaixado, e Staffe olha em torno à procura de sinais de vida. Ele continua andando, muito devagar, e vê a nuca de Becky Johnson em uma poltrona, diante da TV.

— Becky — sussurra ele.

Não há resposta. Ele dá a volta, os olhos fixos na cadeira, e percebe que ela tem Sian nos joelhos. Não há sinal dos dois meninos. Sian está dormindo, e tem fones brancos nos ouvidos. Um dos braços da menina envolve o pescoço da mãe. O rosto está comprimido, e ele não consegue distinguir se ela está em paz ou agitada, em seu sono profundo.

À primeira vista, Becky também parece estar dormindo. Mas, quando Staffe olha mais de perto, ele percebe que os olhos dela estão semiabertos. O rosto tem uma expressão fixa, um pouco engraçada. Ele se aproxima e se agacha vagarosamente. Segura o pulso dela na mão e observa o rosto à procura de sinais vitais. Quando toca nela, não há mudança de expressão. Contudo, sua pulsação está forte.

Ele olha dentro dos olhos de Becky, e há um ligeiro registro de vida. Olha ainda mais fundo neles e os acompanha

E ali... ali, numa TV, numa tela de LCD de tamanho moderado, estão as imagens de Karl Colquhoun se contorcendo em agonia. Staffe não consegue tirar os olhos da tela, até que o marido de Becky pega o bisturi e começa a trabalhar nos testículos da vítima. Ele fecha os olhos com força quando chega ao ponto em que Johnson leva a lâmina aos olhos de Karl.

Quando Staffe abre os olhos, a imagem já mudou. Guy Montefiore está amarrado, sangrando pelos olhos.

Staffe olha para Becky e respira fundo. Agora ela está encarando-o e sorrindo. Não diz nada. Staffe baixa os olhos para a jovem Sian e vê que a mãe colocou a palma da mão sobre os olhos da filha, no caso de ela acordar.

— Becky? — diz ele.

Ela não diz nada. Com extremo vagar ela vira a cabeça para a tela, e, quando Guy Montefiore é arriado sobre o pedaço de madeira, seu sorriso se torna infinitamente mais largo.

Staffe se adianta, inclina-se sobre o braço da poltrona e beija Becky na testa. Ele espera em Deus que ela se canse de repassar o trabalho de seu marido, e, enquanto vai saindo do apartamento, reza para ser apenas um pouco mais sábio.

Staffe tem certeza de que sabe o que fazer. Ele desejaria não estar tão sozinho, mas sabe que essa não é o tipo de decisão que deve ser tomada por Pulford e que os interesses de Smethurst e Pennington estão comprometidos demais. Eles têm o seu homem. Não é o que nenhum dos dois gostaria de ter, mas ele está morto agora, e eles podem começar a se enterrar na culpa; é como jogar terra sobre um caixão. Ele se sente sozinho. Terrivelmente sozinho.

Mas não por muito tempo.

Sentado no capô de seu Jaguar e girando um molho de chaves em torno do dedo indicador como se fosse um revólver está Ross Denness. Ele parece mais elegante, mais limpo e, de alguma forma, mais capaz do que quando Staffe o encontrou pela primeira vez no Rag. Denness está usando um paletó e jeans de fio torcido. O cabelo tem brilhantina, e ele parece amigável, sorrindo para Staffe como se não tivesse nada a temer de um agente da lei.

— Saia do meu carro! — exclama Staffe.

Denness não se mexe um centímetro. Ele diz, tão calmo quanto se pode imaginar:

— Não há necessidade. Você não vai a parte alguma. Não até termos uma pequena conversa.

— Eu vou aonde quiser e quando quiser. Não tenho nada a conversar com você. Eu ainda posso acusar você de ódio racial, seu babaca.

Denness ri.

— Não sou babaca, e você não é nenhuma merda de herói. E é por isso que estou aqui, para ter certeza de que você entendeu as coisas direito. — Ele se levanta; provavelmente mede alguns centímetros a mais do que Staffe e é uns dez anos mais novo. Suas cicatrizes estão mais rosadas, e Staffe não consegue perceber se isso é algo bom ou ruim. Com toda certeza, Denness tem bastante força física, a maior parte usada em violência gratuita, e ele seria um grande favorito na lista negra de qualquer um.

— Se afaste do meu carro. Preciso ir a um lugar.

Denness se afasta para um lado, faz um gesto largo com o braço, como Walter Raleigh, e diz:

— Fazendo as crianças sofrerem um pouco mais, hein? — Enquanto registra o olhar de espanto no rosto de Staffe, ele abre os braços, como a escultura do Anjo do Norte, e dá um pontapé com seu sapato de bico fino diretamente na virilha de Staffe.

O policial se dobra e cai de joelhos. O asfalto cru da rua corta os nós dos dedos quando ele cai, arquejando.

— Você deve estar muito orgulhoso de si mesmo, inspetor.

Staffe olha para cima e vê Denness sorrindo para ele, cruzando os braços no peito enquanto pisa em seu tórax.

— Eu sei o que você pensa, Denness. — Staffe sente uma dor aguda nos pulmões enquanto fala, e acha que Denness talvez tenha quebrado uma costela sua com o calcanhar do sapato de bico fino. — Você acha que é um tipo de justiceiro, limpando as ruas, hein? Mas você é um facínora. Apenas um facínora.

— Fazendo o trabalho para vocês, é isso que nós estamos fazendo.

— Nós?

Denness fecha o cenho e chuta a cabeça de Staffe, mas este consegue rolar para o lado e apara o golpe no ombro. Ele se arrasta sobre as costas, apoiando-se no pneu do Jaguar, e Denness o segue despreocupado, ainda ameaçando-o.

— Ela é uma boa menina, Sally. Uma coisa que ela fez de errado foi se meter no caminho daquele merda, daquele tarado sujo. E você quer prendê-la. Seu fantoche maldito.

Staffe encara Denness enquanto ele fala. Acha que Denness crê mesmo no que está dizendo. Atrás da violência comum deve haver uma causa maior a ser perseguida. Mas Staffe vê algo mais. É algo que ele vê dez vezes por dia, em um dia bom. Tenta engolir mais ar, preparando-se para o próximo golpe, mas cada golfada de ar pressiona o pulmão contra a costela quebrada. Ele sente que pode desmaiar.

— Você me odeia, não é, Ross?

— Por que eu odiaria você?

— Sou policial. Sou um porco. Eu enforco pessoas. Deixo os pedófilos escapulirem. Eu estou em seu caso, não estou? — As palavras fazem desaparecer o sorriso do rosto de Denness. — Vou pegar você, Ross. E vou acabar com você.

Staffe observa Denness tomar impulso com o sapato de bico fino, pronto para desferir um pontapé com o outro pé em sua cabeça. Ele deseja que Denness faça isso.

— Seu babaca — diz ele, aprontando-se para o golpe e concentrando toda a sua energia no ruído sibilante que precede o momento em que o material da calça jeans do outro, de má qualidade, bate em seu braço levantado.

Vem o golpe, o ruído sibilante! E quando isso acontece Staffe gira o braço, com força e velocidade. Ele sente o osso quebrar. Mas vê também o pé de apoio de Denness escorregar para cima. Vê que seu agressor luta para manter o equilíbrio.

Staffe empurra o corpo contra o pneu do Jaguar e salta de pé, lançando-se contra Denness. Ele sabe que se essa luta se estender, ele está acabado, então mergulha contra o rosto do adversário usando sua própria cabeça. Sente o ruído do osso contra a carne e puxa a cabeça para trás, para dar outro golpe. Mas ele vê o sorriso de Denness, como se tivesse algo escondido na manga. Os rostos dos dois homens ficam quase colados, e ele sente o hálito de seu oponente e o cheiro de sua loção pós-barba: adocicado e oleoso.

Debaixo de Staffe o corpo de Denness muda de posição, como se ele estivesse manobrando para pegar uma arma. Uma faca? Pode ser até mesmo um revólver, e Staffe sabe que tem que terminar a luta logo, então ele abre a boca o máximo que pode e lança a cabeça contra o outro, mordendo com força a bochecha do adversário. Staffe cerra os dentes até que sente o gosto de sangue. Ele observa os olhos de Denness ficarem esbugalhados de dor, e então mete os dedos maiores nas órbitas do outro. Não apenas atinge os olhos, mas penetra neles, como se sua própria visão dependesse disso. E depois rola para o lado.

Levanta-se, devagar, olhando para Denness, que segura a cabeça, as mãos sobre os olhos, gemendo alto, o corpo curvado. Não há sinal de arma no chão ou nos bolsos.

Jessop havia lhe ensinado aquele truque, ensinado que, às vezes, você tem que destilar toda a violência de que é capaz e concentrá-la toda num tempo mínimo, especialmente quando já se tem certa idade. Ele pega as chaves do Jaguar no bolso e as coloca na extremidade do braço que ele sente estar fraturado. Simplesmente fechar um pouco o punho para segurar as chaves lhe traz lágrimas aos olhos, mas com a outra mão ele segura o cabelo de Denness e o arrasta pelo asfalto áspero. Ele sabe que seu adversário é um personagem mais complexo do que havia imaginado a princípio, mas não há tempo para investigar isso agora. Ele precisa de uma mente clara, precisa neutralizar Denness.

Staffe abre a mala e levanta a cabeça cega de Denness uma vez mais, chuta sua bunda e vê o outro desabar de ponta-cabeça para dentro da pequena mala do veículo. Com o calcanhar de sua bota Chelsea, Staffe bate repetidamente no tórax de Denness até que consegue dobrar seu corpo para dentro do minúsculo espaço; depois bate a tampa da mala e a tranca.

Ele se senta na mala e olha para o próprio antebraço. Precisa ir a um hospital, mas tem certeza de que o tempo conspira contra ele. Denness estava ali para detê-lo por alguma razão, e quando ele não aparecer, onde quer que seja, saberão fechar a porta para Staffe. Mete a mão no bolso com o braço bom, tira os cem miligramas de morfina de Johnson e enfia a agulha na solução. Comprime o êmbolo da seringa e lança um pequeno jato do líquido no ar. Deixa escapar a maior parte dele, reservando para si apenas uma quantidade mínima, sabendo que é um equilíbrio muito delicado. Se alguma vez ele ia precisar de suas faculdades mentais, a ocasião era aquela...

O jardim de Helena é adorável, mas não foi construído visando a segurança. Os salgueiros têm sua ramagem tão baixa que Staffe pode se esgueirar, despercebido, pela trilha da entrada, ao som do canto dos pássaros, e fora da vista de quem está na sala de visitas, até chegar a uns trinta metros da casa. Ele faz um amplo arco em torno do perímetro do jardim de ervas e segue pela lateral da casa, onde não há nenhuma janela, a não ser o vidro fosco dos banheiros. A dor voltou, mas ele engole em seco e entoa um mantra. Isso ajuda um pouco, mas morfina é melhor. Entretanto, ele não quer ter sua capacidade de julgamento prejudicada.

Se tudo correr bem, bastarão mais uns dez minutos e seu trabalho estará terminado. Ele poderá tomar um táxi para a emergência mais próxima e dali enviar uma chamada à polícia de Harrow, dizendo que eles deveriam procurar um Jaguar E-Type no estacionamento dos funcionários de uma escola que oferece atividades extracurriculares nas férias. Um tal de Ross Denness pode ser encontrado na mala. As chaves estão no cano de descarga, e sob nenhum pretexto os policiais envolvidos deverão usar a força para entrar no veículo.

É isso que ele deseja. Apenas alguns minutos mais.

Quando chega à lateral da casa, ele se agacha enquanto vai contornando a casa pela frente, abaixo da altura das janelas. Uma vez chegado às janelas de vidro da sala de visitas, que vão até o chão, onde Helena Montefiore o recebeu junto a Pulford há poucos dias, ele faz uma pausa. Pode ouvir vozes, mesmo com as portas fechadas. Os painéis superiores das janelas laterais estão abertos, e ele ouve a voz de Helena, derramando-se em elegância. Ele acha que pode ouvi-la dizer "Thommi", mas não é esse o nome que ele veio ali para ouvir. Subitamente, ele pensa em como fará papel de tolo se Sally Watkins não estiver ali.

Espera, espera, mas ainda não ouve o nome de Sally. Helena fala com a amiga de Thommi, chamada Georgie, e Staffe começa a praguejar.

Como último recurso, ele decide se aventurar um pouco mais, de modo a poder ver dentro do aposento e dar uma última olhada antes de se predispor a ir embora. Progride centímetro por centímetro e olha para dentro da sala, esperando que ninguém esteja olhando naquela direção.

E ele tem sorte, de certo modo.

As três mulheres estão sentadas em torno da mesinha de centro. Parece que examinam um mapa. Todas elas parecem felizes e sorriem, trocando olhares amorosos entre si. Thommi gesticula e Helena responde, também usando as mãos. São como uma imagem no espelho. Georgie, cabelo negro bem curto, assim como Thommi, tem as costas voltadas para a janela.

Helena se levanta e vai até o aparador, voltando com livretos encapados de roxo, e as duas garotas os tiram das mãos dela, leem o conteúdo do final para a frente, inclinando a cabeça e balançando o corpo para a frente e para trás, rindo uma para a outra.

Parece que Helena Montefiore, em vez de abrigar uma criminosa, está planejando levar sua filha para longe dali, de uma vez. Enquanto o marido jaz moribundo num hospital de Londres, ela está mantendo tudo longe de Thomasina. E quem poderia culpá-la?

Staffe confia em sua capacidade de julgamento. Ele fica contente de ter gostado instantaneamente de Helena Montefiore. Prepara-se para bater à porta, desejar os melhores votos de felicidade, quando Georgie dá um salto e se vira para a janela.

Georgie olha direto para Staffe, e sua boca se abre. A pouca cor que há em seu rosto pálido desaparece rapidamente. O coração de Staffe para e ele olha para trás dele, para ver o que espantara Georgie, mas não há nada ali.

Quando ele volta o rosto para a sala, Helena tem um braço em torno da menina. Georgie, com seu cabelo recém-cortado e tingido. Georgie, com seu nome novinho em folha, seu novo passaporte e sua nova vida.

Staffe encara Helena. Estes se estreitam, e ela dá o mais ligeiro dos sorrisos, implorando. Depois ele olha para Sally Watkins. Há uma nova vida, um novo brilho nos olhos dela. Ele olha para Thomasina Montefiore, que está a um passo de irromper em lágrimas. E, finalmente, ele se volta de novo para Georgina. Ela sorri como ele nunca a viu sorrir antes, e no instante em que ele decide ir embora, ela sopra um beijo para ele. Ele se vira, as três mulheres se abraçam e fazem um círculo apertado. Ao caminhar para fora, ele as ouve chorar. É um som alegre, e no momento em que ele já está à sombra do salgueiro-chorão, o choro se mistura ao canto de um pássaro..

* * *

Staffe vai até seu banheiro no apartamento de Queens Terrace, pega sua roupa de correr da bolsa Adidas e abre o chuveiro. A água sai num jato, batendo forte em seu couro cabeludo e nos ombros, e ele aumenta a água quente até quase o escaldar. Esfrega o corpo sem parar, o cheiro de alcatrão ficando cada vez mais forte, o vapor, cada vez mais denso.

Naquela noite, ele vai correr para oeste, para a escuridão, e o rio estará prateado com o luar, fazendo uma curva para encontrá-lo na Putney Bidge. Ele abandonará o rio e correrá para dentro do parque Deer, mas o rio o encontrará de novo, do outro lado de Kingston Gate, perto de sua nascente, voltando no tempo.

Este livro foi composto na tipologia Janson Text LT Std,
em corpo 11/15,5, e impresso em papel off-white
no Sistema Cameron da Divisão Gráfica
da Distribuidora Record.